오아시스 전설

오아시스 전설

초판 1쇄 인쇄 · 2024년 4월 25일
초판 1쇄 발행 · 2024년 5월 3일

지은이 · 최정암
펴낸이 · 한봉숙
펴낸곳 · 푸른사상사

주간 · 맹문재 | 편집 · 지순이 | 교정 · 김수란, 노현정 | 마케팅 · 한정규
등록 · 1999년 7월 8일 제2-2876호
주소 · 경기도 파주시 회동길 337-16 푸른사상사
대표전화 · 031) 955-9111(2) | 팩스 · 031) 955-9114
이메일 · prun21c@hanmail.net
홈페이지 · http://www.prun21c.com

ⓒ 최정암, 2024

ISBN 979-11-308-2143-6   03810
값 19,500원

56
푸른사상
소설선

오아시스 전설

최정암

장편소설

푸른사상
PRUNSASANG

이 세상을 선하고 의롭게 살고자 하는

모든 분들께 감사하며

차례

전설의 시작

사막

끝없이 이글대는 열사의 땅! 이따금 모래 폭풍이 거칠게 몰아친다. 천지간 생명들이 물을 찾아 헤매는 이런 세계가 어떻게 생겨났을까.

서편으로 해가 기울면 열사의 땅에도 시원한 바람이 불어온다. 촘촘한 모래톱이 황금빛 잔물결을 일으킨다. 지평선 너머 해가 더 떨어지면 우리를 압도하는 밤하늘이 펼쳐진다. 온 우주를 가득 채운 무수한 별들! 머리에 닿을 듯한 저 보석들을 올려다보노라면 숨 막힐 것 같은 경외심에 양팔이 절로 펼쳐진다. 가슴에 별들이 줄줄이 쏟아져 쌓인다. 내가 저 별이 되고, 저 별이 내가 된다. 이곳 사람들은 알고 있다. 사막의 밤이 우주에 닿아 있다는 것을. 우리 영혼이 사막 끝에서 우주를 만나게 되면 마침내 밤하늘 별이 된다는 것을.

말안장에 올라앉아 나는 먼 하늘을 올려다본다. 서북쪽 밤하늘엔 아직도 붉은 기운이 맴돌고 있다. 그 기운의 동편 끄트머리에서 별똥별 하나가 빨갛게 산화하다 사라진다. 석별의 아쉬움을 전하는 것이리라. 한 줄기 시원한 바람이 나를 스치며 지나간다. 저 바람은 내가 왜 이곳에 홀로 서 있는지 세상에 알릴 것이다. 모래 폭풍처럼 숨막힐 듯 다가왔던 오아시스의 전설을.

오아시스의 전설

사람들은 오래전부터 사막 한가운데 마르지 않는 샘이 있다고 전해 듣고 있었다. 샘물의 발원지를 알 수는 없었지만, 잠시도 마르지 않는 이 샘을 성스럽게 여기고 있었다. 수백 년이 지난 후에야 알려졌지만, 이 지역으로부터 서북방에 자리 잡은 큰 호수의 바닥이 터지면서 그 아래를 지나는 단층 틈을 따라 만 리 길을 흘러 여기까지 온다는 것이었다. 그리고 이 근처 단층 어디엔가 단단한 사암층 벽에 부딪힌 뒤 지상으로 솟아오른다는 것이었다. 그 호수를 성수로 믿고 있던 서북방 주민들처럼, 멀리 떨어진 이곳 오아시스 부족민들도 마르지 않는 이 샘물을 신비의 생명수로 여기고 있었다.

사암 벽을 따라 솟아오른 샘물은 이곳 모래벌판을 적시며 긴 하천을 만들었고, 아주 큰 모래산 열서너 개를 휘돌아 흘러갔다. 그리고 아득히 먼 사방으로 실핏줄처럼 갈라져 번져간 뒤 어디선가 서서히 말라갔다. 그쯤이 이 오아시스의 경계였고, 이곳 부락민들이 넘고 싶지 않은 삶의 경계였다. 그래서 멀리 떨어진 부락민들까지도 수 세대에 걸쳐 천국으로 빨려 들어오듯 이곳으로 이주해 들어왔다. 그들이 떠난 자리엔 아무것도 남지 않은 모래벌판뿐이었다.

오아시스를 관통하는 주천에는 키 큰 대추야자나무가 짙은 숲을 이루었다. 하천이 갈라져 실개천으로 흐르는 지역에는 키 작은 관목과 야생초가 넓게 터를 잡고 자라났다. 실개천들은 여러 개의 모래언덕을 돌아 말과 낙타와 양 떼가 뜯어 먹는 잡초를 무성하게 키워냈다. 푸른 하늘엔 흰구름이 떠다녔고, 숲과 하천을 오가는 새들은 귀엽고 예쁜 노랫소리를 지저댔다.

녹음이 진 저지대와는 달리 물길이 닿지 않는 모래언덕 꼭대기는 크고 작은 민둥산들이 서로 머리를 맞대고 서 있었다. 그중 가장 높은 산에 올라서서 아래를 내려다보면, 방목한 양과 염소 떼가 평화롭게 풀을 뜯는 모습을 볼 수 있었고, 그 주변으로는 수많은 토담집이 촌락을 형성하고 있었다. 그즈음 전설의 거주민 수는 수만을 넘기고 있었다. 그들 중에는 유목 생활을 접고 농경으로 생계를 바꾼 이들이 많아졌다. 주류 하천들이 갈라지는 삼각지대들에는 농산품이 풍성했고, 물물 교환이 이루어지는 시장도 성행하고 있었다. 이 시장은 주변 부락들을 연결하는 중계 역할을 하고 있었다.

오아시스의 밤은 더 아름답고 활기에 넘쳤다. 장터에는 낮의 열기를 식히려는 많은 주민들이 가족을 데리고 걸어 다녔다. 장터 길목에는 악기를 타는 소리가 끊임없이 흘러나왔다. 어떤 곳엔 춤판이 벌어져 산책객들을 신명 나게 해주었다. 건너편에선 씨름판이 벌어지고 돈을 걸며 외쳐대는 소리가 시끌벅적했다. 밤늦도록 상인들의 고성이 이어졌다.

이런 활기차고 복잡한 도심이 무질서하지 않았던 것은 부족민이 지켜야 할 엄격한 국법이 있었기 때문이었다. 각 부족에서는 부족장을 선출하여 때마다 회의를 열었고, 덕망 높은 국왕을 선출하여 나라를 다스리게 했다. 왕은 건장한 젊은이들을 차출하여 부족국을 보호할 군대와 치안부를 조련시켰다. 거주민들은 군사력을 유지하고 치안을 지키는 데 필요한 세금을 기꺼이 지불했다.

선대 왕들은 군사들에게 오아시스 경계를 따라 실개천들을 연결하는 깊은 고랑을 만들게 했다. 작은 운하처럼 이어진 고랑에 물이 고이자, 그 주변으로 습지가 형성되었다. 세월이 흐르면서 운하 안팎으로 남자 팔뚝만 한 대나무들이 길게 숲띠를 이루었다. 뒤를 이은 왕들은 개천 주변의 찰흙을 구워 단단한 벽돌을 굽게 했다. 수십 년에 걸쳐 이 사업을 이어간 왕들은 운하 바깥으로 높다란 성을 축조하도록 했다. 성곽 위로는 대나무를 엮어 일정한 간격으로 높다란 성루를 올렸다. 후대 들어 마침내 오아시스 전체를 둘러싸는 성곽이 완성되자 왕은 신하들과 백성들을 왕국 정중앙 천인지 호숫가로 불러 모아 주민들의 화합을 기원하는 잔치를 베풀었다. 백성들은 행복했고 모든 생활이 평화로웠다.

오아시스의 하루가 저무는 시각. 실개천 위로 물고기들이 꼬리 치며 뛰어오르다 잠잠해졌다. 대나무 숲으로 날아들던 새들이 푸드득 하늘로 솟아오른 뒤 다른 숲으로 사라졌다. 낮 동안 하늘을 날던 수리들도 근처 보금자리로 돌아가고 없었다. 밤나들이에 나선 들쥐가 어둠 속에 고개를 쳐들어 킁킁 냄새를 맡다가 재빨리 제 땅굴로 몸을 숨겼다. 양 한 마리가 두 마리 늑대에게 쫓기는 소리가 모래땅을 진동했다. 그러다 끝내 목덜미를 물리고는 숨이 끊기고 말았다. 허기진 주변 늑대들이 한꺼번에 달려들어 살점과 내장을 찢어 삼켰다. 아직 배를 채우지 못한 그들은 다른 먹이를 찾아 몰려 떠났다. 오아시스에 서서히 어둠이 스며들었다.

바다호수

사람들은 거대 사막 서북방 경계에 놀라운 세계가 있다는 걸 전해 듣고 있었다. 그곳에는 따뜻하고 비가 내리는 봄 여름이 있고, 단풍과 하얀 눈이 온 천지를 뒤덮는 가을 겨울이 있다고 했다. 그곳에는 은과 철이 많았으며, 들판에는 갖가지 초목과 농작물이 널려 있다고도 했다. 계절마다 내리는 비와 눈은 거대한 호수로 흘러 들었는데, 어떤 이들은 그 크기가 바다 같다고 했고, 어떤 이들은 그곳으로 바다가 옮겨왔다고도 했다. 그랬기에 사람들은 그 엄청난 물을 '바다호수'라 부르며 자신들의 삶을 지켜주는 성수로 여기고 있었다. 그 호수의 동남쪽으로는 끝없는 사막이 펼쳐져 있었다. 바다호수 북편으로는 넓게 뻗은 초원과 그 뒤를 받쳐주는 고원이 장엄하게 드리워져 있었다.

긴 세월이 흐르는 동안 모든 것이 풍족한 바다호수 주변으로 여러 부족이 사방에서 모여들었다. 그들은 구름이 흘러가는 방향과 바람에 묻어 오는 물냄새를 따라 그곳을 찾아왔다. 세월이 흐르면서 호수 지역에 모여든 부족들은 더 좋은 터를 차지하기 위해 이웃 부족들과 잦은 갈등을 빚었다. 세대를 거듭하는 동안 그중 일부는 왕성하게 세를 불려 나갔고, 주변 작은 부락촌을 침공하여 흡수하기에 이르렀다. 침략 전쟁이 점점 격화되면서 강성해진 부족들은 군사력을 더욱 조직화하여 마침내 부족국가를 선언하기에 이르렀다.

그렇게 등장한 부족국가들은 그들의 부족장을 국왕으로 추대하고 왕실이 국정을 주도하는 형태로 변모해갔다. 국왕들은 갑옷과 검으로 최강의 군사력을 키워갔으며, 이웃한 부족들을 끊임없이 침탈하여 영토와 권세를 확장해갔다. 약탈한 식량과 아녀자 그리고 어린아이들은 왕국으로 실려가 왕실과 신하들에게 나누어졌다. 주변 부락민들은 그들의 잔악성에 치를 떨며 선대로부터 물려받은 삶의 터전을 떠나야 했다. 그리하여 바다호수 주변의 왕국들은 서로 피할 수 없는 약육강식의 시대를 맞이하고 있었다.

그들 중 남단에 광활하게 자리 잡은 한 왕국이 있었으니, 주변국들과 주민들에게 잔인하기로 소문난 늑대족 왕국이었다. 늑대족은 북편에 자리 잡은 왕국들과 전쟁을 피하는 대신 동남부 사막 부족들을 침공하여 영토를 확장하는 전략을 견지했다. 포악한 왕과 군사들이 지나간 자리에는 허기진 늑대들이 날뛴 모습처럼 어지러운 발자국들만 널려 있었다. 그리하여 주변 부락민들은 그 왕국을 늑대의 발 또는 늑대족이라 불렀다.

늑대족의 국왕 대모수리는 더 많은 관병과 창칼을 앞세워 멀리 동남부 사막으로 영토를 확장해갔다. 그는 넓어진 영토를 세 아들에게 나누어 다스리게 했다. 동부 지역 하단성을 차지한 태자 무센은 동남쪽으로 거대하게 뻗은 사막을 바라보며, 부왕의 기대 이상으로 사막 전체를 정복할 야욕을 품게 되었다. 그의 곁에는 모라간 군사와 그의 수족이라 할 거투루 장군 그리고 와퍼 대장을 두어 원정 출병에도 문제가 없을 군세를 갖추어갔다. 모라간은 거대 사막을 정복하기 위한 첫 표적으로 사흘이면 기마병이 닿을 수 있는 유카족을 침공할 전략을 짜기 시작했다.

전쟁의 불길

동이 트기 전, 멀리 내려다보이는 유카 마을은 어둠 속에 한적하기만 했다. 그 시간 마을 서편으로 드리운 모래 둔덕 위에는 하단성에서 원정 온 기마병들이 조용히 포진해 있었다. 120여 명으로 구성된 이들은 곧 있을 거투루 장군의 공격 명령을 기다리며 말고삐를 당겨 쥐고 있었다. 장군 왼편에는 와퍼 대장이 중앙 기마대를 맡고 있었고, 장군 뒤편에는 두 부대장이 좌우 기마 편대를 맡아 대기하고 있었다. 먼 지평선에서 해가 떠오르자 유카 마을 전경이 빠르게 드러나기 시작했다. 때를 기다리던 거투루가 드디어 검을 빼들어 돌격 명령을 내렸다. 그 외침에 와퍼 대장과 전 장졸들이 일제히 검을 빼들고 말에 박차를 가하며 유카를 향해 진격해 내려갔다.

"두루, 두루! 야단났네. 늑대들의 급습이야!"

유카 마을 서면에 높이 세워둔 망루에서 매일 밤 사막 동태를 살피던 장정들이 바로 아래 초소에서 새벽 잠을 설치던 두루를 흔들어 깨웠다. 유카는 한 해 전부터 늑대족 침공에 대비해 마을 둘레길에 모래성을 쌓고 그 안쪽으로 나무막대와 헝겊들로 얼개를 친 뒤 마을 청년들을 여러 명씩 기거시키며 만일의 사태에 대비해왔다. 농기구나 긴 막대 작살을 받아든 게 전부인 청년들은 형뻘 되는 두루와 장정들의 훈련 지도를 받으며 매일 밤 불침번을 서서 적의 공습을 막아보고자 했다. 그러다 이날 새벽 선잠을 깨기도 전에 무지막지한 늑대족의 급습을 받게 된 것이다.

"늑대족이다! 어서 전투를 준비하라!"

두루가 초소에서 뛰어나오며 사방의 장정들에게 전투 준비를 외쳤다. 겨우 잠에서 깨어난 청년들은 서둘러 무기를 챙기며 뛰어나가 마을 서쪽 사막을 둘러보았다. 평화롭던 그 모래 벌판 위로 새벽 햇빛을 받은 거대한 모래 폭풍이 몰려오고 있었다. 엄청난 기마 부대였다.

와퍼의 군사들은 마을 어귀를 향해 아무런 저항도 받지 않고 달려왔다. 마을 북면을 맡은 부대장은 기마병을 이끌고 우물터 장악에 돌입했고, 남면을 맡은 부대장은 둘레길을 따라 기마병들을 배치시키며 마을을 포위해갔다. 그들은 유카를 주변 부락들과 분리시킨 뒤 거투루 장군의 명령이 떨어지면 변두리부터 유카 전역에 일시에 방화할 계획이었다. 새벽 시간 바깥의 요란한 소리에 움막을 나서던 촌로와 아낙들이 기겁을 하며 다시 문 안으로 뛰어 들어갔다.

중앙로 주변에도 상황은 급박하게 돌아갔다. 와퍼 대장이 이끌고 온 기마병들은 모래성을 밀어낸 뒤 안으로 거칠게 진입했다. 그들은 주변에서 긴 작살을 들고 대드는 몇몇 마을 청년들을 처참하게 베어버렸다. 와퍼 기마대의 목표는 마을 중앙에 거처하는 부족장을 급습하는 것이었다. 부족장의 항복을 이끌어내는 즉시 청년들과 장년들을 처형하고 아낙들과 아이들은 하단성으로 끌고 갈 것이며, 마을 중앙에 야전 본부를 설치하면서 원정 작전을 마무리할 것이다. 이 모두 하단성의 모라간 군사가 짜온 전략으로, 원정 수습을 마친 뒤에는 거투루가 한동안 상주하며 이 일대를 다스릴 예정이었다.

마을 중앙로를 내줄 수 없던 두루는 자신을 따르는 청년들을 주변에 포진시켜 와퍼 병사들을 대적할 태세를 갖췄다. 청년들은 평소 훈련해오던 대로 중앙로 양쪽으로 갈라선 뒤 긴 작살로 기마병들을 찔러 떨어뜨릴 자세를 취했다. 그들 맨 앞에 서 있던 두루가 검을 들고 걸어 나오며 와퍼에게 외쳤다.

"적 장수는 여기서 멈추라! 여기는 우리 땅이다. 여기서 더 들어온다면 한 놈도 살아서 이곳을 떠나지 못할 것이다!"

덩치 큰 장정 하나가 고함을 지르며 나서자, 마상에서 그를 내려다보던 와퍼가 대꾸 한마디 없이 검으로 두루 머리를 내리쳤다. 두루는 그 검을 피해내며 재빨리 와퍼의 말고삐를 낚아챘다. 방심하던 찰나에 말고삐를 놓쳤다고 생각한 와퍼는 여전히 두루를 우습게 보며 말에서 뛰어내렸다. 이제 자신에게 기회가 왔다고 판단한 두루는 곁에 있던 청년에게 재빨리 말고삐를 넘긴 뒤 편한 자세로 와퍼를 상대했다. 엉뚱하게도 마을 장정 하나와 마주 선 와퍼는 어이없다는 듯 어서 이 판을 끝낼 작정을 했다.

평소 두루는 늑대족 하단성의 강성해진 군사력 소식을 계속 들어오고 있었다. 일곱 해 전 나이 삼십을 바라보던 그는 소문으로만 듣던 바다호수를 직접 확인하고 싶었다. 그는 덩치 큰 아우 둘을 호위병 삼아 늑대족의 고탄성으로 잠입한 뒤, 그곳의 엄청난 숲과 농축산물 그리고 군사시설과 기마대를 엿보며 큰 충격에 빠졌었다. 신분이 드러날 뻔한 위기에서 겨우 탈출했던 그는 그 후 혼인도 미뤄가며 마을을 지킬 대책에 골몰해왔다. 그러다 그 후 늑대족의 태자 무셴이 하단성으로 입성했다는 소식을 들은 뒤 또다시 경악을 금치 못했다. 무셴은 매우 공격적인 인물로 소문나 있던 터라 대규모 공습에 대응할 준비를 서둘러야 했다. 두루는 친구들과 숙의 끝에 부족장인 부친에게 방어 대책을 설명 드렸다. 부친이 근심 가득한 음성으로 말했다.

"늑대족 태자가 포악하다는 소문은 나도 듣고 있었다. 침공에 잘 대비해보아라."

부친은 아들에게 마을 청년들을 모아 군사훈련을 시작하도록 병권을 허락해주었다. 그러나 적어도 100여 명의 청년을 모으거나 단기간에 병기를 챙기는 일은 결코 쉽지 않았다. 옆에서 부자 간의 대화를 듣고 있던 모친의 얼굴에 수심이 가득했다.

그렇게 한 해를 보낸 지금, 마을 청년들은 나무 작살을 들고 중앙로 양편에서 늑대족 기마병과 백병전을 벌이게 되었다. 그러나 그 같은 백척간두의 위험 속에서도 두루는 자신만의 대담한 방식으로 와퍼와 검투 대결을 이끌어낸 것이다. 와퍼로서는 마을 장정 하나 상대하는 것에 어이가 없었으나, 막상 몇 합 검을 맞댄 결과 결코 만만한 상대가 아닌 걸 직감했다. '이런 자가 이런 촌에……?' 와퍼가 다시 방심하는 사이 그의 검은 두루가 휘두른 검에 맥없이 날아가버렸다. 이제 두루는 와퍼의 목을 쳐서 늑대족 군사들의 기세를 꺾을 참이었다.

바로 그때, 와퍼 기마대 뒤편에서 큰 고함 소리가 들려왔다. 일정한 거리를 두고 뒤따라오던 거투루 장군의 부관이 외친 소리였다. 와퍼의 목에 검을 대고 있던 두루를 향해 검붉은 두건을 쓴 거투루가 외쳤다.

"거기서 멈추라! 이 작은 촌에서 그 검술을 썩히기는 참으로 아깝구나. 팔에 새긴 태양 문신으로 보아 네가 부족장 장자인 모양인데, 지금 네 부친은 내 군사들에게 포위되어 살아날 희망이 전혀 없다. 자네 부친과 마을을 보존하고 싶으면 당장 항복하고 오랏줄을 받아라."

부친의 소식을 들은 두루는 목에 핏줄이 터질 듯 화가 치밀었다. 그는 이 침공을 자기 손으로 끝내려면 저 장군이라는 자를 베어버려야 한다고 판단했다.

두루는 와퍼를 옆으로 밀어내고 검을 높이 치켜들었다. 거투루를 상대하겠다는 의지를 보인 것이다. 그는 검 끝을 꼿꼿이 세워 하늘의 기를 모으더니 순식간에 거투루 곁의 호위병 검을 쳐서 날려버렸다. 그러곤 아까 탈취한 와퍼의 말에 재빨리 오른 뒤 거투루와 대등한 상태로 대결할 자세를 취했다. 상황이 이쯤 되자 늑대족 기마병들과 유카 청년들이 서로 상대를 겨누다가 거투루와 두루의 대결로 시선을 돌렸다. 웬만한 거투루조차 이제는 자신과 하단성의 명예를 생각하지 않을 수 없었다. 두루로서도 이제 자신이 패하면 유카는 멸망의 길로 치달을 걸 잘 알고 있었다. 두 사람의 대결은 불꽃 튀는 사투로 전개되었다. 두 자루 검이 부딪치는 소리는 양쪽 병사들에게 소름 돋을 만큼 무섭게 들렸다. 한 치도 물러설 수 없던 그 대결은 시간이 갈수록 두루 쪽으로 승기가 기울기 시작했다. 거투루의 검에 점점 힘이 빠지는 걸 감지한 두루는 일거에 강한 힘으로 그의 검을 쳐버린 뒤, 빈틈이 생긴 그의 왼쪽 옆구리로 검을 뻗었다. 그 순간 자신의 두터운 갑옷이 뚫리며 뜨끔한 통증을 느낀 거투루는 본능적으로 말고삐를 말아 쥐었다.

장군의 일그러진 얼굴을 바라보던 부관 둘이 재빨리 두루 앞을 막아섰다. 그러자 와퍼가 장군의 말고삐를 잡고 말머리를 돌려 마을 어귀로 달렸다. 그 순간을 놓치지 않고 두루가 외쳤다.

"아우들아, 지금이다. 적을 공격하라!"

거투루와 와퍼가 후퇴하는 동안 양 진영 군사들이 뒤엉킨 모습을 바라보던 두루는 더 머뭇거릴 새 없이 마을 중앙으로 말을 달렸다. 와퍼에게 이끌려가던 거투루가 분통 섞인 목소리로 명했다.

"와퍼, 마을을 불 질러라. 지금 당장!"

와퍼는 곁에 따라오던 호위병을 시켜 부관들에게 장군의 명을 알리도록 했다. 호위병의 전갈을 들은 부관들은 주변에 있던 전령들에게 남면과 북면으로 그 명을 전하도록 했다.

마을 중앙의 두루 집 주변은 이미 아수라장이 되어 있었다. 부친은 피투성이로 쓰러져 있었고, 모친은 숨이 끊어져 있었다. 집 주변에서 기다리던 마을 청년들의 도움으로 두루는 부모를 집 안 침소로 옮겨 뉘었다. 그러곤 그들에게 작심한 어조로 말했다.

"말이든 낙타든 충분히 데리고 마을 회관으로 집결하라!"

그 시간 두루는 마을 사방에서 피어오르는 시커먼 연기를 보았다. 그는 치솟는 분노를 억누르며 조용히 부모 곁에 다가섰다. 그곳에는 평생 고락을 함께해온 부친의 죽마고우 어르신이 앉아 있었다. 곁에 무릎을 꿇고 앉은 아들을 의식한 부친이 거친 숨을 내쉬며 마지막 말을 남겼다.

"이 검 잘 간직해라. 사막 한가운데 오아시스 전설을 찾아가라. 훗날 때가 오면 우리 유카를 꼭 재건하도록……."

부친이자 부족장의 마지막 음성은 '어서 탈출하라'는 명령이었다. 두루는 터질 것 같은 울분을 삼키며 부모에게 큰절을 올렸다. 부모를 자신에게 맡기라는 어르신께도 큰절을 올렸다. 부친의 검을 꽉 거머쥔 그의 두 눈에서 굵은 피눈물이 흘러내렸다.

두건을 단단히 당겨 쓴 두루는 이제 자신을 따르는 청년들과 마을 회관으로 달려갔다. 그곳에서 그를 애타게 기다리던 청년들에게 그가 외쳤다.

"우리는 적장 거투루의 목을 베러 간다. 나를 따르라!"

하지만 중앙로에 들어서던 그들은 얼마 가지 못해 맞은편에서 달려오는 엄청난 규모의 기마부대를 보게 되었다. 상황이 절망적이라고 판단한 두루의 친구가 외쳤다.

"우리 모두 죽기로 작정하지 않는 이상 우선 살아서 후일을 도모하세."

그리하여 두루 일행은 가던 길을 되돌려 남쪽 사막길로 탈출 방향을 잡았다. 마을을 떠나면서 그들은 동네의 움막과 축사가 불길에 휩싸인 참혹한 광경을 보았다. 살려달라는 아주머니들과 아이들의 울음소리도 들려왔다. 검붉은 불길은 멀리 떨어진 부락들에서도 피어올랐다. 그 모습들은 유카 전체 생명이 멸절되는 생지옥 같았다.

사막의 방랑자

세상 밖으로

토요는 모든 일에 지쳐 있었다. 앞날은 불안했고 무기력하기만 했다. 아침에 일어나면 옆구리에 책을 낀 채 낙타와 말, 염소 떼와 양 떼를 몰고 초지로 나갔고, 오후 한나절 낮잠을 자고 나면 저녁이었다. 그렇게 흘러가는 세월 속에 기분은 늘 엉망이었다. 그 무렵 바다호수 주변에는 여러 왕국들이 각축하듯 왕성하게 세를 확장하고 있었다. 군소 부락민들은 살아남기 위해 가솔과 가축을 이끌고 멀리 도피해야 했다.

지금까지 토요가 의지하던 이곳은 바다호수에서 정남쪽으로 멀리 떨어진 작은 촌락이었다. 이 변방에는 그의 큰집이 있었다. 그는 어릴 때 큰아버지 부부에게 입양되어 친아들처럼 성장기를 보냈다. 큰아버지는 매사에 근엄하셨고 앞마당에서 밤마다 무릎을 꿇고 북녘을 바라보며 기도문을 외우셨다. 큰어머니는 사막의 여인답게 생활력이 아주 강했다. 굵고 검게 그을린 팔뚝으로 웬만한 양 한 마리쯤은 거뜬히 들어 넘어뜨릴 정도였다.

어린 시절 토요는 해가 중천을 넘길 때까지 서당에서 글을 배우며 시간을 보냈다. 셈법은 큰아버지가 직접 가르쳐주기도 했다. 아득한 기억이지만, 열 살쯤 되었을 무렵, 큰아버지는 그의 손에 짧은 막대기를 쥐여주고는 무술을 익히도록 했다.

"이 책은 네 할아버지가 만드신 것이다. 여기에 서른여덟 가지 무술 동작을 직접 그려 넣으셨다. 할아버지는 한 부족을 이끄실 만큼 기골이 장대하셨지. 손자를 위해 이 책을 남겨놓은 것이나 다름없다. 네 몸을 네가 지켜야 할 날이 올 테니 아침 저녁으로 연마하도록 하여라!"

그날 이후 큰아버지는 조카의 무술 연습을 가까이서 지켜보곤 했다. 그의 키가 자라는 만큼 더 긴 막대기를 구해다 주었다. 그는 큰아버지의 바람에 부응하려 노력했고, 어린 나이에도 고단수 무술까지 익히게 되었다.

토요가 열다섯 살이 되자 큰아버지는 뜻밖의 선물을 가져다주었다. 한 살 된 망아지를 데려와 그의 손에 고삐를 쥐여준 것이다. 그는 이 어린 말에게 '피고'라는 이름을 지어주었다. 피고는 토요가 가장 아끼는 벗으로 하루 종일 그의 곁에 있었다. 사막에서는 가축 관리의 많은 일을 여인들이 맡아 한다. 토요가 말을 키우기 시작하던 그때부터 큰어머니는 그에게 양 떼와 낙타 치는 일을 가르쳤다.

"너도 이제는 가축을 돌볼 줄 알아야 한다. 물과 풀 상태도 매일 살펴야 한단다. 우리가 먹는 모든 것이 저들에게서 오거든."

토요의 성장기 중 가장 좋았던 기억은 큰아버지가 마을 사람들의 병을 치료해주는 일이었다. 큰아버지는 젊은 시절 이웃 동네 의원으로부터 서양 의술을 배웠고, 그래서 양을 잡는 날이 오면 조카에게 동물의 형태와 오장육부에 대해 열심히 설명해주곤 했다.

"나는 네 할아버지처럼 몸이 튼튼하지 못했다. 그래서 검을 드는 대신 책과 의술을 가까이 했지. 지금 네가 크는 걸 보니, 너는 글과 검을 함께 잘 익힐 것 같다. 그걸 두고 문무를 겸비한다고 한단다."

토요는 부모에 대해서는 거의 기억하지 못했다. 아주 어릴 때 큰아버지 팔에 안겨 이곳으로 급히 도피했던 기억만 날 뿐이었다. 부모를 찾으며 서럽게 울던 그에게 큰아버지는 해가 바뀌면 아들 곁으로 올 거라 일러주었다. 그러나 여러 해가 바뀌어도 부모는 끝내 그의 곁에 오지 않았다. 나이 스무 살을 넘길 즈음 그의 지적 성장이 커가던 때, 큰아버지는 그에게 더 어려운 서책을 가져다주었다. 서방에서 전해온 인문서나 철학서를 구해다 주었고, 자신의 의술을 전수해주는 데도 공을 들였다.

해가 갈수록 토요는 문무를 겸비한 청년으로 성장해갔다. 동네 사람들은 토요에 대해 좋은 평을 하곤 했다. 아는 것도 많거니와 마을의 어려운 사정을 앞서 도와준다는 것이었다. 그는 동네 동생들을 모아 마을길을 정비하고 청소하는 데 정성을 기울였다. 망가진 달구지나 축사를 보수해주는 일도 즐겨 맡았다. 무엇보다 그는 마을 사방으로 우물 길을 내는 데 많은 힘을 썼다. 그 덕택에 사람들은 물을 길으러 먼 곳까지 왕래하는 수고를 덜 수 있었다.

20대 초반이 되면서 토요는 수리에도 신통한 능력을 발휘하기 시작했다. 언제부턴가 그는 마을 전체 지도를 그리기 시작했고, 그 안에 온 동네를 잇는 길을 정교하게 그려 넣었다. 그리고 그 주변으로 집과 축사와 우물의 위치를 빼곡히 그려 넣었다. 지도 아래에는 척도를 표시하여 마을과 집들 간의 거리를 가늠할 수 있게 했다. 여기에 더해, 한 해에 두 번씩 가구 수와 주민 수도 기록해두었다. 아기들이 태어난 날과 이름을 기록해두었고, 망자들의 조문에도 늘 참석했다.

이 변방에서 실로 토요를 매혹시킨 것은 따로 있었다. 그것은 밤마다 온 하늘을 뒤덮는 엄청난 별들이었다. 언제부턴가 그는 밤하늘의 그 장엄함에 압도되고 있었다. 머리 위를 가르는 아름다운 은하수와 크고 작은 별들! 뜨거운 해가 서쪽으로 기울면 수많은 그 별들도 뒤따라 서쪽 하늘로 쏟아져 내리는 것이었다. 토요는 시기에 따른 별들의 위치를 매달 꼼꼼히 기록해두었다. 그런 관찰을 한 지 두 해쯤 지나자 그 별들이 매 계절에 맞춰 다시 돌아온다는 사실도 간파하게 되었다. 그 시절, 큰아버지가 구해준 책들은 서양 천문학에 대해서도 많은 지식을 전해주었다. 그 책자에 맞춰, 토요는 그동안 자신이 보아온 별들의 이름을 다시 기록해갔다. 자기 마을에서 잘 보이지는 않았지만, 북극성과 북두칠성이 별들의 운행에 기준이 된다는 사실도 이해하게 되었다. 그렇게 여러 해가 지나면서, 토요는 사막 별들의 운행에 통달할 정도로 해박한 지식을 쌓게 되었다.

지식이 쌓이는 만큼 토요는 마을 사람들의 일상에도 더 큰 관심을 이어갔다. 마을에는 글쓰는 이들이 많지 않았다. 동네 사람들은 다른 부락에 사는 자식이나 친척들에게 서찰을 보내고 싶으면 토요를 찾았고, 그는 하루에도 몇 통씩 기꺼이 써주곤 했다. 토요의 이런 노력으로 마을 이장들은 이웃 동네 소식도 알 수 있었고, 부락 전체 대소사를 함께 의논할 수도 있었다. 큰아버지는 의원을 찾아온 환자의 상태에 따라 간단한 치료는 토요에게 맡기기도 했다. 토요는 자연스레 부락민들이 안고 오는 질병과 가정의 애소사에도 눈뜨게 되었다. 그것은 가족의 행복이 개인의 건강을 결정 짓는 중심이 된다는 깨달음으로 이어졌다. 그런 세월이 흐르면서, 사람들은 토요의 넓은 식견과 마을을 위한 정성에 감탄해했고, 그래서 그를 부락 전체의 미래 희망으로 여기고 있었다.

그랬던 그에게 20대 후반은 견디기 힘든 시절로 다가왔다. 토요는 매일 반복되는 생활에 조금씩 권태를 느끼기 시작했다. 그의 안목이 넓어지면서 언제부턴가 자신이 커온 이 부락이 좁게 느껴졌다. 피고와 가축을 돌보는 일이 일상의 즐거움이었는데, 이제는 자신의 미래가 여기에 매여 있다는 생각마저 들기 시작했다. 뜻밖에도 이런 생각들이 쌓이면서, 그는 자신의 정신 세계가 무엇엔가 쫓기고 있다는 기분이 들었다. 뚜렷한 해결 방법이 없으니, 의욕 상실에다 깊은 무기력증에 빠져들고 있었다.

마을에서 유일하게 연정을 느끼던 여인이 떠나버린 것도 그때쯤이었다. 토요는 그 여인도 자신을 사랑하고 있다는 걸 알고 있었다. 이별은 상상할 수 없던 일이었다. 그러나 늑대족이 맹렬하게 남하하고 있다는 소식이 전해지면서 그녀 가족은 일찌감치 짐을 챙겼고, 한여름이 지날 즈음 가축들을 이끌고 미련 없이 마을을 떠나버렸다. 마지막 희망으로 여겼던 그녀와 갑자기 헤어지면서 그는 여러 날 큰 충격에 휩싸였다. 떠나갈 때 그녀의 낙담하던 표정을 지금도 잊을 수 없었다. 그에게 심한 우울증이 이어져갔다.

그런 날이 계속되자, 어느덧 그의 마음속에도 자신의 인생을 반전시켜보고 싶은 강한 충동이 일기 시작했다. 자신의 심장 깊이 뛰고 있던 어떤 저항심 같은 것이리라. 그러나 변방에서만 살아온 그로서는 무엇을 어떻게 할 수 있을지 막막하기만 했다. 이쯤 되자 힘써 닦아온 학문과 무술에도 회의를 느끼기 시작했다. 도대체 이런 지식들과 무술을 어디에 쓴단 말인가! 무기력과 우울감에 빠져들 때면 토요는 피고를 데리고 나와 마을 밖 멀리 내달리곤 했다. 그의 마음을 아는지 피고도 석양이 지는 지평선을 향해 열심히 달려주었다. 저 지평선 끝에는 무엇이 있을까? 갈 수만 있다면 그 너머까지 당장 달려가보고 싶었다.

그러던 어느 날 저녁, 큰아버지는 축사 안으로 양 떼를 몰아넣던 토요를 자신의 천막으로 불렀다. 그가 옆자리로 가 앉자 큰아버지는 잠시 뜸을 들인 뒤 몇 가지 질문을 하겠노라고 운을 뗐다. 그러고는 작정을 한듯

하늘과 땅의 이치에 대해 다양한 질문을 했다. 철학과 의술, 인생관에 대해서도 여러 질문들을 이었다. 숱한 질문에 토요의 답도 거침없이 이어졌다. 그의 답을 모두 들은 큰아버지는 조카 어깨를 툭툭 두드리며 크게 만족해했다.

이윽고 큰아버지는 그를 포옹해주고는 천막 밖으로 진중하게 발걸음을 옮기더니 모래 바닥에 무릎을 꿇었다. 놀란 얼굴로 뒤따라가던 토요를 큰어머니가 말렸다. 큰아버지는 늘 하듯 북녘 하늘을 향해 큰절을 두 번 올렸다. 그러곤 한 번도 보인 적 없던 무릎 아래 모래를 파헤친 뒤 양가죽 가방 하나를 꺼냈다. 그 속에서 큰아버지는 소중히 접은 양피지 두 개를 찾아내 토요 손에 쥐여주었다. 둘 다 세상에 처음 나온 듯 깨끗해 보였다. 그중 하나는 아주 작았으며 명주실로 단단히 꿰매져 있었다. 다른 하나는 접은 크기가 손바닥만 했고 쉽게 펼쳐볼 수 있었다.

큰아버지와 토요는 큰어머니가 차려놓은 식탁으로 자리를 옮겼다. 마유주를 곁들인 식사를 하며 큰아버지는 평소와 다른 모습으로 말을 건넸다. 나지막한 목소리였다.

"네가 오른손에 든 양피지는 사막 전체를 보여주는 지도다. 지난 백 년 동안 여기를 지나는 여행자들이 고치고 다듬어 만들어진 것이다. 가장 최근 것을 어렵게 구해 복사본을 만들어두었는데, 사막 여행에 절대로 필요할 것이다. 왼손에 든 작은 지갑은 아무 때나 열지는 말아라. 긴 여행을 하다 보면 어떤 절박한 시기가 올 것이고, 그때 너 홀로 열어보거라. 알겠느냐!"

큰어머니가 부어주는 마유주를 연거푸 들이킨 큰아버지는 이제 하고자 했던 다음 말을 이었다.

"내년이면 네 나이도 서른이니 더 미룰 필요도 없구나. 그동안 짐작했겠지만, 우리 가문은 여기서 북방으로 천 리쯤 떨어진 작은 부족에서 살았었다. 네가 갓 태어났을 때 네 부모는 조부님과 함께 세상을 뜨셨다. 늑대족 군사들이 들이닥쳐 네 아버지와 나를 관병으로 차출해 끌고 가려 했었지. 비록 작은 부족이었지만, 부락민을 대표하셨던 네 조부님은 네 부모와 함께 늑대족 군사들에 대항하다 죽임을 당하셨다. 우리 집안 내력에 대해 오늘에야 알려주어 미안하다. 네가 크는 동안 복수심을 키워주고 싶지 않았기 때문이다. 가슴에 원한이 차면 네 영혼을 망칠 수 있다고 생각했다. 나는 네가 이 세상을 위해 더 큰일을 했으면 한단다."

전부 이해되진 못했지만 토요는 착잡한 기분으로 큰아버지에게 인사드린 뒤 자리를 떴다. 무기력했던 그의 몸이 더 무겁게 주저앉았다. 이로써 모든 것이 확실해졌고, 자신의 생활도 허망해졌다.

'내 부모님은 이 세상에 계시지 않다. 그리고…… 저 지도는 무엇이란 말인가. 언젠가 내가 사막 여행을 할 날이 온다는 말씀이신가.'

밤하늘에는 수많은 별들이 총총했다. 저 많은 별들 중 할아버지 별도 빛나고 있을 것이다. 사막 사람들은 생명이 끊어지는 날 그 영혼이 사막 끝으로 달려가 천계 별이 된다고 믿었다. 내 부모님도 저곳 어디엔가에 계시리라! 광활한 우주로부터 지상으로 눈길을 돌린 그는 자신의 천막으로 들어가 큰아버지가 주신 지도와 작은 지갑을 서랍에 넣었다.

그 시절, 토요는 아무도 이해하지 못할 기이한 일을 겪고 있었다. 끊임없이 들려오는 환청 같은 것이었다. 돌이켜보면 아주 어렸던 시절 큰아버지에게 안겨 이곳으로 피난 왔던 때부터 가끔 겪었던 일이었다. 어린 나이에는 그것이 그냥 뿌연 안개처럼 여겨졌었는데, 이제 나이가 들고 보니 잡음이 점점 사라지는 것 같았다. 그리고 오늘 혼자 있는 이 새벽, 그 환청은 놀라울 정도로 또렷하게 들려왔다. 분명 사람 음성이었다.

'들리느냐……'

동이 틀 무렵이었다. 토요는 깜짝 놀라 반쯤 눈을 떴다가 다시 감았다. 굳어진 목줄기를 타고 그 음성이 더 크게 울려왔다.

'들리느냐!'

토요는 귀에 손을 대고 온통 그 환청에 집중했다. 귀가 훨씬 맑아지자, 그 음성은 더 깊은 울림으로 그에게 말했다.

'이제 떠나라. 여기를 떠나거라.'

그 음성은 마치 되돌릴 수 없는 명령같이 들렸다. 토요는 지체 없이 일어나 길쭉한 양가죽 가방을 꺼내 옷가지와 책들을 챙겨 넣었다. 약간의 음식과 물도 챙겨 피고에 실었다. 그 시각, 큰아버지 내외는 조카가 그곳을 떠날 줄을 이미 알고 있었던 듯 마을 앞 길목에서 떠오르는 해를 등지고 서 계셨다. 토요는 피고를 데리고 천천히 걸어가 두 분에게 큰절을 올렸다. 큰어머니는 그가 좋아하던 음식과 소금 봉지를 그의 가슴에 안겨주었다.

"이제 세상의 넓음을 봐야 할 때가 됐구나. 어디를 가든 큰 학문을 이루거라. 언젠가 중히 쓰일 것이다. 북쪽으로 가서는 안 된다. 행여 네 마음속에 복수심이 있다면 지금 거둬내기 바란다. 이 망망천지에 네가 할 수 있는 일들이 널려 있을 것이다!"

큰아버지는 작은 부락을 떠나는 조카가 저 넓은 세상 속에서 큰일을 해주기를 바랐다. 토요는 가슴 주머니에 넣어둔 양피지 지갑과 소금 봉지를 확인한 뒤 두 분에게 건강하시라는 인사를 하며 피고 위에 올랐다. 그러곤 장엄하게 떠오르는 해를 바라보며 동쪽으로 힘차게 말을 달렸다.

모래 폭풍 속의 조우

토요는 자신의 분신이라 할 피고를 몰아 동쪽으로 계속 나아갔다. 해는 중천으로 올라서 있었다. 사방은 모래 둔덕들만 펼쳐져 있을 뿐, 대화할 상대라곤 피고뿐이었다. 물을 아껴 마시며 천천히 나아가던 토요는 피고가 조금씩 북쪽 방향으로 나아가는 걸 눈치챘다. 사막 더위를 견디기 어려웠던지 피고도 지쳐가고 있었다. 그런 그가 북풍에 실려오는 시원한 바람에 본능적으로 물냄새를 맡은 모양이었다. 큰아버지와의 약속을 떠올리며 그는 피고의 고삐를 동쪽 방향으로 잡아끌었다.

피고의 고집과 토요의 의지가 타협점을 찾았다. 그들은 동북쪽으로 방향을 잡아 묵묵히 나아갔다. 해가 중천을 넘어갈 때까지 그들은 우물 몇 곳을 지나갔다. 그 주변으로 움막과 초지가 있었지만, 근처 부락민들이 가축을 데리고 지나쳐 가는 곳들이었다. 움막이 쳐진 일부 우물엔 다행히 물이 고인 곳도 있었다. 여행객들은 여기서 목을 축일 정도의 물을 얻을 수 있었다.

해가 서쪽으로 기울어갈 무렵, 저 멀리 부락이 나타났다. 오늘 행선지로는 처음 만나는 마을이었다. 피고는 발걸음을 멈춘 뒤, 귀를 쫑긋하며 경계심을 보였다. 마을은 크지 않았고 텅 비어 있었다. 가재도구와 축사들이 망가지거나 어지럽게 널려 있었다. 늑대족을 피해 일찌감치 도피한 것처럼 보였다. 토요는 비교적 온전해 보이는 움막 옆에 터를 잡은 뒤 피고가 풀을 뜯어 먹으며 그늘에서 쉬도록 했다.

토요는 짐 속에서 큰아버지가 주신 지도를 꺼냈다. 지도에는 사막 전체에 걸쳐 수없이 많은 까만 점들이 그려져 있었고, 점의 위치와 크기에 따라 부락의 위치와 거주민 수를 비교하도록 해두었다. 이렇게 멋진 지도를 준비해주셨다니. 그것에는 가히 지난 백 년간 축적해온 사막의 지리 정보가 모두 담겨 있었다. 그는 지도에서 이 마을의 위치를 추적해보았다. 고향 마을로부터 제법 먼 거리였고, 현재 나아가는 방향이 동북쪽이라는 것을 확인할 수 있었다.

이쯤에서 지도를 접어 넣은 그는 마을 안을 돌아보며 부락민들의 집들을 살피기 시작했다. 부락민들은 필요한 물품들을 잘 챙겨 떠난 것 같았다. 옷가지들과 육포들이 조금씩 남아 있는 것으로 보아 서둘러 떠난 흔적도 보였다. 해는 저 멀리 지평선 아래로 떨어지고 있었다. 토요는 서둘러 피고가 있는 움막으로 돌아왔다. 그리고 가슴에 품고 온 양피지 지갑을 상의 허리춤에 숨겨 넣고 명주실로 단단히 꿰맨 뒤 그 지갑이 겉에서 보이는지 확인까지 했다. 사막의 밤은 빨리 찾아왔다. 하늘에는 친숙한 별들이 총총히 빛나고 있었다. 그는 차가워진 기온에 옷을 두텁게 껴입고 잠자리에 누우며 다음 행선지를 생각했다. 이 여로의 끝은 어디쯤일까.

다음 날 새벽, 토요는 동북쪽을 바라보며 피고를 몰아 갔다. 피고는 조금씩 더 빠른 걸음으로 그의 재촉에 응했다. 이날 오후에 그들이 처음 마주친 촌락은 폐허가 된 지 오래돼 보였다. 촌락은 매우 컸고 사람과 가축의 유골이 수없이 널려 있었다. 두개골들은 예외 없이 검이나 창에 맞아 부서져 있었다. 마을 중심부에는 늑대족 왕국 깃발이 높이 펄럭이고 있었다. 붉은 바탕에 무사의 칼 문양을 그려 넣은 것이었고, 그 부락이 늑대족에 복속된 것임을 알리는 표시였다. 앞서 가던 피고가 소리를 내며 토요의 발걸음을 재촉했다. 그를 데려간 곳은 부족민들이 사용하던 우물이었다. 샘물이 조금 흘러나오는 것이 반가웠다.

피고를 쉬도록 한 채 토요는 그 마을을 구석구석 둘러보며 그날을 보냈다. 마을은 예상보다 훨씬 컸다. 그는 부족민들의 생활 속에서 중요하게 여긴 여러 흔적들을 둘러보았다. 마을 동쪽에 제단이 있었고, 망가진 천막이나 움막들에는 쓸 만한 물건들이 남아 있었다. 활 연습장이 있었던 것으로 미루어 군사를 훈련시킨 것도 확인되었다. 무엇보다 그의 관심을 끈 것은 서당의 모습이었다. 작은 책상이 여럿 놓여 있었고, 방바닥에는 많은 책이 흩어져 있었다. 운 좋게도 그 속에서 그는 건축술에 대한 책도 건질 수 있었다. 동양과 서양의 건축술을 비교한 책이었다. 이 촌락에 고도의 건축술에 관심을 가진 이가 있었다니.

해가 서편으로 기울어가자 토요는 마을에 흩어진 유골들을 모두 모아 제단 옆으로 옮겨 쌓았다. 그는 사막의 의식대로 몸을 씻고 제단 앞으로 나아가 무릎을 꿇었다. 기억나는 기도문을 짧으나마 읊은 뒤 길게 두 번 큰절을 올렸다. 석양을 배경으로 산더미처럼 쌓인 유골들을 바라보는 마음은 참으로 침울했다. 잠자리로 돌아온 그는 지도를 꺼내 들었다. 내일부터는 비교적 편평한 사막길을 지나갈 예정이었다. 그 평지가 워낙 넓어 그랬던지 '이데네'라는 지명도 붙어 있었다. 그는 내일 피고가 힘들지 않도록 짐을 조금 줄인 뒤 잠을 청했다.

사막의 일출은 엄청난 장관을 연출했다. 태양은 새벽 하늘을 불태우며 맹렬하게 열풍을 일으켰고 그 열기는 남쪽으로 서쪽으로 빠르게 번져 나갔다. 토요는 피고에서 내려 편안히 걸었다. 어제 밤잠을 길게 잔 것이 피로를 풀어주었으리라. 피고는 본능적으로 북쪽의 이데네를 향해 앞서 걸어갔다. 그러던 녀석이 갑자기 발걸음을 멈추더니 꼼짝도 하지 않고 먼 앞쪽을 응시했다. 그러고는 곧바로 큰 울음소리와 함께 앞발을 들며 껑충 뛰어올랐다. 주인에게 알리는 위험 신호였다. 피고는 머리를 돌려 토요를 쳐다보다 다시 북쪽을 응시하기를 몇 차례 반복했다. 그러다 토요가 자신의 등에 올라타도록 서둘러 앞다리를 굽히는 자세를 취했다.

이제 토요의 눈에도 북쪽 멀리 무엇인가 보이기 시작했다. 깨알처럼 작게 일고 있는 그것이 모래 폭풍일 거라는 생각이 들었다. 시간이 흐를 수록 그것은 황갈색 먼지구름으로 보였고 광활한 모래 벌판을 거침없이 달려오고 있었다. 피고가 다시 큰 울음소리를 내질렀다. 토요는 그 모래 폭풍의 선두에 까맣게 보이는 일단의 무리를 보았다. 20여 명쯤 돼 보였다. 갈색 두건을 두른 그들은 마치 폭풍에 떠밀리듯 최고 속도로 달려오고 있었다. 그들 뒤로 수많은 군마들이 쫓는 모습도 보였다. 그 수가 얼마나 많았던지 그들의 말발굽이 일으키는 먼지가 모래 폭풍처럼 보였다. 이제 그 폭풍은 아주 빠른 속도로 앞서 달리던 무리를 덮칠 것 같았다. 조만간 토요와 피고마저 휩쓸고 지나갈 조짐이었다. 피고가 지체 없이 반대 방향으로 내달리기 시작했다.

이제 피고와 토요 뒤로 두건 무리가 더 가까이 다가왔다. 가장 앞서 건장한 체격의 대장이 말을 달렸고, 뒤이어 말이나 낙타를 탄 청년들이 따라오고 있었다. 그들 후미에는 붉은 군복을 입은 장수 하나와 기마병들이 빠르게 추격해왔다. 일부 군사들의 손에는 붉은 깃발도 들려 있었다. 늑대족이었다. 가장 뒤처진 청년들의 발악 소리가 들리는가 싶더니, 두건을 쓴 머리들이 속절없이 베어져 나갔다. 늑대족 기마병들은 사정없이 장검들을 휘둘렀다.

먼저 달려오던 대장이 오던 길을 되돌려 늑대족 군사들을 막아섰다. 그가 휘두르는 칼에 그들이 하나둘 쓰러지기 시작했다. 그러나 중과부적이었다. 잠시 주춤하던 늑대족 기마병들은 여러 겹으로 이들을 에워싼 뒤 함성과 함께 공격해 들어갔다. 말과 낙타들이 쓰러지고 청년들이 죽어 나갔다. 뒤에서 들려오는 죽음의 소리에 토요는 피고의 고삐를 잡아

당겼다. 그러나 피고는 고집스럽게 앞만 보고 달릴 뿐이었다. 토요는 피고에서 뛰어내렸다. 그리고 곧바로 싸움터로 달려가 늑대족 군사들을 베기 시작했다. 태어나 처음 살육을 시작한 순간이었다.

그의 검술은 시간이 흐를수록 더 맹렬해졌다. 그는 거침없이 포위망을 뚫고 들어가 대장의 말 곁에 붙었다. 청년들은 늑대족의 적수가 되지 못했다. 결국 마지막 청년마저 떨어지자, 대장은 토요를 그의 말에 타도록 붙잡아 올렸다. 그러곤 고함을 지른 뒤 미친 듯이 상대 병사들을 쳐내면서 포위망을 뚫고 나갔다. 그는 곧장 피고 쪽으로 달려가 토요를 옮겨 타도록 했다. 몇몇 기마병들이 악착같이 쫓아왔지만 그중 셋이 대장의 검에 맞고 나가 떨어졌다. 대장과 토요는 최대 속도로 그들의 추격을 따돌렸다. 지난 며칠 사이 사막에 충분히 적응한 덕택에 피고는 준마처럼 잘 달려주었다. 그들의 도피 속도가 더 빨라지자 늑대족은 그쯤에서 추격을 멈추었다. 한참을 달리던 두 사람은 늑대족 병사들의 함성 소리를 듣고서야 달리던 속도를 늦추었다.

토요와 함께 달리던 대장이 이제 고삐를 끌어 말을 걷도록 한 뒤 토요에게 손을 내밀었다. 그의 넙적한 손이 토요의 손을 꽉 잡았다.

"내 이름은 태양 두루일세. 그냥 두루라고 불러주게. 자네 무술 솜씨가 보통이 아니더군."

사막에서는 턱수염과 두건 색으로 나이와 신분을 나타낸다. 그는 한 뼘 정도 자란 턱수염에 청회색 두건을 쓰고 있었다. 그것으로 그는 부족장의 장자일 가능성이 있었고 나이는 삼십 대 후반쯤 돼 보였다.

"제 이름은 가온 토요입니다. 토요라고 불러주십시오."

"음, 좋은 이름 같으이. 오늘 나와 내 일행 덕에 하마터면 황천길을 재촉할 뻔했구먼. 도와줘서 고마웠네."

그의 말에서 무언가 끈적한 친근함이 느껴졌다. 토요는 조금 전 난생처음 살육을 했었다. 사실 두려웠고 정신이 없었다. 방금 태양 두루가 보여준 표정에는 고독과 비통함이 배어 있었다. 그럼에도 그의 어투는 그가 오랜 동행자인 듯 느껴졌다. 토요 손을 꽉 잡던 그에게서 뜨거운 친밀감마저 전해졌다.

인연이란 이런 것인가. 사막 사람들은 인연이 마른 하늘에 번개 치듯 다가온다고 믿었다. 누군가 자신의 감정을 드러내면 심장 파동도 함께 전해지는데, 그것이 상대의 영혼에 닿아 울리게 되면 그 인연은 피할 수 없는 숙명이 된다는 것이다. 두루는 아득히 멀어진 늑대족 군사들을 되돌아보면서도 경계심을 늦추지 않았다.

"이제 저들은 이곳에 붉은 깃발을 꽂겠지. 이 일대를 저들의 영토로 복속시킬 것이고, 우린 한동안 이곳으로 돌아오기 힘들겠지. 자넨 원래 가던 길로 가야 하지 않겠나?"

"두루 님, 저는 넓은 세상을 보러 고향을 나섰습니다. 어디로 가시든 따라가보겠습니다."

방랑의 서막

두루와 토요는 각자 자신의 말에 의지하여 열풍이 온 천지를 뒤덮은 엄청난 사막을 달리다가 걷다가 했다. 목적지를 정하지는 않았지만, 둘은 가급적 늑대족으로부터 더 멀어지기 위해 동남쪽을 향했다. 그렇게 쉴 새 없이 하루 반나절을 달린 그들 앞에 깎아지른 높은 절벽이 나타났다. 그들은 자신의 검을 빼 들어 주변을 살핀 뒤 시원한 그늘을 만나자 그대로 쓰러졌다. 그 후 모든 시간은 아득한 꿈속으로 빨려 들어갔다.

"이제 정신이 드는가?"

토요 이마에 시원한 물수건을 얹어주며 두루가 상쾌하게 말했다. 토요는 화들짝 놀라며 누운 몸을 일으켰다.

"아, 제가 늦었군요. 괜찮으세요? 말들은요?"

"보다시피 나는 물론이고 말들도 모두 괜찮아. 저들은 저쪽 그늘에서 쉬고 있네. 지금쯤 배를 충분히 채웠을 걸세."

두루는 토요에게 물주머니를 건네 마시도록 했다. 물주머니를 받던 토요 눈에 두루의 팔에 새겨진 태양 문신이 들어왔다. 토요는 서둘러 그에게 절을 올리려 하자 그가 토요를 말렸다.

"그냥 서로 의지하세. 어차피 난 모든 걸 다 잃은 처지야. 돌아갈 곳도 없어."

그의 어두운 얼굴과 달리, 눈빛은 강렬한 의지를 담고 있었다. 모든 것을 잃었지만, 그 눈빛은 모든 걸 되돌려놓을 것 같았다. 그의 제안으로 그들은 절벽 가장 깊은 곳으로 내려가 보았다. 그곳에는 물이 흐른 흔적이 있었다.

"모래를 파보세. 운이 좋으면 물을 길을 수도 있을 테니."

해가 지면서 공기가 한결 시원해졌다. 그들은 침낭을 펴놓고 토요가 남겨온 음식을 나눠 먹으며 피로를 풀었다. 두루가 배낭 속에서 소금 가루를 조금 꺼내놓았다. 사막에서는 금만큼 귀하다는 소금이었다. 토요는 짐에서 부싯돌을 찾아와 모닥불을 지폈다. 불길이 밝게 피어오르는 걸 본 토요는 주머니에서 지도를 꺼내 그들이 함께 달려온 길을 되짚어보았다. 둘은 잠잘 틈도 없이 하루 반나절을 달려 이곳으로 이동해왔다. 사막에서는 늘 죽음의 그림자가 따라다닌다. 우물터와 초지를 만나지 못하면

물과 말을 잃을 것이다. 지금까지 둘은 사선의 문턱에서 서로에게 힘이 되고 위로가 되어왔다.

저녁을 마친 둘은 말들을 점검한 뒤 잠자리로 돌아왔다.

"자네 말을 피고라고 불렀지? 내 말은 루루라고 하네."

두루는 모닥불 앞에 다시 앉으며 말을 꺼냈다. 토요는 그가 아직 할 말이 더 있다는 걸 알아챘다. 그는 칼집에서 검을 빼내 토요에게 건네주었다. 손잡이에 태양 문양이 새겨진 것이 누가 보아도 유서 깊은 보검으로 보였다.

"나는 부족장의 장자였네. 불과 사흘 전만 해도 말이야. 늑대족의 공격을 받고 내 부모님은 살해되었네. 내 부족민들도 대부분 화재 속에 죽거나 뿔뿔이 흩어졌네."

그는 잠시 하늘로 눈길을 돌렸다. 감정을 자제하려고 애쓰는 표정이 역력했다.

"대략 칠 년 전쯤 될까. 내 나이 서른이었을 때의 일이네. 나는 늑대족의 본거지인 고탄성에 잠입했던 적이 있었네. 바다호수 남단에 위치한 커다란 성인데, 혹시 바다호수 얘기는 들어봤나?"

"네, 들어본 적 있어요. 그곳이 늘 궁금했는데요."

"사실 모두가 궁금해하지. 이런 사막에 비하면 그 호수 주변은 낙원이라 할 것이야. 고탄성도 그랬다네. 성문 안을 둘러보는 정도로 그쳤지만 풍족한 물과 우거진 수풀이 대단하더군. 그리고 잠깐이나마 기마대와 병기들을 엿보았을 때는 정말 깜짝 놀랐었지. 그걸 본 뒤 어서 돌아가야겠다는 생각을 했는데, 문제는 성문을 빠져나가려던 중에 일이 터졌어. 마침 성문 옆 공터에서 엄청난 씨름판이 벌어지고 있었는데, 몸집 좋은 장정 하나가 대적해 오던 상대를 모두 이긴 뒤 느닷없이 내 호위병 한 사람에게 손짓을 했다네. 몸집과 발 재주가 좋았던 그 친구는 주저 없이 그를 상대했고 처음에는 방어에만 치중하다가 그놈이 방심하던 틈을 노려 끝내 오른팔을 비틀어버렸지. 그때 씨름판에 나와 있던 늑대족 군관이 내 호위병의 손을 들어주었고 그날부터 관병으로 편입시킨다는 선언을 해버렸다네. 일이 잘못되어가는 걸 깨달은 우리는 그길로 말을 몰아 성문을 빠져나왔지.

그 후 칠 년이 흐른 며칠 전, 우리 부족은 늑대족의 급습을 당했네. 우리 부족은 태자 무센이 자리잡은 하단성 근거리에 있었고 언제든 공격받을 운명이었네. 그래서 우리도 그에 대비해 방어 준비를 했지만, 무센의 병력을 당해낼 도리가 없더군. 반나절을 버텼으나 내 부모님은 호위무사들과 끝내 살해되셨네. 숨을 거두시기 전, 부친은 내게 마지막 명을 내리셨네. 우리 유카족을 부활시키라는 명령이셨어. 당신의 부족이 완전히 망해가던 마지막 순간 장자에게 내리신 유언이셨어. 참으로 비통한 일이었네."

그는 크게 한숨을 내쉬다가 토요에게 눈길을 돌렸다.

"그런데 뜻밖에도 누가 알았겠나. 사막길로 도망치던 그 처절한 시간에 자네를 만나게 될 줄이야."

그는 토요에게서 검을 돌려받으며 확인하듯 물었다.

"방금 들었듯 나는 모든 걸 잃은 처지라네. 이래도 나와 동행하겠나?"

"죄송한 말씀이지만, 저에겐 정해진 미래가 없습니다. 떼놓지만 않으시면 기꺼이 따라가겠습니다."

그쯤 되자 두루는 토요의 지난 삶이 궁금해졌다.

"자네는 누구인가? 지금까지 어떻게 살아왔는지 매우 궁금해. 아까 그지도 같은 것도 그렇고."

토요는 잠시 망설였다가 그가 가장 궁금해할 자신의 가문에 대해 먼저 설명했다.

"제 조부께서는 작은 부락의 촌장을 맡고 계셨다고 들었습니다. 주민 수는 적었지만, 조부께서는 인재를 기르는 데 노력하셨고, 마을을 지키기 위해 청년들에게 검술을 익히도록 하셨다고 들었습니다. 제가 썼던 검술은 조부님으로부터 전해진 것입니다. 제가 아주 어렸을 때 부모님은 조부님과 함께 세상을 뜨셨습니다. 늑대족의 침공으로 전사하셨는데, 그래서 늑대족은 여러 부족들의 적일 뿐만 아니라 제 가문의 원수이기도 합니다.

부모님을 잃은 저는 그 후 큰아버지 밑에서 성장했고 청년기를 보냈습니다. 큰아버지는 저에게 많은 서책을 읽도록 독려하셨는데, 특별히 의술도 전수해주셨습니다. 죄송한 말씀이지만, 제 나이 이제 이십 대 후반이 되자 세상 밖으로 나갈 때가 되었다고 하셨기에 견문 넓히고 싶어 사막길을 나섰던 것입니다. 집을 떠나온 지 닷새밖에 되지 않았는데 많은 것을 배우고 있습니다."

두루는 토요가 읽은 서책들이 어떤 것인지 궁금해했다. 토요는 동방은 물론 서방에서 건너온 여러 역사서들과 천문, 지리, 의술에 관련된 책들을 소개해주었다. 양피지에 그려진 지도에 대해서도 설명해주었다.

그쯤에서 두루는 어떤 경외심을 느꼈던지 자리에서 벌떡 일어났다. 뒷짐을 지고 모닥불 주위로 오가던 그가 발걸음을 멈추더니 토요를 향해 진중하게 말했다.

"자네는 내가 가지지 못한 놀라운 능력을 가졌네. 지식이 끝모르게 깊은 걸 보면 알 수 있어. 며칠 동안 우리는 생사고락을 함께해왔네. 조금 전에는 자네 입으로 말했었지? 나와 세상 끝까지 함께 가겠다고! 실로 내겐 아무것도 남은 게 없으니 자네와 새 미래를 열어보고 싶네. 이쯤에서 내 제안을 받아주겠나? 우리 의형제를 맺도록 하세."

이번에는 토요가 자리에서 벌떡 일어났다. 그 제안이 그동안 외롭게 지내오던 그의 영혼을 뒤흔들었기 때문이었다. 부족을 잃은 처절한 영혼과 양자로 외로이 자랐던 영혼이 칠흑 세상 가운데 뜨겁게 만난 것이다. 그들은 관습에 따라 불에 지진 칼로 엄지 끝을 찔러서 물잔에 피를 받아 서로 나눠 마셨다.

"이로써 우리는 피를 나눈 형제가 되었네. 축하주는 없지만, 청결한 물로 건배해보세."

이어 맞절과 강렬한 포옹으로 결의형제의 의식을 마쳤다. 토요는 가슴 깊이 용솟음치는 뜨거움을 느꼈다. 지금까지 형제의 정을 모르던 그에게 세상 처음으로 형이 생긴 것이다. 그가 기댈 언덕이 지금 바로 그 앞에 든든히 서 있지 않은가. 두루는 대부족을 이끌 만큼 강인했고 무엇보다 넘쳐나는 의지력이 있었다. 그 시간 서로 말을 하진 않았지만, 그들은 그 의례가 세상 무엇보다 숭고하다는 걸 온몸으로 느끼고 있었다.

"내일 새벽에는 이곳을 떠나세. 여기서는 아무것도 할 수 없으니."

토요는 주머니에서 지도를 꺼내 그에게 펼쳐 보였다.

"형님이 원하시는 곳을 짚어보세요."

토요는 그의 답이 궁금했다. 둘의 앞날이 이번 결정에 달렸기 때문이었다. 그가 물었다.

"혹시 이 지도에 표시되어 있는가? 오아시스 전설이란 곳 말이야. 내가 어릴 때 부친이 자주 들려주셨던 얘기가 있었네. 사막 한가운데 엄청난 오아시스가 있다는 말씀이셨어. 내 부친이 눈을 감으실 때도 그 오아시스 전설을 다시 말씀하셨네. 그곳을 꼭 찾아가라는 유언이셨어. 갈 수만 있다면 그곳에서 우리의 미래를 열어보고 싶네만, 그곳이 어딘지 찾을 수 있겠는가?"

신기루에 다가서며

지도에는 사막 한가운데 지명 없이 푸른 점 하나 찍힌 곳이 있었다.

"여기가 형님이 말씀하신 오아시스 전설인 것 같아요. 오랜 기간에 걸쳐 이 지도를 만들고 수정해온 사람들이 이곳에 푸른 점을 찍은 이유가 있을 것 같네요."

토요는 지도를 좀 더 자세히 관찰한 뒤 말을 이었다.

"형님, 조금 전 말씀드렸지만 이것은 지난 백여 년에 걸쳐 사막을 여행하던 사람들이 수정을 거듭하며 상세히 그려낸 사막 지도입니다. 여기 보시는 까만 점들은 비교적 오랫동안 큰 부락을 형성해온 곳들입니다. 우리는 이 점들을 이정표 삼아 푸른 점을 찾아갈 거예요. 그러나 여기 푸른 점 주변을 보세요. 사방으로 까만 점들이 하나도 없습니다. 이건 무엇을 뜻하는 걸까요?"

"정말 그렇군. 주변에 마을이 없다는 얘기잖나?"

"네, 그건 이 푸른 점이 분명 큰 오아시스일 거라는 확신을 하게 합니다. 언제부턴가 주변 부락민들이 모두 그곳으로 이주해 들어갔고, 마을들이 차츰 사라져갔겠지요. 그 푸른 점이 주변 부락민들을 빨아들였을 거라는 추측을 가능하게 하는 것이지요."

그 푸른 점이 오아시스 전설일 가능성을 얘기하자 그는 토요의 말이 반가웠던지 더욱 밝은 표정을 지었다. 다음 날 새벽을 기약하며 토요를 위해 축원의 말도 해주었다.

"아우에게 신의 가호가 함께하길 기원하네."

그들은 충분히 휴식을 취하기 위해 곧바로 잠을 청했다. 그리고 새벽 별들이 쏟아지는 시각에 일어나 언제 끝날지 모를 긴 여정의 첫걸음을 내디뎠다.

토요는 짐작했다. 지금까지 경험해본 바로는 오아시스 전설까지 도달하는 데 아무리 짧게 잡아도 보름 이상은 걸릴 것 같았다. 그곳으로 가는 동안 얼마나 자주 마을과 우물을 만나느냐가 관건이었다. 중도에서 풀이나 건초를 얻지 못하면 말을 잃을 것이고, 물을 얻지 못하면 자신들이 살아남지 못할 것이다. 누가 봐도 무모한 도전이었다. 그들은 최소한 닷새를 버틸 물과 건초를 싣고 장도에 올랐다.

모래 절벽을 출발한 지 나흘이 지나는 동안 그들은 그런대로 순탄한 길을 가고 있었다. 그동안 수십 가구가 모여 있는 작은 마을을 여러 곳 만날 수 있었다. 사막에서는 어디를 가든 여행객들에게 물과 말린 음식을 나누어준다. 언제 길을 잃을지 모르는 삭막한 곳에서 서로 돕는 관습을 이어온 것이다. 마을 사람들은 양순했고 인심이 두둑했다.

"오아시스 전설이란 곳, 들어보셨어요? 혹시 이 방향이 맞나요?"

토요는 가는 곳마다 만나는 사람들에게 자신들이 제대로 가고 있는지 확인했다. 대개는 그가 가리키는 방향을 보며 머리를 끄덕였다. 그러면서도 그 여행에 대해 엇갈린 반응을 보였다.

"거길 왜 가? 사람들이 그곳을 낙원이라 말하지만 난 절대 믿지 않아. 다른 이들은 거길 전설이라 하데. 그게 꿈이라는 거잖아? 헛꿈 말이야. 크든 작든 오아시스는 사막에 널려 있어. 여기 말고 뭐가 더 부러워?"

어떤 아주머니는 이런 반응을 내놓기도 했다.

"전설이란 말이 딱 맞아요. 그래서 천국이고 희망이죠. 이런 삭막한 모래땅에 살다 보면 꿈처럼 막 상상하게 돼요. 가보고 싶긴 한데 너무 멀어 엄두를 내지 못하긴 하지. 목숨을 잃을 수도 있잖아."

운 좋게도 그들은 이 마을 촌장으로부터 늙은 낙타 한 마리와 먹을거리를 두둑이 받았다. 그의 조건도 이어졌다.

"과거에 우리 마을을 거쳐서 그 전설로 떠난 사람들이 가끔 있었어. 그 후 들려온 얘기들은 끝없는 사막길을 견디기 힘들어 도중 포기했다는 거야. 그러니까 낙타 한 마리 보태주는 거니 자네들은 꼭 살아서 가게. 거기 도착해서 정말 천국을 보게 되면 우리들도 그곳으로 데려다주게."

토요는 두루와 함께 말들을 앞세우고 낙타를 끌며 마을을 떠났다. 낙타에게 짐을 많이 실어 그런지 말들의 발걸음이 한결 수월해 보였다. 이글거리는 열기는 멈출 줄 몰랐다. 해가 기울어가는 방향을 뒤돌아보며 그들은 계속 동남쪽으로 나아갔다. 가던 도중에 폐허가 된 민가를 만나거나 말라버린 우물터를 지나치기도 했다. 더위에 한참 지쳐갈 즈음이면 동쪽으로부터 반가운 땅거미가 밀려왔다. 이런 밤을 몇 번이나 더 넘겨야 그곳에 도달할까.

하루에도 몇 번이고 토요는 지도를 살펴보며 가는 방향을 점검했다. 지도에 나타난 까만 점들과 푸른 점을 직선으로 연결해보면 다음에 만나게 될 마을의 거리를 짐작할 수 있었다.

"아우, 우리 갈 길 잘 찾아가는구먼. 짐작하겠지만, 난 고향에서는 이웃 부락들로 부친 심부름 다녔던 것이 전부였어. 예외가 있었다면 늑대족 왕국을 다녀온 거였지. 이 나이가 되어 저 적막한 사막 한가운데로 떠나게 될 줄 누가 알았겠나."

"네, 형님. 지금 저는 형님을 전설까지 안전하게 모셔야 한다는 생각만

하고 있어요. 꼭 하셔야 할 일이 있지 않습니까."

"고맙네. 전설에 무사히 도착하면 이 고생을 몇 배로 갚아줌세."

"그 전설이 정말 천국이라면, 제가 무얼 더 바라겠습니까!"

그렇게 그들은 동남쪽으로 계속 나아갔다. 낙타를 선물받은 마을을 떠난 지 나흘이 흘렀고, 어제 오후에 지나갔던 한 촌락의 우물을 사용한 것이 그사이 만난 유일한 행운이었다. 그 촌락의 한 주민이 손사래 치며 말했다.

"더 들어가면 우물이 없을 거예요. 정말 아무것도 없어요. 더 들어간 사람치고 아무도 살아서 돌아오지 못했어요. 여기서 멈추거나 돌아가는 것이 좋을 겁니다."

토요와 두루는 서로 얼굴을 쳐다보았다. 저 사람 말은 옳을 것이다. 토요는 지도를 보며 나지막이 말했다.

"형님, 우린 지금까지 온 거리의 두 배는 더 가야 해요. 만만찮은 길일 것입니다."

"그렇지? 그럼 오늘은 여기서 푹 쉬고 내일 새벽에 출발하세. 말들도 많이 지쳤을 테니. 여기서 포기할 수는 없잖나."

그들은 우물에서 충분히 물을 받아 여러 날 버텨야 할 사막길에 대비했다. 부락민들은 자신들에게도 귀했을 말린 양고기와 건초를 나누어주었다. 다음 날을 기약하며 그들은 서둘러 밤잠을 청했다.

길은 멀고도 힘들었다. 동남 방향으로 내려갈수록 열기는 더 뜨거워졌다. 계속된 강행군으로 말들도 지쳐갔다. 어쩌다 만난 우물은 모두 말라 있었다. 이제 그들은 마실 물을 걱정하지 않을 수 없었다. 타들어가는 목에서 쉰 소리가 새어 나왔다. 내일 어떻게 될지 덜컥 두렵기까지 했다. 그럴 때면 앞날에 대한 어두운 상상을 애써 피하려 했다.

"아우, 그 사람 말이 옳았어. 더는 물을 찾아보기 어렵구먼. 말들이 힘들어하니 내일부터는 밤에 이동하는 것이 어떻겠나?"

"네, 형님. 물도 풀도 찾기 어려우니 굳이 낮에 걸을 필요는 없겠네요."

토요는 망가진 축사 귀퉁이에서 길고 짧은 막대 네 개를 골라 낙타 옆구리에 실었다. 이 막대들은 낮에 햇볕을 가리는 천막을 치는 데 필요할 것이다. 토요는 해가 떨어진 방향과 목성이나 샛별의 위치를 보며 전설의 방향을 가늠하려 애썼다.

"자네의 그 지식은 끝이 없군. 아무나 할 수 없지. 그래서 나는 이 여행이 꼭 성공할 것으로 믿네. 우리 더 힘내보세."

몸이 힘들수록 두루는 더 강인한 의지를 보였다. 얼굴은 검게 그을리고 잘 먹지 못해 뺨이 움푹 패었지만 안광만은 더 강렬하게 빛났다. 그러나 그의 바람과는 달리, 그들이 기댈 수 있는 우물은 더 이상 없었다. 출발 전에 지도에서 본 것처럼, 그 푸른 점으로 다가갈수록 마을들을 더 이상 만날 수 없었기 때문이었다.

그들이 마지막 우물을 지나친 날이 언제였는지도 아득해지고 있었다. 이제 사방에는 아무것도 없었다. 그들이 가진 건초와 물도 바닥나고 있었다. 사막 열기 속에 물 없이도 견딜 수 있는 낙타를 제외하면 그들의 앞날은 실로 무망해 보였다. 그들의 입술은 마르다 못해 하얗게 타들어가고 있었다. 그날 중에 물을 만나지 못하면 분명 그들의 생존을 보장하기 힘들 것이다. 토요는 짐작할 수 있었다. 피고의 눈에 생기가 사라지고 있는 것을.

그즈음 그들을 더욱 힘들게 한 것이 있었다. 그들이 가는 길에 낙타들의 머리뼈와 갈비뼈가 더 자주 목격된다는 것이었다. 두루의 침울한 목소리가 들렸다.

"낙타들이 저렇게 죽을 정도라면…… 이제 우리 말들도 더 견디기 어려울 것 같구먼. 자넨 괜찮은가?"

"전 젊지 않습니까? 제 예측으로 이틀 후면 전설 근처에 진입할 것 같습니다. 조금 더 힘내세요."

무거운 발걸음을 옮기면서 그들은 서로에게 위로의 말을 건넸다. 두루가 나지막하게 말했다.

"하고 싶지 않은 얘기지만, 이쯤에서 말들을 보내주세. 저들은 물냄새를 맡고 갈 테니 우리에 앞서 전설에 닿을 수 있을지 몰라. 저들이라도 살아야지."

그 말의 뜻을 알아들었든지, 피고는 토요를 떠나지 않으려고 몇 번이고 발버둥쳤다. 토요가 피고와 루루의 귀에 속삭였다.

"우린 곧 만날 거야. 그곳에서 꼭 만나게 될 거야!"

토요와 두루는 밝은 표정을 지으며 말들의 목을 껴안았다. 두 말은 앞발을 구르고 맹렬히 꼬리를 치다가 가던 방향으로 천천히 나아갔다. 두루와 토요는 떠나가는 말들에게 손을 흔들어주었다. 살아남아 다시 볼 수 있기를.

이로써 그들에겐 늙은 낙타 한 마리와 그에 실린 짐들만 남았다. 토요는 문득 이 낙타가 사막의 귀신일 거라는 생각이 들었다. 그들은 낙타에게 모든 걸 의존했고, 낙타는 아무것도 먹지 않은 채 그들의 가족처럼 동행했다. 앞에는 죽음의 사막만 적막하게 펼쳐져 있었다. 이제 하루나 더 버틸 수 있을까.

해가 중천으로 올라서자 천막을 칠 시간이 왔다. 그들은 모래 둔덕 아래에 좀 편해 보이는 장소를 찾았다. 목은 타들어갔고 눈꺼풀은 잠에 빠져들고 있었다.

"아우, 여기에 짐을 푸세. 한숨 자고 나면 힘이 나겠지?"

그들은 느릿느릿 천막을 친 뒤 그 아래로 기어 들어갔다. 그리고 서로 뭐라고 한마디씩 한 뒤 그대로 잠들어버렸다.

한참 잠자던 토요는 무엇인가 자신을 흔들고 있다는 걸 느꼈다. 꿈 같기도 했고 천막을 스치는 바람 소리 같기도 했다. 그가 조금씩 잠에서 깨어나자 이번에는 그의 귀에 무슨 소리가 들렸다. 아, 그것은 지난날 들렸던 그 환청이었다.

"들리느냐?"

토요가 정신을 차려보려 애썼다.

"깨어나라. 일어나거라"

토요의 눈이 저절로 떠졌다. 그 환청이 다시 울렸다.

"곧 큰일이 있을 것이니……."

토요는 옆에서 정신없이 자고 있는 형을 바라보다가 그 환청을 다시 쫓으려 애썼다. 그러나 한참을 기다려도 환청은 다시 들리지 않았다. 큰일은 무엇이란 말인가? 토요는 무거운 몸을 반쯤 일으켜 천막 밖으로 기어 나왔다. 해는 중천에서 여전히 이글대고 있었다. 환청은 사라졌고, 눈에 보이는 것이라곤 저 뜨거운 모래땅뿐이었다.

그러다 먼 지평선을 바라보던 그의 눈에 믿기 힘든 광경이 들어왔다. 처음에는 잔잔한 호수 같아 보였다. 그 위에 솜털처럼 하얀 안개가 펼쳐져 있었다. 호수 주변으로 끝없이 이어진 푸른 숲과, 그 앞으로 넓게 자리 잡은 파란 초지도 보였다. 숲과 초지 주변으로는 예쁜 꽃동산이 멋진 풍경을 자아냈다. 천국이 있다면 바로 저런 곳이리라. 지금 죽음의 문턱에서 그의 눈에 비친 저 천국은 그가 반드시 가야 할 지상 낙원이었다. 마음에 주체할 수 없는 갈망이 일어나자, 토요는 두 팔로 기어서 그곳으로 향했다. 그렇게 뜨거운 모래땅을 기어가던 그는 모든 기력을 소진한 채 그대로 쓰러졌다. 그의 눈에 비쳤던 신기루도 함께 사라져갔다.

무지갯빛 오아시스

생사의 갈림길에서

이글대는 신기루의 끝자락에서 모래 먼지가 일었다. 30명 규모로 보이는 일단의 군사들이 말을 타고 이동하고 있었다. 그들은 잘 갖춰진 갑옷을 입었고, 허리춤에는 정교하게 만들어진 칼집을 차고 있었다. 대오를 지어 이동해 가는 모습에 빈틈이 없어 보였다. 그들 맨 앞에는 체격이 확연히 커 보이는 장수 한 사람이 긴 수염을 날리며 군사들을 이끌고 있었다. 다부진 어깨에 위엄을 갖춘 인상이었다. 장수는 오른팔을 들어 군사들을 멈추게 했다. 멀리 앞서 갔던 척후병 둘이 먼지를 날리며 달려오는 모습이 보였다.

"대장군님께 보고 드립니다. 저 앞에 천막이 보입니다. 낙타 한 마리도 있습니다."

눈 좋은 다른 척후병이 말을 이었다.

"천막 앞에 쓰러진 사람이 있었습니다. 생존해 있는지는 확인하지 못했습니다. 천막 안에 무엇이 있는지도 멀리서는 확인할 수 없었습니다. 이상 보고를 마칩니다."

대장군이 비상한 관심을 보이고는 뒤따르던 부관들에게 말했다.

"내가 예상했던 그대로군. 놀랍지 않나? 외지인이 여기까지 도달하다니! 내가 직접 나와보기로 한 것도 이 때문일세. 군사들을 준비시키고 어서 가보세."

부관들이 군사들에게 대오를 갖추도록 지시했다. 대장군이 앞장서 말을 달렸고 척후병들의 보고대로 모래 둔덕 아래에서 작은 천막을 보았다. 그 옆에 무릎 꿇고 머리를 천막 그늘에 넣은 낙타도 보였다. 대장군은 군사들을 천천히 접근시켜 천막 주변을 에워싸게 했다.

완전히 기진한 채 엎어져 있던 토요에게 모래땅의 미세한 진동이 전해졌다. 그는 겨우 실눈을 뜨고 주변에서 전개되는 말들의 움직임을 감지했다. 대장군의 지시로 두 부관이 말에서 내렸다. 그중 하나가 조심스럽게 토요 곁으로 다가와 몸을 밀어 똑바로 눕혔다. 동시에 다른 부관이 천막 안으로 들어가 거기에 쓰러져 있던 두루를 바로 눕혔다. 대장군은 낙타에 실려 있던 검들을 찾아내 뒤따르던 호위병에게 넘겼다. 곧이어 군사들을 시켜 토요도 천막 안으로 옮기게 했다. 부관들이 알렸다.

"살아 있습니다만, 완전히 기력을 잃었습니다."

"이자는 천막 밖에 오래 쓰러져 있었던 것 같습니다. 몸에서 심하게 열이 납니다."

대장군이 손짓하자 호위병들이 물주머니를 가져왔다. 그는 손수건에 물을 적셔 둘의 이마에 하나씩 얹어주었다. 바람이 불어와 이마가 시원해지자 토요와 두루가 차례로 눈을 떴다. 둘은 꼼짝도 하지 못한 채 눈만 껌벅였다.

"흠, 눈을 떴군. 내 말 들리는가?"

바짝 마른 두루의 입술에서 대답이 겨우 새어 나왔다.

"들리오. 물, 물…… 부디 물 좀 주시오."

대장군은 물주머니를 열어 두루의 입술을 적셨다. 부관이 다가와 토요 입술도 적셔주었다. 그들은 조금씩 물을 마시기 시작했다. 그러고는 속절없이 다시 누웠다. 대장군이 부관들에게 말했다.

"이들이 일어날 때까지 기다린다. 감시할 군사들을 배치하고, 부관들은 나를 따라오라."

대장군은 한 부관에게 낙타에 실린 짐들을 내리도록 했다. 토요와 두루의 소지품들을 자세히 살피던 부관들이 대장군에게 보고했다.

"물주머니가 말라버린 지 오래되었습니다. 낙타가 겨우 버티며 여기까지 온 것 같습니다. 이 가방에는 책들도 들어 있습니다."

대장군은 아까 거둬들인 검들을 살피고 있었다. 그러다 다른 부관이 다가오는 소리를 들었다.

"저자들이 일어나 앉았습니다. 이제 어떻게 할까요?"

"양고기나 건과라도 줘보게. 먹을 수 있으면 다 먹을 때까지 기다린다."

토요와 두루는 배고픔에 음식들을 정신없이 받아먹었다. 허기가 조금 사라지자 눈에서 생기가 돌기 시작했다. 두루가 토요에게 말을 건넸다.

"아우? 우리에게 운이 남아 있었구먼. 살 것 같은가?"

"네, 형님. 정말 다행이에요."

토요는 문득 환청을 떠올렸다. 아까 천막 속에 쓰러져 있었을 때 들려왔던 그 환청은 바로 이런 일에 대비하라는 예언이 아니었을까. 그는 멀찍이 보이는 저 장수가 자신들을 해치지는 않을 것이라 믿고 싶었다.

"이 건과 맛이 특이하지 않나요? 어떤 생각이 드세요?"

"맛과 향이 좋네만, 그 전설이라는 곳에서 난 열매가 아닌가 싶으이."

"바로 그것 같습니다. 전설이 여기서 멀지 않을 거라는 생각입니다."

그들이 일어서자 대장군이 소리쳤다.

"저자들을 포박하라. 그리고 뒤로 돌려 낙타에 태우라."

한 병사가 군사 대열 뒤에 함께 데리고 온 낙타 두 마리를 끌고 왔다.

주변 부하들은 부관들이 시키는 대로 토요와 두루를 낙타에 태웠다. 둘의 손은 뒤로 묶였고 눈은 가려졌다. 그리고 천천히 낙타가 걷는 대로 실려갔다.

"형님, 설마 저들이 우리를 떼놓지는 않겠지요?"

"그러지는 않을 거야. 오랜 경험으로 나는 사람 표정을 읽을 줄 아네. 저 장군의 얼굴을 계속 살폈어. 근엄하고 다부졌지만 선해 보이기도 했네. 아마 우리를 데려가 많은 걸 물어보겠지. 우리들이 누구인지 왜 여기까지 왔는지 말이야."

"형님, 아까 제가 꿈 같은 것을 꾸었는데, 행여 있을지 모를 위기에 대비해 마음의 준비도 미리 해두시면 좋겠어요."

두루는 주변 분위기를 살피다 낮은 목소리로 말했다.

"그러겠네. 지금 위기를 잘 넘겨보세. 우리 검들은 저들이 챙겼겠지? 난 내 검이 필요해. 내 목숨과 같은 것이거든."

오아시스 왕국

토요 눈에 신기루처럼 보였던 푸른 호수와 하얀 안개는 오아시스 전설 상공을 떠도는 흰구름이었는지 모른다. 사막 한가운데 자리 잡아 접근조차 힘든 곳, 그래서 전설로만 남아 있던 별천지. 외지인의 접근이 거의 불가능해진 상태에서 이곳은 독자생존이 가능한 거대한 생활터로 변모해 있었다. 거주민들은 오아시스의 경계를 두른 성곽 안에서 천국과 같은 풍요로움을 누리고 있었다.

성문을 통해 오아시스 내부로 들어가면 키 큰 활엽수들이 빽빽이 들어서 푸른 숲을 이루었다. 그 가운데로 끝이 보이지 않는 긴 하천들이 시원하게 흐르고 있었다. 하천 주변에는 파랗거나 노랗거나 빨간 농작물이 오아시스의 풍요로움을 더해주고 있었다. 하천 둑 위엔 낚시를 하는 사람들도 보였고 밭에는 김을 매는 사람들도 보였다. 거미줄처럼 사방으로 뻗은 하천을 거슬러 계속 올라가면 그 발원지를 만나게 되는데, 그곳에는 방문객들이 더 이상 들어갈 수 없도록 높다란 대나무 담을 엮어두었다. 그 입구에는 성스러운 제단을 세워두어 새해 첫날 왕국의 평화와 발전을 기원하는 제를 올렸다.

왕국 전체에 펼쳐진 초원에는 크고 작은 부족들이 자리 잡고 있었다. 수백 년 전 선조대부터 부족민들은 그 일대 주변에 흩어져 살다가 언제부턴가 엄청난 샘물이 솟아오르자 이 신선한 오아시스로 이주해 들어왔다. 그 후에도 그들은 자신들의 생활 방식을 이어갔고, 그래서 부족별로 마을을 이루어 그들만의 전통을 이어가고 있었다.

그 후로 한 세기가 흐른 지금, 오아시스에 거주하는 부족민 수는 족히 20만을 넘기고 있었다. 이들이 평화롭게 살아갈 수 있는 이유는 스스로 만든 국법을 잘 지키고 있기 때문이었다. 오아시스 태동기에 수백여 개 부족이 모여 살기 시작할 때부터 각 부족 주민들은 자신들의 부족장을 내세워 일종의 원로회의를 구성한 뒤 오아시스를 지키고 경영할 법을 제정하도록 했다. 원로회의는 4년마다 대표를 선출하여 회의를 주재할 권한을 부여했다. 오아시스 주변에서 부족민들이 계속 이주해 들어오자 원로회의는 법을 더 세부적으로 개정해오다가, 마침내 오아시스 전 부족민을 대표해 법을 집행해줄 덕망 높은 국왕을 선출하기로 했다. 선출된 왕은 나라 안보와 치안 유지를 지키기 위해 합당한 세금을 거두었고, 법 집행의 효율성을 높이도록 재상을 중심으로 대신회의와 지역 별 관청 제도를 도입했다. 무엇보다 군사를 훈련시켜 국가의 치안과 만일의 외세 침입에 대비하도록 했다. 이로써 오아시스는 왕이 이끄는 대신회의와 대부족장들의 모임인 원로회의가 국정을 이끄는 왕국의 면모를 갖추게 된 것이다.

그런 기반 위에 후대 왕들은 도로와 수로 건설 같은 주민들의 편의 기반을 건설해갔다. 마을들을 연결하는 도로를 넓히고, 식수와 농수로 사용할 실개천을 정비해 나갔으며, 부족들 사이에 물물교환이 가능하도록 장터를 만들어주었다. 무엇보다 매년 춘절기에 돌아오는 건국일을 기념하여 왕국 중심부의 천인지 호수에서 전 주민들의 화합을 다지는 잔치마당을 열었다.

오아시스 왕국에는 실로 부족한 것이 없었다. 이웃 마을들 사이에는 시장이 생겨 개인들의 상거래와 새 문화 발상지 역할을 했다. 시원한 밤이면 주민들은 시장을 돌아다녔고, 치안부는 관아 직원들을 대동하여 행여 발생할 수 있는 사고나 불법을 막는 데 노력을 기울였다. 그리하여 오아시스 왕국은 인구수, 군사력, 농산물 자급 능력, 행정력 등 여러 방면에서 고도의 발달을 이루게 되었다. 이제 왕국은 주민들의 수준에 걸맞는 교육과 문화, 의료제도 등을 정비하는 단계로 발전하고 있었다.

토요와 두루가 사막에서 포박되어 왕국으로 끌려 들어온 때는 바로 이곳 문명이 찬란히 꽃피던 시기였다. 둘을 태운 낙타들이 성문을 통과하자 앞서 가던 대장군이 부관들을 시켜 둘의 눈가리개를 치워주었다.

"그대들이 죽기살기로 찾아온 곳이 여기 같은가?"

토요 눈에 들어온 오아시스의 풍경은 충격 그 자체였다. 변방의 작은 촌락에서 살아왔던 그가 책에서나 읽고 상상했던 엄청난 왕국을 목도한 것이다. 대장군의 물음에 두루가 대답했다.

"그렇습니다. 제 아우와 죽을 각오로 이런 곳을 찾아왔습니다."

군사들에 둘러싸여 그들은 천천히 이동했고, 토요는 사방에 보이는 갖가지 진경들을 바라보았다. 두루가 나지막이 말했다.

"아우, 세월이 많이 흘렀지만 여긴 바다호수보다 더 멋지군. 저 멀리 보이는 성곽도 그렇고, 여기 잘 닦아놓은 길을 보게."

토요는 목을 빼고 길가를 흐르는 개천 너머 눈길을 보냈다. 농사짓는 풍경은 더욱 충격적이었다. 그의 입에서 감탄이 절로 터져 나왔다.

"물이 있으니 이렇게 달라지는군요. 저 많은 물이 어디서 흘러오는지 참으로 궁금해져요. 이런 사막 한가운데서!"

"이곳 사람들 얼굴 표정을 보게나. 모두 웃는 얼굴이야. 여긴 천국이 틀림없어."

대장군과 군사들은 오아시스 초입을 벗어나 숲길로 접어들었다. 관목 숲을 지나자 넓은 마당이 나왔다. 마당 끝에는 제법 큰 목조 건물 한 채와 이를 사이에 두고 양쪽으로 토담집 두 채가 나란히 붙어 있었다. 그곳에서 대장군은 두루에게 손을 내밀었다.

"이제 헤어질 때가 되었구먼. 우리들은 다른 길로 가네. 여기서 살아나온다면 북문에 있는 군 총지휘부를 찾아오게. 두 사람은 눈빛이 좋으니 무사할 것 같네만."

대장군이 마당 가운데로 들어서자 반대편에서 대기하고 있던 다른 장수가 우람한 체구를 드러내며 성큼성큼 걸어 나왔다. 머리에 회색 두건을 쓴 것으로 보아 대장군의 수하 장수 같았다. 그의 뒤로 날렵하게 보이는 부관들과 병사 10여 명이 따라 나왔다.

"대장군님, 고생 많으셨습니다. 이제 저희가 맡겠습니다."

"흠, 뒷마무리 잘 하시오."

교체된 장군이 무엇인가 지시하자 뒤에 서 있던 부관들과 병사들이 토요와 두루 주위를 둘러쌌다. 분위기가 싸늘하게 느껴졌다. 그가 명령했다.

"저들을 낙타에서 끌어내려 문초실에 각각 감금한다."

토요는 곁에서 끌려 내려지는 두루를 바라보았다. 병사들은 밧줄로 그의 팔과 어깨를 여러 겹 단단히 묶었다. 그러고는 곧바로 오른편 토담집으로 끌고 갔다. 아주 험악한 행동이었다. 두루가 일그러진 얼굴로 잠깐 토요를 쳐다보았다. 뒤이어 토요도 같은 방식으로 묶인 채 반대편 토담집으로 끌려갔다. 토요가 문을 들어서는 사이, 한 부관이 다른 부관에게 속삭이는 소리가 들려왔다.

"장군께서는 저쪽 방에 감금한 자를 먼저 문초하실 모양이야. 그자 팔에 새겨진 태양 문신, 자네도 보았나?"

파사드 장군에게 토요와 두루를 넘긴 뒤 문초장을 떠나온 쿼사마 대장군은 곧장 북문에 위치한 총지휘부로 돌아갔다. 그는 자신을 따라오던 부관들에게 이제 각자 돌아가 쉬도록 명했다. 부관 하나가 급히 말했다.

"죄송하오나, 호위병들은 이곳에 있어야 하지 않겠습니까?"

"괜찮네. 생각할 것도 있으니 나 혼자 있고 싶네. 오늘 수고들 많았어."

홀로 남은 대장군은 검푸른 두건을 벗으며 천천히 자신의 관사로 들어가 문을 걸어 잠갔다. 한동안 두문불출할 모양이었다. 사실 지금 대장군은 멈출 수 없이 밀려드는 어떤 의문에 휩싸여 있었다. 전 생애에 걸쳐 지금처럼 희한한 감정 속에 빠져본 적이 없었다. 도대체 어떻게 그자가 그 검을 가지고 있단 말인가? 그의 팔에 새겨진 문신과 검 손잡이에서 보았던 문양이 모두 태양이라니. 집무실 안을 뚜벅뚜벅 걸으며 몇 바퀴 돌던 대장군은 돌연 어떤 기억이 떠올랐던지 붓대를 들고 양피지 위에 무엇인가 빠르게 적어 나갔다.

문초를 겪으며

무사들이 두루를 문초실로 끌고 들어가자 그곳에 대기 중이던 상급 무사 두 명이 그를 맞이했다. 두루는 두 팔이 뒤로 묶인 채 벽에 세워진 형틀에 단단히 묶였다. 잠시 후 부관 한 사람이 문을 열고 들어오며 소리쳤다.

"다리도 묶어라."

무사 두 사람이 한 쪽씩 맡아 두루의 양 다리를 형틀에 묶었다. 이제 그는 팔다리 할 것 없이 꼼짝달싹 못 하는 처지가 되었다. 부관은 두루 앞에 서서 짧은 채찍을 허공에 흔들며 질문을 던졌다.

"이름과 출신지를 대라."

오아시스로 끌려올 때 토요가 예견해준 바가 있어, 두루는 두려운 기색 없이 담담하게 답했다.

"내 이름은 태양 두루라 하오. 유카 부족 사람이올시다."

두루의 목소리가 뜻밖에 침착하자 부관은 그의 기를 꺾어놓으려 채찍을 더 세차게 휘둘렀다.

"우리 법에 따라 너희들은 심문이 끝날 때까지 침입자로 간주된다. 너희 짐은 모두 조사 대상이다. 심문 후 문제가 없으면 풀어줄 것이나, 우리 왕국을 위협할 자들로 판명 나면 너희들의 생사를 장담할 수 없다. 곧 장군님이 들어오신다. 다시 말하지만, 거짓을 고한다면 이 방에서 걸어 나가지 못할 것이니 명심하라."

그의 말이 끝나자 깃털 달린 지휘봉을 든 장군이 호위무사 둘과 서기를 앞세우고 들어왔다. 장군이 형틀 앞에 놓인 의자에 앉자 부관이 두루의 이름과 출신지를 알렸다. 곁에 선 서기가 대화 내용을 가죽피에 받아 적기 시작했다. 장군의 입에서 묵직한 음성이 울려 나왔다.

"목숨이 붙은 채 여기 오아시스까지 왔다니 놀랍다. 이곳으로 오며 봤겠지만, 오아시스 주변에는 부족도 우물도 생명도 사라진 지 오래다. 우리 왕국이 자리를 잡은 뒤 최근 삼십여 년 동안 여기까지 살아서 온 자들은 그대들 둘뿐. 아무도 없었다. 이곳으로 오는 데 며칠이나 걸렸나?"

"이십 일쯤 걸렸소."

"이곳까지 오자면 목숨을 걸어야 한다. 길도 없다. 어떻게 살아 올 수 있었나?"

장군은 그들이 이곳에 도달하는 데 어떤 비법이 있었는지 반드시 알아내야 했다.

"가장 짧은 길을 택해 오려고 했소. 모두 아우의 천문 지리 지식에서 나온 것이오. 아우는 사막의 지리에 능통하오. 그리고 천문에도 해박하다오. 별들의 위치와 운행을 추적하여 밤길 이동 방향도 정확히 알고 올 수 있었소."

"흠, 그래? 그 부분은 그대 아우란 자에게 물어보겠다. 여기에 온 목적이 뭔가?"

장군은 본질적인 질문에 들어갔다. 그의 눈빛이 사나워졌다. 외지인이 살아서 왔다는 것 자체가 왕국의 미래에 위협이 아닐 수 없었다.

"장군께서 말하시는 외지인들은 이곳을 오아시스 전설이라고 한다오. 그들 대부분은 이곳을 천국으로 믿고 있소이다. 그래서 죽기로 각오하고 와보고 싶었소."

두루는 잠시 기다렸다가 다음 말을 덧붙였다.

"다행스럽게도 여행 중에 아우를 만나 의형제를 맺었고, 의기투합해 여기까지 무사히 온 것이오. 소문대로 과연 여긴 천국이오."

두루의 말이 아직도 믿기지 않았지만, 장군은 자신의 머릿속에 담아둔 더 큰 질문을 던졌다. 표정이 더욱 사나워졌다.

"가장 중요한 질문을 하겠다. 늑대족을 아는가? 여기서 많이 떨어져 있지만, 사막 서북방 지역에서 가장 남단에 위치한 왕국으로 알려져 있다. 우리는 그자들이 이곳으로 침략해 오는 것에 대비해왔다. 늑대족에 대해 아는 대로 말하라. 이쯤에서 잘못 고하면 그대들이 늑대족의 간자인 것으로 판결하고 처단할 수도 있다!"

장군의 목소리가 쩌렁쩌렁 울렸다. 그러나 두루는 이 질문에도 대비한 듯 편하게 설명했다. 그는 사막의 북쪽 끝자락에 있는 바다호수부터 설명하기 시작했다.

"그곳도 여기만큼 아름답고 푸른 곳이었소. 그러다 많은 부족국가들이 왕국을 선언하며 서로 전쟁을 벌였는데, 말씀하신 대로 남단에 걸쳐 세를 불리던 늑대족이 제일 위협적인 왕국으로 알려져왔소. 소문 나기로 그들에겐 약소 부족들이 내미는 항복도 소용없으며, 오직 살육과 약탈 그리고 복속만 기다리고 있을 뿐이오. 단단히 대비해야 할 것이오."

"늑대족을 만나거나 침략받은 적 있는가?"

장군은 눈을 부릅뜬 채 두루에게 가장 위험한 질문을 던졌다.

"아니, 없소. 소문을 많이 들었고, 여기까지 오는 동안 폐망한 부락들을 많이 보았소."

두루는 자신의 부족이 늑대족에게 멸망했다는 사실은 일절 언급하지 않았다. 더 큰 의심을 피해야 했기 때문이었다.

"다음 질문은 우리 왕국엔 대단히 심각한 것이다. 그대 팔에 새겨진 그 태양 문신은 무엇인가?"

이 질문에 대해서도 두루는 편하게 답했다.

"우리 부족에서 나는 부족장의 장자였소. 장차 부족장이 될 아들에게 태양 문신을 새겨주는 것은 우리 부족의 오랜 전통이었소."

이 대답에 장군은 자리에서 벌떡 일어났다. 그리고 두루 얼굴 가까이에서 지휘봉을 휘두르며 외쳤다.

"그댄 대단히 위험한 자다. 하늘에는 태양이 하나뿐이다. 여기는 왕국이고 인자하신 국왕이 계시다. 나는 장군이면서 법무관이기도 하다. 그대의 이름 태양 두루, 팔에 새겨진 그 문신 그리고 부족의 장자라는 사실만으로 이미 판결이 내려졌다. 이제부터 그댄 평민으로 살아야 한다. 알겠나? 우리 왕국에 반하는 어떤 행동도 용납될 수 없다. 수상한 행동이 발각되면 그 즉시 처단될 것이다."

장군은 다시금 지휘봉을 휘두른 뒤 옆에 선 무사들에게 수신호를 했다.

"호위병! 이제 저쪽 방으로 건너간다. 서기는 모두 잘 받아 적었겠지?"

토요는 문초실에 갇힌 채 한참을 기다렸다. 날렵해 보이는 무사 넷이 방문 안팎을 지키고 있었다. 형틀에 단단히 묶인 두 팔이 뻐근하게 저려왔다. 이윽고 문 쪽에서 발소리가 들렸고, 부관이 여럿 무사들과 함께 들어왔다. 토요의 이름과 출신지를 확인한 부관은 무사들에게 그의 다리를 형틀에 묶도록 명령했다. 그때 장군이 서기를 대동하고 문 안으로 들어서며 말했다.

"이자는 그대로 놔두라."

장군은 앞에 놓인 의자에 앉으며 우렁찬 목소리로 말했다.

"저쪽 방 두루란 자를 심문하고 왔다. 그자는 네가 누군지 전혀 모른다고 했다. 알지도 못하는 두 사람이 어떻게 목숨을 걸고 여기까지 올 생각을 할 수 있었나?"

장군은 두루로부터 들은 말을 뒤집어 물었다.

"거짓을 말하면 처단될 수도 있다는 걸 명심하라."

토요는 잠시 망설였다. 형도 저 말을 들었을 것이고, 거짓말을 했을 리없을 것이다.

"저분은 제 형님입니다. 사막을 여행하던 중 만나 의형제를 맺었습니다. 훌륭한 분입니다."

"내가 묻는 말에 간단히 대답만 한다. 그렇다면 둘이서 여긴 왜 왔나? 이곳에 오아시스가 있다는 걸 어떻게 알았나?"

"사막 사람들에게 이곳은 오아시스 전설로 소문나 있습니다. 제가 가진 지도에는 사막 한가운데 푸른 점 하나가 찍혀 있습니다. 그 점이 여기 오아시스일 거라 믿었습니다. 저는 어릴 때부터 밤하늘 별들을 보며 자랐습니다. 시간에 따른 별들의 움직임을 추적하는 건 전혀 문제되지 않습니다. 저희가 의형제를 맺고 이곳으로 여행해보자는 결론을 내린 뒤, 한 번도 실수 없이 지름길을 따라 이동해 왔습니다."

"흠, 자네 짐에서 지도 같은 걸 보지 못했다. 지금 가지고 있으면 보여보라."

"제 바지 주머니에 들어 있습니다."

부관이 토요 옆에 선 무사에게 지시했고, 무사는 주머니에서 양피지 지도를 꺼냈다. 양피지에 새겨진 사막 전체 지도를 들여다본 장군은 놀라운 표정으로 부관에게 말했다.

"부관, 여길 보게. 과연 여기에 푸른 점이 찍혀 있군."

장군은 토요에게 눈길을 돌려 말했다.

"이 지도, 사본을 만들어도 괜찮겠나? 원본은 조만간 돌려주겠네."

토요가 고개를 끄덕이자 장군이 다시 말을 이었다. 말투가 한결 부드러워졌다.

"이 지도 말고도 천문 운행을 안다니 대단하군. 언젠가 그 능력을 확인해보고 싶군. 여기 오아시스까지 오는 데 며칠 걸렸나?"

"정확히 보름하고도 사흘이 걸렸습니다. 참으로 힘든 날들이었습니다. 물과 식량이 떨어져 죽는 줄 알았습니다."

"저 두루란 자는 부족장의 아들이라 했다. 그건 들었겠지?"

"네, 유카 부족 출신으로 들었습니다. 부친이 부족장이라는 말도 들었습니다."

장군은 이쯤에서 토요에 대한 심문을 멈췄다.

"흠. 나는 이 나라 장군이면서 법무관이기도 하다. 심문 중에 나온 자네 두 사람의 말들이 모두 일치하는 걸 확인했다. 물론 앞으로도 필요하면 언제든 심문을 더 할 것이다. 우리는 어떤 경우든 늑대족의 침략 가능성에 대해서도 대비하고 있다. 그러니 분명히 말하지만 자네들로부터 어떤 수상한 기미를 포착하게 되면 생사가 달라질 것이야."

법무관으로서 근엄한 발언을 마친 장군은 부관에게 손짓으로 지시했다.

"두루란 자를 마당으로 데리고 오라. 서기는 오늘 기록 내용을 정리하여 곧 전해주게."

오아시스의 무지개

토요와 두루는 무사들에게 둘러싸여 각각 심문실에서 마당 가운데로 걸어 나왔다. 오후 한나절을 서로 떨어져 심문받은 뒤라 그들은 만면에 웃음을 띠며 만났다. 마당 가운데로 장군이 걸어오며 말했다.

"부관, 이제 오늘 마지막 확인을 한다. 준비되었나?"

"네, 장군님. 곧 확인하실 수 있습니다."

부관이 앞에 선 무사에게 지시하자 그가 손에 든 깃발을 크게 흔들었다. 그러자 숲길 초입에서 뭔가 달려오는 소리가 들렸다. 그 소리는 점점 말발굽 소리로 들렸고 곧 우렁찬 울음소리가 뒤따랐다. 그러곤 잠시 후 마당 안으로 말 두 필이 거침없이 울음소리를 내며 뛰어들어 왔다. 말들은 마당 주변을 한 바퀴 돌고는 머리를 흔들고 꼬리치며 주인 옆으로 다가가 멈춰 섰다. 이런 재회를 상상하지 못한 두루와 토요가 말들을 번갈아 부둥켜안으며 가슴 벅차했다. 두루가 장군을 향해 머리 숙여 경의를 표했다.

"이 말들은 우리의 생명과 같았는데, 잘 살펴주셔서 감사합니다."

두 사람이 말들의 주인이라는 것까지 확인하자 장군은 흡족한 듯 머리를 끄덕이며 말했다.

"사실 외지인이 여기까지 살아서 올 줄은 아무도 생각한 적 없었네. 그러나 이제 그렇지 않다는 걸 확인하게 되었으니 이 또한 값진 소득이 되었네. 이틀 전 저 말들이 우리 성문으로 달려오는 걸 보고 저들의 주인이 근처에 있을 거라 직감했었지. 곧바로 성루 병사에게 말들이 달려온 방향을 확인토록 지시했고, 사안이 중차대하다는 걸 느끼신 대장군께서 지체 없이 직접 성밖으로 나서신 것이네. 우리 군부의 일은 재상에게 바로 전달되는 것이니, 지금은 이 나라 대신들과 원로들에게도 전달되었을 것이네. 이 왕국에서 그대들이 살아남을 방법을 미루어 짐작하기 바라네."

파사드 장군은 뒤에 선 부관에게 지시했다.

"이 두 사람에게 왕국 주민증을 내주고 향후 상황을 설명해주게."

지시를 받은 부관이 지금껏 한번도 해본 적 없는 설명을 시작했다.

"사실 이번 사건은 우리에게도 기억에 없는 일이다. 우선 본인들의 신분을 확인해줄 주민증이 있어야 한다. 두 사람의 이름은 두루와 토요 그대로 쓸 것이다. 두 사람은 한동안 위험 인물로 분류되어 치안부의 감시를 받을 것이다. 저 숲길 끝에서 오른편으로 가다 보면 관아를 만날 것이다. 그곳 직원에게 이 서찰을 보여주면 그대들의 주민증과 짐을 넘겨줄 것이다."

부관이 말을 마치자 파사드 장군이 손을 내밀며 악수를 청했다.

"우리 왕국 주민이 된 것을 환영하네."

장군은 내밀었던 손으로 두루와 토요가 떠나갈 방향을 가리켰다. 그들이 떠나가는 모습을 보며 잠시 기다리던 장군이 외지인들의 유입 가능성에 다시금 어두운 표정을 지으며 부관에게 말했다.

"대장군님께 오늘 심문 결과를 서둘러 고해야겠네. 채비하게."

두루는 부관으로부터 받은 서찰을 앞가슴 주머니에 접어 넣었다. 둘은 나란히 말을 끌며 숲길을 지나간 뒤 부관이 알려준 관아를 찾아갔다. 거기서 짐을 받아 각자 말에 싣고 나자, 잠시 뒤 건장해 보이는 직원이 대나무피로 만든 작은 패를 건네주었다. 그 위에는 이름과 출신 부족이 새겨져 있었고, 주민증 발급일 옆에 무지개 형태의 왕국 문양이 찍혀 있었다. 주민증을 건넸던 직원이 따로이 작은 가죽 지갑을 건네며 말했다.

"새 이주민을 만난 것도 처음이지만, 주민증을 발급해본 건 난생처음입니다. 저는 이 관아에서 법무를 담당합니다. 앞으로도 도울 일이 있으면 언제든지 찾아오십시오. 그리고, 그 지갑에는 며칠간 숙식에 쓰실 정착금이 들어 있습니다. 새 이주민에게 정착금 지원법이 있다는 것도 오늘 처음 알았습니다. 새 이주민에 대한 국왕님의 선처라고 보시면 되겠습니다."

관아를 나오며 이제 두루와 토요는 거의 완전한 자유인이 되었다. 둘은 말 위에 앉아 오아시스의 신선한 풍경을 눈부시게 바라보았다. 여긴 하늘부터 달라 보였다. 책에서나 보던 솜털 같은 흰구름이 푸른 하늘 위로 떠다녔다. 포장된 길도 놀라웠다. 발을 내딛는 길마다 수레바퀴를 견딜 만큼 단단하고 넓게 포장되어 있었다. 도로 옆으로는 맑은 개천물이 쉴 새 없이 흘렀다.

"모든 것이 신기하겠지? 바다호수에 갔을 때 나도 그랬으니까. 그런데 여긴 바다호수와 여러 면에서 다르기도 하네. 바다호수엔 계절이 바뀌는데, 여기는 일 년이 죽 여름이겠어. 물론 더 큰 차이도 보았네. 바다호수 주변 왕국들은 창칼로 권세를 누리지만 여긴 법으로 다스린다는 거야. 우리를 감시하는 건 당연한 일이겠지. 우리가 이 천국을 지옥으로 만들지 한 시도 염려를 놓지 못할 것이니. 그리고 이 돈 좀 보게!"

두루는 돈이 든 지갑을 보며 크게 미소 지었다. 가던 길이 두 갈래로 나뉘어지자 두루가 말 방향을 새로이 잡았다.

"흠. 마침 우리가 보고 싶은 또 다른 풍경을 만나겠군. 저쪽에서 짙은 구름이 빠르게 몰려오잖나? 잠시 후면 이곳에 소나기가 쏟아지겠어!"

두루의 예견대로 곧 빗방울이 떨어지기 시작했다. 토요 입에서 환호성이 다시 터져 나왔다. 사막에서는 땅 위 물도 구경하기 힘든데, 이곳에는 머리 위에 물이 그냥 쏟아지는구나! 몰아치는 빗속에서 그들은 온몸으로

비를 맞았다. 손에 빗물을 받아 마시기도 했다. 길을 오가는 사람들은 손에 우산이라는 걸 쓰고 다녔다. 비가 그쳐가자 그들은 또 다시 놀라운 광경을 목격했다. 그들의 아름다운 미래를 예고해주려는 듯 서편 하늘 꼭대기에 엄청난 무지개가 펼쳐졌던 것이다.

두 자루의 검

문초를 모두 마친 늦은 오후, 파사드 장군은 서기로부터 건네받은 심문 대장을 들고 부관 둘을 대동한 채 군 총지휘부로 향했다. 이번 심문은 여러 측면에서 고심해야 할 바가 많았다. 특별히 주목하게 된 건 오아시스 왕국이 안정된 왕정을 펼치던 이래 거의 불가능하게 여겨져왔던 외지인의 접근 가능성을 확인하게 되었다는 점이었다. 이 사건은 궁극적으로 늑대족과 같은 야만족의 침공 가능성과도 연결되어 군사 전략을 전반적으로 수정해야 하는 숙제를 안긴 셈이었다. 사막 전체 지도와 두루의 검을 획득한 것도 이번 문초에서 얻은 큰 수확이었다.

총지휘부에서 기다리고 있던 쿼사마 대장군은 파사드 장군이 들고 온 이번 문초 기록을 보고받기 시작했다. 잠시 듣고 있던 그가 장군에게 물었다.

"심문 내용으로 보면 그자들에게 수상한 내용은 없어 보이네만, 문제는 우리 왕국도 언제든 외세로부터 안전하지 못하다는 것 아니겠나?"

"그렇습니다, 대장군님. 다른 족속들은 몰라도 늑대족에 대해서는 완전히 다른 대비를 해야 하겠습니다. 이번 심문 중에 큰 소득도 있었습니다. 두루란 자의 본명은 태양 두루였고, 우리 왕국에서는 두루라는 이름으로 거주할 것입니다. 심문 중에 느꼈지만, 두루란 자는 상당히 비범해 보였습니다. 늑대족의 군사력에 대해서도 많이 알고 있는 듯 보였습니다. 지금부터 면밀히 감시하겠습니다."

대장군이 머리를 끄덕이자 파사드 장군이 서둘러 다음 말을 이었다.

"대장군님, 이제 놀라운 물건들을 보여드리겠습니다만, 그전에 두루와 함께 다녔던 젊은 친구를 잠시 설명드리겠습니다. 그의 이름은 토요이며, 우리 왕국에서 서북방으로 칠천 리쯤 떨어진 데모 부족 출신이라 했습니다. 그는 밤길 이동에 절대적인 천문에 능통했을 뿐만 아니라, 사막 전체 지도도 지니고 있었습니다. 그 지도를 통해 거리 추정도 가능했던 것입니다. 이걸 보십시오! 대장군님도 놀라실 것입니다."

파사드 장군은 자신의 가슴속에 품고 온 양피지를 넓게 펼쳐 보였다. 아니나 다를까 대장군의 눈이 휘둥그레졌다.

"놀랍군. 사막 전체 지도가 있었다니. 여기저기 까만 점들은 부족들을 표시한 듯하군. 흠, 저쪽은 서북방의 넓은 초원을 표시한 모양이네."

"대장군님, 토요란 자의 말에 따르면 그곳이 바다호수라 했으며, 최근까지 자칭 왕국이라 선포한 부족국가들의 전쟁터라고 들었습니다. 더 좋은 영토를 차지하기 위해 끊임없이 분쟁을 일으킨다는 것입니다. 그리고 여기를 보십시오. 사방에 점들이 하나도 없는데, 그 중앙에 푸른 점 하나가 보이시지요? 심문 중에 확인했습니다만, 여기가 우리 오아시스 왕국이라 했습니다."

"오호! 이런 놀라운 지도가 있었다니. 정말이지 우리 왕국은 이 넓은 사막 중에 외로운 섬이나 다름없군. 이런 먼 사막길을 두루와 토요 그자들이 열여덟 날 걸려 건너왔다고?"

대장군은 흥분한 음성으로 다음 말을 이었다.

"두루와 토요 그자들의 감시 기간이 풀리는 대로 서둘러 만나봐야겠군."

그 말이 끝나기를 기다린 파사드 장군이 조금 전 대장군에게 했던 말을 되짚어 말했다.

"대장군님, 이 물건도 살펴보십시오. 두루 그자가 쓰던 검입니다. 특별히 손잡이에 새겨진 태양 문양에 주목하시기 바랍니다. 문초 기록에 모두 적어두었습니다만, 그의 팔에 새겨진 문신뿐만 아니라 이 검의 손잡이에도 태양 문양을 넣었습니다. 자신의 조부와 부친이 부족장이었고 본인은 그 집안의 장자라 했으니, 이자의 모든 언행을 철저히 감시해야겠습니다."

파사드의 설명을 들으면서 대장군은 검 손잡이에 새겨진 태양 문양을 유심히 살폈다. 그러더니 더 지체할 새 없다는 듯 검을 칼집에 꽂으며 파사드에게 말했다.

"오늘 수고 많았네. 쉽지 않은 일을 잘 마무리했어. 심문 기록과 사막 지도 그리고 이 검은 내게 맡겨두고 돌아가시게. 조만간 소식 줄 것이니."

파사드 장군이 떠나자, 대장군은 잠시 심문 기록을 살피다가 자리에서 벌떡 일어났다. 그러곤 곧바로 관사 문 밖으로 걸어 나가 호위병 하나 없이 동북 방향을 향해 말을 달렸다. 석양을 뒤로한 채 긴 수염을 흩날리며 달리던 그가 멈춰선 곳은 웅장한 석벽으로 둘러싸인 왕궁이었다.

왕국이 처음 세워졌던 80여 년 전, 원로회의는 오아시스를 크게 동서남북 네 구역으로 나누고, 지형이 가장 높은 동북 경계 지역을 특별구로 정해 왕궁을 건설했다. 여기에는 또 다른 이유도 있었다. 끊임없이 물이 쏟구쳐 나오는 오아시스의 수원지가 그곳에 있었기 때문이었다. 그리하여 왕궁과 수원지는 별동대가 지키는 오아시스 최고 방호 구역이 되었다.

왕궁 중앙에는 왕이 대신들과 국사를 논하는 대전이 자리 잡고 있었다. 그 대전 뒤편으로는 궁중 정원이 있었고, 이 내원을 지나면 왕과 왕비의 침소가 있는 내전이 자리 잡고 있었다. 특별히 왕궁을 돋보이게 한 것은 내원 양쪽에서 옥상으로 휘돌아 올라가는 계단이 있다는 것이었다. 옥상의 난간으로 다가서면 탁 터인 사방으로 오아시스 전경을 내려다볼 수 있었다.

쿼사마 대장군이 왕궁 정문에서 말을 멈추자, 그의 검푸른 두건과 긴 수염을 알아본 수비대장이 수문에서 부리나케 뛰어오며 그를 영접했다. 수비대장은 곧바로 정문을 열어 그를 왕궁 안으로 안내했고, 현관으로 들어오는 그를 집사가 맞이했다. 대장군은 집사의 영접에는 무관심한 듯 대전을 지나쳐 국왕 침소로 직행했다. 대장군의 그 같은 행보는 이 왕국에서 그가 차지하는 위상을 보여주는 것이었다. 왕의 침소 앞에서 집사가 왕에게 대장군의 입궁을 고하자, 잠시 후 왕이 손을 흔들며 내전으로 걸어 나왔다.

"대장군, 이 시각에 이렇게 오다니 무슨 급한 일이라도 있소?"

인자하게 생긴 왕이 대장군의 얼굴을 살폈다. 칼라드 국왕의 나이는 66세로, 재위한 지 16년이 지나고 있었다. 오아시스는 현왕의 집권 이후 농업과 상업 그리고 군사력에서 눈부시게 발전하고 있었다. 두루와 토요가 이 왕국에 도착한 뒤 감탄사를 연발하며 목격했던 바로 그 태평성대기였다. 왕과 마주하고 있는 대장군은 라미아 왕비의 친동생으로, 왕에게는 네 살 아래 처남이었다. 내전에서 언제든 왕과 왕비를 대면할 수 있는 인물이었다.

대장군은 직접 들고 온 짐 보따리를 풀기 시작했다. 그에 맞춰 왕이 집사에게 말했다.

"필요한 일이 있으면 부를 테니 들어가 쉬게."

집사가 자리를 뜨자 대장군은 풀어놓은 물건들을 탁자 위에 올려놓으며 왕에게 고했다.

"어제 파사드 장군으로부터 외지인 접근에 대한 전갈을 받으셨으리라 믿습니다. 오늘은 예정대로 그 외지인 두 명에 대한 심문을 모두 마쳤습니다. 그 결과를 보고 드리려 서둘러 왔습니다. 무엇보다 관심이 크실 아주 특이한 물건 두 개도 가지고 왔습니다."

대장군은 두루와 토요에 대해 그날 밝혀낸 사실들을 소상하게 아뢰었다. 그러면서 왕이 관심을 가질 것이 분명한 두 가지 물건을 설명하기 시작했다.

"먼저 이 지도를 보시옵소서. 스스로 의형제라는 두루와 토요 두 사람이 이 지역을 오아시스로 주목하고 스무 날 가까이 먹거리와 물이 바닥날 정도로 죽을 길을 올 수 있었던 건 바로 이 지도를 이용했기 때문인 것으로 보입니다."

"아니, 어떻게 이런 사막 지도가? 우리도 전혀 모르는 이런 지도가 세상에 있었다니!"

"그렇습니다. 저도 아주 놀랐습니다. 사막 전체 지리를 소상히 그려놓은 지도입니다."

왕이 지도의 서쪽에서 동쪽으로 눈을 떼지 못한 채 꼼꼼히 살폈다.

"대장군, 이걸 보면 온 세상이 허연 사막인데, 여기 동남쪽에 특별히 푸른 점이 외따로이 찍혀 있구먼. 이곳이 우리 왕국이란 말이지?"

"파사드 장군 말에 따르면 토요란 자가 의형 두루와 함께 죽을 각오로 찾아왔다는 곳이 바로 이 푸른 점입니다. 중요한 건 이 지도 자체만으로도 우리 왕국이 외세 침입에 취약할 수 있다는 것입니다. 토요란 자가 이 지도를 가지고 있듯, 서북방에서 엄청나게 세를 키우고 있는 여러 왕국들도 이 지도를 모를 리 없을 것입니다. 대비책을 서둘러야 하겠기에 이렇게 바삐 알현드리는 것입니다."

"아! 보통 심각한 일이 아니구먼. 어떡하면 좋을지 대책이 있으면 말해보시구려."

"전하, 조만간 좋은 방안을 찾아 고해드리겠나이다. 지금부터 그자들을 물샐 틈 없이 감시하고 있습니다. 우리 왕국을 위해 힘쓸 위인들이라면 중용할 방법도 찾아보겠습니다. 이 지도 원본은 주인에게 돌려주기로 했사오나 사본을 만들어두고자 하옵니다. 현재 이 왕국에서는 이런 지도가 있다는 걸 아는 사람이 파사드 장군과 부관 넷 외엔 없습니다. 사본을 만들면 어찌 하올지……."

"사본은 왕국의 기밀실에 특급 자료로 보관해두십시다. 언젠가 지도를 사용해야 할 날이 온다면 그때 열어보십시오."

왕은 크게 한숨을 쉰 뒤 그날의 핵심 사안을 질문했다.

"두루란 자는 어떤 인물이라 했소? 이 지도를 소지했다는 토요와 의형제를 맺은 사이라는 얘기는 들려주셨소만."

"네, 잘 경청해주시옵소서. 그자는 나이 서른일곱으로, 이름은 태양 두루이고 팔뚝에는 태양 문신이 새겨져 있었습니다. 더욱 놀라운 건 그의 이름과 문신뿐만 아니라 그의 검에도 태양 문양이 새겨져 있다는 것입니다. 여기 손잡이를 보시옵소서."

대장군은 자신의 짐 중에서 묵직한 검을 들어 왕에게 건넸다. 왕의 눈이 더욱 휘둥그레 커졌다. 그가 칼집에서 천천히 검을 뽑아내자 검날을 따라 하얀 안개가 피어 나오는 것 같았다. 심상치 않은 기운이었다. 이쯤 되자 호기심으로 가득 찬 왕이 손잡이에 새겨진 태양 문양에 눈길을 집중했다. 태양 문양은 아주 정교하게 새겨져 있었다. 그 순간 왕의 표정이 기묘하게 바뀌어가더니 그의 영혼이 육체를 빠져나간 듯 여겨졌다. 실로 그의 영혼은 아득한 세월 저편을 더듬고 있었다. 그러다 대장군이 왕을 향해 '전하!'라고 부르자 퍼뜩 정신을 차렸다.

잠시 이마에 손바닥을 대고 있던 왕이 자세를 고치며 물었다.

"두루 그자의 출신지가 어디라고 했었소?"

그 질문이 나오기를 기다린 대장군의 입에서 바로 답이 나왔다.

"유카라 했습니다, 전하!"

그 답에 왕은 자신도 모르게 자리에서 벌떡 일어났다. 그의 두 눈은 왕방울처럼 커졌고, 그 표정으로 두 팔을 벌렸다가 다시 자리에 풀썩 앉았다. 그 검을 앞에 두고 잠시 침묵이 흘렀다. 이윽고 왕이 조심스러운 음성으로 대장군에게 말했다. 조금 전과는 달리, 군신 관계를 떠나 처남에게 써오던 말투로 바뀌었다.

"짐작은 했겠지만, 이 검은 내 집안과 연관된 것이네. 처남이 두루란 자를 특별히 살펴주시게."

"자형이시여, 사실 저도 두루 그자가 유카 출신이란 사실에 놀라며 이렇게 급히 달려왔나이다. 그자에 대해 알고 싶은 일이 있으시면 언제든지 전갈을 주소서. 전하 앞으로 직접 데려오겠나이다."

왕은 처남의 육중한 팔뚝을 잡으며 노고를 치하해주었다.

"아직 좀 더 두고 보려네. 이번 일 수고 많았어. 심문 기록과 그 검은 여기 두고 가시게. 지도는 사본을 보내주는 대로 왕국 기밀실에 보관해두겠네. 이 검은 왕궁 창고에 한동안 보관해두겠네. 이에 대해서는 우선 처남과 나만 기억하도록 하세. 언젠가 왕비와 공주에게도 보여주려 하네."

대장군이 떠난 뒤에도 왕은 탁자 앞에 그대로 앉아 두루의 검을 유심히 살폈다. 그는 곁에 놓인 비단천을 들어 검을 열심히 닦기 시작했다. 검을 문지르는 엄지 손가락에 검 손잡이의 볼록한 태양 문양이 느껴졌다. 검을 닦는 동안, 왕은 아득한 과거 어린 시절의 기억을 더듬었다. 그가 조부의 가슴에 안겨 재롱을 부리던 시절. 그의 팔에는 무게를 감당하기 힘든 검이 안겨 있었다. 칼집과 뒹굴며 놀던 어린 자신을 향해 조부는 인자한 미소를 띠었다.

'할아버지는 나에게 그 검이 무엇인지 알려주려 하셨지…….'

왕은 조부에 대한 기억에 한 걸음 더 다가서고 있었다. 그 기억의 끝자락에는 조부의 희망 섞인 독백도 담겨 있었다.

'내가 죽더라도 언젠가는 네가 이것과 닮은 검을 보게 되면 좋겠구나.'

왕은 조부의 평생 소원이었을 그 말을 기억해내었다. 정말 믿기지 않았지만, 지금 그 닮았다는 검이 자신의 손 위에 놓여 있지 않은가!

그쯤에서 왕은 두루의 검을 손에 든 채 왕궁 옥상으로 걸어 올라갔다. 옥상의 창고에는 왕실에서 전해지는 물건들이 종류별로 정돈돼 쌓여 있었다. 그는 선대가 사용하던 검과 창을 넣어둔 길죽한 나무 상자들을 하나씩 열면서 조부가 남기신 그 검을 찾기 시작했다. 그가 마지막 상자를 열려고 할 때 상자 밖 비단천에 싸여 있던 검 한 자루를 발견했다. 그는 대번에 그것이 아득한 기억 속의 조부 검인 것을 알 수 있었다. 두루의 검과 판박이로 같아 보였다. 양손에 두 자루 검을 나란히 올려놓자 그의 가슴속에는 천둥이 요동치는 소리가 울려 퍼졌다. 그가 두 자루 검의 손잡이에 새겨진 태양 문양을 맞대어보자, 두 문양의 오목볼록한 요철이 서로 정확하게 맞춰지는 것이었다. 조부께서 평생 소원처럼 알려주셨던 두 자루 검이 마침내 자신의 양손에서 확인되는 순간이었다.

밤이 더 깊어지자 창고 문을 여는 소리가 들렸다. 왕의 소재를 찾아 왕궁을 돌다 창고까지 올라온 집사였다. 그는 창고 문 옆에서 허리를 굽히며 왕비님이 찾고 계신다는 전갈을 고했다. 왕은 알았다는 대답과 함께 집사를 돌려보냈다. 집사가 떠난 걸 확인한 그는 양손에 두 자루 검을 든 채 벽을 따라 상하좌우를 살폈다. 벽에는 검을 꽂을 수 있는 석갑 두 개가 한 걸음 반 정도 거리를 두고 나란히 고정되어 있었다. 이날을 위해 조부께서 미리 준비해놓으신 것이리라. 왕은 오른쪽 석갑에 조부의 검부터 꽂아보았다. 그리고 왼쪽 석갑에는 두루의 검도 꽂아 넣었다. 그러자 자리를 잡은 두 자루 검의 손잡이에 새겨진 태양 문양이 마주 보는 형국이 되었다. 왕은 매우 흡족한 미소를 지으며 검 두 자루를 차례로 쓰다듬은 뒤 진중한 발걸음으로 창고를 나섰다.

왕이 떠나자 창고 안은 다시 캄캄한 침묵으로 빠져들었다. 그러나 그 무거운 침묵 속에서 상상하지 못한 일이 벌어지기 시작했다. 미세한 파동이랄까. 그것은 석갑에 꽂힌 조부의 검에서 비롯된 진동이었다. 그 진동은 주변의 공기에 잔잔한 파동을 일으켰고, 잠시 후엔 옆자리 두루의 검마저 미동시키기 시작했다. 두루 검의 그 진동은 반대로 조부의 검을 더 강하게 반동시켰고, 그 모습은 마치 두 자루 검이 반갑게 서로 인사를 주고받는 것 같았다. 신비롭게도 두 자루 검이 일으키는 파동은 창고 안의 모든 쇠붙이들을 진동시키기에 이르렀다. 주변 쇠붙이들은 검들의 재회를 축하라도 하는 듯 철렁철렁 껑충껑충 춤추기 시작했다.

그런 진동음들이 이어지던 시각, 집사가 옥상의 소란스런 분위기를 눈치챘던지 빠른 발걸음으로 계단을 올라왔다. 촛불을 든 그가 조심스럽게 창고 문을 열고 들어서자, 바로 직전까지 진동하던 두 자루 검과 쇠붙이들이 얼어붙은 듯 멈춰섰다. 어두운 창고 안을 두리번두리번 살피던 집사는 이상하다는 듯 고개를 갸우뚱하다가 뒤통수를 긁으며 창고를 나섰다. 창고 안은 다시 칠흑 같은 어둠과 무거운 침묵 속에 잠겼다.

헤어져야 할 때

두루의 검이 국왕의 가슴에 안기던 그 시기, 두루와 토요는 오아시스를 둘러싼 성과 주변 도로를 둘러보며 첫날을 보내고 있었다. 성벽은 어른 키의 다섯 배쯤 높이 건조되어 있었고, 일정한 간격으로 높다란 성루를 세워 성 밖 먼 곳까지 살필 수 있도록 했다.

"여기 오아시스를 방어하는 데 빈틈이 없어 보이는군. 저런 높은 성루라면 성으로 달려왔을 우리 말들을 한눈에 보았겠어. 여긴 정말 복받은 나라일세. 왕의 치세가 대단한 것 같으이."

토요는 성곽과 성문의 형태를 유심히 살피며 말했다.

"형님, 이런 사막 외딴 곳에서 외적의 침공을 막으려는 노력이 돋보이네요. 왕들이 축성술을 발전시키는 데 상당한 의지를 가졌던 것 같아요."

서문 쪽을 둘러본 형제는 말을 타고 가장 높아 보이는 모래산 위로 올라가보기로 했다. 꽤 시간이 걸렸지만, 꼭대기에 올라선 그들은 다시 감탄사를 연발했다. 왕국 전체에 오밀조밀 형성된 마을들과 그사이를 잇는 도로, 그리고 푸른 하천과 실개천이 주변 숲과 함께 광활하게 펼쳐져 보였던 것이다. 오아시스 왕국은 북쪽으로 갈수록 완만한 오르막 형세를 하고 있었다. 토요가 얘기 나눠본 사람들은 성곽 동북 경계에 석벽으로 견고하게 지어진 왕궁이 있다고 했다. 토요에겐 그다음이 궁금했다. 저 하천들을 거슬러 상류로 계속 올라가면 그곳에는 무엇이 있을까?

"형님, 저 하천들의 발원지가 북문 쪽에 있는 것이 분명하네요. 그 원천이 어떻게 생겼는지 상류로 올라가보면 어떨까요?"

그들은 하천을 거슬러 동북 방향으로 나아갔다. 그곳에서 도로는 갈라졌고, 동쪽 길을 따라 한참 나아가던 두 사람의 눈에 저 멀리 우람하게 세워진 왕궁이 들어왔다.

"아, 형님! 마침내 여기까지 왔네요. 책에서나 보던 궁궐 말이에요!"

왕궁 앞으로는 초소들이 일정한 간격으로 배치되어 있었다. 그 주변으로 수비병들이 대열을 지어 오가는 모습도 보였다. 턱수염을 가다듬으며 왕궁을 올려다보던 두루의 얼굴에 경의의 표정이 역력했다. 그들이 왕궁 앞길에 이르자 초소병 두 사람이 걸어 나와 두루와 토요에게 신분을 밝힐 것을 요구했다. 한동안 감시 대상인 둘에 대해 치안부로부터 어떤 전갈이 갔던 모양이었다. 주민증 확인을 마친 초소병들은 미심쩍은 얼굴을 하면서도 두 사람에게 길을 터주었다. 왕궁 앞을 지나가는 동안 두루의 숨소리는 조금 더 빨라졌고, 토요는 이 왕궁의 설계 내역과 축조된 시기를 가늠하고 있었다. 왕궁 앞으로는 대추야자나무와 잡목들이 우거져 있었고, 후원 뒷길로는 높다란 대나무 숲이 주변을 푸르게 감싸고 있었다. 왕궁 앞길을 지나 동편 끝에 다다르자 이번에는 겹겹이 견고하게 쳐진 대나무 울타리를 만났다.

"형님, 여기가 바로 오아시스 젖줄이 시작되는 발원지로군요."

그 원천지가 얼마나 넓고 깊은지 밖에서는 짐작하기 힘들었다. 그만큼 별동군의 경계 방호도 삼엄하게 보였다.

오아시스를 돌아다닌 지 사흘 째. 그동안 그들이 숙식을 의존했던 곳은 마을과 마을을 연결하는 넓다란 시장들이었다. 그들이 처음 시장에 발을 들여놓았을 때 토요는 그 풍경에 압도될 것 같았다. 화려한 옷가지와 신발, 가재도구와 연장, 맛있는 음식과 온갖 과일. 장터에는 진귀하고 낯선 물품들이 널려 있었다. 사람들은 청동이나 은으로 만든 동전을 화폐로 사용하고 있었다. 사흘 전 문초를 마친 뒤 관아에서 제공해준 정착금을 처음 사용해본 곳도 시장의 한 주막집이었다. 토요는 자신들이 받은 돈을 셈해보고 며칠 동안 나눠 먹을 음식 종류를 맞춰 나갔다. 그런 재간이 신기했던지 두루는 그의 어깨를 툭툭 치며 자랑스러워했다. 사실 두루에게 말하기는 일렀지만, 토요는 머릿속으로 오아시스 왕국 전체 지도를 이미 그리고 있었다. 성곽의 모양과 네 개 성문, 모래산들의 위치, 마을을 잇는 도로와 시장, 실개천과 하천 유역, 그리고 상류에 자리 잡은 왕궁과 수원지까지 모두 기억 속 지도에 담고 있었다.

밤이 되자 둘은 장터 변두리의 한 여인숙을 잡아 투숙하기로 했다. 그들이 의형제를 맺은 지 40일째 밤을 함께 보내는 시간이었다. 토요가 말들에게 마초를 먹이는 사이, 몸을 씻은 두루가 근처에서 술 두 병을 사들고 돌아왔다.

"아우, 오늘은 한 잔씩 하고 쌓인 피로를 푸세. 할 얘기도 좀 있고."

그들은 이 왕국으로 들어온 지 나흘이 지난 그 시간까지 자신들이 겪은 오아시스에 대해 편하게 얘기를 시작했다. 대화 내용의 대부분은 이 왕국이 누리는 풍요로움에 대한 부러움이었다. 그런 감탄 속에서도 두루는 어떤 경계심을 늦추지 않은 듯 토요에게 물었다.

"아우, 우리가 여러 곳을 돌아다니던 며칠 사이, 우리를 따라다니던 그림자들을 보지 못했나?"

"아뇨. 저는 이 나라의 규모에 정신이 팔려 다른 건 눈치채지 못했어요. 감시가 심했나요?"

"늘 둘씩 따라 다녔네. 우리가 장소를 옮기면 다른 조로 바꾸더군. 왕궁을 지나갈 때와 시장들을 구경할 때에는 더욱 각별히 근접 미행했었네."

두루는 감시조들의 행색을 설명하면서 내심 자신의 의도를 아우가 이해할 것으로 여겼다.

"우리가 여기서 제대로 정착하려면, 아무래도 이곳 생활을 새로 꾸려야 할 듯하네. 나는 내 과거 신분을 잊어버리고 더 소박하게 생활할까 하네. 아우도 안정된 일을 시작하는 것이 어떨까?"

취기가 좀 오르자 두루는 이쯤에서 최근 고민해오던 말을 하기로 결심했다.

"아우, 오늘까지 이 오아시스 대부분을 돌아보았지? 사실 이곳에 도착한 뒤 많은 생각을 했어. 이 얘기 도저히 할 수 없다고 생각했었는데, 그래도 이젠 해야겠네. 우리 이쯤에서 헤어졌으면 하네. 아까 얘기의 연장이지만, 여기서 안전하게 정착하려면 서로 새 기회를 찾아보자는 뜻이야."

두루는 각자 새 생활을 찾는 것이 감시를 조기에 마무리 지을 거라고 믿었다. 그리고 아우가 자신의 말뜻을 충분히 이해했을 것으로 여겼다. 그러나 토요는 뭔가 잘못 들은 것처럼 놀란 표정으로 물었다.

"형님, 저를 보시면서 말씀해보세요. 지금 얼굴을 돌리고 말씀하시잖아요! 이런 형님을 지금까지 본 적이 없어서요. 설마 아주 헤어지자는 뜻은 아니시겠지요?"

그랬다. 두루가 그 말을 할 때는 토요로부터 얼굴을 돌리고 있었다. 그동안 토요가 보았던 모습과는 영 딴판이었다.

"아우, 우린 피를 나눈 형제일세. 나는 영원히 자네 형이고, 자넨 영원히 내 아우야. 잠시 헤어져 지내보자는 내 마음을 이해하지 못하겠나?"

늘 감시조를 의식해온 두루와는 달리, 토요는 어깨를 늘어뜨리며 말했다.

"앞으로 무얼 하실지 생각해보셨어요? 형님의 부족을 잊지는 않으셨겠지요?"

"아우, 우린 늘 주변을 살펴야 해. 앞으로는 내 과거사를 언급해선 안 되네. 아우는 지혜롭고 현명한 사람이야. 이 왕국에서 좋은 일 많이 하며 성공할 거야. 난 아우를 전혀 걱정하지 않아."

그러면서 두루는 다시 편안하고 인자한 표정으로 아우를 바라보았다. 그쯤에서 토요는 형의 마음을 이해해보겠다는 말로 그날 밤을 마감했다.

다음 날 아침, 그들은 각자 짐을 챙겨 말에 실었다. 토요는 잠을 못 잤는지 눈빛이 흐려 보였다. 그가 일그러진 표정으로 형의 얼굴을 바라보자, 두루는 큼지막한 손으로 악수를 건넨 뒤 토요를 끌어안았다.

"그런 표정 할 필요 없어. 우리는 언제든지 만날 거니까. 인생은 짧아. 난 이 천국을 즐길 걸세. 우리 원 없이 살아보세. 알겠나?"

어젯밤부터 내내 토요의 마음에 거스러미처럼 걸려서 떠나지 않던 생각이 그 말 속에 다 들어 있었다. 지금 형의 눈빛은 더 강렬하게 빛나고 있었다. 그의 의지력은 앞으로 이 왕국에서 더욱 빛날 것이다. 감시 대상에서 자유로워지면 둘은 다시 만날 것이다.

"아우, 나는 어제 들렀던 주막으로 갈 참이야. 거기 여인네들 중 하나가 사는 곳을 알려줬어. 거기서 한동안 지낼 생각이야. 그 여인은 내가 마음에 든 모양이야. 하하하."

말에 오르면서 두루는 호방하게 웃었다. 그가 방향을 잡은 곳은 어제까지 몇 번 들락거렸던 북문 시장 중 하나였다. 그는 뒤돌아보지도 않은 채 말을 달려 멀리 사라졌다. 아우로부터 감시자들을 따돌려놓으려는 자신의 의도대로 행동했다. 의형제를 맺은 지 40여 일 동안 생사를 함께했던 형이 그렇게 사라지자, 홀로 남은 토요는 피고를 몰아 천천히 남문 쪽으로 향했다. 그는 거주민 수가 제법 많은 그곳 마을 산기슭에 아담한 의원을 차려 새 삶을 시작할 생각을 했다.

오아시스 정착기

주막의 활극

북문 모서리 시장에는 새벽부터 많은 사람들이 거래할 물건들을 정리하느라 바쁘게 움직였다. 낙타에서 생활용품을 내리는 사람들, 마초 더미를 달구지에 싣는 사람들, 채소와 과일을 손질하는 농부들, 아침 먹거리를 구하러 다니는 사람들이 이 마을 저 동리에서 건너와 시끌벅적 뜨거운 열기를 더했다. 두루는 장터 뒤편 야산 쪽으로 말을 몰아 마당에 커다란 가마솥이 놓여 있는 주막에서 멈췄다. 이번으로 네 번째 방문이었다. 두루는 주막 옆 기둥에 루루 고삐를 맨 뒤 큰 소리로 외쳤다.

"나 왔수다."

"두루 장사, 아직 아침 대접 못 해요. 한 시간 후쯤 와요."

주막으로 들어서는 두루를 향해 제일 나이 많은 여인이 말했다. 이 주막에는 여인 셋이 음식과 술을 팔고 있었다. 이들은 남편과 사별한 뒤 시장으로 들어온 여인들로, 큰형님뻘 되는 요미가 주막을 운영하고 있었다. 세월이 흐르면서 일을 거들어줄 사람을 찾던 중 둘째 사라와 셋째 새희를 만나게 된 것이다.

며칠 전 두루와 토요가 이 주막을 방문했을 때 셋째 새희가 두루에게 관심을 보였다. 토요가 잠시 자리를 뜬 사이 그녀가 두루에게 주막에서 잡일을 할 사람을 찾는다는 말을 했던 모양이었다.

"일이 힘들기는 해도 재미는 있어요. 식사는 뒤채에서 그냥 드시면 되죠. 돈도 벌고요. 혹시 일거리 찾으시면 내일 아침 이곳으로 오세요. 주막 뒤에 주무실 숙소도 있어요."

새희는 미모와 재담 그리고 무엇보다 자유분방한 성격이 눈에 띄었다. 그녀는 두루의 단단한 외모와 걸쭉한 인생살이 얘기를 들으면서 좋은 관계를 생각한 모양이었다. 이날 아침 두루가 주막을 찾아오자, 그녀는 두루가 자신의 제안을 받아들인 것으로 여겨 반가워했다.

"형님, 제가 이분을 오늘 아침에 오시라고 했어요. 형님이 우리 주막 일을 맡아줄 사람을 찾으셨잖아요. 장사님, 여기 평상에 앉아 잠시 쉬고 계세요. 아침을 준비해드릴게요."

두 여인이 부엌으로 들어가 무엇인가 대화하는가 싶더니 새희가 음식상을 받쳐 나오고 둘째 사라가 태양 옆으로 가 앉았다. 그러곤 무슨 일을 해야 하며 품삯은 얼마인지 설명한 뒤 그의 반응을 살폈다.

"난 전혀 문제 없소. 입에 풀칠만 하면 된다오. 오늘부터 당장 시작하겠소."

이로써 두루는 새 일자리와 거처를 얻어 한동안 이 시장을 누비게 되었다. 그는 주막에 필요한 일들을 눈에 띄는 대로 해치웠다. 시장에 나가 식재료를 사 오고, 짐을 나르고, 땔감이 부족하면 장작을 패고, 술을 담그는 일까지 며칠 사이 대부분의 일들을 익혀 나갔다. 그는 부족장의 장자였던 예전의 자신을 까맣게 잊은 듯 일했다. 감시조가 멀리서 지켜보거나 따라다니는 것조차 신경 쓰지 않았다. 더욱이 그는 이 주막과 시장에서 많은 부류의 사람들을 만나는 기회도 가졌다. 일반 평민이 주로 찾아왔지만, 가끔 사나워 보이는 잡부들이 한구석을 차지하고 소란을 피우며 술을 마시기도 했다.

그렇게 다섯 달쯤 지난 어느 날, 평화롭던 주막에 뜻밖의 사태가 벌어졌다. 치안부 대원들이 주막으로 들이닥친 것이다. 구석에 앉아 술판을 벌이던 세 사내가 표적이었다. 10여 명 되는 치안부 대원들이 세 사내를 에워싸는 동안 대장이 요미에게 상황을 설명했다. 그리고 평상에 흩어져 앉은 주객들에게 외쳤다.

"이자들은 서부의 한 마을 시장에서 도적질을 하다가 들키자 주인을 살해한 혐의를 받고 있소. 이들을 체포해서 조사한 뒤 법에 따라 처리할 것이오. 이자들이 여기서 무슨 짓을 할지 모르니 잠시 자리를 피해주시오."

대장의 말이 끝나자 세 사내를 에워싼 대원들이 손에 검을 들고 한 걸음씩 포위망을 좁혀 들어갔다. 그들 뒤로 포승줄을 든 다른 대원들이 덤벼들 준비를 하고 있었다. 대장이 고함쳤다.

"가지고 있는 무기를 버리고 항복하라. 순순히 항복하면 관용을 베풀 수도 있다……."

그 말이 채 끝나기도 전에 험악하게 보이는 한 사내가 술판을 뒤엎으며 검을 뽑아들었다. 이어 다른 두 사내도 뒤를 맡아 싸울 태세를 취했다. 부대원들이 포위망을 더 좁혀오자, 세 사내가 일제히 고함을 지르며 검을 휘둘렀고, 부대원 둘이 그 칼부림에 쓰러졌다. 포위망에 빈틈이 생기자 가장 먼저 검을 뽑았던 사내가 괴성을 지르며 뛰쳐나갔다. 그리고 부엌 문 앞에 서 있던 새희의 목덜미를 팔로 휘감아 안았다. 인질이 된 새희가 소리를 지르자 요미와 사라가 안절부절못하며 몸을 떨었다. 음식 장사를 해오면서 이렇게 위험한 사태는 처음 겪는 일이었다. 상황이 유리하게 바뀌자 나머지 사내들도 여기에 합류했다. 새희를 인질로 잡은 사내가 그녀의 목에 검을 대고 소리 질렀다.

"이 계집을 살리고 싶으면 길을 비켜라."

그때 어디서 날아왔던지 묵직한 나무 작대기 하나가 그 사내의 가슴팍을 강타했다. 곧이어 공기를 가르며 나무 막대기 하나가 번개같이 그 사내의 팔목과 종아리를 후려쳤다. 팔목이 부러지고 사지가 풀린 사내가 쓰러지자 새희가 재빨리 요미에게 달려가 안겼다. 남은 두 사내가 검을 어깨 위로 세워 휘두를 준비를 했다. 나무 막대기를 손에 든 두루는 재빨리 두 번째 사내의 얼굴과 명치를 가격했고, 숨돌릴 틈 없이 그의 검을 쳐서 날려버렸다. 그 순간 세 번째 사내가 기합 소리를 지르며 두루의 목을 향해 검을 휘둘렀다. 그 상황을 예측했던지 두루가 재빨리 그 검을 피하고는 사내의 팔목을 막대기로 쳐버렸다. 이로써 세 사내는 모두 제압당했고, 치안부 대원들이 일제히 뛰어들어 검들을 압수했다. 곧이어 남은 대원들이 사내들의 팔다리를 포박하여 수송 마차에 끌어 넣었다. 부상당한 대원들은 말에 실려 마을 의원으로 서둘러 보내졌다. 일부 남은 대원들이 어지럽게 흩어진 평상들을 정리했다.

현장 정리를 지켜보던 대장이 요미에게 다가가 이날 변고 때문에 생긴 피해는 치안부에서 배상해줄 거라며 신청 방법을 설명해주었다. 그리고 두루에게 다가와 사의를 표했다.

"고맙소이다. 하마터면 우리가 큰 낭패를 당할 뻔했소. 실례지만 뉘신지 여쭈어보아도 되겠소? 그런 빠른 검술은 처음 보았소이다."

막대기를 들고 있던 두루가 답했다.

"여기서 밥 벌어 먹는 잡부올시다."

"이름은 무엇이라 하오? 상관께 이번 일을 보고해야 해서…"

"내 이름은 두루라 하오. 그냥 주막 장사에 불과한 몸이오. 그저 이 주막과 내 밥벌이를 지키려 했을 뿐이오."

"오늘 있었던 일을 상부에 자세히 보고하겠소. 나는 치안부 대장 아남이라 하오. 언젠가 또 뵐 수 있기를 바라오. 그럼."

아남 대장은 목례를 한 뒤 주막 정리를 마친 대원들과 함께 서둘러 그곳을 떠났다. 그 시간 주막 한구석에서는 깡마른 노인 하나가 거적 위에 걸터앉아 그때까지 벌어진 난동에는 전혀 관심 없는 듯 열심히 주린 배만 채우고 있었다.

두루의 그날 활약은 단연 장안의 화제가 되었다. 그 소문은 마을과 장터를 따라 전 오아시스로 퍼졌고, 마침내 토요 귀에도 전해졌다.

"하하하, 역시 형님다우셔. 주막에서 잡일이나 하며 지내실 분이 아니지!"

토요는 형의 전광석화 같은 검술을 떠올리며 모처럼 기분 좋게 웃었다.

그날 이후 이 주막은 유명세를 타게 되었다. 주객들은 요미와 사라가 들려주는 두루의 무용담을 실감 나게 듣곤 했다. 그의 번득이는 검술로 죽음의 문턱에서 살아난 새희는 두루를 흠모하는 마음이 더욱 깊어졌다. 그 며칠 후 요미는 새희가 두루의 거처를 출입하는 것을 허락해주었다. 그는 주막을 지켜주었을 뿐만 아니라 셋째의 생명을 구해준 은인이었다. 새희는 매일 밤 그의 거처를 찾았고, 둘은 밤이 깊도록 열정에 빠져 지냈다. 그런 세월을 이어가는 두루는 도대체 무슨 생각을 하고 있었을까.

국가 원로회의

"모두들 오시느라 수고 많으셨습니다. 시간이 되었으니, 올 들어 두 번째 회의를 시작하겠습니다."

제12부족장 바론은 나이 예순셋을 바라보는 북부의 부족장 대표로서, 지난해부터 원로회의 의장을 맡아 소신을 가지고 회의를 이끌고 있었다. 부족장 회의는 80여 년 전 오아시스로 모여든 여러 부족들의 모임에서 시작되었다. 초기에는 모든 부족에서 대표를 보내 회의를 했지만 오아시스에 부족 수가 늘어나자 주민 수가 1만이 넘는 부족에 한해서만 대표를 보내도록 법을 개정했다. 최근에는 이에 합당한 부족이 열두 곳으로 정리가 되었다. 바론은 회의 문서장에게 회의 기록을 준비하도록 지시했다.

"오늘은 크게 세 가지 사안에 대해 논의하고자 합니다. 먼저 제2부족장 야딘께서 발의해주신 치안 문제부터 시작하겠습니다. 그럼 야딘 님께서 이번 사안을 발의하신 배경을 설명해주시지요."

나이로 보면 가장 원로인 야딘이 긴 수염을 어루만지며 입을 열었다.

"이미 보름 전의 사건이라 여기 모인 부족장님들도 다 아실 것입니다. 저희 북부 구역의 한 주막에서 살인범 셋이 치안부 대원들에게 칼부림을 했던 사건이 있었습니다. 그 패거리 셋은 현장에서 모두 체포됐습니다만, 이 사건에서 저는 두 가지 심각한 문제를 발견했습니다. 그자들이 살인을 저지른 장소는 서부 제8부족 구역이었지만, 저희 북문까지 아무런 제재 없이 활개치며 다녔다는 사실입니다. 더욱 놀라운 건 그 살인범들이 치안부 대원들이 아니라 그 주막에서 막일이나 하던 잡부에게 제압됐다는 사실입니다. 이는 우리 오아시스 치안이 여전히 취약하다는 걸 의미합니다. 치안부 대원들의 무술 실력도 문제인 것으로 여겨집니다. 그래서 저는 우리 왕국이 지금보다 훨씬 안전해지도록 치안부를 확대 개편해야 한다는 말씀을 드립니다. 대원 수를 지금의 두 배로 늘리고, 무술 수련도 더 강화해야 한다고 제안하는 것입니다. 제가 드리고 싶은 말씀은 이런 정도로 요약하겠습니다."

"말씀 고맙습니다. 그럼 이 사안에 대해 의견을 주시기 바랍니다."

이에 대해 서부의 유환 대부족장이 우선 답변했다.

"저희 구역에서 발생한 살인 사건으로 오아시스 전역에 심려를 끼친 점 죄송합니다. 저희도 야딘 대부족장의 치안부 강화 의견에 전적으로 동의합니다. 치안부 병력과 훈련 강화에 더하여, 이번 기회에 구역 간 긴밀한 연락망 구축에도 분명한 조치가 있어야 할 것으로 판단됩니다."

대부족장 두 명의 의견에 다른 부족장들도 고개를 끄덕였다. 바론 의장은 치안부의 개혁에 대해 재상과 군 지휘부에 건의하는 것으로 결론을 내렸다.

"이제 두 번째 사안으로 넘어가겠습니다. 사실 이번 사안은 제가 발의한 것입니다. 지난 10여 일간 대부족장 몇 분들과 오아시스 전 구역을 시찰해보았습니다. 우리 원로회의가 가끔 실시했던 대로 민생을 점검하려한 것입니다. 놀랍게도 우리 왕국의 인구가 불어나는 추세에 비해 의료 보급은 대단히 미흡하다는 결론을 내렸습니다. 어떤 부락에는 의원이 한 곳도 없어 병이 나면 이웃 동네로 가야 하는 경우도 보았습니다. 우리는 특별히 노약자와 임산부 증가에 관심을 더 가져야 한다고 생각합니다. 차제에 각 구역별로 의료 보급률을 조사하고, 열악한 지역부터 의료 지원을 늘리자는 것입니다. 민생부 소관인 의생 시험 횟수도 늘리고, 의생이 직접 훈련시키는 수련생과 보조원생 제도도 활성화하자는 안입니다. 예전부터 의논은 있었으나 차제에 활성화하자는 제의를 하는 것입니다.

이와 연관하여 한가지 더 의견을 내자면, 주민들의 생활 여건을 지속적으로 개선하기 위한 상소 제도를 제안합니다. 현재까지는 대신들이 주민들의 어려움을 파악하면 재상이 관련 부서 대신들과 회의를 통해 해결책을 모색하는 전통 관례를 따라왔지만, 주민들이 직접 재상에게 전달하여 국무에 반영토록 하는 제도는 전무했습니다. 저의 안건에 대해 여러분들의 고견을 주시면 경청하겠습니다."

남부의 모나 대부족장이 이에 동의했다.

"이번 조사에 저도 동참했기에 특히 의료 문제의 심각성을 잘 알고 있습니다. 능력 있는 의생들을 조속히 발굴하고, 젊은 수련생과 보조원생들의 교육도 함께 지원하도록 법을 개정하기를 제안합니다. 그리고 주민들이 직접 재상에게 올리는 상소 제도는 대단히 중요한 사안이라 평가합니다. 사실 이런 제도가 있었다면 민생 차원에서 의료 문제는 진작에 개선되었을 것입니다."

바론 의장이 모나의 발언에 매우 흡족한 표정을 지었고, 다른 원로들도 모두 동의를 표했다.

"치안에 대한 현안과 의료 보급을 포함한 상소 제도에 대해서는 원로님들의 동의를 구한 것으로 의결하겠습니다. 오늘 회의의 세 번째 사안이 남아 있습니다만, 그전에 새 안건이나 건의 사항이 있으시면 지금 말씀해주시기 바랍니다."

바론 의장 맞은편에 앉아 있던 동부 대부족장 하림이 양피지를 손에 들고 발언 기회를 얻었다.

"잘 아시듯, 저희 동남부는 우리 왕국에서 농경지가 넓은 지역입니다. 그런데 근래 들어 농지로 흘러드는 수량이 매우 줄었습니다. 저희 부족장들과 거주민들이 그 원인을 찾던 중, 북부로부터 동부를 거치는 동안 토사로 인해 수로가 막히거나 좁아져 물 흐름이 약해진 탓으로 파악되었습니다. 문제가 되고 있는 주요 수로들을 저희가 여기 적어 왔습니다. 재상과 조정 대신들 특히 국토부에서는 이런 일을 미리 좀 관리하면 좋겠습니다. 이런 사안을 우리 원로회의에서 지적해야 하니 한심하다는 생각마저 듭니다."

좀 거친 어투로 불만 섞인 요청을 하자, 서부와 남부 부족장들도 여러 구간에서 물 공급이 원활하지 않다는 데 공감을 표시했다. 이에 바론 의장이 빠른 시일 내로 재상과 이 문제를 논의하겠다는 의견을 내며 다음 안건으로 넘어갔다.

"지금까지 논의된 안건들, 특히 치안 강화, 의료 보급 그리고 수로 재정비 등은 모두 나라 재정을 써야 하는 사업들입니다. 마완 재상과 잘 협의해본 뒤 다음 회의에서 자세히 설명 드리겠습니다. 그럼 오늘 마지막 사안으로 넘어가겠습니다. 사실 새 안건이라기보다는 지난 회의에서 이미 논의된 바 있는 미결 건으로……."

바론 의장은 여기서 잠시 말을 멈추었다. 그는 문서장에게 이제 공식 회의를 마쳤으니 의장실로 가서 그날 기록을 정리하며 기다리도록 지시했다.

"지난 회의에서 그랬던 것처럼 이번 토의 내용도 기록으로 남기지는 않겠습니다. 기억하시겠지만, 칼라드 전하께서는 내년이면 재위 17년이 되시고, 당신 나이 67세가 되십니다. 스스로 연로하다는 생각을 거두지 못하신 채, 내년 중에 선위하실 생각을 하고 계십니다. 나라 통치가 순조롭게 이양되도록 하려는 의중이시겠지요. 다시 상기시켜드립니다만, 이 나라의 왕위 승계는 현왕의 결정에 따르는 것이 건국 이래 법통입니다. 또한 지난 회의에서 말씀드렸듯, 전하께서는 도하 공주님을 설득 중이라는 것도 유념하시면 좋겠습니다. 다만, 우리 원로회의는 나라 안위와 직결된 후계자 선정에 건의안을 올릴 수 있는 유일한 기구입니다. 그래서 이번 회의에서 한 번 더 원로님들의 고견을 주십사 하는 것입니다."

과연 중차대한 사안이다 보니 회의장 분위기가 무거워졌다. 그 침묵을 깨고 첫 발언에 나선 사람은 북부 대부족장 헌신이었다.

"전하께서는 선왕들이 해오신 것처럼 아주 훌륭히 선정을 베푸셨습니다. 왕국의 비약적인 발전을 우리가 지금 누리고 있지 않습니까? 내년까지가 아니라 몇 년이 걸리든 공주님이 나서실 때까지는 재위 연장을 건의하는 것이 옳다고 생각합니다."

바로 옆자리에 앉은 북부의 요안 부족장도 이 안에 찬성 의사를 표했다. 그러자 기회를 엿보던 서부의 유한 대부족장이 발언 기회를 얻었다.

"전하의 재위 연장 건의에 대해선 전적으로 동의하지만, 언제까지 연장할 수 있겠습니까? 그리고 저는 이 왕국이 아직 여왕을 맞이할 준비가 부족하다고 믿습니다. 공주님이 영민하다고 하시지만, 현재 나이가 너무 젊으십니다. 경륜도 문제가 될 수 있을 것이고, 통치 행위에 들어가면 문제가 더욱 달라질 것입니다. 수많은 정쟁을 포용할 수 있어야 하고, 때로 손에 피를 묻혀야 할 때도 있지 않겠습니까? 신중에 신중을 기해야 한다고 봅니다."

유환의 말이 끝나기가 무섭게 남부의 모나가 손을 들었다. 바론 의장이 그에게도 발언 기회를 주었다.

"신중하자는 의견에 저도 한 말씀 보태려 합니다. 여왕의 통치는 겉으로는 멋져 보일지 모르나 여왕 본인으로서도 웬만한 강단이 있지 않고는 버티기가 어려울 것입니다. 특히 국방과 나라 치안이 중요해지고 있는 이 시기에 젊은 여왕의 치안 국방 통솔력은 금방 한계를 드러내지 않겠습니까? 그것도 남성 위주의 세계에서 말이지요."

서부와 남부 원로들로부터 뜻밖의 강경 발언이 등장하자, 회의실이 갑자기 소란해졌다. 그런 와중에 동부의 하림이 손을 들어 발언을 이었다.

"말을 아끼려다 한 말씀 드립니다. 국왕의 통치력은 애국심뿐만 아니라 민심에서도 나옵니다. 여왕에 대한 편견을 지금 가질 이유는 없다고 생각합니다. 전하께서 재위 연장을 받아주시면 그동안 민심의 동향을 살펴보는 방법도 있지 않겠습니까? 행여 민심도 반대하는 분위기라면 그때 가서 전하의 대안을 들을 수도 있고, 우리의 건의안도 준비할 수 있을 것입니다."

술렁이던 분위기가 '민심'이라는 이 발언의 등장으로 빠르게 조용해졌다. 그러다 급기야 서로들 통했는지 찬성한다는 반전의 표정들이 우세해졌다. 모두들 마음속으로 이런 안을 찾고 있었던 모양이었다. 바론 의장이 양손을 들면서 회의장을 진정시켰다.

"좋습니다. 그럼 이렇게 정리하겠습니다. 먼저, 전하께 내년 이후라도 계속 왕위를 지켜주십사 건의안을 올리겠습니다. 물론 조속히 공주님을 설득하는 안과 민심 파악 건도 함께 올리겠습니다."

참석자 모두 손뼉을 치며 찬성을 표했다. 서로를 안도시키는 이런 손뼉 소리는 원로회의에서 좀처럼 보기 힘든 모습이었다. 그날 회의에서 결의된 사안들은 조만간 바론 의장이 재상과 협의하는 한편 국왕에게 재위 연장을 건의하는 것으로 정리되었다.

두루의 결심

두루가 북문 주막에서 살인범들을 제압한 뒤, 주막은 더 많은 주객들로 발디딜 틈이 없었다. 장사가 잘 되자 두루가 할 일은 더 많아졌지만 그는 묵묵히 일을 해나갈 뿐이었다. 이에 주막 주인 요미는 잡부를 더 고용했고, 두루에게 매주 하루씩 쉬게 했다. 휴무일이 되면 두루는 시장에 나가 인파와 물건들을 구경하거나 구수한 장터국밥을 사 먹으며 사람들과 사귀었다. 감시조가 늘 그를 따라다녔지만 아랑곳하지 않았다.

그렇게 세월이 가던 어느 날, 휴무일을 맞아 두루가 장터로 나서려 할 때 그의 거처로 낯익은 한 남자가 찾아왔다. 그는 깍듯이 인사하면서 자신을 소개했다.

"두루 장사님, 저를 알아보시겠습니까? 한 달 보름 전 저 주막에서 신세를 졌던 치안부 대장 아남입니다."

그사이 아남 대장은 두루의 전력을 조사한 모양이었다. 그는 두루가 반년 전 오아시스로 체포돼 들어와 심문을 받은 사실과, 그전에는 부족장의 장자였다는 심문 기록을 확인한 바 있었다. 그리고 여러 날 고민 끝에 이날 두루를 찾아와 그의 검술을 배우고 싶다는 심경을 털어놓았다.

"제 검술이 치안 유지에 도움이 된다면 얼마든지 협조하겠습니다."

두루는 조금의 망설임도 없이 아남을 맞아들였다. 예의를 갖춘 어조나 상대를 높여 대하는 품위는 그가 부족장의 장자였음을 확인시켜주고 있었다. 이로써 아남 대장은 매주 사복 차림으로 두루의 거처를 찾았고, 두루는 이른 아침 근처 숲속 공터로 들어가 아남에게 기본 동작부터 가르치기 시작했다. 그렇게 두 달간 함께 호흡하고 땀 흘리는 시간을 보내면서 그들은 어느새 사적인 대화를 나눌 만큼 가까운 사이가 되었다. 아남은 두루보다 다섯 살 위였고 몸은 다부졌으며, 이미 기초 공력이 쌓인 터라 빠르게 고단수 검술까지 익혀 나갔다.

반년쯤 그렇게 훈련을 계속하자 아남은 두루의 검술을 대부분 익히게 되었다. 그러나 그동안 아남은 두루로부터 더 큰 것을 얻고 있었다. 두루가 보여주는 겸손과 신뢰감에 더해, 그는 두루에게 내재된 대인의 면모를 보고 있었다. 그것은 지금까지 그가 한 번도 경험해본 적 없는, 대부족을 이끌 만한 강인한 지도력으로 여겨졌다. 아남의 믿음이 거기까지 깊어지자 그는 두루에게 오아시스의 정치 현황과 외세 침입의 위험 가능성에 대해서까지 자신의 의견을 자세히 설명해주었다. 지난날 살인범 사건 이후 치안부의 혁신에 대해 의견을 구하기도 했다. 그렇게 둘은 가까운 벗으로 지내게 되었다.

반년을 함께 보내온 지금, 두루는 아남에게 더 이상 가르칠 검술이 없었다. 그래서 이제부터는 독자적으로 공력을 쌓으라고 제안했다.

"대장님, 저는 조만간 이곳을 떠나 제 아우에게 가려고 합니다. 잘 아시리라 여깁니다만, 남부의 한 마을에서 의원을 열고 있는 토요 말입니다."

"두루 님은 사사로이 제 사부이십니다. 언젠가 토요 의제님을 뵙게 될 날이 오기를 고대하겠습니다."

이로써 두루는 한 해 동안 몸담았던 주막의 거처를 정리했다. 새희가 완강히 말렸지만, 두루의 결심을 막을 수는 없었다. 지난 일 년 동안 두루를 따라 다니던 감시조들이 사라진 것도 그즈음이었다.

아남과 작별 인사를 나누었던 그날 오후. 두루의 거처로 뜻밖의 손님이 찾아왔다. 신체가 반듯해 보이는 두 남자가 두루를 확인한 뒤 전할 말이 있다며 서신 한 통을 건넸다.

"우리는 북부 지휘부에 소속된 부관들이오. 쿼사마 대장군님께서 이곳으로 우리를 보내셨소. 대장군님을 기억하시겠소?"

두루는 자신과 토요가 사막에 쓰러져 있었을 때 자신들을 살려 여기 오아시스로 데리고 온 장군을 떠올렸다. 두루가 잠깐 머뭇거리다 대장군이 어떤 내용을 적으셨는지 묻자 가까이 서 있던 부관이 기꺼이 서신의 내용을 설명해주었다. 그 서신을 되돌려받으며 두루는 반가운 마음에 함박 미소를 지었다.

이제 두루는 자유인이 된 기쁨과 아우를 찾아 떠날 생각에 기분이 하늘을 나는 듯했다. 지난 한 해 동안 그는 잡부로서 할 수 있는 모든 경험을 다했다. 주막과 시장에서 많은 사람들을 만났고, 특히 치안부 대장 아남을 만난 것은 뜻밖의 행운이었다. 두루는 그들을 통해 여러 정보들을 접했다. 연로한 현왕이 머지 않아 후계자에게 선위할 것이라는 정보도 듣게 되었다. 왕위를 이어받을 후보로 누가 거론되는지도 들었다. 그런 정보들을 머리에 담은 그가 이제 더 큰일을 위해 북부 시장을 떠나기로 결심한 것이다. 아우 토요와 재회할 날을 기다리면서.

하단성의 야욕

오아시스 왕국에서 서북방으로 만 리쯤 떨어진 바다호수 일대. 그곳에서 발호한 여러 왕국 중 동남 지역을 지배해온 늑대족은 대모수리 왕의 무자비한 통치하에 주변 사막으로 끊임없이 영토를 확장해갔다. 동남부의 하단성을 본거지로 둔 태자 무센은 사실 그보다 훨씬 심각한 야심을 키우고 있었다. 그는 한 해 전 유카족을 패망시킴으로써 두루에게는 한 하늘 아래 함께 살 수 없는 원수가 되었다. 놀랍게도 그는 자신이 왕위를 승계할 때가 오면 사막 전체를 정복한 대제국의 황제로 등극하려는 야욕에 불타고 있었다. 그의 머릿속에 그 같은 그림이 그려지자 성내에 갇혀 지내는 작금의 현실이 여간 갑갑하지 않았다.

어느 날, 태자는 주변 부족 침공을 위해 병사들을 조련 중이던 모라간 군사와 거투루 장군을 집무실로 불러들였다. 그는 습관처럼 주먹으로 탁자를 툭툭 치며 속내를 털어놓았다.

"군사, 솔직히 변변찮은 부족들 침공하는 일도 이젠 신물이 나는구려. 대제국을 만들려는 내 야망에 비책을 달라 말씀드렸는데, 이제는 준비되셨소이까?"

무센의 성미를 잘 아는 군사가 낮은 음성으로 답했다.

"태자저하, 대망을 이루시도록 저희도 최선을 다하고 있습니다. 그러나 대군을 일으키려면 조급증은 금물입니다. 저희를 믿으시고 조금 기다려주십시오. 그간에 우울증으로 힘들어하시는 부왕님을 자주 알현하시며 위로해드리소서."

"아버님의 노환에 대해선 어의들의 보고를 듣고 있으니 내 할 도리는 할 것이오. 그러나 최근 나는 우리 왕국의 치세를 생각하고 또 생각해보고 있소. 내가 왕위를 승계할 때는 사막 전체를 내 통치하에 두는 것은 물론 그 여세를 몰아 바다호수까지 내 영토로 접수하고 싶은 것이오. 그쯤 돼야 대제국의 황제로 천하를 호령한다고 하지 않겠소? 그러니 이런 나의 대망을 염두에 두시고 이제는 군사께서 준비하고 계시다는 계획의 일부라도 설명해보시오."

무센이 다시 다그치자 더는 미룰 수 없다고 판단한 모라간 군사가 입을 열었다.

"저하, 방금 대제국 통치 말씀을 다시 하셨으니 지금까지 준비해온 계획을 잠시 설명드리겠나이다. 물론 갑갑하시더라도 세부 전략에 대해서는 조금 더 기다려주시기를 당부 드립니다."

군사는 가슴속에 넣어온 넓적한 양피지를 탁자 위에 펼쳐 보였다. 일찍이 토요가 큰아버지로부터 받았던 것과 유사한 사막 지도였다. 태자가 놀라는 표정을 짓자 군사의 설명이 이어졌다.

"이것은 사막을 여행하던 자들이 지난 백여 년에 걸쳐 수정에 수정을 거듭해온 사막 전체 지도입니다. 며칠 전 우리 역내를 지나던 낭인을 붙잡아 소지품을 조사하던 중 찾아낸 것입니다. 이제 이 지도를 보시면서 설명드리겠습니다."

군사는 탁자에 놓인 대나무 봉을 잡아 하단성 위치부터 짚었다.

"저하, 이곳에서 서북 방향으로 올라가보시면 여기에 바다호수가 있습니다. 그리고 우리 하단성의 반대편 서부는 둘째 왕자님, 남부는 셋째 왕자님 봉토입니다. 한눈에 들어오지요?"

군사는 잠시 멈춰 태자가 설명을 따라올 시간을 주었다.

"저하, 이제 듣고 싶으신 설명을 드리겠습니다. 우리 하단성에서 동남쪽으로 이렇게 먼 사막을 이동하시면, 광활한 사막 가운데 푸른 점 하나가 선명하게 찍힌 것이 보이실 것입니다. 지금까지 사막인들에게 알려져온 오아시스 전설이라는 곳이지요. 푸른 점으로 또렷이 새긴 걸 보면 꽤 큰 오아시스를 표시하려 한 것 같습니다. 따라서 저하의 대제국 야망을 완수하려면 우선 오아시스 전설을 점령하셔야 할 것으로 판단됩니다."

그 설명에 매우 만족했던지 무센이 오른 주먹을 불끈 쥐고 흔들어 보였다.

"아주 좋군요, 군사! 이런 야심찬 계획을 준비하고 계실 줄이야!"

모라간의 다음 말이 이어졌다.

"이제 이 침공 계획의 문제점과 대안도 설명드리겠습니다. 지도를 자세히 들여다보시면 대군을 이끌고 이 푸른 점을 단번에 침공하는 것은 지리적 여건상 난망하다는 말씀을 먼저 드립니다. 이 푸른 점 주변을 보시면 작은 부락조차 전혀 찾아볼 수 없으며 오로지 푸른 점 하나만 홀로 떨어져 있을 뿐입니다. 대군을 이끌고 가자면 중도에 부락들로부터 보급 물량을 확보해야 하는데 그것이 불가능하다는 뜻입니다. 설령 모든 난관을 극복하고 그곳에 도달한다 하더라도 만 리 원정길에 지쳤을 우리 군사들이 전투력을 제대로 발휘할 지 가늠하기가 대단히 어렵습니다."

오아시스 전설 침공을 통해 대제국을 이루겠다는 조금 전 야망이 갑자기 무너지는 듯하자 이글거리던 무센의 얼굴 표정이 풀어지기 시작했다.

"군사의 염려에 동의하지 않는 바는 아니오. 그럼 거투루 장군에게 물어봅시다. 우리 하단성에서 저 푸른 점까지 도달하려면 시일이 얼마나 걸릴 것으로 예상하시오?"

"전투 물자 보급이 원활하다고 가정하더라도 족히 한 달은 잡아야 할 것으로 예상됩니다."

이에 태자가 한심한 듯 언성을 높여 다그쳤다.

"조금 전까지 저 푸른 점 어쩌구 저쩌구 하더니 그럼 도대체 결론이 뭡니까?"

"저하, 그래서 인내심을 가지시고 세부 계획을 기다려주십사 하는 것입니다. 저희의 결론은 소수의 최정예 병력을 저 오아시스 전설로 먼저 보내자는 것입니다. 거투루 장군이 말씀 올렸듯, 왕복 두 달에 걸쳐 보급로와 적의 전투력 같은 정보를 먼저 확보하자는 것입니다. 선발대와 보급 부대 규모를 비롯한 가장 효과적인 전략을 점검하고 나면, 원병 규모를 늘려 2진과 3진을 계속 보낸다는 전략을 세울 것입니다."

그쯤 설명에 이르자 태자는 풀렸던 주먹을 다시 쥐며 음성을 높였다.

"이제 충분히 알아들었소. 조만간 최정예 부대를 구성하는 대로 내게 보고해주시오. 그리고 다시금 명심해주시오. 대제국 황제라는 내 대망

말이오."

남문의 명의

오아시스 남문 근처 한 마을에 토요가 의원을 열었을 때 그 동네와 인근 마을에는 마땅한 의원이 없었다. 두루와 헤어진 뒤 한 달쯤 지나 토요는 재상 산하 민생부에서 실시한 의생 시험을 통과했고, 마을 뒷산으로 통하는 한적한 곳에 아담한 의원을 열었었다. 그리고 큰아버지가 하셨던 대로 의복을 차려입고 찾아오는 환자들을 정성껏 돌보았다. 돌이켜보면 첫 몇 달간은 밀려드는 환자들로 무척 바쁘게 보냈던 기억이 난다. 새벽에 장터 약방에서 약재를 사 오면 그날 일과가 끝나기도 전에 약재가 모두 바닥날 정도였다. 하루 일을 마치면 토요는 큰아버지가 주신 책들과 이곳에서 구하게 된 동서양 의서들을 읽으며 다양한 의술을 익혀 나갔다. 평소 워낙 많은 환자들을 치료하다 보니 시간이 흐를수록 토요의 의술은 자신도 모르게 발전했고, 큰아버지가 하셨던 시술 정도는 수월하게 해낼 정도가 되었다.

이 마을에 의원이 하나뿐인 데다 토요에 대한 소문을 전해 듣고 제법 먼 마을에서도 환자들이 찾아왔다. 특히 그의 의술을 배우려는 청년들도 생겨나, 밤에는 그들을 가르치는 데도 많은 공을 들였다. 제법 실력을 갖춘 제자도 생겨났고, 그들 중 몇몇은 바빠진 의원을 위해 기꺼이 그의 보조 역을 맡아주었다. 최근 있었던 원로회의에서 의료 개선을 위한 재정 지원이 시작된 것도 그 무렵이었다. 토요는 실력이 건실해진 보조원생을 수련생으로 승급시켜 환자를 대면하고 간단한 치료는 직접 맡을 수 있게 하는 훈련에도 열정을 쏟았다. 의술을 전수받은 제자들은 고향으로 돌아가 의생 시험을 거쳐서 의원을 열었고, 그 덕에 토요에게 오는 환자 수도 많이 줄일 수 있었다. 제자들은 상태가 위중하거나 심각한 시술을 해야 하는 환자를 만나면 스승 토요에게 보내 치료를 의탁했다. 그는 환자를 대할 때 가진 사람이든 궁핍한 사람이든 차별하지 않도록 제자들을 교육했다. 가난한 환자들은 병이 나은 뒤 형편껏 의원 앞에 돈이나 농작물을 가져다놓고 가곤 했다.

그렇게 첫 해가 가는 동안, 그의 의술에 대한 소문은 오아시스 동부와 서부로 번져갔고, 마침내 북부까지 알려졌다. 토요가 치안부 직원으로부터 감시 대상에서 명단을 삭제한다는 통고를 받은 것도 그때였다. 그의 의생 생활이 치안부에 좋게 보고되었던 것이다. 아침에 의원으로 나갈 때 동네 사람들이 건네는 인사에서 토요는 뿌듯한 보람을 느끼곤 했다. 북부에서 말달구지를 타고 나흘이나 걸려 왔다는 한 여자 환자는 그의 의술이 왕궁까지 전해졌을 거라는 얘기를 전해주기도 했다.

"의생님은 젊어 보여요. 그런데 제 주변 사람들은 의생님 치료법이 이전에는 볼 수 없던 기막힌 의술이라 합니다. 오아시스 전체에 칭찬이 대단해요."

그러던 어느 날, 의원으로 좀 특별해 보이는 두 사람이 찾아왔다. 마침 의원 한쪽에서 산파가 신생아를 받아낸 뒤라 토요가 아기의 건강 상태를 살피던 때였다. 의원을 찾아온 두 사람은 외모와 복장이 단정한 여인들이었다. 얼핏 보아 30대 중반쯤 돼 보였고, 동생이 언니를 보호하여 온 듯한 인상을 주었다. 토요가 다가오자 보조원생이 그에게 대면 기록지를 넘겨주었다.

"북부에서 오셨다니 먼 길을 오셨군요. 이곳 의생 토요라고 합니다. 환자의 이력을 관리하기 위해 처음 방문하는 환자의 경우 성함과 주소지를 확인하고 있습니다. 성함이 소여로 적혀 있으신데, 주소는 적지 않으셨군요?"

기록지를 보며 토요가 환자에게 문의하자, 함께 온 여인이 보호자인 듯 목례하며 대신 입을 열었다. 기록지에는 이 여인의 이름이 진여로 적혀 있었다.

"이분은 제가 가까이서 모시는 어르신입니다. 잠시……."

진여가 토요에서 보조원생 쪽으로 눈길을 보내자, 토요가 그에게 다른 일을 부탁하며 자리를 뜨게 했다. 환자 소여 옆에 선 진여의 자세는 조금도 빈틈이 없어 보였다. 토요가 편안한 어조로 말을 이었다.

"주소지는 추후 편하실 때 기록해주시면 고맙겠습니다. 소여 님의 증세가 현기증이라 적어주셨는데, 좀 더 구체적으로 설명해주시겠습니까?"

"네, 최근 건강 상태가 예전 같지 않으십니다. 어지럼증을 호소하기도 하시고 종종 심한 현기증도 나타내십니다. 음식을 드셔도 소화를 잘 시키지 못하셔서 속이 늘 불편하다는 말씀도 하십니다. 북부 의원들을 찾아갔지만, 지금까지 차도가 없으셔서 어렵게 모셔왔습니다. 잘 부탁드립니다."

진여가 토요에게 증세를 설명하는 동안 환자 소여는 미동도 없이 앉아 있었다. 그녀의 외모는 한눈에도 단아해 보였다. 하지만 의생으로서 보면 얼굴빛이 창백했고 기력이 쇠진해 보였다. 토요는 옆에 놓인 침대의 균형을 확인한 뒤 진여에게 그녀를 눕혀줄 것을 부탁했다. 환자가 안정되기를 기다리는 동안 토요는 진여의 조금 전 설명 내용을 기록지에 적어 넣었다. 환자의 표정이 안정된 것을 확인한 토요는 그녀의 맥을 짚어

보고, 눈 흰자위와 피부색을 살펴보았다. 복부에 손을 얹어 장기 상태를 검진하려 하자 진여가 급히 손을 뻗어 말렸다.

"거긴 손대지 마세요. 진맥으로도 충분하지 않습니까?"

그에 소여가 진여의 말을 막았다.

"신경 쓰지 마세요. 전 문제 없으니 의생님이 잘 검진해주세요."

토요는 손끝으로 환자의 복부 전체를 돌아가며 눌러보았다. 그의 손힘이 오른쪽 갈비뼈 아래를 지날 때 그녀가 자신도 모르게 아파하는 신음을 내었다.

"환자께서는 간이 안 좋으십니다. 맥이 약하신데 혈이 부족하시기 때문입니다. 간 기능이 약하시니 소화력이 떨어지고 눈과 피부색이 맑지 못하신 것입니다. 간 기능을 회복하시도록 약제를 지어드리겠습니다. 잘 아시겠지만, 제일 좋은 처방은 일상 속에서 긴장을 푸시고 운동을 규칙적으로 하는 것입니다. 좋은 기운이 늘 몸속을 흐르도록 하십시오. 이 약제를 드시면서 석 달쯤 편하게 지내보시면 현기증은 자연히 사라질 것입니다. 그때 한 번 더 방문해주시면 재검해드리겠습니다."

토요는 그녀가 한 달간 복용할 약제를 준비해 진여에게 건넸다. 소여는 처방에 대한 토요의 설명을 꼼꼼히 받아 적었다. 그러곤 석 달 후에 다시 방문하겠다는 말을 남긴 뒤 진여와 함께 의원 문을 나섰다. 천천히 말을 몰아 북부로 향해 가는 두 여인을 토요는 의원 문가에 서서 한참 동안 바라보았다.

어둠 속의 그림자

남문 의원으로 찾아오던 많은 사람들 중 토요는 한 달 전쯤 서문 구역에서 찾아온 노인 한 분을 잊을 수 없었다. 그를 통해 서양 의서에서나 읽어본 적 있는 국소마취제를 발견하게 되었던 것이다. 의원을 찾아온 노인은 집 옆 텃밭에 야생초가 무성하게 자라는 걸 못마땅하게 여겨 낫으로 베어버린 일부터 늘어놓았다. 그러면서 토요를 위해 가져왔다며 작은 봉지 하나를 내밀어 그 안에 든 시든 꽃과 까만 씨앗을 보여주었다.

"젊은 의생이 환자들에게 잘한다는 소문을 듣고 내가 이걸 보여주려고 왔네."

노인은 베어낸 야생초의 꽃들이 예뻐 씨앗과 함께 모아두었는데 며칠이 지나고 보니 으깨진 씨앗 아래에 기름이 고여 있더라는 것이었다. 호기심이 생긴 그는 밭에 흩어진 씨앗을 모두 모아 기름을 짜내다가 신기한 일을 겪었다고 했다.

"기름을 짜는 동안 내 손끝에 감각이 없어지더라고. 그러다 칼날이 손가락을 스쳤는데, 아 글쎄, 피는 나는데 전혀 아프지 않더라니까!"

그날 저녁 토요는 서둘러 의원 문을 닫았다. 직접 그 기름의 마취 효능을 확인하기 위해서였다. 그는 왼팔 소매를 걷고 피부에 기름을 바른 뒤 일정한 시간 간격으로 송곳을 찔러보며 언제 마취 효능이 나타나는지 시험해보았다. 놀랍게도 통증이 둔해지고 그 후 완전히 무감각해지는 데 오랜 시간이 걸리지 않았다. 그는 피부에 남은 피를 닦아낸 뒤 서양 의서에서 국소마취와 명주실 봉합 편을 찾아 다시 읽어보았다.

그 후 토요는 노인으로부터 기름을 계속 구해다가 피부가 심하게 손상된 환자들에게 수술을 시도해보았고, 도려낸 피부를 꿰매는 기술까지 터득해냈다. 그 당시는 민생부에서 마약성 약초와 일부 독초들을 관리하고 있었지만, 민간 요법으로 사용해온 약제에 대해서는 의생들의 치료 경험에 맡기는 편이었다. 토요가 사용하게 된 이번 국소마취제는 전통 의술에서는 볼 수 없던 것이었고, 그래서 그는 이 신비의 기름에 '통비제'라는 이름을 붙였다. 상한 피부를 방치했다가 썩어 들어가는 환자의 피부 부위에 수련생이 적절히 통비제를 바르고 나면 잠시 후 토요의 집도하에 빠르게 봉합까지 마치는 의술이 왕국에 새로 도입된 것이다.

토요의 의술과 인품이 좋은 평판을 받으며 알음알음 나라 전체로 전해지던 그 무렵, 동남부 경계에 위치한 한 시장으로 말을 몰고 온 두 남자가 있었다. 그중 한 사람은 짙은 회색 두건으로 대머리를 가리고 있었다. 그는 그날 이른 오후 토요 의원 근처를 서성대며 의원 안을 훔쳐보기도 하고 드나드는 사람들을 살펴보기도 했다. 그의 이름은 야데천으로, 국왕 내외를 비롯해 왕실의 의료를 담당하는 어의였다. 그런 그가 토요 의생을 관찰하는 이유는 과거에는 들어본 적 없던 한 의생에 대한 소문의 진위를 확인하기 위해서였다.

같은 시각 그곳에 나타난 또 다른 남자는 대나무 갓을 깊이 눌러쓰고 긴 수염을 날리고 있었다. 어두운 시간임에도 그의 두 눈은 빛났으며 넓적한 가슴은 위엄마저 느끼게 했다. 그는 동부의 하림 대부족장이었다. 최근 원로회의에 참석하여 마지막 안건으로 나왔던 왕위 승계 논의에서 '민심'을 거론했던 그 사람이었다. 야데천 어의와는 정기적으로 만나왔기에 그날 저녁에도 늘 만나던 찻집으로 찾아오는 중이었다.

하림과 야데천은 오아시스 왕국으로부터 서북방으로 5천 리쯤 떨어진 곳에 살던 서쿤 부족의 후손이었다. 서쿤엔 큰 우물을 중심으로 부족민 2천여 명이 주변 부락민들과 평화롭게 어울려 살고 있었다. 하림과 야데천은 그 부족의 상위층 집안을 배경으로 성장했다. 야데천은 하림보다 두 살 위의 사촌 형이었으며 의술을 가업으로 이어온 집안의 장손이었다. 하림의 조부는 부족의 무술과 방위를 담당하는 사실상 부족장의 권세를 가지고 있었다. 어린 나이였지만 하림은 허리춤에 늘 목검을 차고 다녔고, 사촌 형 야데천을 옆에 끼고 주변 동기들에게 서슴없이 거만하게 굴곤 했다.

그 당시 바다호수 일대의 여러 왕국들은 끊임없이 전쟁을 벌이고 있었고, 그들 중 남동 지역에서 득세하던 늑대족의 잔악성은 인근 부락들을 거쳐 서쿤까지도 속속 전해지고 있었다. 그런 시절 간간이 들려온 또 다른 소문은 사막 동남쪽으로 오아시스 전설이라 불리는 천국 같은 세상이 있다는 것이었다. 서쿤 부족민들과 이웃 부락민들은 앞으로 닥쳐올 여러 상황에 대처할 방법으로 늑대족에 대항하든가, 그에 복속하든가 아니면 아직 실체를 알 수 없는 오아시스 전설로 떠나든가 하는 식의 암담한 시절을 보내고 있었다.

바로 그런 때, 나이 열 살 안팎이던 하림과 야데천에게 삶을 송두리째 바꿔놓은 사건이 벌어졌다. 동네에서 그들 또래의 사내아이가 하림에게 도전해 왔고, 이에 화가 치민 하림이 그 아이의 팔과 가슴을 무참하게 난도질했던 것이다. 야데천은 나름대로 그걸 말리다가 아이가 크게 다치니 자기가 치료하겠다고 나섰으나 아이는 결국 죽고 말았다. 둘은 함께 있던 아이들을 위협해 입막음을 한 뒤, 어른들 모르게 마을 뒷자락 모래 깊이 사체를 묻어버렸다. 그 사건은 어린 하림의 성격이 무자비하다는 걸 스스로 확인하는 계기가 되었다.

사건이 있은 지 얼마 지나지 않아 마을에서는 수십여 명의 주민들이 오아시스 전설을 찾아 길을 떠난다는 소식이 나돌았다. 그들 무리 속엔 하림과 야데천 집안 사람들도 섞여 있어서 그 둘도 자연스레 그 대열에 합류할 수 있었다. 그러나 고향 마을을 떠난 뒤 죽을 고생을 하던 대부분 사람들은 중도에 포기하고 되돌아가는 길을 택했다. 하지만, 사막길 여행에 친숙했던 이웃 부락 이장을 악착같이 따라간 소수의 부락민들은 기어이 오아시스 전설에 발을 디디는 데 성공할 수 있었다.

처음 전설에 도착했을 당시, 오아시스 왕국은 주변에서 밀려드는 이주민들로 빠르게 성장하던 시기였다. 국왕과 대신회의 그리고 원로회의는 국법을 세심히 정비해가면서 주민들의 생활이 복되고 안전하도록 전력하고 있었다. 그런 왕국에서 하림 집안 사람들은 해돋이가 제일 빠른 동부로 들어가 정착했다. 세월이 흐르면서 그들은 고향 지인들과 함께 주변 동지들을 규합하여 정치적 기반을 다져 나갔다. 야데천은 그의 의지대로 의술을 연마하며 언젠가 왕궁의 어의로 들어갈 기회를 엿보고 있었다. 그 후 40여 년의 세월을 보내는 동안 그들은 네 번의 왕위 승계를 지켜보았고, 지금에 이르러 하림은 동부 대부족장으로, 야데천은 최고 원로 어의로 자리 잡아 왕국의 지배층에 서게 되었다.

장터 모퉁이 찻집에서 동행자 없이 만난 두 사람은 흉중에 품어온 불만들을 털어놓았다.

"지난 원로회의에서 나온 왕위 승계에 대해선 들으셨소? 늦어도 두 해가 지나기 전에 여왕을 보게 될 수도 있다는 거요. 아니, 이대로 가면 그냥 그렇게 될 거요. 남부의 모나도 나처럼 불편한 심기를 내비쳤는데, 사실이 그렇지 여왕이 왕국을 통치하도록 한다는 게 말이 되오? 차라리……"

그 말이 떨어지기 무섭게 야데천이 손바닥을 입술에 대고 말조심을 시켰다. 그는 잠시 주변을 살핀 뒤 목소리를 낮춰 말했다.

"지금 아우가 한 얘기는 모반하자는 소리 아냐? 아우는 모든 걸 갖추었지만 군부와는 아직 상대가 안 돼. 명성이나 인맥도 부족하고. 아직 시간이 있으니 사태 추이를 보며 더 기다려보게."

야데천 형님의 말에 하림이 징그러운 표정으로 답했다.

"내년까지는 기다릴 수 있소. 그러나 정말 여왕 등극으로 방향이 잡혀가면 그때는 가만있지 않을 거요……."

야데천이 다시 주의를 주려 하자 하림이 말끝을 흐리며 멈추었다. 야데천은 이제 자신도 할 말이 있다는 듯 낮은 음성으로 말을 꺼냈다.

"사실 오늘 여기 오기 전에 남문에 있는 의원 한 곳을 지켜보다 왔네. 토요란 자가 의생으로 있는데 혹시 이름 들어봤나?"

거기까진 관심이 없었던지 하림이 고개를 저었다.

"내가 오늘 확인한 바로는 토요 그자가 작은 칼을 들고 환자를 치료하고 있더군. 그것으로 그자가 서양 의술을 함께 쓰고 있는 것을 확인한 셈이야. 환부를 칼로 도려내는 식인데, 환자들은 그것을 새로운 의술이라 여겨 현혹되는 모양이네. 문제는 그 의원을 찾아 전국에서 환자들이 몰린다는 것이야. 의술이라면 내가 이 나라 최고 어른 아닌가! 그놈을 잘라야지, 정말 불쾌해."

두 사람이 흉중에 쌓아둔 불평불만들을 털어놓는 동안 밤이 깊어졌다. 하림은 왕위 세습에 대한 왕실의 분위기를 자주 알려줄 것을 요청했고, 야데천은 머리를 끄덕이면서도 하림에게 인내하라고 거듭 주문했다.

형제의 재회

토요가 두루와 헤어진 지 정확히 일 년이 되는 날이 왔다. 토요가 점심 후 첫 환자를 맞으려는데, 보조원생이 다가와 서찰 한 통을 전해주었다. 정오쯤 의원 문에 걸려 있었다는 것이다. 서찰을 열어본 토요는 깜짝 놀랐다.

'아우, 오늘 저녁에 얼굴 볼 수 있을까?'

토요는 그 순간 뺨을 따라 흐르는 눈물을 주체하지 못했다. 그동안 숱한 어려움을 겪었을 형님이 남부로 오셨다는 말인가. 토요는 수련생에게 환자를 잠시 맡긴 뒤 의원 밖으로 뛰어나갔다. 길 양편을 번갈아 살펴보며 형님이 있을 만한 곳을 찾았다. 고맙게도 형님이 나를 먼저 찾아와주시다니! 그 시간부터 토요는 그날 오후를 어떻게 보냈는지 기억하지 못했다. 아마 의원 문 안팎을 쉼 없이 오가며 정신없이 보냈을 것이다.

그날 저녁, 토요는 평소보다 일찍 의원 문을 걸어 잠그고 다시 의원 밖을 서성이며 두루가 나타나기를 기다렸다. 저녁 바람이 불기 시작했다. 동네 사람들이 지나가며 토요에게 인사를 건넸다. 하루를 마감하는 사람들이 웃으면서 길거리를 오갔다. 어린아이들이 나무 사이를 숨바꼭질하며 뛰어다녔다. 그들의 깔깔대는 웃음소리가 저녁 바람을 더 시원하게 해주었다. 말달구지 하나가 엄청난 마초를 싣고 천천히 토요 앞을 지나갔다. 그리고 그 뒤를 따라 만면에 밝은 웃음을 띠며 두루 형이 나타났다. 말에서 훌쩍 뛰어내린 형은 호방하게 웃으며 그를 끌어안았다.

"와하하! 내 아우님 아니신가. 신수가 좋아 보이시네."

토요는 두루의 진면목을 다시 보게 되었다. 이렇게 당당하게 아우에게 오시다니.

토요는 두루를 가까운 주막으로 안내했다. 두루는 그동안 토요의 의술에 대해 많은 소식을 들어 알고 있다며 환하게 웃었다. 왕국 어느 의생보다 새로운 의술을 쓰고 있다는 소식도 들었다고 했다. 그러면서 토요가 해온 의원 생활에 대해 더 많은 걸 계속 물어왔다. 의원 이야기는 충분히 들었다고 판단했던지 그다음에는 마음에 드는 좋은 여인을 만나고 있느냐는 질문으로 옮겨갔다.

"아휴, 형님! 제가 변방 작은 동네에서 컸잖아요. 여자에 대해서는 서툴러서요."

"그 부분은 아우가 더 취하면 알려줄게. 이쁜 여인을 어떻게 찾는지 말이야. 와하하!"

둘이 적당히 취하자 두루는 이제 토요의 거처로 가보고 싶다고 했다. 밤바람이 시원하게 불어왔다. 토요가 집으로 안내하자 그는 아우 집이 무척 마음에 든다고 했다. 토요가 뜰에 심어둔 약초를 설명해주자 그는 아우의 어깨를 토닥이며 자랑스러워했다. 토요는 들고 온 술과 안주를 평상 위에 내려놓았다. 그러곤 주막에서부터 물어보려 했던 질문을 꺼냈다.

"앞으로는 여기 남문에서 저와 사시면 안 될까요?"

"사실 이제 그 얘기를 할 참이었네. 결론부터 말하자면, 여기 아우 집에서 며칠 쉬면서 그동안 못했던 형제의 정을 나눌까 하네."

두루 형은 구체적인 답을 하는 대신, 지난 세월 동안 겪었던 북문 생활에 대해 설명을 풀어내기 시작했다. 장터에서 만난 숱한 사람들의 면면과 그들로부터 오아시스에 대해 전해들은 여러 내밀한 얘기들을 말해주었다.

"최근에 있었던 가장 큰 일은 북부 치안부 대장이 나를 만나러 왔다는 사실이네. 내 검술을 배우려고 말일세. 장터 주막에서 내가 살인범들을 제압했던 사건 들었나? 그 당시 주막을 덮친 치안부의 대장이 매주 내가 쉬는 날마다 찾아왔었지. 단단하고 의리 있는 사람이었어. 그 대장 이름이 아남인데, 언젠가 아우를 만나고 싶다는 얘기도 했었어. 지난 반년 동안 사범과 제자 사이로 지내다 보니 아주 가까운 사이가 되었네. 그로부터 중요한 얘기도 들었었네. 현 국왕과 이 왕국의 미래에 대해서도 조금씩 말해줬었지."

형은 현왕이 스스로 많이 노쇠하다는 말을 주변 사람들에게 자주한다는 얘기도 들었다고 했다.

"지금 이 얘기는 아우만 아는 것으로 하게. 언제쯤 될지 모르지만, 현왕이 물러나면 후계자를 간택할 텐데, 아마 우리들은 그 후임으로 여왕을 보게 될지도 모르겠네."

형의 이 얘기에 토요는 순간적으로 어떤 신비로운 기분이 들었다. 그는 잠시 생각했다. 사막에서는 전통적으로 여인들의 문밖 활동을 극히 제한하고 있지 않은가. 그런데 이곳 오아시스 주민들의 의식 속에는 그런 엄청난 변화를 받아들일 준비가 되어 있다는 의미일까? 지난 100여 년의 풍요로움 속에서 여인들의 활동이 아무런 제한을 받지 않아 왔던 이곳 왕국에서!

말을 멈춘 형에게 남은 술을 권하며 토요는 아까 했던 질문을 다시 이었다.

"그래서 저와 여기서 얼마나 지낼 수 있다는 건가요?"

형은 품속에서 서찰 하나를 꺼내 그에게 건넸다.

"아우, 한 해 전 우리가 오아시스 근처까지 와서 쓰러져 있었을 때 생명을 구해준 대장군을 기억하나? 그 분이 쿼사마 대장군일세. 나는 조만간 군 총지휘부가 있는 북부로 갈 예정이네. 서찰에 적혀 있는 대로 그 분이 나를 불렀어. 여러 사정을 보겠지만, 아마도 내 인생의 마지막을 그 곳에서 보낼지 모르겠네. 눈빛이 선했던 그 대장군에게 내 인생을 걸어 볼 참이야."

명장과 명궁

군 총지휘부로 출발하기 전. 두루는 며칠 동안 남부 지역을 돌아보고 싶었다. 의원 휴무일, 토요는 피고와 루루에게 약간의 먹거리를 실어 형과 함께 길을 나섰다. 자유인으로 다시 만난 이들은 솜털처럼 하늘을 나는 기분이었다. 둘은 하천 둑을 따라 마을 끝까지 가보기도 하고, 시끌벅적한 시장들을 둘러보기도 했다. 토요를 알아보는 많은 사람들이 그에게 인사를 건넸다.

"의생님, 안녕하세요? 어제는 정말 감사했어요. 덕분에 딸아이 열이 많이 내렸어요. 치료비도 한 푼 못 드렸는데 남편이 돌아오는 대로 찾아뵐게요."

"의원 선생, 사흘 전에 지어준 약을 먹었더니 무릎 통증이 거의 사라졌어. 걸을 수 있으니 일도 조금씩 할 수 있어서 좋아. 내가 도울 일 있으면 언제든 알려주게."

아주머니든 할아버지든 마을 사람들은 모두들 토요에게 치료받은 것을 고마워했다. 그들의 인사에는 끈끈한 정이 묻어나왔다. 뿌듯해하는 형의 말이 당연히 이어졌다.

"지난 한 해 동안 아우가 쌓아온 덕을 고스란히 볼 수 있구먼. 역시 자랑스러워!"

두루와 토요는 좀 더 남쪽으로 방향을 잡았다. 남문 근처 시장에 들어선 둘은 장터 중앙에 넓게 펼쳐놓은 농기구와 연장들을 진지한 눈으로 살펴보았다. 연장들이 용도에 따라 아주 다양하고 섬세하여 둘의 관심을 끌기에 충분했다.

"이렇게 정교한 농기구를 만들어내다니 놀랍지 않나! 대장장이 손재주가 보통이 아닌 것 같네."

농기구는 한눈에 보아도 쓰임새에 따라 정교하고 편하게 만들어졌다. 파종하기 전에 땅을 고를 가래도 여러 모양이었고, 풀 베는 낫과 수확하는 낫도 모양을 다르게 만들어놓았다. 가지치기에 쓰는 톱과 나무 벨 때 쓰는 도끼들도 다양하게 진열되어 있었다. 부엌칼은 더 눈길을 끌었다. 큼직큼직하게 써는 칼, 잘게 채써는 칼 등 용도에 따라 크기와 길이도 다양하게 만들어놓았다. 토요는 특히 강철을 갈아 반들반들하게 만든 바늘에 관심을 보였다.

"이 바늘 좀 보세요. 수술에도 쓸 수 있겠는데요."

토요는 자신의 의원에서도 쓸 만한 바늘과 가위 그리고 칼을 유심히 관찰했다. 옆에 서 있던 두루는 대장장이의 제련 기술에 더 관심을 보였다. 그가 대장장이와 통성명이라도 하려 하는데, 진열대 뒤편에 서서 그들을 바라보던 대장장이가 나와 토요에게 꾸벅 인사를 했다.

"의생님, 저를 알아보시겠어요? 몇 달 전에 제가 불덩이에 데어 급히 찾아 뵈었는데 나흘간 치료를 잘 해주셨지요. 여기 팔등에 덴 자국이 남아 있는데, 기억하시겠지요?"

토요가 머리를 끄덕이며 반가워했다. 대장장이는 그 당시 토요가 밤을 지새우며 화상을 치료해준 이야기를 두루에게도 늘어놓았다. 대장장이의 이름은 '강철'이라고 했다. 그의 제련 기술에 깊은 인상을 받았던지 두루는 언젠가 다시 방문하고 싶다는 뜻을 비쳤다.

해가 서편으로 기울 때쯤 그들은 대나무 숲이 우거진 야산을 지나고 있었다. 저녁 끼니를 때우기 위해 선술집을 찾던 둘은 귀를 의심하게 하는 기묘한 소리를 들었다. 그것은 개천에서 대나무 숲까지 쉼 없이 공기를 가르는 바람 소리였다. '쉬익 쉬이익 쉬익 쉬이익…….' 소리가 들려오는 쪽으로 눈길을 보낸 둘은 믿기 힘든 광경을 목도했다. 한 젊은 사내가 숨돌릴 틈 없이 화살을 날리는 모습을 보았기 때문이었다. 30보에서 50보쯤 떨어진 대나무 사이에 크고 작은 표적이 세워져 있었고, 그 활량은 표적을 응시하다가 순식간에 화살을 쏘아 차례대로 표적을 맞히는 것이었다. 더욱 놀라운 것은 그다음이었다. 정자세로 활을 쏘다가도 갑자기 공중제비를 돈 뒤 화살을 날렸고, 다시 정자세와 공중제비를 섞어가며 활을 쏘는 것이었다. 그러는 동안 단 한 번의 실수도 없이 모두 표적들을 꿰뚫는 것이었다. 구경하는 내내 두루와 토요의 입이 다물어지지 않았다.

어느새 두루가 말을 몰아 그에게 달려갔다. 부족장의 장자답게 그는 일말의 망설임도 없이 이 명궁에게 다가갔던 것이다. 그는 토요보다 조금 젊어 보였고 눈빛과 몸놀림도 매서워 보였다.

"나는 두루라고 하네. 활 솜씨가 이미 달인의 경지로군. 놀라웠네. 이름이라도 알고 싶구먼."

"과찬이십니다. 제 이름은 사수라고 합니다."

"나도 무술을 좀 익혔네. 그래서 명궁을 그냥 지나칠 수 없었네. 이쪽은 내 아우 토요일세. 남문 부근에서 의원을 열고 있지."

"아, 토요 의생님. 반갑습니다. 이 구역에 사는 주민들이라면 의생님을 모르는 사람이 없지요. 뵙게 되어 영광입니다."

둘은 악수로 인사를 나누었다. 두루가 물었다.

"스스로 활을 익혔는가, 아니면 사부님이 계신가? 이런 걸 묻는 게 실례인 줄은 아네만 궁금해서."

"괜찮습니다. 사실 부친의 가르침을 받았습니다. 어릴 때부터 매일 아침 저녁으로 저를 훈련시키셨지요."

"오. 활 솜씨가 대단하시겠군. 잠시 뵐 수 있을까?"

"몇 해 전에 별세하셨습니다."

"아, 괜한 질문을 했구먼. 아들로서 당연히 명궁의 대를 이어야 했겠지."

"제 실력은 부친의 발뒤꿈치도 못 따라갑니다. 부친께서는 한 번에 두 개씩 화살을 쏘셨습니다. 잠깐 사이 그렇게 다섯 차례 연속으로 쏘시는데, 모두 과녁에 명중시키셨지요. 저는 아직 멀었습니다."

"아! 계속 우리를 놀라게 하는군. 그 활과 화살들은 직접 만든 건가?"

"네, 직접 만들었습니다. 부친께서 만드는 법을 가르쳐주셨습니다. 여기 화살 깃대 쪽에 제 부친의 화살이라는 걸 표시하는 화살촉 문양이 있습니다. 철심 끝을 불에 달궈 깃대 바로 아래에 지져서 문양을 새기셨는데, 저도 그걸 본받아 만들고 있지요."

두루가 관심을 보이자 사수는 그들에게 화살 깃대 쪽을 손가락으로 가리키며 거뭇거뭇하게 음각된 작은 화살촉 모양을 직접 보여주었다.

"저도 궁금하여 여쭙습니다. 대인께서는 누구시길래 이처럼 관심이 크십니까?"

"아까 말한 그대로일세. 평소 무술에 관심이 많은 낭인인데, 지금까지 살아오면서 그대 같은 명궁을 처음 보았어. 여기 토요 아우와 부근을 돌아다니던 중인데 그대를 보게 되었으니 내 인생 최대 행운 중 하나라고 해야겠지!"

그쯤에서 토요가 형에게 선술집 쪽을 눈짓하며 말했다.

"사수, 저녁 시간도 되었고 하니 우리 저녁이라도 같이 하며 얘기 더 나누면 어떻겠나?"

"제가 홀어머니를 모시고 있습니다."

"아, 자꾸 신경 쓰이게 해서 미안하구먼. 오늘 우리를 상대해주어 고마웠네. 언젠가 다시 만날 날을 기약하세. 이름을 잘 기억해두겠네."

두루와 토요는 그와 악수를 나누고 헤어졌다.

두루가 토요를 찾아 남문으로 온 지도 닷새가 지난 저녁이었다. 마을에 어둠이 내리자 보름달이 동편에 둥그렇게 떠올랐다. 저녁을 마친 두루가 주변 산책을 마친 뒤 평소 가지고 다니던 목검 두 자루를 양손에 들고 돌아왔다. 그는 그중 하나를 토요에게 건네며 외쳤다.

"아우, 요 며칠간 나를 위해 애썼으니 나도 보답해야겠지? 지난 한 해 동안 무술 연습을 거의 못 했을 텐데, 이대로 그냥 가면 몸이 아주 굳을 거야. 이걸로 몸을 풀어봐. 그리고 나와 대련해보세."

토요는 좀 쑥스러웠던지 잠시 목검을 바라보다가 물었다.

"갑자기 왜 이러세요?"

"아우, 훈련이란 몸의 대응력을 키워주는 거야. 상대 공격에 반사적으로 대응하도록 해주지. 꾸준한 수련 없이 어떻게 지난날의 거침없던 검술 실력을 유지하겠나! 몸 풀고 나와 대련해보세. 이틀 후면 나도 여기를 떠나니 아우를 챙겨줘야겠어."

토요는 씩 웃어 보인 뒤, 자신에게 익숙한 기본 무술 동작으로 몸의 균

형과 유연성을 되찾고자 했다. 그의 동작은 아직도 절도가 있고 가뿐해 보였다.

"좋아. 그럼 이제 그 목검으로 나를 공격해보게."

토요가 기합 소리와 함께 두루의 명치를 향해 목검을 뻗었다. 두루가 목검을 받아치며 다시 정자세를 취했다. 그러자 토요가 재빨리 허벅지를 향해 목검을 뻗었다. 두루가 다시 그 목검을 쳐낸 뒤 정자세를 잡자, 토요는 시간을 두지 않고 두루의 목을 향해 목검을 휘둘렀다. 이를 예감했던지 두루는 그 목검에 실린 힘을 자신의 목검으로 옮겨 크게 회전시킨 뒤 공중으로 쭉 뻗어 올렸다. 그 회전력을 감당하지 못하고 토요의 목검이 하늘로 날아가버렸다. 두루가 토요 목에 목검을 갖다 댔다.

"이것 봐. 겨우 세 합 만에 검을 놓치다니. 이러면 죽은 목숨이야. 그동안 녹슬어버렸군. 단단히 녹슬었어."

"어휴, 제가 언제 형님의 상대가 된 적 있었나요? 물론 지금 보니 제 검술이 무뎌진 건 사실이네요."

"이제 시작했으니, 내일까지는 나와 이렇게 수련하세. 이후 내가 떠나더라도 매일 저녁에 혼자 수련을 이어가야지!"

그들은 이마의 땀을 닦고는 서로 어깨동무를 했다. 밤바람이 시원하게 불어왔다. 둘은 늘 가던 주막으로 발걸음을 옮겼다.

도하 공주

두루가 토요 거처를 떠날 날이 다가오고 있었다. 마지막 날까지 그는 한 번도 가보지 않은 오아시스 동남과 서남 구역들을 매일 돌아보며 그곳 지형과 거주민들의 생활을 살폈다. 두루의 그런 모습에 토요도 며칠간 의원 문을 일찍 닫고 함께 나서기도 했다.

오아시스 왕국이 선포된 지 80여 년이 지날 때까지도 동서남북 부족민들은 서로 쓰는 말이 달랐다. 그러다 현왕 칼라드가 왕위에 오르면서, 원로회의와 대신회의는 북부 언어를 일종의 표준어로 정했다. 그 후 국왕과 재상의 계속된 노력으로 주민들은 조금씩 말과 글을 표준어로 익히며 소통의 편리함을 누리기 시작했다. 그동안 북부에서 생활해왔던 두루의 눈에는 오아시스 주민들이 서로 쉽게 소통하는 모습이 신기해 보였다. 그는 종종 토요에게 묻곤 했다.

"글을 배우는 데는 시간이 걸리겠지? 사실 나도 이 왕국의 글을 배워야 하는데, 내겐 그런 머리가 짧아. 부탁컨대 날 도와주게."

토요는 피식 웃음으로 대응하다가, 어느 날 저녁 더욱 진지해진 두루의 표정을 보면서 원로회의가 보급하는 교육용 책자를 건네주었다.

"에따, 형님! 내일이면 떠나시는데, 그럼 이 책 보시며 매일 몇 자라도 열심히 익히세요. 자주 살펴보시면 더 빨리 익히실 수 있겠죠."

그즈음, 왕궁에서는 국왕이 내원 탁자 앞에 앉아 있었다. 여집사 수련이 조용한 발걸음으로 공주를 안내해 왔다.

"그래, 도하 왔느냐. 지난 일주일간 널 보지 못했는데, 의원은 잘 다녀왔고? 남문까지 갔었다는 얘기 들었다."

"아바마마, 아직도 저의 행적을 미행하십니까?"

"그건 당연한 일이다. 남문까지는 적어도 왕복 엿새 길인데. 중간에 위험을 만나면 어떡하겠느냐?

"진여가 늘 곁에 있어 신변에 전혀 문제가 없으니 안심하시옵소서."

오아시스 왕국의 6대 왕으로 재위하고 있는 칼라드는 선왕들의 치적 이상으로 선정을 베풀고 있었다. 지난 15년 동안 나라는 더욱 풍요로워졌고 군부와 치안부를 잘 관리하여 주민들의 안전은 더욱 공고해졌다. 왕을 향한 대신들과 주민들의 칭송은 한없이 높았다. 그러나 왕에게도 어쩔 수 없는 고민이 있었다. 공주에 관한 일이었다. 그날은 공주와 그 고민을 풀어볼 참이었다.

"네가 우리 어의들에게 믿음을 갖지 못하다니. 남부에서 만나본 의생은 어떻더냐?"

"아버님, 제 병은 현기증 정도입니다. 그냥 바깥 세상도 볼 겸 궁을 나섰던 것일 뿐입니다. 의생은 제 현기증을 잘 살펴주었습니다. 다행히 처방은 간단했고 한 달 분량의 약을 받아왔습니다."

"갑갑했겠지만 그렇다고 네 어미에게조차 환궁 날짜를 말하지 않은 건 위험한 일이었다."

왕은 자리에서 일어나며 딸을 내원 끝자락으로 데려갔다.

"너와 늘 지켜보던 오아시스 전경이다. 우리 선조들과 백성들이 일궈온 거대한 이 왕국, 훌륭하지 않으냐?"

왕은 딸에게 하고 싶었던 이야기를 꺼냈다.

"네 나이도 벌써 서른다섯이다. 더 이상 혼기를 늦추면 안 된다. 그 나이에 네 어미는 네 오빠와 너를 키우느라 정신이 없었지. 젊고 힘 있을 때 아이를 낳아 키워야 하는데 말이다."

공주는 머뭇거리다 답했다.

"죄송합니다, 아버님. 아직 저는 결혼이 멀리 느껴집니다."

왕은 자신의 후계자가 될 수 있었던 왕자를 떠올렸다. 어린 왕자가 병사하자 비통해하던 왕비는 곧바로 공주를 잉태했었다. 어린 공주는 넓은 궁궐에서 홀로 컸지만 종종 왕실 사촌들을 왕궁으로 불러와 가까이 지내면서 지금의 나이에 이르렀다.

"네 혼사에 대해선 네 어미에게 다시 따져볼 것이다."

왕은 창밖으로 보내던 눈길을 딸에게 돌리며 다시 심각한 어조로 말했다.

"본론을 얘기하마. 몇 달 전에 열렸던 원로회의의 결론을 알고 있겠지? 부족장 대표들은 이 나라를 이끄는 최고의 존엄이고, 그래서 원로회의는 법이 정해준 최고 결정 기구다. 16년 전 회의에서 대부족장들은 네 조부로부터 내가 왕위를 세습받는 걸 도왔었지. 그들은 앞으로도 내가 계속 왕으로 남아주기를 바라지만, 내 몸은 노쇠하여 언제 그만둘지 모를 일이다. 그래서 원로회의에 계속 내 의중을 전하면서 내년까지 후계자를 내정하겠다고 했단다. 이 안건이 한동안 원로회의에서 다뤄지지는 않겠지만 후계자가 결정되면 자연스레 왕업에 대해 배울 기회가 많을 것이다."

여기서 공주는 서둘러 본인의 의사를 밝혔다.

"아버님, 다시금 황공하옵니다만, 지난날 이미 제 소견을 아뢰었습니다. 이 나라는 만대에 걸쳐 더욱 번창해야 하고, 나라의 앞날을 생각하면 저는 왕위에 오르기엔 너무 젊고 경험이 부족합니다. 왕위 승계 문제는 거두어주시기를 간청드리옵니다."

"그렇다면 내가 더 늙어 왕위를 지키지 못할 때 발생할 이 나라의 혼란을 어떻게 하면 좋겠느냐? 내년까지 결론이 나지 않으면 원로회의의 건의안을 받아들여야 할지 모른다. 전혀 예상치 못한 부족장에게 왕위를 승계해야 할 수도 있다. 최근 원로회의에서는 네가 마음을 결정할 때까지 내가 계속 재위해주면 좋겠다는구나. 네가 결정만 해주면 나는 안심하고 기다릴 수 있을 것이다. 그러는 동안 너는 국법과 정사를 익히면 된단다. 재상도 너를 돕겠다고 했다. 시간을 두고 나라 경영을 배우면 되는 거야."

왕은 자신의 어조가 높아진 걸 의식했던지 최근 딸의 건강을 생각하며 목소리를 부드럽게 낮추었다.

"네가 왕궁에서 지내다 보니 형제도 없고 동무들도 많지 않아 늘 외로웠을 거다. 그래서 혼사를 더 늦추지 않으면 좋겠다는 말을 한 것이다. 원로회의에는 후계자를 결정할 때까지 내가 재위를 연장하겠다는 뜻을 전하마. 네 결심이 서면 알려다오."

왕은 잠시 멈춰 딸의 얼굴을 살피다 다음 말을 이었다.

"그 젊은 의생이 너에게 운동 열심히 하라고 일러주지 않더냐?"

그쯤에서 왕이 쉬겠다고 하자 공주는 부친에게 인사 올린 뒤 뒷문으로 걸어 나갔다. 자신의 거소로 발걸음을 옮기는 사이 그녀는 '동무들도 많지 않아 늘 외로웠을 것이다'라던 부왕의 말을 떠올렸다. 사실 별전 앞마당을 지날 때마다 그녀는 늘 외롭다는 생각을 했었다. 사촌들이 가끔 찾아와 벗이 되어주었지만, 이 왕궁에서 그녀가 스스로 흥미를 가질 일은 많지 않았다.

공주가 별전 앞마당을 걷는 사이 충실한 여무사 진여가 곁으로 다가왔다.

"검술 수련을 다시 시작하겠다. 준비해서 여기로 오렴."

복장을 차려입은 공주가 별전 앞뜰로 나오자 진여는 이미 목검을 들고 몸을 풀고 있었다. 공주를 보고 그녀는 몸 풀던 동작을 멈췄다.

"네 멋진 검술 솜씨를 먼저 보여주겠니?"

공주의 말에, 진여는 10여 걸음 뒤로 물러섰다가 기합 소리와 함께 목검을 휘두르기 시작했다. 단단한 팔다리와 유연한 허리로부터 힘찬 검술이 펼쳐졌다. 검끝은 하늘에서 내려와 공기를 가르고 사방을 휘저었으며, 격한 찌르기와 가로막기, 되찌르기로 이어졌다. 목검은 그녀의 몸이 휘는 대로 위력을 발휘했고, 마지막 공중제비와 가벼운 착지로 마무리되었다. 힘이 넘치면서도 전광석화 같은 동작들이었다.

"역시 대단하구나. 남자로 태어났으면 능히 대군을 이끌 위인이 되었을 텐데."

"과찬이십니다."

"나도 약 잘 먹고 운동도 열심히 해야 석 달 뒤 재검 결과가 만족스럽게 나오겠지?"

"공주님은 우선 체력부터 키우셔야 합니다. 지난해까지 하셨던 수련은 열흘 후부터 본격적으로 시작하도록 하겠습니다. 그전에 체력을 쌓고 나서 시작하시면 조만간 예전 검술 실력을 회복하실 것입니다."

괴력의 노인

노을이 붉게 타는 저녁 시간, 남문의 토요 집에서는 어제처럼 오늘도 기합 소리가 터져 나왔다. 땀에 젖은 토요의 얼굴빛이 그 노을과 함께 붉게 번쩍였다.

"얍! 얍! 이야얍!"

"흠, 과거 검술 실력을 빠르게 회복하는군. 역시 내 아우야. 그 솜씨로 지난해 나를 죽음 앞에서 구해주었었지."

토요가 땀 뻘뻘 흘리며 형의 내지르기를 모두 막아내자, 두루가 그쯤에서 그날 수련을 마치자고 했다. 그들은 평상에 앉아 잠시 쉬기로 했다. 둘은 가슴을 펴며 시원한 저녁 바람을 맞았다.

"아우, 예정대로 내일이면 나는 북문으로 돌아간다. 이번에 가면 대장군을 만날 것이고, 내 인생도 크게 바뀔지 몰라. 자네를 기억하실 것이니 안부 전하겠네."

둘이 바가지 물을 들이켜며 쉬고 있다가 문득 돌아보니, 초로의 노인이 대문 앞에 걸음을 멈추고 두 사람을 쳐다보고 있었다. 깡마른 체구에 지팡이를 짚고 있었다. 토요가 일어나 노인에게 다가가자, 그는 굽신거리며 배고프다는 시늉을 했다. 토요가 노인을 평상으로 모셔와 앉도록 권했다. 그리고 잠시 부엌으로 들어가서 먹을 것을 준비해 왔다. 심하게 허기졌던지 노인은 단숨에 음식을 해치워버렸다. 곁에서 노인의 얼굴 표정을 살피던 두루는 문득 그의 안광이 예사롭지 않은 것을 느꼈다.

말없이 음식을 해치운 노인이 일어나 나가려 하자 두루가 말을 건넸다.

"노인장께서는 어디 사는 뉘시오? 이 집에 먹을 걸 찾아 그냥 오신 것은 아닌 듯하오만."

"이 거렁뱅이 말이오? 오늘은 이 집으로 내일은 저 집으로 구걸하러 다니는 거지일 뿐이오. 어쨌든 잘 얻어먹었수다. 또 봅시다."

"제가 보기에 노인장의 눈빛이 평범하지 않소. 여기에 목적이 있어 온 것이 아닙니까?"

신중해진 두루의 물음에도 아랑곳 않고 태연한 대답이 금방 돌아왔다.

"이 거지의 흐린 눈이 어떻다고요. 잘 먹었수다. 또 봅시다."

"잠깐 멈춰보시오."

두루는 평상 옆에 세워둔 목검을 들어 노인의 목덜미를 내리쳤다. 그 순간, 목검이 공중으로 튕기는가 싶더니 두루가 곧바로 명치를 얻어맞고 쓰러졌다. 노인의 지팡이가 땅을 톡톡 두드렸다. 곁에서 그 광경을 지켜보던 토요의 입이 쩍 벌어졌다. 천하의 형이 저렇게 맥없이 쓰러지다니. 도대체 저 노인은 누구인가? 괴력은 말할 것도 없고, 머리 뒤에 눈이 붙어 있단 말인가!

"아우, 어르신을 평상에 모셔라. 내 눈이 제대로 알아보았구나. 우리가 오늘 엄청난 분을 만났다!"

토요가 서둘러 노인을 다시 평상으로 모셨다. 몸을 털고 일어나는 두루를 향해 노인이 말했다.

"이번 일, 저는 예상했으되 장사께선 저를 몰랐기 때문입니다. 잘 지내셨습니까, 두루 장사님?"

"첫눈에 비범하신 줄 알았습니다. 그런데 제 이름을 어떻게 아십니까?"

"약 반년 전쯤일 겁니다. 북문 근처 한 주막에서 밥을 빌어먹고 있을 때, 치안부에 쫓기던 살인범들을 단 몇 합 만에 굴복시켰던 일을 기억합니다. 어제 이곳을 지나다가 낯익은 목소리를 듣게 되었는데, 그래서 오늘 확인하러 왔던 차에 잠시 실례했습니다."

"오늘 제가 참으로 큰 실수를 했습니다. 어르신을 시험해보려 했으니 용서하십시오. 어르신은 정말 누구신지 알려주실 수 없으십니까?"

"후일 아시게 될 것입니다. 이곳이 토요 의생 집인 것을 알았으니 언젠가 때가 되면 다시 오겠습니다."

"부디 말씀을 낮춰주십시오. 그리고 간절히 부탁컨대 저와 제 아우의 사부가 되어주십시오."

"사부라니요. 두루 장사님은 모든 걸 갖추셨습니다. 이 노인네를 몰랐기 때문에 쉽게 생각하셨을 뿐입니다. 장사님께 말씀을 낮추기는 더욱 어렵습니다."

두루는 노인의 완고함에 무슨 뜻이 있을 듯싶어 노인이 입을 열기를 기다렸다.

"장사님 팔에 새겨진 태양 문신이 무얼 뜻하는지 아십니까?"

"무슨 뜻이라니요? 특별히 이 문신을 지칭하심은?"

노인은 날카로운 눈길로 문밖 사방을 빠르게 살피다가 낮은 목소리로 답했다.

"이 오아시스에는 몇 사람만 그걸 압니다. 대부족장에게만 새겨준다는 그 문신 말이지요! 훗날 아시게 되겠지요. 신변을 잘 관리하십시오."

이쯤 이르자 토요는 이 노인이 사람이 아닐 거라는 생각이 들었다. 혹시 신선이 아닐까? 형이 단순히 작은 부족의 장자가 아니라 대부족을 이끌 호걸이란 뜻 아닌가. 두루도 말문이 막혔던지 눈을 동그랗게 뜨고 있었다.

"떠도는 이 신세, 어디서든 다시 마주치겠지요. 오늘 밥값은 언젠가 갚겠습니다. 그동안 두 분의 안위를 기원하겠습니다."

자리를 떠나려는 노인을 두루가 재차 붙잡았다.

"감사합니다. 그런데 그냥 가시지 말고 어르신의 존함만이라도 알려주시면 늘 기억하겠습니다."

"정히 당부하시니 이름만 남기겠습니다. 괴려, 괴려라고 기억해주십시오."

괴상한 이름을 남긴 노인은 빠른 발걸음으로 토요 집을 나섰다.

변화의 바람

대장군을 찾은 두루

오아시스 왕국 태동기에 부족장 원로회의는 왕국 영토를 동서남북 네 구역으로 나누었고, 왕궁과 수원지가 위치한 동북 경계지역을 특별구로 지정했다. 특별구를 제외한 네 구역은 저마다 부족장 대표를 선출하여 자치 행정을 관할하도록 했다. 국가적 전란이 발생할 경우에 대비해 각 구역에서는 2천여 명의 군사를 모병하여 정규군으로 훈련시키도록 했다. 그중 절반은 보병으로, 200여 명은 기병으로 훈련시켰으며, 나머지 800여 명은 국경 수비와 치안을 담당하도록 했다.

세월이 흐르면서 주민 수가 더 불어나자 국왕과 원로회의는 군제를 더욱 강화하고 체계화했다. 왕궁 호위부대를 별도로 조련시켜 별동군으로 지정했으며, 구역별로는 장군을 중심으로 지휘부를 두고 그 휘하에 보병대, 기병대 그리고 국경수비대를 두어 군무를 정교화했다. 북부에서 특별구로 통하는 관문에는 이 왕국의 전 병무를 관할하는 총지휘부를 설치하여 국가 안보와 치안을 책임지도록 했다. 이 총지휘부에 위풍당당한 쿼사마 대장군이 상주하며 그 책무를 맡고 있었다.

두루가 총지휘부를 찾은 것은 토요의 집을 떠난 뒤 닷새가 지난 이른 오후였다. 북문 안쪽에는 오아시스 북부 지휘부가 수많은 깃발을 펄럭이며 자리 잡고 있었다. 이곳 군사들은 왕국 어디와도 비교되지 않을 만큼 사기가 충만했다. 두루는 북부 지휘부 건물을 면발치서 바라보다 별동군 접경 초소 앞에서 멈추었다. 그는 말에서 천천히 내려 초소병에게 자신의 신분을 밝힌 뒤 방문한 목적을 말했다. 초소병은 기다렸다는 듯 초소 내에 앉아 있던 덩치 큰 부관에게 알렸고, 그는 곧 총지휘부 본부 옆에 자리 잡은 우람한 건물로 두루를 안내했다. 쿼사마 대장군이 집무실 겸 관사로 사용하는 곳이었다.

"대장군님, 인사가 늦었습니다. 그동안 평안하셨습니까?"

두루는 대장군에게 큰절로 예의를 갖췄다.

"잘 왔네. 내 편하게 말하려니 이해하시게. 그대를 처음 본 지 일 년이 되었는가? 세월 참 빠르구먼."

"이렇게 저를 편하게 대해주시니 감사할 따름입니다. 대장군님을 더 일찍 찾아뵀어야 했는데, 지난 일 년 동안 왕국에 대해 많은 것을 배우고 있었습니다."

"하하, 그래? 미안하지만, 그동안 그대의 일거수 일투족을 모두 보고받고 있었네. 문초실에서 심문받은 뒤 이곳 북문 근처 주점에서 잡일꾼으로 일한다는 얘기도 모두 듣고 있었지. 치안부의 아남 대장이 그대의 검술 솜씨를 가감 없이 기록해준 것도 다 보았어. 살인범들을 일거에 체포해버린 그 공로로 그대를 감시 대상에서 제외하려 했었는데, 아남 대장이 검술도 배울 겸 그대를 더 살피겠다는 건의도 했었네. 그대를 이곳으로 부른 까닭을 짐작하리라 여기네만…… 하하하."

대장군이 반갑다는 뜻을 호방한 웃음으로 표현했다.

"저를 그렇게까지 관찰하셨다니 부끄럽습니다."

"아남 대장이 처음에는 그대의 그릇이 너무 커서 위험할지 모른다는 생각을 했었던 것 같아. 그런데 검술을 배우는 동안 그대 인품에 완전히 빠졌던 모양이야."

"대장군님께서 저를 불러주셨으니 제 생을 이곳에서 마칠 각오로 찾아뵈었습니다."

"그대 아우도 잘 지내고 있지?"

두루는 닷새 전 토요가 싸준 약재 바구니를 앞으로 내밀었다.

"제 아우에 대해서도 보고를 받으셨겠지만, 남부의 한 마을에서 의원을 열어 환자들을 돌보고 있습니다. 어려운 의술까지 익히며 많이 발전한 것 같았습니다."

"두 사람은 이 왕국의 보배가 될 것이라 믿네. 모두 우리 오아시스와 국왕님의 홍복이라 할 것이니!"

대장군은 긴 수염을 어루만지며 아주 만족한 표정으로 다음 말을 이었다.

"북부 지휘부에서 그대가 거처할 숙소를 준비해두었네. 그리고 내가 보내준 서찰에 언급했지만, 오늘 오후 이곳에서 군지휘부 최고회의가 있다는 거 기억하지? 그대를 북부 국경수비대에 편입시키려 오랜 작업을 해왔으니 오늘 회의에 참석해야 할 것일세. 앞으로 더 바쁜 나날을 보내게 될 테니 마음의 각오도 다시 하면 좋겠네. 그럼 오늘 회의 전에 북문과 성루를 함께 둘러보며 얘기 더 나누세."

마음의 준비를 하고 와서 그런지 두루는 그날 회의에 대한 염려는 크게 없었다. 대장군은 왕국의 국방력 강화를 위해 때가 되었다고 판단했고, 두루를 활용할 결심을 굳힌 것이었다.

대장군이 부관 대동 없이 갑자기 북문에 나타나자 성곽과 성루 주변 군사들이 일제히 도열하여 경례를 바쳤다. 대장군이 앞서고 젊은 객이 뒤따르는 이 모습은 좀처럼 볼 수 없는 광경이었다. 대장군은 군사들에게 두루에 대한 자신의 신뢰를 직접 보여주려는 의도를 그렇게 드러내고 있었다. 조만간 어차피 두루가 누구인지 알게 될 것 아닌가.

높다란 성루에 올라선 두루의 눈에 성 안과 밖의 모습이 확연히 대비되었다. 그의 눈빛이 더 반짝였고 양팔에는 자신도 모르게 힘이 실렸다.

"자, 어떤가? 사막이냐 오아시스냐! 지난 한 해 동안 그대가 보았던 오아시스가 정말 아름다웠기를 바라네. 이처럼 멋진 왕국을 잘 지켜야 하지 않겠나. 그래서 그대의 그 큰 그릇에 기대보려는 것이지."

두루의 심장은 거칠게 뛰었다. 1년 하고도 한 달 전쯤 늑대족에게 쫓기다가 죽음의 문턱에서 토요를 만나 의형제를 맺었을 때를 제외하면 이런 감동은 그 후 처음이었다.

성루에서 내려오며 시간을 살피던 대장군이 군 총지휘부 본부를 향해 말을 몰며 앞서갔다. 반 걸음 뒤에서 대장군을 따라가던 두루에게 그가 말했다.

"결국은 북서부 일대에서 강성해지고 있는 일부 국가들이 문제야. 특히 동남단에 자리 잡고 있다는 늑대족에 대해 우리 군부가 주시하고 있지. 긴 설명이 필요하겠지만 자네는 그 족속의 속성을 알고 있지 않은가?"

"대장군님, 여러 정보를 듣고 계시겠지만 그 북서부 일대는 그야말로 험악한 지역이 되었습니다. 늑대족은 이름 그대로 흉악하기 짝이 없는 족속입니다. 누구보다 무센이라는 태자는 극악무도한 인물입니다. 후일 그 지역 어느 족속이 최후 승자가 될지 알 수는 없으나 우리 왕국이 외세 침입에 빈틈없이 대비해야 함은 필연이 되었습니다."

대장군이 무거운 표정을 지으며 다음 질문을 했다.

"어느 왕족이 되든 그들 중 진짜 군사를 일으켜 여기로 침공해 올 가능성은 있는가?"

"제 의제로부터 들은 얘기입니다만, 우리에게 가장 가까이 있다는 늑대족도 만 리 정도 떨어져 있어 대군을 이끌고 한 달 이상 사막길을 나서기는 어려울 거라는 추측은 했었습니다. 그러나 어떤 경우이든 외세에 철저히 대비해야 한다고 믿습니다."

잠시 생각에 잠기던 대장군이 결국 하고 싶었던 얘기를 꺼냈다.

"잘 듣게. 그대는 곧 있게 될 지휘관 최고회의에서 북부 국경수비대 대장으로 임명될 예정이네. 그렇게 결론 난다면, 나는 그대에게 특별 명령을 내릴 수도 있어. 이 왕국을 외침으로부터 지켜낼 국경수비대의 전략을 혁신하도록 말이야. 이곳 장군들과 장수들은 명석하기는 하지만, 양들처럼 순하기만 하지. 전투력이 너무 부족한 것이 제일 큰 문제야."

군지휘관 최고회의

대장군이 두루를 대동한 채 총지휘부 회의장에 도착하자, 입구에 먼저 도착해 있던 장군들과 수하 장수들은 나누던 대화를 멈추고 그에게 경의를 표했다. 대장군은 장군들과 장수들의 손을 일일이 잡으며 악수를 나눈 뒤, 그간 왕국 보위를 위해 애써온 그들의 노고를 치하했다. 그러곤 뒤에 선 두루를 소개하자, 다들 그를 환영하는 인사말을 건넸다. 대장군이 두루를 돌아보며 말했다.

"잠시 후 부를 테니 이곳에서 편히 기다리시게."

대장군을 선두로 모든 참석자들이 회의장 안으로 들어갔다.

이날 회의의 목적은 현재의 군 체계에 대한 점검과 새 인사 발령이었다. 회의 진행은 서부 지휘관인 파사드 장군이 맡았다. 한 해 전 서문 문초실에서 두루와 토요를 심문했던 바로 그 장군이었다. 회의 시작과 함께 그가 대장군의 인사말을 청하자, 대장군이 굵직한 음성으로 준비해온 말을 시작했다.

"오늘 이렇게 네 분 장군들과 여러 장수들을 다시 만나게 되어 반갑소이다. 올해는 현왕께서 즉위하신 지 16년 되는 해요. 그동안 여러분들의 애국심에 힘입어 왕국의 국방력과 치안이 굳건해졌고, 주민들의 삶은 더욱 풍요로워졌기에 다시금 치하하는 바요. 하지만 이제 거친 풍운이 점점 가까이 다가오는 것을 우리 모두 절감하고 있소. 따라서 오늘 회의에서는 무엇보다도 외세 침입에 대응할 철통 같은 군사 전략을 마련해야 할 것이오. 최근 군수뇌부 회의를 통해 군 체계의 기본 틀은 거의 마련한 것으로 알고 있소. 이에 대한 재점검과 국방력을 강화할 여러분들의 묘안을 기대하겠소이다."

대장군이 자리에 앉자, 파사드 장군이 다음 순서를 진행했다.

"대장군님이 방금 언급하셨던 최근의 수뇌부 회의에서 결정한 내용을 제가 하나씩 정리해드리겠습니다. 주지하시듯, 국방력을 증강하려면 그에 합당한 군 체계의 변혁이 필수입니다. 탁자 위에 준비해드린 자료를 함께 보시기 바랍니다. 이번 회의의 첫 안건은 우리 국방력을 증강시키기 위해 군사 수를 두 배로 늘리는 안입니다. 현재 각 구역별로 약 2천여 명의 군사를 유지하고 있고, 별동군까지 합치면 우리 왕국의 병력은 약 9천이 됩니다. 왕국이 평화로울 때는 이 병력이면 큰 문제가 없겠으나, 방금 대장군님께서 언급하신 대로 향후 외세가 침입해 올 가능성은 현실이 되고 있습니다. 보름 전 원로회의에서는 치안부 확대 문제도 의결된 바 있습니다. 병력 수와 같은 중차대한 문제는 우리 최고회의의 의결을 거쳐야 하므로, 여러분들의 결의를 얻고자 하는 것입니다. 이 안에 대해 이견을 가지신 분은 기탄없이 말씀해주시기 바랍니다."

동부 지휘관인 아쿠스 장군이 손을 들어 말했다.

"지난 원로회의 의결 건과 더불어 군수뇌부 회의에서 저도 이 안건에는 찬성을 표했었습니다. 그러나 병력 증가는 국방비 증액을 수반하고, 이것은 주민들의 증세로 이어지므로 간단한 문제가 아니라는 견해도 말씀드렸습니다. 증세 문제를 어떻게 하실지 짚고 가야 하지 않겠습니까?"

아쿠스 장군의 이 말에 참석자들이 파사드 장군 쪽으로 고개를 돌렸다.

"마침 말씀 잘 해주셨습니다. 이 안건은 군수뇌부의 의지만으로는 해결될 수 없는 문제여서, 최근에 마완 재상에게도 전달한 바 있습니다. 결국 오늘 최고회의 결과에 따라 재상이 이끄시는 대신회의 그리고 주민들을 대표하는 원로회의가 함께 만나 증세 문제를 결론 낼 것입니다. 병력 증가에 대한 다른 의견이 있으신 분은 주저 마시고 지금 발언해주시기 바랍니다."

국방력을 높일 수 있는 이런 기회를 장군들과 장수들이 마다할 이유는 없었다. 회의 참석자 전원이 머리를 끄덕이며 이 안에 찬성을 표하자, 파사드 장군이 본 안건의 가결을 선언했다.

"이제 각 구역의 지휘관 결정 건으로 넘어가겠습니다. 최근의 군수뇌부 회의를 통해 재임명에 모두 동의하셨기에, 이 건에 대해서는 본인들의 의사를 재확인하는 절차만 거치겠습니다. 먼저 동부 지휘부는 아쿠스 장군을, 남부 지휘부는 히참 장군을, 서부 지휘부는 본인인 파사드 장군을 재임명하기로 했습니다. 오늘 이 회의에는 예하 장수들도 함께 지켜보고 있는 만큼, 재임명에 대한 본인들의 확인 의사를 다시 표명하는 절차를 밟게 됩니다. 본인 재임명을 포기하지 않으면 자동으로 이 안건은 통과될 것입니다."

이 건에 대해서도 본인들 모두 머리를 끄덕이자, 파사드 장군이 박수와 함께 재임명 안건을 통과시켰다.

회의장 분위기를 잠시 살핀 파사드 장군이 다음 말을 이었다.

"이번에는 새 지휘관 임명에 대한 사안입니다. 대장군님께서 북부 지휘관 자리를 떠나셨기에, 지난 군수뇌부 회의에서 공석이 된 이 지휘부에 누리수 장군을 임명하기로 결정한 바 있습니다. 내일부터 지휘부를 책임지시게 되는데, 이번에도 왕국의 장수들이 모두 모인 자리에서 본인의 의사를 재확인하는 절차를 밟고자 합니다."

이에 누리수 장군이 잠시 일어나 감사를 표한 뒤 착석했다. 파사드 장군이 박수로 축하 분위기를 유도했다. 그리고 세 번째 안건에 대해서도 마무리 발언을 했다.

"그럼 관례에 따라 각 구역 지휘관께서는 사흘 이내에 부지휘관을 임명하셔서 대장군님의 재가를 받으시기 바랍니다."

파사드 장군은 이쯤에서 쿼사마 대장군의 얼굴을 살폈다. 지금까지의 회의 진행에 만족했던지 대장군이 양팔을 벌리며 밝은 미소로 화답했다.

"그럼, 오늘 회의의 마지막 안건으로 들어가겠습니다. 이 안건은 공석으로 남아 있는 북부 국경수비대장을 임명하는 일입니다. 이 국경수비대는 그동안 쿼사마 대장군님의 휘하에 있었으나, 수비대장을 맡고 있던 놀런 대장이 지병을 사유로 사임하면서 공석이 되었습니다. 각 구역의 수비대장은 그 관할 지휘부에서 임명하면 됩니다. 하지만 북부 국경수비대는 왕궁과 수원지를 방어하는 최전선이며 이에 우리 군법은 수비대장을 우리 최고회의의 의결을 거쳐 선임하도록 되어 있습니다. 마침 회의 전에 잠깐 보셨겠지만, 대장군님께서 특별히 장년 한 사람을 천거하셨습니다. 이름은 두루라 하며, 반년 전 북부의 한 주막에서 살인 흉악범 셋을 일거에 무력화시켰던 그 주인공입니다. 그러나 그 장사를 대장으로 임명하기에는 이 직위가 워낙 막중하여 군법에 의거, 여러분들의 동의를 묻고자 하는 것입니다. 무엇보다 국왕의 재가를 받아야 할 사안이므로, 여러분의 의사를 가감 없이 개진해주시기 바랍니다."

이쯤 설명이 이어지자, 동부의 아쿠스 장군이 다시 손을 들었다.

"말씀하셨듯, 북부 국경은 우리 왕국 전체의 방어에 직결되는 요지입니다. 살인범들을 체포하는 데 세운 공만으로 그런 요지의 수비를 맡길 수는 없습니다. 이번 회의에서 의결하기 전에 대장으로서의 인품과 실력을 확인하고 신뢰할 수 있어야 하겠습니다."

아쿠스 장군의 발언에 참석자들이 모두 고개를 끄덕였다. 대장군이 대동해 온 사람이란 걸 알면서도 그들은 외지에서 흘러 들어온 인물을 직접 확인해야겠다는 속내를 감추지 않았다. 이에 파사드 장군이 대장군의 표정을 살피자, 대장군이 파사드 장군에게 일임하겠다는 뜻으로 손짓을 했다. 파사드 장군은 1년 전 그를 서문 문초실에서 심문했던 일을 가감 없이 설명했다. 그가 오아시스를 천국으로 알고 의제와 함께 죽기를 각오하고 사막을 건너왔으며, 그의 출신지와 부족장의 장자라는 신분 그리고 지난 1년간의 오아시스 생활을 자세히 설명했다. 무엇보다 늑대족을 비롯해 서북방에 창궐하고 있는 여러 왕국들에 대해 많은 정보를 가지고 있다는 사실을 강조했다. 설명이 충분해 보였다.

그러나 그 같은 상세한 설명에도 남부의 히참 장군은 만족스럽지 않았던지 손을 들어 발언 기회를 청했다.

"어찌되었든 그는 왕국에 온 지 일 년밖에 되지 않은 외지인입니다. 이곳에서 길게는 백여 년간 대대손손 살며 집안 내력을 서로 속속들이 아는 우리와는 너무 이질적이지 않습니까? 그의 인품이든 검술이든 제 눈으로 직접 확인하도록 해주십시오. 북방 수비를 맡기려면 그의 실력을 충분히 검증해야 하지 않겠습니까?"

히참 장군의 발언이 거칠어지자 대장군의 심기도 불편해졌다. 그는 손을 들어 파사드 장군에게 지금 두루를 회의장으로 불러오면 좋겠다는 의견을 말했다. 이에 파사드 장군이 장수 한 사람을 내보내 두루를 불러오도록 지시했다.

회의장으로 들어오는 두루는 외견상 당당해 보였다. 그가 대장군과 장군들에게 허리 숙여 인사하자, 대장군의 입장을 고려한 파사드 장군이 장군들에게 궁금한 핵심 사항들만 질문할 것을 주문했다. 히참 장군이 기다렸다는 듯 두루에게 재차 물었다.

"파사드 장군 말씀으로는 이십 일 동안 죽음을 무릅쓰고 사막을 건너왔다는데, 도대체 부족장 장자라는 자가 무슨 목적으로 왜 그런 험한 길을 떠났는지 이해되지 않소. 부족을 버리고 혼자 천국에서 살아보겠다고 여기로 왔다는 것으로밖에 보이지 않는데, 그런 사람이 이 나라 국방의 요지인 북부 수비를 맡을 자격이 있다고 여기시오?"

이 거친 질문에 두루는 잠시 망설였다. 자신의 부족이 늑대족의 침공을 받았고 몰살되었다는 말을 지금에야 할 수는 없었다.

"저는 잠시 부족을 떠나 사막을 더 알고자 여행을 떠났습니다. 여행 중에 저보다 여덟 살 젊은 토요란 자를 만났고, 그의 지혜와 지식을 높이 사 의형제를 맺게 되었습니다. 그의 해박한 천문 지리 지식 덕택에 여기 오아시스까지 오게 된 것입니다. 개인적인 부귀영화를 위해 부족을 버린 것이 절대 아닙니다. 와서 보니 배울 것도 많았고, 부족으로 다시 돌아갈 생각을 하니 의제를 두고 홀로 떠날 수도 없게 되었습니다. 마침 대장군님의 신뢰를 받게 되어 이 자리에 서게 되었습니다. 그 신뢰에 보답하는 마음으로 왕국을 위해 신명을 다할 각오입니다. 부디 혜량해주시기 바랍니다."

조금도 위축되지 않은 당당한 답변에 히참이 머뭇거리자 이번에는 아쿠스 장군이 입을 열었다.

"대장군님께서 천거하셨으니 그 부분은 충분히 검증되었으리라 여기오. 한 가지 더 짚자면, 반년 전 북부의 주점에서 살인범들을 체포하는 데 큰 공을 세웠다는 걸 잘 들어 알고 있소. 그러나 수비대장 반열에 오르자면, 잡범들을 상대하는 실력만으로 충분치 않다는 것을 이해해주시면 좋겠소. 담력이든 검술 실력이든 우리들에게 제대로 보여주면 좋겠소!"

아쿠스 장군의 발언이 떨어지자, 이걸 기다렸다는 듯 대장군의 입이 크게 벌어졌다. 그는 그동안 두루의 검술 실력을 충분히 보고받아온 터라, 그 스스로도 이번 기회에 두루의 실력을 제대로 확인하고 싶었다. 그때 회의장의 모퉁이에 앉아 있던 대장 한 사람이 손을 들었다. 쿼사마 대장군이 빙긋 웃자, 파사드 장군이 그에게 발언 기회를 주었다.

"장군님들 대부분 저를 아시지만, 치안부 대장 아남이라 합니다. 두루 장사와는 반년 전 북부 주막 살인범 난동 사건 후 계속 인연을 이어왔습니다. 장군님들께서 두루 장사의 검술 실력을 보고 싶어 하시는데, 저에게 그를 시험해볼 기회를 주시면 어떠실까요?"

장군들과 장수들이 모두 찬성하자, 파사드 장군이 그날 회의의 결론을 내렸다.

"그럼 회의장 밖으로 나가 아남 대장과 두루 장사의 검술 대결을 보십시다. 이 대결에서 두루 장사의 실력을 보시고 판단해주시면 그것으로 북부 국경수비대장에 대한 결론을 내리겠습니다."

검술에 실린 내공

군지휘관 최고회의의 마지막 의결을 앞두고 두루의 무술 실력이 시험
대에 오른 지금. 장군들과 장수들이 지켜보는 가운데, 파사드 장군은 목
검 두 자루를 들고 서 있었다. 장군은 그것을 하나씩 아남과 두루에게 건
네주며 외쳤다.

"아남 대장은 두루 장사의 실력을 검증할 수 있도록 자신의 명예를 걸
고 거침없이 공격해야 할 것이오. 그리고, 두루 장사가 단 한 번이라도
목숨을 잃을 만한 실수를 범한다면 그것으로 북부 국경수비대장 선임 건
은 없던 일로 종결될 것이오. 그럼 바로 시작하시오."

목검을 받아든 아남과 두루는 서로 상대의 가슴을 겨누는 자세를 취했
다. 그리고 하늘을 찌를 듯 기합 소리를 지르며 상대에게 짓쳐 들어갔다.
목검이 부딪치며 부러질 것 같았다. 아남이 시간을 주지 않고 바로 내려
치기와 찌르기를 시도하자, 두루가 이를 피하면서 돌려치기로 반격했다.
아남이 몸을 숙여 피한 뒤 두루의 허리로 찔러 들어오자, 두루가 그 목검
을 내려치며 공격을 피해냈다. 두루의 검술을 익히 아는 아남으로서는
두루의 강점이 부각되기를 내심 바라고 있었다. 그래서 시도한 것이 목
검을 두루의 어깨 위로 내리치는 동작이었다. 이에 두루가 재빨리 옆으
로 피하면서 아남의 검을 자신의 목검으로 두 바퀴 크게 회전시켰다. 며
칠 전 토요에게 썼던 회전 검법이었다. 아남의 꺾인 손목이 그 회전을 따
라가지 못하자, 그의 목검이 공중으로 날아가버렸다. 큰 어려움 없이 승

부가 결정되자 그가 아남을 향해 빙긋 웃었다.

파사드 장군이 말했다.

"이번 대결로 장군들과 장수들의 의견이 일치할 것으로 여기오. 두루 장사의 무술 실력을 아직도 의심하시겠소?"

남부 히참 장군이 어이없다는 듯 외쳤다.

"장군, 잠시 기다려주시오. 내 수하 장수와 대결시켜보고 싶소."

그는 자신의 수하들 중 한 명에게 손짓하여 앞으로 불러냈다. 한 장수가 옷소매를 조이며 자신에 찬 얼굴로 걸어 나왔다. 히참 장군이 큰 소리로 그를 소개했다.

"방금 했던 대결이 진짜처럼 보였소? 여기 내 장수 비세를 소개하오. 우리 지휘부에서 가장 검술이 뛰어난 장수요. 두루 장사가 내 부하와 대결해 봐야 진짜 실력을 알게 될 것이오."

예상치 못한 히참 장군과 비세의 등장에 모두들 재밌거리를 기대하듯 두루를 쳐다보았다. 파사드 장군이 손짓으로 두루의 의사를 묻자, 그가 고개를 끄덕였고, 다시 목검을 들어 대결 자세를 취했다. 그때 뜻밖의 일이 또 벌어졌다. 쿼사마 대장군이 대결장 중앙으로 걸어 나오며 외쳤다.

"기왕이면 목검이 아니라 진검으로 승부해보기 바라오. 히참 장군의 명예도 있으니 진검 승부라야 하지 않겠소? 파사드 장군, 두 장수에게 진검을 준비해주시오. 두 사람은 죽음을 각오하고 결론을 내기 바라오."

대장군이 히참 장군의 명예를 거론하자, 그는 내심 그 제안을 반기며 물러서지 않았다. 이 기회에 자신의 위세를 높여 차기 대장군직을 노려볼 계산을 하고 있었다. 어차피 대장군은 몇 년 내 물러날 사람 아닌가.

파사드 장군의 검을 받은 두루도 더 물러설 수 없게 되었다. 그는 검 손잡이를 잡고 검의 무게와 길이를 가늠해보았다.

두 사람이 정자세를 취하자, 파사드 장군이 대결 시작을 외쳤다. 그와 함께 비세 장수가 조금의 망설임도 없이 두루의 목을 향해 검을 뻗어왔다. 두루가 여유 있게 피하자 그 검끝이 곧바로 그의 허벅지를 향해 찔러왔다. 전광석화 같은 상하 찌르기 검법이었다. 두루가 그 검을 아래로 쳐내며 비세의 가슴으로 검을 내질렀다. 그러자 비세가 그걸 돌려쳐낸 뒤 두루의 머리를 겨냥해왔다. 비세의 검술은 왕국의 장수답게 정석 검법을 그대로 쓰고 있었다.

대결은 무서운 속도로 이어졌고, 한 치의 양보도 없어 보였다. 그러나 시간이 흐를수록 비세는 두루의 검술이 한 수 위인 것을 체감했다. 반면 두루는 비세의 검끝에 실린 힘을 계속 감지하며 그 힘을 감당해낼 것이라는 자신감을 갖기 시작했다. 그는 이제 이 대결을 끝낼 때가 왔다고 판단했다. 변형 검술을 사용할 참이었다. 비세가 오른발을 뻗으며 힘차게 두루 가슴으로 검을 찔러오자, 두루가 슬쩍 몸을 피하면서 왼손으로 그 검을 잡아버렸다. 그러곤 순식간에 자신의 검을 뻗어 비세의 목에 갖다 댔다. 이로써 그의 목은 떨어진 셈이었다. 자존심이 크게 상했을 비세에게 두루가 먼저 머리 숙여 예를 표했고, 이에 비세도 검을 내리며 머리를 숙였다.

이 대결의 종결을 선언한 파사드 장군이 두루에게 다가가 그의 왼손을 펼쳐보았다. 굳은살이 단단하게 박인 손바닥엔 칼자국만 패었을 뿐 피한 방울 비치지 않았다. 장군이 그의 왼손을 들어 장군들과 장수들에게 보여주자, 그를 지켜본 모든 참석자들이 박수를 치며 축하해주었다.

파사드 장군이 말했다.

"회의 마감을 선언하기 전에 대장군님의 인사 말씀을 잠시 듣겠습니다."

"회의는 짧을수록 좋다는 옛말을 상기합시다. 오늘 모든 안건들이 잘 처리되어 기쁘고 모두들 수고하셨소. 이제 저녁 만찬 자리에서 남은 얘기들 더 나눕시다."

대장군이 말을 마치자, 파사드 장군이 회의를 마무리했다.

"세 가지 사항을 말씀드립니다. 잘 아시듯, 우리 최고회의 규율에 따라 회의 중에 나온 안건과 결론들은 모두 비밀입니다. 외부로 발설할 경우 군법으로 처결하게 된다는 점 잊지 마십시오. 그리고 오늘 회의록은 사흘 이내 각 지휘부로 전달될 것입니다. 살펴보시고 잘못 기록된 사항을 발견하시면 회의록에 표기하셔서 본부로 곧 보내주시기 바랍니다. 끝으로, 오늘 저녁 만찬도 본부 옆에 마련되어 있습니다. 지금 만찬장으로 옮겨 가시면 되겠습니다."

저녁 만찬은 총지휘부 본부 옆 야외에 마련되어 있었다. 만찬을 시작하며 대장군은 오아시스의 번영을 기원하는 건배를 제의했다. 이어 파사드 장군은 두루를 데리고 다니며 장군들과 장수들에게 일일이 인사시켰다. 특별히 별동군을 맡고 있는 푸난 대장을 자세히 소개해주었다. 외세 침략이 있을 경우 북부 국경수비대와 협력하여 왕궁과 북부 국경을 막아내야 할 두 사람이 악수로 첫 대면을 하게 되었다. 끝으로 파사드 장군은 두루에게 만찬장 정중앙의 대장군을 찾아뵙고 감사 인사를 드리라고 권했다.

"검술 잘 보았네. 놀랍더군. 지금까지 온갖 검법을 보았으나, 맨손으로 상대 검을 잡아 제압하는 신기는 처음 봤어. 칼날을 잡는다는 건 그만큼 담력과 내공이 쌓였다는 것이지. 우리 군사들이 그런 용맹을 조금이라도 따라갈 수 있으면 좋겠구먼."

대장군은 크게 만족해하며 덧붙여 말했다.

"곧 국왕님으로부터 새 북부 지휘관과 대장직의 재가를 받을 걸세. 그 전갈을 받게 되면 그대는 북부 국경수비대장으로 국왕을 알현할 것이네. 내가 미리 내렸던 명령 잊지 말게. 늑대족이든 누구든 외세에 대처할 전략과 군사훈련 방안 말일세. 그럼 이제 만찬을 즐겨보시게."

첫 만남

군지휘관 최고회의 소식은 쿼사마 대장군을 통해 국왕에게 신속하게 전해졌다. 왕궁 내원에서 집사로부터 전통을 받아들어 읽으면서 국왕은 기쁨을 감출 수 없었다. 전문의 말미에 대장군은 이번 북부 국경수비대장을 선임하는 과정에서 두루가 보여준 걸출한 실력을 소상히 적어놓았다. 왕은 옆에 앉은 라미아 왕비에게 자신의 기분을 나누고 싶었다.

"왕비, 내가 말했던 태양 두루란 자, 이번 기회에 한번 보지 않겠소? 그 자가 어떤 인물인지 나도 대단히 궁금했소. 그러던 차에 처남이 이런 전문을 보내왔구려. 내가 자리를 만들어보리다."

"여보, 두루란 자를 그렇게 신뢰해도 되겠어요? 지금 이 나라에 당신 말고 또 다른 태양이 있을 수 있나요?"

"지난 한 해 동안 수도 없이 많은 조사를 마쳤소이다. 그동안 그와 관련된 사건들 모두 당신에게 설명했잖소? 처남이 입궁 날짜를 알려오면 두루 그자의 알현을 받읍시다. 그가 북부 국경수비대장을 맡게 된다는 건 우리 왕궁을 지키는 최전선에 선다는 뜻이오. 그가 아직 장년이라지만 인품과 검술이 출중하다 하니 입궁할 때 옆에서 지켜보시구려. 재상도 함께 자리할 것이니 겹겹이 검증될 것이오."

군지휘관 최고회의가 있은 지 나흘이 지나자, 쿼사마 대장군은 부관들을 좌우에 대동하고 왕궁에 도착했다. 부관들은 이번 입궁에서 왕의 재가를 받아야 할 각종 서류들을 단단히 챙겨 들고 있었다. 대장군 뒤 두 부관 사이에는 새 얼굴 두 사람도 따르고 있었다. 북부 지휘관으로 임명된 누리수 장군과 국경수비대 두루 대장이었다. 왕궁 정문으로 들어서던 그들의 눈에 마완 재상의 마차가 보였고, 그 옆으로 호위병 셋이 앉아 있는 모습도 보였다. 왕궁 수비대장의 안내로 계단 여러 개를 걸어올라 육중한 현관문으로 들어선 그들은 집사와 부집사들의 영접을 받으며 대전으로 안내되었다. 상상했던 대로 대전은 아주 넓고 천장도 높았다. 창 옆으로는 회의를 위해 긴 타원형 탁자와 많은 의자들이 비치되어 있었다. 대전의 가장 안쪽에는 세 개 계단 위로 넓은 상단이 이어졌고 그 위를 붉은 융단이 덮고 있었다. 왕족만 올라선다는 그 상단 위엔 금빛 찬란한 두 개의 옥좌가 품위 있게 놓여 있었다. 지금 그 옥좌에 왕과 왕비가 흐뭇한 표정으로 앉아 그들을 맞이했다. 창 쪽 의자에는 재상이 앞서 와 앉아 있다가 대장군 일행의 접견에 맞춰 일어나며 환영의 뜻을 비쳤다.

대장군이 국왕 부부 앞에 무릎을 꿇자 뒤를 따르던 누리수 장군과 두루 대장도 무릎을 꿇었다. 국왕이 자리에서 내려와 대장군의 손을 잡고 일으키자 세 사람이 차례로 자리에서 일어났다. 대장군이 우렁찬 목소리로 국왕 부부에게 예를 갖춰 인사를 올렸다.

"국왕 전하 그리고 왕비마마, 그동안 평안하셨나이까? 근자에 보내드린 군지휘관 최고회의 기록을 살펴보셨을 것으로 믿사옵니다. 황송하옵게도 이번에는 전하의 재가를 받아야 할 사안들이 많사옵니다. 왕국의 동서남 지휘관들의 재임명과 북부 새 지휘관 누리수 장군, 새로 선임된 부지휘관들, 그리고 북부 국경수비대 두루 대장 임명에 대해 재가를 받고자 전하를 알현하옵니다."

"그러십시다. 저곳에 계신 재상에게도 인사하시면서 자리에 앉으십시다. 집사, 여기 여러분을 탁자로 안내하고, 차를 내오게."

국왕과 왕비 그리고 대장군이 재상과 합류하자, 대장군이 재상과 인사 나누며 누리수 장군과 두루 대장을 소개했다. 이어 두 사람에게 재상을 소개하려 하자, 국왕이 대장군에게 앉으라고 손짓하며 입을 열었다.

"대장군, 앉으시오. 오늘 마침 좋은 기회이니 내가 재상을 잠시 소개하고 싶소이다."

왕이 말을 시작하자 왕비가 엄숙한 표정으로 왕의 얼굴을 올려다보았다. 그 표정에는 두루를 포함해 그날 입궁한 참석자들에게 국모로서 위엄을 갖추려는 모습이 역력했다.

"여러분, 잘 들으시오. 재상은 어릴 적부터 글재주와 셈법에 천재적 재능을 보였던 분이셨소. 재상은 나의 재위기 동안 왕국의 성채와 주거 환경, 도로와 수로, 농경 개선 등 민생 전반에 걸쳐 낮밤을 가리지 않고 열성을 다하신 분이시오. 우리 왕국이 이처럼 번창하게 된 건 모두 재상의 노력 덕분이라는 걸 기억해주시오."

재상이 겸손한 자세로 일어나 인사한 뒤 자리에 되앉았다. 대장군의 지시에 따라 부관들은 가져온 회의 기록들을 풀었다. 회의 자료가 많았지만, 대장군은 사안별로 하나씩 간결하게 설명해 나갔다.

"그럼 회의에서 의결된 사안들에 대해 전하의 재가를 간청하나이다."

대장군의 설명을 들은 국왕은 모든 걸 신뢰한다는 표정이었다. 마완 재상도 밝은 표정을 지으며 말했다.

"전하 그리고 왕비마마. 그동안 이보다 더 훌륭한 인사는 보기 드물었나이다. 특히 새 지휘관으로 임명되신 누리수 장군과 북부 국경수비대 두루 대장에게 기대가 큽니다."

왕은 소매를 걷고 앞에 놓인 모든 임명장들에 큼직한 어새를 찍어 나갔다. 그날 군부의 여러 사안들을 처리하는 동안 국왕의 관심은 온통 두루의 언행에 집중되어 있었다. 그가 누구인가. 창고에 보관해둔 그 검의 주인 아닌가.

왕이 모든 임명안에 재가를 마치자, 집사는 평소대로 재상과 대장군 일행을 대화하기 편한 내원으로 안내하려 했다. 그러나 국왕은 집사에게 손짓하여 왕궁 옥상으로 바로 올라가도록 지시했다. 두루에게 어서 왕국 전경을 보여주고 싶었기 때문이었다. 집사의 안내로 국왕 내외와 일행이 옥상에 올라서자 싱그러운 오아시스 바람이 그들을 맞이했다. 옥상에 처음 올라보는 누리수 장군과 두루는 놀라움을 감출 수 없었다. 누리수 장군이 감격하며 아뢰었다.

"전하, 저희에게 이런 광경을 볼 수 있는 기회를 주시다니 감복하옵니다. 북부 방위를 위해 신명을 다하겠나이다."

그즈음 두루 귀에 왕궁 옥상으로 올라오는 뭔가 모를 희미한 기합 소리가 들렸다. 그 소리는 한 발 늦게 국왕과 왕비 귀에도 들리기 시작했다. 그들에게 친숙한 소리였다. 잠시 후 그 기합 소리는 모든 이들에게 확연히 들렸고, 이에 왕비가 왕에게 나지막이 물었다.

"저들이 오늘 회의가 있다는 사실을 모르고 있었나요? 집사를 통해 오늘 행사를 미리 알리지 않으셨어요?"

왕이 노쇠한 목소리로 대답했다.

"집사에게는 알렸지만, 여집사에게 전하라는 말을 잊었구려. 이 행사를 알았으면 조용히 있었을 텐데 나의 불찰이오. 어쨌든 회의 중에는 저 기합 소리가 없었잖소."

국왕은 좌우를 살피며 재상과 퀴사마 일행에게 내원으로 내려갈 뜻을 비쳤다. 내원으로 앞서 내려온 집사가 그날 행사를 마감하는 것으로 이해하고 출궁을 준비하려 했다. 그때 왕이 또다시 평소와는 다른 행보를 보이기 시작했다. 왕궁 후원을 향해 앞서 발걸음을 옮기기 시작했던 것이다. 별전으로 통하는 후원문 앞에는 여집사가 서 있었다. 왕이 갑자기 나타나자 그녀가 빠른 걸음으로 달려왔다. 그녀는 국왕 일행 앞에 무릎을 꿇으며 아뢰었다.

"전하, 공주님의 별전을 이렇게 갑자기 방문하시는 예는 없었나이다."

과연 그랬다. 현왕 재위 동안 왕실 일가를 제외한 외부인이 별전으로 발을 디딘 적은 한 번도 없었다. 그런데 왕의 발걸음은 자신도 모르게 후원 마당으로 향했던 것이다. 왕비에게조차 국왕의 지금 행보는 이해되지 않는 통제 불능이었다.

예상치 못한 그 시간. 공주 별전 앞마당에서 무술 수련을 하던 두 여인이 목검을 손에 든 채 갑자기 멈춰 서야 했다. 국왕이 앞을 막는 여집사에게 비키라고 손짓하고 일행과 함께 직접 후원으로 들어온 것이다. 뜻밖의 일에 진여가 곧바로 목검을 거둔 뒤 허리 숙여 절했다. 탄탄한 그녀의 모습이 분위기를 압도하는 듯 느껴졌다. 그녀 옆에는 또 다른 여인이 서서 국왕 부부와 일행에게 단정히 인사했다. 여집사는 이제 두 팔을 뻗으며 더 완강히 외쳤다.

"왕비마마, 여기까지이옵니다. 국왕 전하를 멈추게 해주소서."

그쯤 되자, 국왕이 손을 들어 일행의 발걸음을 멈추게 했다. 모두들 별전 앞마당에 엉거주춤 선 자세였다.

아, 공주의 별전이라니! 오아시스 왕국에 도착한 이래 주막과 장터를 떠돌며 들었던 수많은 소문. 두루는 그 숱한 이야기 속에서 자신도 모르게 공주의 모습을 그려보곤 했었다. 그랬던 그녀를 그 시간 바로 앞에서 직접 보고 있지 않은가. 지금 그가 마주한 도하의 첫 인상은 맑은 이마와 선해 보이는 눈빛이었다. 그것은 그가 소문으로만 그려왔던 모습과는 사뭇 달라 보였다. 그럼에도 그 시간 그의 심장을 뛰게 한 건 금방이라도 두 팔 벌려 그를 안아줄 것 같은 환한 표정이었다. 그녀는 누구에게나 저런 표정을 지을까?

곁에 있던 대장군이 두루 어깨를 툭툭 치자, 미몽에서 깬 듯 그가 푸드득 머리를 흔들었다. 그러자 그의 눈에 공주의 진짜 모습이 보이기 시작했다. 목줄기로 땀이 흘러내리는 중에도 꽁지머리를 한 공주의 모습은 품위와 단아함 그 자체였다. 땀 젖은 그녀의 어깨 너머로 열사의 햇볕이 눈부시게 내리고 있었다.

수비대에 거는 기대

별전에서 공주를 마주하게 된 이상, 국왕 부부와 일행은 그냥 되돌아나갈 수도 없게 되었다. 어색한 순간이었지만 경륜 높은 재상이 공주에게 예를 갖춰 인사하며 분위기를 편하게 이끌었다.

"공주마마, 그동안 평안하셨나이까? 저와 쿼사마 대장군 그리고 여기 동참자들이 인사 올리나이다. 이 시간 공주께서 무술 수련을 하시는 줄 몰랐나이다. 귀하신 시간을 방해한 점 용서하소서."

도하가 재상에게 머리 숙여 함께 인사했다. 대장군도 미안한 표정을 지으며 말했다.

"공주, 오늘은 전하의 재가를 받아야 할 사안들이 많아 입궁했는데, 뜻밖에 공주의 수련 시간을 방해한 셈이 되었군. 양해해주시게. 우린 이제 서둘러 떠날 것이야."

이 왕국에서 재상과 대장군이 누구인가. 말 한마디로 날아가는 새도 떨어뜨릴 권세가들 아닌가. 왕이 보인 행보가 비정상적이었던 건 사실이었다. 그러나 두 거물이 사과하는 모습은 왕실에 대한 격조 높은 예의로 여겨졌다. 그런 상황에서 공주 또한 당황하지 않고 절제된 모습을 보였다. 왕이 서둘러 분위기를 정리하며 말했다.

"공주, 잠시 소개하마. 북부 지휘관과 국경수비대장이다. 이 나라를 비롯해 우리 왕궁을 지켜주는 제일선에 서신 분들이다. 공주의 수련을 멈추게 한 건 미안하다마는, 기왕 입궁했으니 이렇게나마 소개하고 싶었다. 향후 이분들의 활동에 관심을 가지는 건 중요한 일이다. 그럼 내 의도를 이해했을 것이니 이제 가보마."

재상과 대장군 일행이 공주에게 고개 숙여 인사했고 공주와 진여도 예를 갖춰 인사했다.

그날 행사가 마감되었음을 짐작한 집사가 긴 대전을 지나 현관문을 열자 왕이 아쉬운 듯 말했다.

"재상은 조만간 다시 만나 이번 인사 발령 후 내가 무엇을 하면 좋을지 고견을 주시오. 곧 회동 날짜를 잡도록 하겠소. 대장군은 잠시 남아 이번 최고회의에 대해 내가 더 관심을 가져야 할 사안들을 설명해주면 좋겠소. 누리수 장군과 두루 대장은 재상을 따라가면 되겠소. 가는 길에 이나라 국방을 강화할 재상의 고견도 들어보시오."

긴 회동 뒤라 피곤했을 것이나 국왕은 대단히 만족한 표정이었다. 재상과 나머지 일행은 국왕 부부에게 허리 굽혀 인사 올린 뒤 왕궁을 떠났다.

재상의 마차 앞에는 호위병 셋이 길을 잡아 갔고, 마차 좌우로는 누리수 장군과 두루 대장이 말을 몰아 따라갔다. 왕궁에서 재상 관사까지는 그리 멀지 않았다. 재상의 권위를 익히 들어온 누리수 장군은 가만히 인내하며 그가 입을 열기를 기다렸다. 마차에 몸을 맡긴 뒤 편히 가던 재상이 드디어 입을 열었다.

"이 왕국의 안보는 모든 구역에서 중요하지만, 특히 왕궁과 수원지가 있는 북부가 제일 중요하지요. 신임 발령 나셨으니, 가까운 시일 안에 장군의 국방 전략에 대해 의논하는 시간을 가집시다."

"네, 그러겠습니다. 좋은 날을 알려주시는 대로 저희가 찾아뵙겠습니다."

"왕궁과 수원지에 배치된 병력과 수비 대형에 대해 이제는 더 많은 고심을 하시는 것이 좋겠지요? 취약한 부분은 없는지, 어떻게 보강해야 할지 신중히 살펴주시오. 전하께 잘 설명드릴 수 있도록 말이오. 그리고 오늘 뜻밖에도 국왕의 처남이신 대장군이 공주를 어떻게 대하시는지 볼 수 있는 좋은 기회를 얻기도 했을 것이오."

그 말의 시작은 누리수 장군을 향했지만 그 끝은 본인도 모르게 두루 대장으로 향했다. 대장군이 공주의 외삼촌이라는 걸 확인시키려는 듯 들렸다. 두루의 눈이 휘둥그레 커졌다. 재상의 입에서 국경 수비 강화를 강조하는 말이 이어졌지만, 두루의 귀에는 아무것도 와닿지 않았다.

이윽고 마차가 재상의 관사에 다다랐다. 누리수 장군과 두루 대장은 말에서 내려 마차에서 나오는 재상에게 머리 숙였다.

"내 조만간 소식 주리다. 그리고 두루 대장은 주변 의식할 필요 없이 국경 수비에만 전념하면 될 것이오. 솔직히 이 왕국의 주민들은 거의 모두 본래는 외지인 아니었겠소? 그러니 주변에서 하는 말들에 신경 쓰지 마시고 이 나라를 지키는 데만 전력을 다해주시오."

재상은 현자다운 말을 남긴 뒤 미소 지으며 관사 안으로 들어갔다.

누리수 장군은 이제 두루 대장에게 자신의 관사로 가자고 했다. 시간이 늦었지만, 장군은 자신의 집무실도 보여줄 겸 향후 국방 계획에 대한 의중을 두루에게 피력하고 싶었다. 관사로 따라가는 두루의 머릿속은 여러 생각들로 차 있었지만, 아직도 공주의 우아한 모습이 아른거렸다. 거기에다 대장군이 그녀의 외삼촌이라니! 왠지 모르지만, 그날 처음 마주한 공주의 모습에서 두루는 피할 수 없는 운명 같은 것을 느끼고 있었다. 그녀의 얼굴 표정에는 분명 자신의 영혼을 끌어당기는 힘이 있다고 여겨졌다. 평화로운 이 시기에 자신이 북부 국경수비대를 맡게 된 것이 그저 우연만은 아닐 거라는 생각도 들었다.

누리수 장군의 집무실은 소박해 보였다. 장군은 직접 물잔을 가져와 두루에게 권했다.

"자, 사적인 자리니까 이제부터 말을 놓겠네. 오늘 쉽지 않은 시간을 보낸터라 여기서 잠시 쉬어 간다고 생각하시게."

나이가 십수 년 차이가 나다 보니 장군의 말투가 더 편하게 느껴졌다.

"북부 국방의 최선봉에 선 우리가 서로 손발이 잘 맞아야 하네. 오늘 국왕님 내외를 비롯해 재상과 대장군님, 그리고 공주님까지 뵙게 되었으니, 기분이 어떠셨나?"

"네, 큰 영광이었습니다. 특히 수비대의 책임을 절감하는 시간이었습니다."

"두루 대장은 젊고 기개가 넘치네. 그리고 누구보다 검술이 뛰어나네. 국경 수비를 맡기에 적격이니 마음 든든해. 우리 지휘부에서는 필요한 모든 지원을 아끼지 않을 것이야. 사실 오늘 왕궁에서는 모두 언급을 피하려 했겠지만, 우리가 분명히 직시해야 할 서북방의 폐족들이 있지 않나! 오늘 전하의 행보를 기억해보건대, 두루 대장에 대한 기대가 대단하신 것을 느꼈다네. 열심히 뛰어보시게."

두루는 이제 국경수비대를 최강으로 이끌 물적 정신적 지원을 모두 받게 되었다고 여겼다. 가장 지근거리의 누리수 장군으로부터 그리고 대장군과 재상 심지어 국왕에 이르기까지 국경수비대에 거는 엄청난 기대감을 느낄 수 있었다. 두루의 숨소리가 가빠지는 걸 느낀 누리수 장군이 말했다.

"두루 대장, 오늘 많은 일들이 있었으니 곧 만날 날을 기약하고 이제 돌아가 쉬시게."

검에 새겨진 비사

재상과 누리수 장군 일행을 떠나보낸 뒤, 이제 국왕 부부는 대장군을 대동하여 내원으로 돌아왔다. 왕은 집사에게 자신이 아끼는 차를 준비해 오라고 부탁했다. 옆에 따라오는 왕비에게는 특별히 공주에 대해 당부했다.

"왕비, 내가 오늘 처남을 이곳에 더 남도록 한 건 들려줄 중요한 이야기가 있어서요. 이 자리에 공주를 합석시켜줄 수 있겠소?"

"오늘 수련은 마친 모양이지만, 땀이라도 닦고 오려면 금방 올 수 있을지 모르겠네요."

왕비가 일어나 여집사에게 알리러 가자, 왕도 자리에서 일어나며 대장군에게 말했다.

"처남, 잠시 기다려주시게. 나도 좀 편한 옷으로 바꿔 입고 올 테니."

긴 회동을 마친 뒤에도 왕의 기분은 들떠 있었다. 그것은 그날 그가 두루를 직접 보았기 때문이었다. 그는 다시금 두루와 그의 검을 떠올리고 있었다. 1년 전쯤 처남으로부터 그 검을 처음 받은 날 이후 왕은 왕비와 처남이 동석한 자리에서 공주에게 선대의 비사를 전해주려 생각하며 때를 기다려왔다.

왕이 평상복 차림으로 내원에 돌아왔을 때 그의 양손에는 검 두 자루가 들려 있었다. 왕실 창고에서 막 가져온 검들이었다. 때마침 공주도 간편한 차림으로 여집사와 함께 나타났다. 왕은 가까이 서 있던 집사와 여집사에게 물러가 쉬도록 일렀다. 왕과 공주는 왕비와 처남이 대화 나누며 앉아 있는 차탁으로 다가가 앉았다. 왕은 미소를 띠며 두 자루 검을 탁자 위에 올려놓더니 작심한 듯 말을 시작했다.

"도하야, 지난 긴 세월 동안 나는 네 어미와 외삼촌이 함께 앉는 이 시간을 기다려왔었다. 이제 너에게 전하고 싶은 비사를 말할 테니 새겨 들으면 좋겠구나."

왕은 딸의 표정을 잠시 살폈다. 자신의 뒤를 이어 왕위를 승계해줄 것을 오랫동안 소원해왔기 때문이리라.

"지금부터 네가 듣게 될 이야기는 네 어미와 외삼촌이 증인이 되실 것이다. 이 비사는 나의 조부 시대로 거슬러 올라간다. 너로 보면 증조부 때의 일이지. 더 정확하게 말해 이 아비가 태어나기 대략 오십여 년 전의 일이고, 지금으로부터 보면 백이십 년 전쯤으로 거슬러 가는 것이다."

왕은 공주가 옛적 그 시대로 함께 따라오기를 기대하며 다음 말을 이었다.

"그 옛날, 우리 오아시스에서 서북쪽으로 유카라는 부족이 거주하고 있었다. 주변 부락민들을 포함해 주민 수가 일만쯤 된 작지 않은 부족이었지. 그 부족에는 의욕이 왕성한 두 청년이 함께 성장했다. 둘 다 장차 부족을 강성하게 이끌 호걸의 기상을 갖추고 있었지. 둘은 어릴 때 의형제를 맺어 서로 아끼고 존경했었다. 그러나 둘 다 그릇이 큰 것이 문제였지. 내심 각자 부족장을 꿈꾸며 말을 아끼다 보니 장성한 뒤에는 조금씩 불편한 날들이 이어지게 되었다. 어느 하루, 의제는 형과 저녁 술잔을 나누며 마을을 떠나겠다는 결심을 말했다. 그리고 떠날 날을 정하여 가솔과 수십여 명의 동지들을 모으기 시작했지. 마음이 아팠던 의형은 자신들이 의형제였음을 확인시켜줄 징표를 만들어 아우에게 줄 생각을 했다. 그는 손가락이 물러 터지도록 쇠를 두드려서 천년이 지나도 녹슬지 않을 검을 만들기 시작했어. 그리고 아우가 떠날 채비를 마치던 날, 두 자루 검을 만드는 노역을 완수해냈단다. 두 자루 검은 외형상 거의 같아 보였고, 검의 손잡이에 태양 문양을 넣어 두 칼이 쌍둥이로 탄생했음을 보여주려 했지. 그 두 자루 중 하나를 의제에게 안겨주면서 영원히 잊지 말자는 자신의 마음도 안겨주었단다."

왕은 차 한 모금을 마시고 다음 말을 이었다.

"그래. 오랜 세월이 지난 지금 바로 네 앞에 그 두 자루 검이 놓여 있다. 왼쪽 검은 이 아비가 어렸을 적에 조부께서 안겨주셨던 것이다. 너에게도 친숙한 검일 게다. 임종하실 무렵, 조부께서는 나와 네 어미에게 이 검을 잘 보관하라는 유언을 남기셨지."

그 말을 하면서 왕이 왕비에게 눈길을 돌리자 그녀가 엷은 미소를 지었다. 왕은 지체하고 싶지 않은 듯 말을 이어 나갔다.

"오른쪽 검은 한 해 전 네 외삼촌이 가져온 것이다. 지금까지 옥상 창고에 조부님의 검과 함께 나란히 보관해뒀었다."

왕이 이번에는 처남에게 눈길을 돌리자, 대장군이 기다렸다는 듯 말문을 열었다.

"공주, 한 해 전쯤 일이네. 이미 들었을지 모르나 우리 왕국으로 외지인 두 사람이 이주해 들어왔네. 그 두 사람도 의형제를 맺은 관계라 했었지. 의형이라는 자의 원래 이름은 태양 두루였고, 팔의 문신과 갖고 온 검의 손잡이에 태양 문양이 새겨져 있었어. 그는 서부 지휘관인 파사드 장군의 문초를 받던 중 출신이 유카라 했다네. 놀랍게도 방금 전하가 말씀하신 증조부 부족과 일치했어! 우리 왕실의 고향 말일세. 기적 같은 일이 이곳에서 일어난 것이네."

검에 얽힌 배경이 완성되자, 왕이 딸에게 말했다.

"그럼 이제 두 자루 검의 태양 문양을 맞대어 볼 때가 되었구나. 네가 해보지 않겠니?"

드디어 공주가 팔을 뻗어 두 자루 검을 들어보았다. 왼손에 든 검은 분명 자신의 눈에도 친숙한 손잡이였다. 이제 그녀는 오른손에 든 검으로 눈길을 돌렸다. 팔에 신비한 기운이 전해지는 것 같았다. 그녀는 검 두 자루의 손잡이를 가까이 대고 태양 문양의 요철을 살핀 뒤 두 문양이 겹치도록 맞대어보았다. 아! 두 문양이 정확하게 겹쳐지자 그녀는 검을 놓아버릴 듯 강한 전율을 느꼈다. 두 자루 검으로부터 찌릿한 진동이 손끝에 전해졌기 때문이었다.

"도하야, 두 자루 검의 태양 문양이 정확히 겹쳐지니 놀라우냐? 이것이 내가 네 어미와 외삼촌이 함께한 자리에서 전해주고 싶었던 비사다. 이제 너는 네 증조부 대에서 맺어진 두 가문의 비사를 여기 두 자루 검에서 체험하게 되었다. 이것이 무얼 뜻하겠느냐? 그 옛적 의형이 건네준 이 검이 의제 가문인 우리에게 전해진 그 뜻 말이다."

왕은 두 자루 검에 담긴 비사와 이들의 기적 같은 만남에 딸이 감동받고 있다는 걸 보고 있었다. 그 감동은 왕비와 대장군에게도 고스란히 전해졌다. 왕비의 눈에는 눈물마저 비쳤다.

"딸아, 앞날을 조금도 염려하지 말아라. 이 검 두 자루가 너와 이 왕국의 미래를 지켜줄 것이다."

부왕의 설명이 이어지는 동안, 공주는 한순간도 그 태양 문양에서 눈을 뗄 수 없었다. 그날 오후 별전에 갑자기 나타난 두루 대장의 얼굴이 그 문양과 계속 겹쳐 보였기 때문이었다.

들었던 찻잔을 내려놓으며 왕은 지금 이 감동의 순간을 좀 들뜬 분위기로 바꾸고자 했다.

"처남, 오늘 시간이 많이 늦었네만, 이 자리를 파하기 전에 최근 군지휘관 회의에서 일어난 일에 대해 잠시 들려주겠나?"

대장군은 왕이 두루의 검술 실력에 대해 설명해달라는 뜻임을 눈치챘다.

"자형께서는 조금 아시지만 누님과 공주가 알아두면 좋을 국경수비대장 검증 과정을 설명드리겠습니다. 보장하건대 정말 흥미진진했습니다."

대장군은 양 소매를 조금씩 걷어 올리며 누님과 질녀에게 눈길을 돌렸다.

"누님! 그날 회의의 마지막 안건이 두루 대장이 정말 국경수비대를 맡을 실력을 갖췄는지 검증하는 것이었습니다."

대장군은 치안부의 아남 대장이 반년 동안 두루의 검술을 배우면서 그의 인품도 배웠다는 설명부터 시작했다. 두루의 그릇이 너무 커 처음엔 왕국에 위험할 수 있겠다고 생각했지만, 그의 검술 실력 이상으로 깊은 애국심을 보았다는 설명을 덧붙였다. 뒤이어 남부 지휘관이 제안한 그의 장수 비세와의 대결에 대해서도 세세히 전해주었다. 그때 자신이 두루와 비세 두 사람에게 목검 대신 진검으로 승부를 겨뤄보라고 했는데, 날렵한 비세의 검을 모두 막아낸 두루가 찌르기로 들어오는 비세의 검을 왼손으로 잡아버린 뒤 승부를 끝내버렸다는 이야기로 마무리했다.

"그렇게 대담하게 승부를 마쳐버렸지요. 대장군인 저도 그렇거니와 그런 공력을 생각조차 해본 적 없던 모든 장군들과 장수들도 깜짝 놀라며 박수로 축하해준 사건이었습니다. 하하하."

대장군은 이번 임명으로 왕국에 가장 젊은 수비대장을 세우게 되었다는 설명도 덧붙였다. 감탄을 연발하며 재미있게 듣던 왕이 대장군에게 말했다.

"처남, 서너 달쯤 지나면 국경수비대가 신임 대장의 훈련으로 많이 정비되지 않겠나? 그때쯤 내가 직접 시찰 나가고 싶네. 왕비도 대동해서 나가보고 싶으이."

대장군의 흥미로운 설명과 국왕의 기대 섞인 말이 이어진 뒤 모두들 기분 좋은 표정으로 자리를 파했다.

그 시간 이후 공주는 별전의 자기 거처에서 홀로 시간을 보내며 부친으로부터 전해들은 수세대에 걸친 경이로운 인연을 되새겨보았다. 120여 년 전 의형제로 시작된 두 가문의 인연이 이곳 왕궁에서 두 검으로 재회한 현실은 정말 놀랍고도 신비로운 사건이었다. 그것을 증명하듯, 그녀는 두 문양을 겹쳤을 때 자신의 손으로 전해진 두 검의 찌릿한 진동에 전율하지 않았던가. 지금 그녀의 머리를 가득 채운 건 이번 두 검의 사건에 두루가 등장했다는 사실이었다. 몇 시간 전 자신의 별전에 갑자기 나타난 두루의 눈빛을 보며 자신도 모르게 두 팔을 벌리고 싶었던 묘한 감정이 떠올랐다.

이제 검들에 새겨진 비사를 들은 그녀는 그 감정의 근원이 선대로부터 전해져온 인연에서 비롯된 것임을 이해하기 시작했다. 그 검들이 바로 자기 가까이 보관되어 있다는 생각만으로도 이렇게 마음이 편안해지고 있지 않은가. 한 세기를 훌쩍 뛰어넘어 두 자루 검이 만난 이번 사건에서 그녀는 놀랍게도 그 인연의 한편엔 그가, 다른 한편엔 자신이 서 있다는 신비한 감정에 싸이고 있었다. 그를 다시 볼 수는 있을까? 본다면 언제 쯤 어떤 모습으로?

국경수비대의 일과

국경수비대 병사들은 전통적으로 오전, 오후, 야간조로 나뉘어 복무해 왔다. 그리고 열흘 주기로 시간대를 하나씩 당겨 낮과 밤 교차에 따른 피로감을 덜어주고 있었다. 두루는 북부 국경수비대장에 임명된 다음 날 새벽부터 부관 아딜과 자와드를 대동하고 북문 연병장으로 나갔다. 그곳에는 오전 근무조와 교대한 야간조 병사들이 차례로 도열해 있었다. 각 근무조는 중대급이었으며 두루는 이 야간 근무조를 사열하며 밤새 북문 밖 사막에서 이상 동향이 없었는지 보고 받았다. 자신의 경험에 비추어 어둠 속에 등불이나 동물 이동과 같은 이상 동태가 있었는지 확인하려는 것이었다.

불침번을 선 병사들은 중대장이 그날의 일지 작성을 마친 뒤 숙소로 들어가 쉴 수 있었다. 과거에는 없던 불침번 기록에 중대장들도 불만을 가졌으나 두루 대장과 부관들의 열성에 차츰 마음을 열며 책임감을 가지기 시작했다.

이 같은 두루의 열성에 더해 며칠마다 한 번씩 누리수 장군도 새벽 사열을 참관하며 두루 대장에게 힘을 실어주었다. 어느 새벽에는 두루 대장과 장병들이 모두 놀란 일도 있었다. 누리수 장군이 쿼사마 대장군과 그의 부관들을 동반하여 연병장에 나타났던 것이다. 중대급 사열에 대장군이 참관하는 일은 왕국 역사상 없던 일로서, 이는 대장군이 누리수 장군과 두루 대장을 직접 지원하고 있음을 보여주었다. 사열을 마친 후 지휘관 관사에 마련된 조찬 자리에서 대장군은 아주 흡족한 음성으로 말했다.

"대장군으로서 장군과 대장 두 분께 고맙기 한량없소. 북부 국경을 이렇게 빈틈없이 지켜주시니 마음 든든하오이다. 지금까지 왕국은 평화와 번영을 누려왔으나, 외세 침입에 대한 방호에는 안이했던 게 사실이오. 이처럼 북부에서 변혁을 시작해주셨으니, 이제 훈련 교시와 병참 정비에도 변신을 주도해주시면 좋겠소. 전군에 총지휘부가 적극 지원하도록 하겠소."

그 뜻에 누리수 장군도 사의를 표하자 대장군이 더 힘주어 말했다.

"누리수 장군은 기억하시겠지만, 지금 병사들이 사용하고 있는 병기들은 현왕께서 즉위하실 때 배급되었던 것이오. 이제 새 병기들로 교체해야 할 때도 되었소."

두루 대장은 이제 마음속으로 그려보던 국방 개혁을 주도할 완전한 힘을 얻었다. 그것은 그의 부족이 늑대족에게 급습받았을 때부터 품어왔던 소원으로, 고향의 재건과 늑대족에 대한 복수심에도 닿아 있었다. 그 미래가 언제일지 모르지만, 그는 이 왕국에서 반전의 기회를 찾고 싶었다.

물론 그의 임무는 북부 국경 수비였으므로, 성을 지키는 군사들의 훈련 교시를 강화하는 데 우선 주력했다. 훈련은 성루와 성문 그리고 지상

수비로 세분화하여 실시했으며, 각 수비 위치에 맞춰 병기들도 정교화해 나갈 계획을 세웠다. 그는 아우 토요에게 서찰을 보내 남문 장터에서 함께 만났던 대장장이 강철이 북부로 오도록 주선해줄 것을 요청했다.

강철이 북부 국경수비대로 달려간 것은 그 후 며칠이 지나서였다. 아딜과 자와드가 동석한 가운데 두루는 병기들의 강도와 정교화에 대해 여러 날 의논했다. 병사들의 체격에 따라 무기의 무게와 크기를 조정하는 문제도 검토됐다. 병기의 목록과 그림이 완성되자 두루는 누리수 장군을 찾아갔다.

"두루 대장, 수고 많았구려. 대장군께서는 이런 걸 기다리고 계셨을 것이오. 내일 중으로 대장군을 만나보겠소."

"한 가지 더 말씀드리자면, 이번 보고서에 궁수는 빠져 있습니다. 시간이 더 걸리겠지만, 검토를 마치는 대로 보고 올리겠습니다."

다음 날 오후, 누리수 장군은 대장군 집무실을 찾아 두루 대장의 새 병기 도입안을 설명했다. 예상대로 대장군은 새 병기들의 세분화와 견고성에 크게 만족했다.

"하하, 장군! 참으로 만족스럽구려. 이 도안들과 군 예산 지출에 대해 군수뇌부 동의가 날 때까지는 시일이 좀 걸리겠지요. 하지만 그동안 북부부터 새 병기들을 써보면서 장단점을 보완하여 적용 범위를 점차 확대해 나가십시다."

새 병기들에 대한 대장군의 부분적 승인이 떨어지자, 두루 대장은 자신의 관저 뒤편 무기고를 개조하여 대장장이 강철이 쓸 제련소를 설치했다. 또한 제철 경험이 있는 병사들을 차출하여 강철의 도안에 따라 밤낮으로 새 병기들을 제작해 나갔다. 대장군과 누리수 장군이 지대한 관심을 보이며 자주 시찰 나오자, 넓은 무기고 안의 선반에는 창과 장단검들이 빠르게 쌓여갔다. 강철이 병기 보급대원들과 어울려 일을 시작한 지 한 달쯤 지나면서 드디어 북부 국경수비대 지상군부터 새 병기들이 보급되기 시작했다. 각 병사는 체격에 따라 손에 창을 들었고, 허리춤에는 장검을 찼으며, 품속에는 단검을 지니게 되었다.

그러는 동안, 두루는 병사들이 공격형 전투력을 높이는 데 필요한 훈련 교시도 마련했다. 먼저 그는 병사들의 검술 훈련에 집중할 계획을 세웠다. 병사들의 검술 실력은 국경수비대의 전투력을 결정지을 절대적 공수 수단이었다. 두루는 이 훈련의 전 과정을 자신이 직접 맡겠다고 나섰다. 오후 근무조를 대상으로, 그는 각 소대에 최소 병력만 현장에 남기고 나머지는 모두 연병장에 집결하도록 했다. 그는 교관의 위치에 서서 목검을 든 병사들에게 공격형 동작과 수비 자세에 이르기까지 기본 자세와 공수 전환에 대해 매일 두 시간씩 훈련시켰다. 병사들은 두루 대장의 검법에 경의와 자긍심을 가지고 있었다. 약 한 달 보름 전 두루 대장과 남부 비세 장수 사이에 있었던 진검 승부에 대해 익히 들었기 때문이었다.

검술 훈련이 제자리를 잡아가자, 이제 두루는 가장 강력한 공격형 병력인 궁수를 훈련시킬 계획을 세웠다. 적군이 침공해 온다면 성루에서 일찌감치 격퇴할 방법으로 활만 한 병기가 없었기 때문이었다. 그는 궁술이 신기에 가까웠던 사수를 떠올리며 다시 토요에게 서찰을 보냈다. 빠르게 돌아온 회신에는 뜻밖에도 사수의 모친이 별세했다는 소식이 들어 있었다. 두루는 애도의 뜻을 전하면서, 때가 오면 궁수 훈련을 바로 시작하도록 부관 아딜에게 시력 좋은 후보들을 미리 선발해놓으라는 지시를 내려두었다.

두루 대장이 마지막으로 추진했던 방호 계획은 긴급 연락망을 구축하는 것이었다. 지금까지 근거리는 발빠른 병사를, 먼 거리는 말을 타는 전령을 통해 소식을 전하는 방식을 썼다. 그러나 여기 성곽으로 둘러싸인 왕국에서는 더 효율적인 통신 수단을 쓸 수 있을 것 같았다. 그는 어릴 때부터 소문으로만 들어오던 봉수대를 떠올리며 아딜과 자와드에게 의견을 물었다. 시급한 상황에서 낮에는 연기를 피우고 밤에는 불을 이용하는 방식이었다. 그들도 봉수대의 효율성에 동의했고 각자 의견을 보태며 기초 도안을 완성했다. 그 도안을 손에 쥐자, 문득 두루는 평화로운 이 왕국에서 성곽을 따라 연기를 피울 일이 생기면 주민들이 불안해할 수도 있지 않을까 염려되었다. 그래서 누리수 장군의 견해를 들어보고 싶어 그길로 봉수대 도안을 들고 그를 찾았다. 그러나 뜻밖에도 장군의 이해는 분명했다.

"두루 대장, 놀라운 통신 방식을 들고 왔구먼. 우린 지금 외세 침공에 대비하는 중이네. 다른 생각 말고, 내일이라도 봉수대를 몇 개 만들어 화염을 피워보시게. 화염을 이용한 신호 방식도 위급 단계에 따라 미리 생각해보시고. 대장군님과 지휘관들도 봉수대에 대해 들어본 바 있으실 터이니, 좋은 기회가 오면 시험해보도록 하세!"

이로써 약 두 달에 걸쳐 거침없이 추진해온 두루의 국경수비대 변혁이 그 전모를 드러냈다. 그는 자신의 이런 노력이 왕국 전군으로 전해져 국방력 강화로 이어지기를 기대했다.

그러나 사실 그간의 숨막히는 시간 속에는 그 누구에게도 말할 수 없는 그만의 애타는 사연이 있었다. 그 내막엔 매일 밤 그의 심장을 두드리는 공주 도하의 다정한 얼굴이 담겨 있었다. 그리하여 지금 혼신을 다하는 자신의 노력은 국경 수비에 단 한 치의 실수도 없어야 한다는 책임감으로 나타나고 있었다. 그러나 동시에 그를 어두운 사막길로 떠미는 또다른 기억도 있었다. 화염에 휩싸였던 고향 마을 유카. 그 기억은 자신의 고향을 끝까지 지켜내지 못한 자책감과 악몽으로 이어졌다. 그런 끔찍한 기억이 뜻밖에도 공주의 환한 미소와 겹쳐져 나타나자 이제는 그의 어지러운 가슴을 더 뜨겁게 불태우고 있었다.

전설을 향한 첫 출병

두루 대장이 북부 국경수비대의 변혁에 전력하는 동안, 늑대족 하단성의 태자 무센은 오아시스 전설을 침공할 첫 진군에 모든 관심을 쏟고 있었다. 그는 집무실에 모라간 군사와 거투루 장군을 불러 곧 있을 진군의 전략을 최종 점검하고 있었다. 이틀 전 그는 군사로부터 이번 작전의 전모를 설명 들었고, 이제는 출병 명령만 남기고 있었다.

탁자 위에 펼쳐놓은 지도를 가리키며 모라간 군사가 작전 내용을 요약해서 다시 보고했다.

"오늘 최종 점검에서 저하의 특별한 지적 사항이 없으시면 내일 아침 거투루 장군이 우리 최정예 부대를 이끌고 하단성을 출발할 것입니다. 이 지도를 보시며 이동 경로를 다시 점검해드리겠습니다. 첫 목표지는 유카가 되겠습니다. 지금 유카는 폐망한 이후 양과 염소를 관리하는 우리 군사들 외 원주민들은 거의 없습니다. 넓은 우물도 잘 관리되고 있어 군사들에게 공급할 보급물자는 충분할 것입니다. 이곳을 지나면 정동향으로 나아가 서쿤 부족을 거칠 것입니다. 이미 말씀드렸습니다만, 우리 정예군 병사들 중에는 서쿤족 후손이 다수 포함되어 있습니다. 우리 정예군은 이들을 앞세워 그 부족으로 무혈 입성할 것입니다. 실로 우리 병사들은 검 한번 쓰지 않고 쾌속 진군할 것입니다."

태자가 아주 기분이 좋았던지 연신 머리를 끄덕였다. 군사는 더 빠르게 말을 이었다.

"우리 부대가 서쿤 마을에 입성하면 부족장을 적절히 겁박해 오아시스 전설까지 최단 시간에 진군할 수 있는 정보를 얻을 것입니다. 물자도 충분히 제공받을 것이므로 우리 정예군은 최대한 힘을 비축해 전설까지 진격해 갈 것입니다."

모라간 군사는 서쿤 출신 병사들로부터 과거 그들의 선조 일부가 전설로 떠나간 적이 있다는 얘기를 들었다고 했다. 따라서 이번에 서쿤을 떠날 때는 오아시스 전설로 진군하는 도중 물자 보급이 가능한 경로에 대해 미리 정보를 확보할 수 있을 것이라는 희망 섞인 전망도 덧붙였다.

"다시 말씀드리지만, 이번 첫 진군은 오아시스 전설 침공을 위한 일종의 정탐대라고 보시면 되겠습니다. 첫 원정을 성공적으로 마치면 그다음은 그야말로 전설을 접수할 대작전을 계획할 것입니다. 이번 진군에 앞장서 길을 열어갈 전위군은 분대 규모의 최정예 병사들로 구성했습니다. 지금 사기가 충천한 상태에 있습니다. 그 뒤를 이어 보급을 맡아줄 분대원들도 힘세고 건장한 병사들로 선발했습니다. 건실한 낙타 무리를 이끌고 출발할 것입니다. 그들은 임무를 완수할 대망을 품고 내일 일출 시간에 하단성 입구에 도열할 것입니다. 집결 시간에 맞춰 거투루 장군과 함께 태자저하를 모시러 오겠습니다. 이들 최정예 병사들에게 태자저하의 기백을 담아 출격 명령을 내려주시기를 앙망하옵니다."

모라간의 설명이 든든했던지 무센은 두 손을 내밀어 군사와 장군의 손을 각각 잡아주었다. 과거 한 번도 한 적 없던 행동이었다.

"내일 새벽에 봅시다. 내 최정예 병사들에게 힘을 실어주리다!"

명궁의 화살

토요와 두루가 오아시스 왕국에 들어온 지도 1년 석 달이 지나고 있었다. 그동안 토요는 다양한 환자들을 치료해왔었지만, 내원객이 동물인 경우는 거의 없었다. 주민들은 의원의 치료 대상이 사람인 것을 잘 인식하고 있었다. 예외가 있었다면 진료를 모두 마친 밤 시간에 토요의 거처로 농부가 끌고 오는 소들을 살펴준 일이었다. 심한 고열로 신음을 내며 힘겨워하는 붉은 눈이 애처로워 사료에 섞어 먹일 약을 지어주곤 했었다.

그런데 최근 저녁 시간, 이웃 동네에서 찾아온 한 노인이 토요가 의원 문을 닫을 때를 기다려 검은 자루 두 개를 내밀었다.

"토요 의생, 보여줄 게 있어 왔는데 잠시 시간 낼 수 있을까?"

"어르신, 오늘은 장터에서 사야 할 약재가 많아 오래 봐드리지는 못해요. 보자기 속에 든 게 무엇인가요?"

"이 녀석들 좀 봐. 여기 이놈은 장끼야. 내가 재미 삼아 집에서 키우던 놈이야. 옆에 있는 건 매야. 사냥하는 놈인데, 오늘 오후에 두 놈이 모두 죽었어."

노인 말로는 수꿩이 그날 오후 우리를 탈출했다가 매에게 잡혀 죽었다는 것이었다. 목과 날갯죽지가 심하게 상한 것이 매에게 물어뜯긴 모양이었다. 흘러내린 피가 굳은 것으로 보아 죽은 지 꽤 시간이 흐른 뒤였다. 토요는 어린 시절 매 사냥에 대해 들은 적은 있었지만 사냥감이 되어 죽은 꿩은 처음 보았다. 노인의 말이 이어졌다.

"우리 집안은 대대로 양계업을 해왔어. 지금 내 집에 가면 병아리들이 숱하게 많이 자라고 있지. 씨암탉 관리도 잘 되고 있어. 최근에는 건너

동네에 사는 동생이 꿩도 길러보라며 까투리 두 마리와 장끼 한 마리를 갖다줬어. 그놈들을 닭장 옆에서 길들이고 있던 중에 수놈이 달아나다가 이 매에게 낚아채였지 뭔가?"

노인은 죽은 장끼를 들어 보이다가 토요가 긴 시간을 낼 수 없다는 말을 기억했던지 다른 자루로 손길을 옮겼다.

"이 매가 완전히 숨을 거두었는지 살펴봐주면 좋겠네. 아까 자루에 넣을 때는 다리를 움직였는데, 지금은 조용해."

토요가 자루 속을 들여다보니 매는 날갯죽지에 화살을 맞아 피를 흘리고 있었다. 매의 가슴에 손가락을 올려보자 심장 박동이 멈춘 상태였고 몸은 싸늘했다. 양 날개를 잡아 올리자 감은 눈은 뜰 기미가 없었고 고개는 축 늘어진 채 숨을 거둔 상태였다.

"어르신, 매는 죽었어요. 날갯죽지에 화살을 맞은 뒤 출혈이 심했고, 게다가 땅으로 떨어진 것이 치명적이었던 것 같네요. 어떻게 된 건지는 아세요?"

매가 죽은 걸 확인해주어 그런지 노인은 반가운 표정으로 말했다.

"최근 옆 동네에 매꾼들이 나타났나 봐. 매를 훈련시켜 사냥을 즐기는 인간들 말이야. 근래에 거의 매일 공중을 맴도는 매를 보게 되는데, 우리 집 근처를 날아다닐 때는 기분이 아주 나빠. 우리 집 꿩들을 계속 노려왔던지 이놈이 탈출하자마자 쏜살처럼 날아와 낚아챘지 뭔가. 동생에게 장끼 한 마리 더 얻어볼까 했지만, 이놈의 매가 또 낚아채 갈까 염려하던 중이었어."

"그럼 이젠 안심해도 되시겠어요. 화살 좀 봐도 될까요?"

주머니 속에서 화살을 꺼내 살피던 토요는 화살 깃대 쪽에 검게 새겨진 화살촉 음영을 보았다. 사수의 화살이었다. 모친의 장례 후 며칠이 지났다고 이런 살생을 하다니!

토요가 화살을 보며 못마땅한 표정을 짓자 노인이 하고 싶었던 말을 했다.

"토요 의생, 생명을 귀히 여기는 건 나도 잘 알아. 헌데 그 매꾼들은 다시 매를 구해 훈련시킬 거야. 그래서 토끼든 닭이든 잡아가 몸보신 잘 하겠지? 닭 키우는 우린 늘 걱정이야."

노인은 자루를 다시 묶으며 말을 이었다.

"이번 일로 내가 더 놀란 게 있어. 하늘을 나는 매를 화살로 명중시킨 활잡이가 있다는 사실이야. 날짐승 중에서도 가장 날렵한 놈이 매 아닌가. 그가 명궁이란 걸 의생이 확인시켜준 셈이야. 오늘이라도 그 명궁을 찾아 나설까 봐. 우리 닭으로 자주 보신시켜주면서 하늘을 맴도는 매를 볼 때마다 쏘아버리라고 부탁할까 싶으이."

토요는 석 달 전쯤 목격했던 사수의 활 솜씨를 기억했다. 날카로운 눈으로 수십 보 멀리 떨어진 과녁들을 순식간에 명중시킨 그였다. 그런데 그 당시엔 목표물이 고정되어 있었지만, 이번엔 빠르게 활공하는 매를 명중시킨 것 아닌가. 어르신에겐 죄송했지만 토요는 조만간 그의 명궁 실력이 두루의 궁수부대에서 발휘될 수 있기를 기대했다.

두 번째 만남

대장군이 국왕과 상의해오던 북부 국경수비대 참관일이 드디어 다가왔다. 왕궁 내원에서 기다리던 왕에게 왕비와 공주가 평상복 차림으로 다가왔다.

"당신 고집을 내가 알지요. 우리 모녀를 끝내 금녀의 땅으로 데려가시 겠다는 그 고집 말이에요. 국모와 공주는 그냥 여인네들이 아니라는 당 신 말에 동의했으니 우리가 따라 나서는 거예요."

왕비는 불만과 기대가 섞인 목소리로 말하며 남편 뒤를 따랐다. 왕이 뒤돌아보며 반응했다.

"며칠 전에 했던 말 다시 하리까? 국모와 공주가 장졸들의 사열을 지켜 본다는 사실만으로도 그들의 사기를 더 높인다는 걸 이해해주시오."

앞에 서 있던 쿼사마 대장군이 빙그레 웃었다. 그는 이 행차에서 국왕 내외와 공주를 북문 연병장으로 안내하는 일정을 조율해왔다. 이런 행 차는 현왕 재위 동안 처음 있는 일이었다.

모친과는 달리, 공주의 심중에는 이번 참관에 대한 기대가 따로 있었 다. 긴 세월을 뛰어넘어 다시 만나게 된 두 가문. 그녀는 그 엄청난 인연 이 넓은 연병장에서는 어떤 모습으로 이어질지 궁금했다. 두루 대장은 그 검에 서린 비사를 알고 있을까. 지금까지 겪어본 언행을 보면 그는 그 런 인연을 모르는 것이 분명했다. 그렇다면 그 비사의 두 자루 검으로부 터 직접 전율을 체험했던 그녀로서는 그 묘한 감정이 연병장의 두루에게 어떤 모습으로 비쳐질지 궁금했다.

행렬의 맨 앞에는 호위를 맡은 별동군 무관들이 마상에 앉아 대기하고 있었다. 대장군은 국왕 내외와 공주를 모시는 만큼 행렬 앞뒤를 오가며 행차를 직접 지휘했다. 공주 뒤에는 진여와 왕궁 여무사들이 행차를 뒷 받침하고 있었다. 대장군이 지휘봉을 치켜들며 출발 명령을 내리자, 공 주가 탄 말이 그 지휘봉에 놀랐던지 앞발을 치켜들며 껑충 뛰었다. 갑작 스런 행동에 공주가 말고삐를 바짝 움켜쥐며 말의 목을 토닥여주었다.

"오, 프랜느, 괜찮아!"

공주는 지난 달까지 타고 다녔던 애마를 떠올렸다. 노쇠한 그 말은 근래 들어 달릴 때마다 발굽의 착지 동작이 부자연스럽더니, 급기야 지난 달에는 아예 움직일 기미를 보이지 않았다. 왕궁의 말지기는 그날 이후 공주의 말을 젊은 암말로 교체해 아침 저녁으로 훈련을 시켰다. 그렇게 20여 일 공주와 호흡을 맞춘 뒤 오늘 행차에 나서게 된 것이다. 공주는 새 말의 이름을 부르기 친근한 프랜으로 지었다.

예기치 못한 상황에 대장군이 잠시 다가왔고 왕과 왕비도 말을 돌려 딸의 상태를 살폈다. 말이 안정된 걸 확인한 공주가 외삼촌에게 말했다.

"처음 나가는 외출이라 좀 놀란 모양이에요. 이제는 출발하셔도 될 것 같습니다."

대장군이 행렬 앞으로 달려가 호위 무관들에게 낮은 음성으로 명했다.

"출발하라. 국왕 전하 내외분과 공주님의 행차이시니 천천히 이동한다."

이번 왕실 나들이는 북부 국경수비대를 시찰하는 것이 목적이었다. 왕은 검푸른 두건에 회색 복장을 했다. 왕비와 공주는 머리를 말아올려 밝은 회색 두건으로 묶어 남자처럼 보이게 했다. 대장군이 직접 지휘하는 것을 제외하면 누가 봐도 왕실의 행차라고 하기엔 소박한 모습이었다. 이 행렬이 누리수 장군 관사로 들어선 시간은 해가 중천을 반쯤 넘어선 늦은 오후였다. 장군이 국왕 부부와 공주 그리고 대장군을 맞이하며 머리 숙여 절했다. 왕이 기쁜 표정으로 말했다.

"오늘 행차한 건 장군의 국경수비대 훈련을 시찰하기 위함이오. 기왕 왕비와 공주를 동반했으니, 볼 만한 행사이기를 바라오."

"누추한 관사까지 친히 행차해주셨으니 대대손손 광영이옵니다. 참관하시는 데 소홀함이 없도록 최선을 다하겠나이다. 오늘은 사열대로 가시는 대신 관사 옆 망루로 올라가셔서 병사들의 전체 훈련 모습을 넓게 내려다보시도록 하고자 하옵니다. 저를 따라오시옵소서."

국왕 일행을 망루 쪽으로 안내한 누리수 장군이 한 발 앞서 조심스러운 걸음으로 계단을 올라갔다. 그 뒤를 이어 국왕 부부와 공주 그리고 대장군이 차례로 올랐다. 망루에 올라서자 넓은 연병장이 한눈에 들어왔다. 그 시간 연병장에는 많은 장졸들이 도열하여 일사불란하게 검술 훈련을 하고 있었다. 망루 한 켠에서 연병장을 내려다보며 누리수 장군이 설명했다.

"전하, 왕비마마 그리고 공주마마, 매일 이 시간 연병장에는 아래에 보시는 장졸들이 이처럼 열심히 훈련하고 있사옵니다. 이백여 명의 중대급 규모입니다. 저 사열대 맨 앞에서 훈련을 지도 중인 교관이 북부 국경수비대 두루 대장이옵니다. 매일 직접 이 검술 훈련을 지도하고 있습니다. 덕택에 장병들의 검술 실력이 확연히 달라지고 있습니다. 대단히 고무적이라는 말씀을 올리나이다."

쿼사마 대장군이 그 말을 이었다.

"두루 대장이 부임한 지 이제 석 달이 되었습니다만 실로 많은 것을 변혁시키고 있습니다. 국경 수비 훈련 교시를 다시 쓰고 있고, 병기를 정교화하여 지상 보병대부터 새 무기들을 보급하기 시작했습니다. 앞으로 군수뇌부 회의를 거쳐 훈련 교시와 새 병기들을 왕국 전체로 보급해 나갈 예정입니다."

두루 대장을 치하하는 장군과 대장군의 설명을 듣고 있던 국왕이 만면에 미소를 띠며 응대했다.

"북부에 젊은 대장을 선임하시더니 이 나라 국방력이 더욱 공고해질 것 같구려. 국왕으로서 정말 대만족이오. 왕비, 당신이 보기에 어떻소?

오늘 와보기를 잘하지 않았소?"

금녀의 땅이라는 표현은 했었지만 이 나라 국모로서 국경을 지키는 군사들의 절도 있는 훈련 모습을 보노라니 참으로 대견하게 여겨졌다. 일사불란한 검술 훈련 모습에 공주도 젊은 기백을 느끼고 있었다.

연병장 상황을 살피던 누리수 장군이 잠시 후엔 중간 휴식이 있을 것이라고 예고하자 대장군이 누리수 장군에게 선뜻 제안했다.

"어떠시오, 장군? 그 틈에 두루 대장을 불러 전하를 알현하도록 하는 것이 좋지 않겠소?"

대장군은 곧바로 왕과 왕비에게 돌아서며 말했다.

"전하, 사실 왕실의 이번 참관을 두루 대장과 장졸들이 모르고 있습니다. 우리 쪽에서 명해야 달려올 것입니다."

이에 왕이 서둘러 답했다.

"오, 기왕 여기에 왔으니 장졸들을 치하해주고 싶소. 내 별동군 무사를 보내 알리면 되지 않겠소?"

"아닙니다, 전하. 사실 두루 대장을 부르는 데는 새로운 방식을 써보려 합니다. 시험도 해볼 겸 잠시 기다려주시옵소서."

왕과 대장군의 대화 사이에 누리수 장군이 잠깐 분위기를 환기시키더니 망루 아래에 대기 중이던 한 부관에게 지휘봉을 휘둘렀다. 그 부관은 곧바로 관사에서 조금 떨어진 봉수대 옆 두 병사에게 깃대를 휘둘러 보였다. 그러자 잠시 후 봉수대 중앙에서 뿌연 연기가 하늘로 피어 올랐다.

그것이 신호가 된 모양이었다. 사열대 저편에서 부산한 움직임이 시작되더니 일단의 무리가 말들을 몰아 관사로 달려오는 모습이 보였다. 빠르게 다가오는 그 무리의 맨 앞에 두루 대장의 늠름한 모습도 보였다. 그는 망루 위의 대장군을 먼저 알아보고 머리 숙여 인사했다. 대장군이 외쳤다.

"두루 대장, 수고 많소이다. 오늘은 이 연병장으로 전하를 비롯하여 특별한 참관인들을 모셔왔소. 인사 올리시오."

이쯤 되자, 왕이 친히 좌우를 돌아보며 말했다.

"이렇게 훌륭한 봉수대를 설치한 것도 며칠 전에 대장군을 통해 보고받았소. 그렇다 해도 저 연기를 보고 이렇게 빨리 달려올 줄은 몰랐소. 무엇들 하시오? 우리 모두 망루를 내려가 대장과 장수들을 정식으로 맞이합시다."

이 모습이 지난 15년 동안 재위해온 현왕의 인품이자 지혜였다. 그는 망루에서 국경수비대장을 내려다보는 건 옳지 않다고 여겼다. 그보다는 연병장 장졸들의 훈련과 휴식 상황에 맞게 지상에서 나란히 인사 나누는 편이 옳다고 생각한 것이다. 왕의 의중을 파악한 누리수 장군이 앞서 계단을 내려와 부관들에게 말을 대기시키도록 했고, 왕과 왕비, 공주, 대장군이 차례로 내려와 말에 올랐다. 이제 국왕 일행이 마상에서 공식적으로 자세를 취하자, 두루 대장이 말을 뒤로 돌려 휴식을 시작하던 장졸들에게 명했다.

"장졸들은 들어라. 지금 전하께서 왕비마마와 공주마마 그리고 대장군님과 함께 그대들의 훈련을 참관하고 계신다. 모두 정자세로 예를 갖추라."

그가 다시 말을 돌려 부관들과 수하 장수들 앞으로 돌아와 서자, 국왕을 비롯한 참관자들이 국경수비대 장졸들의 사열을 받는 형세가 되었다. 두루 대장이 예를 다해 인사를 올렸다.

"북부 국경수비대 두루 대장, 부관 아딜과 자와드 그리고 전 장병들을 대표하여 전하와 왕비마마 그리고 공주마마께 인사 올리나이다. 저희 검술 훈련을 직접 참관해주시니 감사하옵니다. 저희 국경수비대에 크나큰 영광이옵니다.”

왕과 왕비가 만면에 웃음을 띠며 그 인사를 정중히 받았다. 두루의 우렁찬 목소리에 왕국을 위한 애국심이 흠뻑 배어 나왔다. 이번 참관에서 두루 대장의 절도 있는 목소리를 듣게 된 도하의 얼굴이 상기되었다. 힘차고도 늠름한 음성이었다.

첫 인사를 올린 두루 대장은 이제 말머리를 뒤로 돌려 장병들에게 크게 외쳤다.

“장병들이여, 모두 차려 자세로 나를 따라 머리 숙이며 만세 삼창을 올린다! 국왕 전하 만세, 왕비마마 만세, 공주마마 만세!”

흥분한 장졸들이 차려 자세를 취한 뒤 두루 대장을 따라 머리 숙이며 일제히 큰 소리로 인사 올렸다.

“국왕 전하, 만세!”

“왕비마마, 만세!”

“공주마마, 만세!”

200여 명의 장졸들이 한꺼번에 인사를 올리자 연병장이 큰 함성으로 쩌렁쩌렁 울렸다. 두루 대장이 다시 왕과 왕비 쪽으로 말머리를 되돌리자, 국왕과 뒤에 선 모든 참관자들이 환하게 웃음 지었다.

그러나 웃음 띤 그 순간도 잠시. 국왕 옆의 공주를 바라보던 두루 대장의 얼굴색이 일변했다. 폭발적으로 터져 나온 사열대의 함성에 공주의 말 프랜느가 깜짝 놀라 펄쩍 뛰기 시작했던 것이다.

“히히히힝~ 히히히히힝~”

프랜느의 힘은 보통이 아니었다. 젊은 말이 앞다리로 뛰어오르고 뒷발질을 해대니, 그 위에 올라앉은 공주는 고삐를 놓치지 않으려 안간힘을 써야 했다. 그녀는 말 등에 바짝 붙은 채 말고삐를 세게 잡아당기기 시작했다. 굴러떨어질지 모르는 상황에서도 애써 버티고 있었다.

워낙 순식간에 벌어진 일이라 모두들 속수무책이었다. 지근 거리에서 늘 공주를 밀착 호위해온 진여로서도 엄청난 힘으로 날뛰는 말을 감당해낼 재간이 없었다. 프랜느의 말고삐를 잡아보려 했으나 턱없이 역부족이었다. 왕과 왕비는 갑자기 난동을 부리는 말에 질겁하여 비명을 지르며 대장군에게 손짓할 따름이었다. 딸이 말에서 굴러떨어지기라도 한다면!

오늘 행차를 책임진 대장군이 말을 몰아 나오며 프랜느를 진정시키려 시도해보다가 자신도 모르게 두루 대장을 불러댔다.

"두루, 두루! 두루 대장! 어서 나와봐!"

공주가 낙마하여 치명상을 입을까 시급한 마음에 대장군은 체통도 잊고 연거푸 두루를 불렀다. 두루는 머뭇거릴 틈이 없었다. 곧바로 프랜느에게 달려가 고삐부터 잡았다. 그 위기 속에서도 공주는 고삐를 붙든 채 말을 안정시키려 애쓰고 있었다. 두루는 은연 중에 웃음 지으며 공주에게 나직이 말했다.

"공주님, 잠시 실례하겠습니다."

그의 웃음을 본 듯했던 그녀는 등 뒤로 묵직한 몸집이 프랜느에 오른 것을 느꼈다. 두루가 프랜느로 옮겨 탔던 것이다. 사실 말등 갈아 타기는 두루가 어릴 적 유카 마을에서 동무들과 거의 매일 했던 마상 놀이 중 하나였다. 두 마리 말을 동시에 몰아 도착선에 먼저 들어가면 이기는 시합이었다. 안장도 없는 말을 다그쳐 최고 속도로 달리게 하려면 두 마리 말의 등을 번갈아 옮겨타며 엉덩이를 쳐주어야 했었다. 그런 두루가 지금 날뛰고 있는 프랜느 등에 옮겨 탄 것이다. 프랜느는 정말 임자를 제대로 만난 셈이었다. 그걸 본능적으로 직감했던지 프랜느가 뒷발차기 동작을 빠르게 멈추었다. 그러곤 앞발로 두어 번 뛰어오르는가 싶더니 그대로 앞을 향해 질주하기 시작했다. 왕과 왕비 앞을 가로질러 장군 관사 정문 쪽으로 내달렸다. 왕비가 왕에게 떨리는 목소리로 외쳤다.

"여보, 방금 보셨어요? 두루 대장이 미소 짓는 듯한 얼굴 표정 말이에요!"

그랬다. 길들지 않은 말을 다루는 데는 그 시절 두루만 한 인물이 없었을 것이다. 프랜느는 공포스러운 연병장을 피해 관사 밖으로 내달렸고, 두루는 공주를 양팔 사이에 껴안은 모양새로 한동안 말이 달리도록 내버려두었다. 놀랐을 공주를 보호해주고 싶었던 것이다. 프랜느의 말발굽 소리가 안정을 찾아가자 두루는 자신만이 할 수 있는 말 달래기 방법을 동원했다.

"워, 워, 워~! 워, 워, 워~!"

그러면서 그 장단에 맞춰 말고삐를 적절히 당기고 풀어주기를 되풀이했다. 프랜느의 놀란 가슴이 점점 가라앉는 걸 감지한 그는 엉덩이를 토닥여주며 이제 안전하다는 신호를 보냈다. 프랜느는 몇 차례 뒤를 살피다가 달리는 속도를 늦추었고 주변 상황에 안심했던지 마침내 걷기 시작했다. 지금 이 시간까지 아무도 뒤따라오지 않은 것이 참으로 다행이었다.

"공주님, 실례 많았습니다. 워낙 다급하여 이렇게 되었습니다."

위급한 상황에서 공주도 어떻게 여기까지 달려왔는지 정신이 아득하기만 했다. 분명한 건 공주 자신이 지금 그의 두 팔 사이에서 보호받고 있다는 사실이었다. 관사를 향해 되돌아가던 도중 두루가 공주에게 말고삐를 건네주려 했지만 아직은 손을 내밀고 싶지 않았다. 그녀는 지금의 두루 얼굴 표정이 궁금했다. 아직도 그는 미소 짓고 있을까.

그녀 속마음을 아는지 모르는지 이제 두루는 프랜느의 등에서 천천히 내려왔다. 말고삐는 아직 두루 손에 들려 있었다. 그는 프랜느가 완전히 안정을 되찾도록 목덜미를 쓰다듬었다. 그는 계속 미소 지으며 프랜느 길들이기에 만족했던 것이 분명했다. 공주의 눈길을 의식하던 그가 조용히 말했다.

"공주님, 저는 어릴 적부터 매일 말 위에서 살다시피 하며 자랐습니다. 그래서 말의 눈빛과 표정만 봐도 편하게 해줄 방법을 알 수 있답니다. 오늘 무척 놀라셨겠지만, 공주님께서 의연하셨기에 이 녀석도 빨리 안정을 되찾을 수 있었습니다. 서로 놀라서 흥분했다면 사태는 악화되었을 텐데, 오늘 정말 훌륭하셨습니다."

그 말이 끝나자, 도하가 드디어 두루 대장에게 처음으로 입을 열었다.

"두루 대장님, 정말 고마웠어요. 대장님이 아니었으면 아주 난처할 뻔했습니다. 이 아이 이름은 프랜느예요. 제 이름은 도하이고요."

공주 입에서 자신의 이름이 흘러 나왔다. 그녀 속마음을 내비친 것이나 다름 없었다. 두루는 그녀의 이름을 알고 있었지만, 직접 듣게 될 줄은 상상도 하지 못한 일이었다.

"영광이옵니다, 공주마마……."

두루가 겪어본 그날의 공주는 강심장을 가진 것이 틀림없었다. 낙마의 위험 속에서도 당황하지 않고 오히려 프랜느를 달래려 애쓰기까지 했었다. 두루는 말고삐를 끌며 연병장을 향해 조금씩 빠른 걸음으로 나아갔다. 언덕을 넘어서자 장군 관사가 눈에 들어왔다. 두루는 이제 공주에게 말고삐를 건네주어야겠다고 판단했다. 그가 공주를 향해 손을 뻗자, 고삐를 받던 공주의 손길이 그의 손을 스쳤다. 아주 부드러운 손길이었다.

이제 둘은 장군 관사 정문 가까이로 들어서고 있었다. 정문 밖에는 국왕 부부와 대장군, 진여 그리고 무관들과 호위 무사들이 기다리고 있었다. 진여가 빠르게 다가오며 공주를 맞았고, 대장군이 두루의 말을 데리고 와서 그에게 고삐를 넘겼다. 공주가 무사한 것을 확인하며 왕과 왕비가 안심하는 음성이 잇따랐다. 두루 대장에게 칭찬과 수고 많았다는 말도 건네졌다. 두루가 국왕과 대장군에게 프랜느의 상태에 대해 보고했다. 이어 절반쯤 얼굴을 돌려 공주에게 인사한 뒤 곧장 연병장으로 말을 몰아 돌아갔다. 무례인 줄 알면서도 그는 공주 얼굴을 마주 볼 수 없었다. 그런 두루의 눈빛을 공주가 쫓고 있었다. 멀어져가는 그의 넓은 어깨 위로 오후의 햇살이 눈부시게 쏟아지고 있었다! 두루는 터질 것 같은 가슴을 진정시키려 더 빨리 말을 달렸다. 자신을 기다리고 있을 사열대의 장졸들을 향해.

공주가 검을 찾은 이유

왕궁 내원으로 들어서던 왕이 왕비와 공주를 뒤돌아보며 그날의 참관에 대해 자평하는 말을 했다.

"오늘 장졸들의 사열을 보니 기분이 아주 좋지 않았소? 우리 왕국의 아들들이 얼마나 열심히 훈련에 임하는지 직접 확인했으니 말이오."

"당신 덕분에 우리 모녀가 연병장에 발을 디뎌보았네요. 국모로서 또 공주로서 군사들의 사기를 높여주었다면 잘 다녀왔다고 생각해요."

왕비의 대답에 왕은 더욱 흡족해하며 말을 이었다.

"장졸들의 검술 실력과 새 통신 수단이 될 봉수대도 아주 훌륭하지 않았소? 끝무렵 도하의 일에 모두 놀라긴 했지만, 그건 왕궁을 나서면 언제든 일어날 수 있는 사고로 여기시오. 마침 두루 대장의 용감한 모습도 볼 수 있었으니."

왕은 그쯤에서 왕비의 눈치를 살폈다. 두루 대장을 너무 앞세우는 걸 아직은 조심스러워하고 있었다. 그러나 누가 뭐래도 오늘 모두가 목격한 두루 대장의 위용은 그야말로 대장부다운 모습이었다. 그의 실력은 처남인 대장군으로부터 익히 들어온 바 아니었던가. 그날 위기에 처한 도하를 구해 늠름하게 돌아오던 모습에서 왕은 도하의 배필로 그만한 인물이 없을 거라는 결론을 내렸다. 그것은 사열대 참관 이상으로 얻은 큰 수확이었다. 바로 이 부분에서 왕은 왕비의 분위기를 살핀 것이다.

"나는 앞으로도 오늘과 같은 행차를 각 구역별로 계획하려 한다오. 왕비도 오늘처럼 함께 나서주시오. 도하야, 너도 오늘 사열대 훈련 모습에 감동이 컸기를 바란다. 내가 그러했으니. 많이 피곤할 테니 들어가 쉬렴."

마침 쉬고 싶던 터라 공주는 부모에게 인사를 올린 뒤 진여와 함께 자리를 떴다. 딸이 내원을 나가자, 왕이 왕비의 팔을 끌어 차탁 의자에 앉혔다.

"도하 결혼을 어떻게 할 참이오? 딸의 나이 곧 서른여섯을 바라보잖소?"

남편이 연병장 시찰 얘기에서 딸의 결혼 문제로 화제를 바꾸자 왕비의 마음이 무거워졌다. 도하가 어렸을 때부터 남동생인 대장군을 비롯해 성밖 친인척들을 통해 괜찮다는 남아들을 알아보긴 했지만 모두 마음에 차지 않았다. 공주 나이가 들수록 어머니로선 딸의 혼사가 제일 큰 선결 문제가 되었었다. 바로 이런 시점에 왕은 이번 행차를 추진했고, 말로

만 듣던 두루 대장의 진면목을 확연히 보게 된 것이다. 위풍당당했던 두루 대장의 등장은 왕비에게도 깊은 인상을 주기에 충분했다.

별전으로 옮겨가던 공주는 그날 프랜느 일을 떠올리며 숨을 죽이고 있던 진여에게 부드럽게 말했다.

"진여, 오늘 정말 수고 많았어. 프랜느 일은 잊어버리자. 그렇게 날뛰는 녀석을 우리가 어떻게 할 수 있었겠니? 그리고 남문 토요 의생을 만나기로 한 날이 다가오잖아? 적어도 엿새는 걸려 다녀올 길이니 채비 잘 해두면 좋겠어."

진여를 물러가게 한 공주는 따로 할 일이 있었다. 이번 사열대를 참관하며 두루 대장을 다시 보게 된 공주의 심경에 뚜렷한 변화가 나타나고 있었다. 그녀는 가벼운 옷으로 갈아입은 뒤 다시 내전으로 나와 조용히 왕궁 옥상으로 올라갔다. 그리고 왕실 창고 문 옆에 놓인 촛불을 받쳐들고 그 안으로 들어갔다. 왕실 물품들이 가득 쌓인 창고 안을 이곳저곳 옮겨다니던 그녀는 안쪽 한복판쯤에 발을 멈추고, 희귀한 무기들이 보관된 나무 상자와 진열대를 살폈다. 거기서 그녀는 고개를 들어 촛불을 더 높이 들어 올렸고 마침내 조바심 내며 찾던 바로 그것을 보게 되었다. 석갑에 꽂힌 채 보관되어 있는 두 자루 검이었다.

갑자기 '찌렁' 하는 명금 소리가 머리 위에서 울리는 것 같았다. 그녀는 잠시 서서 좌우의 검을 번갈아 바라보다가 한발짝 옆으로 옮겨 두루의 검 앞에 정면으로 섰다. 조용히 눈을 감자 머릿속에서 최근의 기억들이 엄청난 바람처럼 몰아치며 지나갔다. 그러다 그 태풍 끝자락에서 콰쾅하는 천둥 소리가 나는가 싶더니 눈앞에 태양 문양이 눈부시게 비치고 있었다. 손을 뻗으면 금방 닿을 문양이었다.

그 시간 그녀가 두 자루 검을 찾은 까닭은 무엇인가? 자신의 혼사 문제에서부터 왕위 승계에 이르기까지 부모에게 불효하고 있다는 고민이 점점 깊어가던 때였다. 최근 모친과 나눈 대화에서 만약 자신이 왕위를 포기한다면 부왕은 타 가문의 명망 높은 부족장에게 선위하실지 모른다는 소식을 들었다. 그것만으로도 그녀는 자신의 부모와 왕실에 막심한 불효를 하는 것이리라. 그러나 설령 왕위를 승계한다면 어떻게 될까? 실로 그렇다면 그녀는 나이 차이가 20년 이상 나는 재상과 대신들 그리고 원로들을 수시로 만나야 할 것이다. 그런 인식에 이르고 보면 자신이 너무 젊고 경험도 부족하다는 것이 두려웠다. 무엇보다 그런 두려움 뒤에는 아무도 이해하기 힘든 외로움이 늘 따라 다녔다. 여기에 더해 그동안 피하고 싶었던 결혼 문제는 또 어떠한가. 진정 자신을 그토록 아끼시는 부모에게 얼마나 더 깊은 시름을 안겨드려야 한단 말인가. 그녀는 지금까지 계속 이어진 불면의 밤과 현기증으로부터 자유롭고 싶었다. 할 수만 있다면 이 무거운 짐들로부터 도피하고 싶었던 것이다.

그랬던 그녀에게 그날 자신의 어깨를 감싸주던 두루가 나타난 것이다. 저 검에 새겨진 비사의 인연처럼, 그는 그녀를 지켜줄 든든한 대장부가 되어줄 것인가? 지금 이 시간 두루의 검 앞에 선 그녀는 오랜 세월 자신을 힘겹게 해온 그 두려움과 외로움을 함께 안아줄 인연이 두루이기를 믿고 싶었다. 그녀는 왼손을 천천히 들어 올려다보며 그날 프랜느의 고삐를 넘겨주던 그의 모습을 떠올렸다. 자신의 손을 스쳐 갔던 그의 손길은 거칠면서도 든든한 느낌이었다.

타향에서 만난 동향인

사흘 후, 쿼사마 대장군 관사에는 누리수 장군, 두루 대장 그리고 별동군의 푸난 대장이 찾아왔다. 대장군이 세 사람만을 위해 마련한 첫 저녁 모임이었다. 두루 대장이 푸난 대장을 처음 만난 지 두 달이 넘어가자, 두 사람의 회동을 정례화하기 위해 대장군이 주선한 자리였다. 대장군은 북부와 왕궁의 국방을 책임진 두 대장이 더 자주 만나기를 바랐다.

푸난 대장은 두루 대장보다 연배가 10여 년 위였으며 별동군을 맡아온 지 5년이 되고 있었다. 별동군 병사를 조련시켜 최강의 전투력을 유지해왔던 그로서는 자신의 군무 경험에 두루 대장의 새로운 전술 안목을 결합해보고 싶었다. 최근 별동군 병사들에게 보급된 새 병기가 두루 대장의 건의로 제조된 것임을 그도 알고 있었다. 또한 석 달 전 군수뇌부 최고회의 마지막에 있었던 남부 비세 장수와의 검술 대결에서 두루의 검술 실력이 탁월하다는 사실도 확인한 바 있었다.

대장군은 살아온 전력이 전혀 다른 두 대장이 정기적으로 만나 국경 수비와 왕궁 호위에 빈틈없는 군사적 협의와 보완 관계를 이루어줄 것을 원하고 있었다. 음식을 함께 나누면 인간적 유대 관계가 빠르게 발전한다는 걸 대장군은 경험으로 알고 있었다. 두 시간쯤 식사가 이어지는 동안 국방 전략과 새 병기에 대해 만족할 만한 대화를 나눈 것으로 평가한 대장군은 앞으로 매달 한번씩 그 같은 모임을 갖자고 제안했다. 푸난 대장은 두루 대장을 믿음직한 동반자로 여겼고, 누리수 장군은 향후 정례 회동에서 다룰 안건들을 미리 조율하겠다는 뜻을 비쳤다.

회식을 마무리한 대장군은 손수 관사 밖까지 나가 세 사람을 환송했다. 거처 방향이 서로 다른 그들은 그 자리에서 각자 갈 길로 떠나갔다.

부관을 대동하지 않은 두루는 두 사람이 완전히 시야에서 사라지는 것을 기다렸다가 대장군 관사로 다시 말머리를 돌렸다.

"두루 대장, 무슨 일인가? 다시 찾아오다니."

"대장군님, 쉬셔야 할 시간에 송구스럽습니다. 사실 긴히 여쭙고 싶은 말씀이 있어 홀로 남았습니다."

두루는 그동안 마음 깊이 간직해온 질문이 있어 때를 기다려왔다. 관사 안으로 두루를 다시 불러들인 대장군이 접견실 편한 의자로 그를 안내했다. 두루가 조심스럽게 입을 열었다.

"대장군님, 오늘 이후 이 질문은 다시 드리지 않겠습니다. 외람된 말씀이지만, 대장군님으로부터 꼭 듣고 싶은 답이 있어 오늘과 같은 기회를 기다렸습니다."

의아해하는 대장군에게 그가 나지막한 음성으로 물었다.

"기억하시리라 믿습니다. 지난해 저와 제 의제 토요가 외지에서 왕국으로 접근했었고, 그때 죽음 직전에서 대장군님과 군사들이 저희를 구해주셨습니다. 저희 의형제가 살아남아 여기까지 왔으니 그 은덕에 늘 감사해하고 있습니다. 혹시 그때 제 말 안장에 꽂혀 있던 검을 거두셨는지요? 저에게는 세상 무엇보다 중요한 검이어서 감히 여쭙습니다."

그 말을 들은 대장군이 드디어 때가 온 걸 직감했다.

"두루 대장, 이런 날이 올 줄 알았네. 생각해보면 그대가 오래 참아온 셈이군. 그 검에 새겨진 태양 문양, 그대의 이름 태양 그리고 팔뚝에 새겨진 태양 문신까지, 그대는 과연 큰 인물이네. 수비대 병사들의 사열을 진두지휘하는 모습과 최근 몇 달 동안 질풍처럼 추진해온 국경수비대의 변혁까지 그대는 이 나라 국방의 핵심 인물이 되었네. 무엇보다 사흘 전 국왕 내외께서 수비대 연병장을 참관하실 때 발생한 사건은 내 평생 잊을 수 없구먼. 장졸들이 소리쳐 만세 삼창을 하던 그 순간, 놀라 날뛰던 공주의 말을 진정시켜 전하를 비롯해 모든 참관자들을 안도시켜드린 일까지……. 그대에 대한 신뢰가 이럴진대 이젠 그 검의 행방을 내가 나서서 말해줘야겠구먼."

여기까지 말하자 대장군도 두루를 편안하게 대하고 싶었다.

"사실 그대 검은 왕궁 내에 보관되어 있네. 왕실에서 특별히 관리하고 있다는 뜻이지. 검 손잡이에 태양 문양이 새겨진 것이 결정적인 이유네. 이쯤에서 확인하고 싶네만, 두루 대장은 그 문양이 무얼 뜻하는지 알고는 있는가?"

두루는 머뭇거림 없이 대답했다.

"제 부친께서 선대로부터 전해온 검이라 하시며 저에게 물려주신 것입니다. 어린 시절 그 검을 보여주시면서 제 팔에 태양 문신도 새겨주셨습니다. 선대의 검을 제가 지키지 못하는 불효를 부디 대장군님께서 거두어주시면 그 은혜를 잊지 않겠습니다."

"그렇다면, 손잡이에 새겨진 태양 문양에 대해서는 들은 바 없는가? 거기에 얽힌 비사 같은 얘기 말일세. 전하께서 그 문양을 보신 뒤 그대 검을 왕실에 보관해야겠다는 결심을 굳히신 것인데?"

두루의 대답이 여기서 멈췄다. 자신의 고향이 늑대족에 멸절당할 때 부친이 운명하던 순간 검을 건네주며 사막 한가운데 오아시스 전설을 찾아가라는 유언을 남기신 것이 전부였다. 그에게 그 검은 유카의 마지막 상징이 되었던 것이다.

두루가 그 검에 새겨진 비사에 대해서는 대답을 못 하자, 대장군이 기다려 말을 했다.

"두루, 지금 내가 하는 말 놀라지 말고 듣게. 그리고 이 이야기는 앞으로도 혼자만 알고 있게. 일 년 전 문초 중에 그대는 자신의 고향이 유카라고 했었지? 그리고 그대 검을 왕실에서 각별히 보관하고 있다는 사실도 이제는 알게 되었고? 그렇다면 그 검을 차고 온 그대의 고향 유카와 우리 왕실 사이에 어떤 관계가 있을 것 같은가?'

그 말을 들은 두루가 과연 깜짝 놀라는 표정을 지었다. 그의 눈이 커지는 걸 지켜본 대장군이 진중하게 입을 열었다.

"그렇다네. 전하의 선대도, 왕비마마와 나의 선조도 모두 고향이 유카라는 뜻이네. 놀랍게도 우린 모두 동향 사람들이라네. 그 검 손잡이의 태양 문양에 대해서는 언젠가 전하께서 직접 설명해주실 것으로 믿네. 실로 그날이 오면 그대 검도 돌려주시지 않겠나? 그때까지는 이 엄청난 비밀을 혼자만 가슴에 묻고 지내시게!"

대장군의 설명에 두루는 머리를 들지 못한 채 그대로 큰절을 올렸다. 관사 문을 나서는 두루의 어깨를 대장군이 두드려주었다.

원정의 결말

거투루 장군은 태자 무센과 모라간 군사가 지켜보는 가운데 늑대족의 최정예 군사들을 이끌고 하단성을 출발했다. 2개 분대 규모라고 하지만 병사들의 무술 실력은 일당백의 최강이었고 사기는 하늘을 찌를 듯했다. 보급 분대원들은 낙타 등에 군수품을 다량 싣고 전위 분대 뒤를 따랐다. 행렬 맨 앞에는 거투루 장군의 분신이라 할 마지드 부관이 섰다. 태자는 출병식 자리에서 이번 원정 작전을 성공하고 귀환하면 참여한 병사들에게 두둑한 성과급을 제공하겠노라고 약속했다. 모라간 군사는 이번 작전을 전개하는 도중 마주칠 부락민들을 절대 해치지 말 것과 무엇보다 이번 진군을 은밀하면서도 신속하게 완수할 것을 주지시켰다.

모든 준비가 완료되자, 거투루 장군은 태자와 군사에게 큰절을 올린 뒤 부관에게 출병 명령을 내렸다. 병사들은 2열 종대로 말을 몰아 나아갔고, 뒤따르는 보급대원들은 각자 낙타 한 마리씩 끌면서 제법 긴 행렬을 이었다. 거투루 장군이 태자와 군사에게 큰절을 올린 것은 이번 진군의 종결이 어떨지 나름대로 예견했기 때문인 듯했다.

그들의 첫 목적지는 동남쪽에 위치한 유카 마을이었다. 병사들은 매일 아침 기상과 함께 그날 양식을 배급 받아 목표 지역으로 진군해갔다. 도중에 작은 촌락이나 부락들을 만나면 가급적 신속히 비켜갔다. 그렇게 사흘간 행군해간 그들은 드디어 첫 기착지인 유카 마을에 도달했다.

태양 두루의 고향인 유카는 1년 몇 개월 전 거투루 장군과 와퍼 대장의 침공을 받고 완전히 폐허가 된 곳이었다. 그 당시 거투루는 예상치 못한 두루의 검에 옆구리 부상을 입고 수개월 치료를 받아야 했었다. 유카 와해 후 모라간 군사는 와퍼 대장과 2개 소대 병력을 주둔시켜 유카족과 주변 부락들의 재기를 불가능하게 막았다. 유카는 침공 받을 당시 전소됐던 모습 그대로 방치되어 있었다. 오아시스 왕국의 두루 대장이 거의 매일 밤 악몽 속에 만나는 고향의 마지막 모습 그대로였다. 거투루 장군이 이미 전령을 보내두었기 때문인지 와퍼 대장은 병사들을 환영하며 맞아주었다. 그곳에서 잠시 휴식을 취한 원정대는 물자를 보급받은 뒤 유카를 떠났다.

다음 목적지는 서쿤 마을이었다. 태자 무센의 병력이 유카 너머 동편으로 진출한 건 이번이 처음이었기에, 서쿤으로 가는 원정은 오아시스 전설 침공을 향한 첫 발진인 셈이었다. 그들은 쾌속으로 진군했고 중도에 만나는 부락들을 그대로 지나쳐 갔다. 그러나 중도 보급을 받을 만한 곳이 없는 데다 사막 원정 경험도 없다 보니 사흘이 지나면서 식수부터 부족해지기 시작했다.

거투루는 부관과 자주 지도를 살피면서도 진군 속도를 늦추지 않았고, 그 덕에 예상보다 하루 일찍 서쿤에 진입할 수 있었다. 거투루가 그 지역 출신 병사들을 미리 전령으로 보내기도 했겠지만 늑대족 태자군에게 밉보이고 싶지 않던 서쿤 부족장은 강행군으로 지친 거투루 병사들에게 양식과 물을 충분히 제공해주었다. 거투루가 오아시스 전설로 향하는 최단 경로를 묻자 아는 한도에서 열심히 설명해주기도 했다. 병사들은 하룻밤을 푹 쉰 뒤, 다음 날 아침 각자 말과 낙타 그리고 보급물자를 챙겨 서쿤을 출발했다. 실로 언제 돌아올지 모를 미지의 사막길을 나선 것이다.

서쿤 부족장은 거투루 병력이 전설에 도달할 때까지 오로지 낙타에 실은 물자에만 의존해야 할 것이라 일러주었다. 거투루는 앞으로 20여 일이내 전설에 도달하지 못하면 사막 어디선가 전멸할지도 모른다고 염려하며, 전설까지 최단 경로를 유지하도록 자주 지도를 살폈다. 동남으로 진군할수록 낮의 열기는 더 뜨거워졌고 병사들은 빠르게 지쳐갔다. 이에 거투루는 서쿤 부족장의 조언을 상기하며 그날부터 야간 이동을 결정했다.

서쿤을 떠난 지 일주일이 지나자 식수부터 바닥을 보이기 시작했다. 거투루는 이번 원정을 포기하지 않는 한 가축 도살을 피할 수 없을 거라 각오하고 있었다. 그랬기에 밤이 오는 대로 제일 부실한 낙타부터 매일 한 마리씩 도살해 피는 나눠 마시고 살은 구워 병사들에게 양식으로 나누어주었다. 그렇게 매일 밤 도살이 이어지자 병사들의 사기도 꺾여갔다. 낙타 수가 점점 줄어드는데 아직도 일주일은 더 진군해야 한다는 생각에 마지드 부관조차 기세가 꺾이는 표정이 되어갔다.

이번 행군을 더욱 힘들게 한 건 동남부 사막의 열기였다. 출발 당시 하단성은 밤바람이 차가운 가을이었다. 그러나 이곳은 밤에도 열기가 식지 않아 젊은 병사들조차 버티기 힘들었다. 병사들은 야간 행군을 점점 힘들어했고, 날이 밝으면 취침 명령이 내리지도 않았는데 그대로 쓰러져 잠드는 것이었다. 더 큰 문제는 일부 병사들이 전신 발열 증상을 보이는 것이었다. 일사병이 분명했다. 병사들의 생존을 지켜줄 낙타도 다섯 마리밖에 안 남게 되자, 장군과 부관은 이제 최후의 결심을 해야 했다. 저 병사들을 이끌고 사흘 길을 더 강행할 것인가! 진군을 계속 하자면 일사병으로 쓰러지는 병사들은 늘어날 것이고, 타고 온 말들조차 잡아먹어야 할 것이다. 그 경우 회군은 어떻게 할 것인가. 물론 장군 입장에서는 여기서 회군하는 것도 용납될 수 없었다. 오아시스 전설에 대한 정보를 하나도 파악하지 못했기 때문이었다. 적어도 이틀은 더 버텨주면 좋겠지만, 마실 물조차 없어 병사들이 줄줄이 쓰러지는 마당에 이제 진군은 더 이상 의미가 없었다. 회군조차 할 수 없다면 모든 상황이 끝난 것 아닌가.

바로 그때, 좀 앞서 갔던 병사들이 부관에게 되돌아와 동편으로 잘 정돈된 사막길들이 여러 갈래 뻗은 걸 확인했다고 알려왔다. 거투루와 부관이 함께 달려가보자, 과연 반듯한 길들이 동남 방향으로 뻗어 있었다. 분명 저 길을 따라가면 전설에 도달할 것이다. 거투루는 드디어 마지막 결심을 했다.

"부관, 잘 듣게. 나는 이 길로 건강한 병사들을 데리고 전설로 달려갈 것이네. 그곳 상황을 확인하고 돌아올 거지만, 만약 이틀이 지나도 우리

가 돌아오지 못하면 부관은 지체없이 남은 병사들을 이끌고 하단성으로 회군하게!"

부관에게 그 명령은 엄숙하게 느껴졌다. 장군은 전위 분대장과 아직 혈기가 남아 있는 병사 다섯을 차출하여 동남 방향으로 말을 달렸다.

그 후 뿌연 모래바람이 광활한 사막을 휘몰아치면서 한 달쯤 시간이 흘렀다. 하단성 모라간 군사의 집무실에 마지드 부관과 생존 병사들이 나타난 건 거투루 병력이 성을 출발한 지 대략 석 달이 지나서였다. 모라간은 부관의 초췌한 얼굴을 보며 이번 원정대의 대실패를 직감했다. 부관의 보고에 따르면, 거투루 장군이 전방 가까이에 전설이 있음을 확신하고 병사 여섯을 독려하여 진격했으며, 이틀이 지나 병사 둘만 생존하여 돌아왔다는 것이었다. 그의 설명으로는 장군 일행 앞에 전설의 수비대로 보이는 일단의 군사들이 달려와 신분을 밝히라 했으나, 거투루 장군은 대답 대신 검을 뽑아 정면 대결을 선택했다는 것이었다. 그러면서 장군은 분대장에게 병사들을 데리고 속히 부관에게 돌아가 자신들이 목격한 모습을 그대로 전하라고도 명했다는 것이다. 분대장은 병사들을 다그쳐 회군하도록 보낸 뒤, 자신은 거투루 곁으로 되돌아가 끝내 적군의 칼에 전사했다는 것이다. 결국 부관은 장군과 분대장의 시신을 수습하지도 못한 채 남은 병사들을 거두어 그곳을 떠나야 했고, 하단성까지 생존한 병사 셋을 데리고 구사일생 귀환한 것이다.

생존 병사들은 오아시스 전설 수비대의 빈틈없는 전투력과 멀리 어렴풋이 목격한 성곽에 대해 모라간 군사에게 전했다. 지난 석 달 동안 노심초사 기다렸던 모라간은 거투루 장군과 최정예군 대부분을 잃은 참담한 성적을 받은 것이었다. 백전노장 거투루를 잃은 것은 모라간 자신의 오

른팔을 잃은 것이나 다름없었다. 이로써 향후 수립하려던 오아시스 대원정 계획은 초안도 잡지 못하고 덮어두기로 결론 내렸다. 모라간은 태자에게 대군을 이끌고 난공불락의 원정길을 또다시 나서서는 안 된다고 당부하며 군사 자리를 떠나기로 했다.

대제국 건설이라는 대망이 무너진 뒤 그 소식은 늑대족 대모수리 왕과 왕자들에게도 전해졌다. 대모수리는 태자의 무모함에 며칠 동안 밤잠을 설치며 진노했고, 둘째와 셋째 왕자들의 비난도 전해졌다. 이로써 태자는 좁아진 입지에다 뛰쳐나갈 출구조차 찾지 못한 채 하단성 내에 근신해야 했다.

왕국의 빛과 그림자

늑대족 병력이 오아시스 성곽 근처까지 접근해온 사건은 왕국의 국경 수비대를 긴장시키기에 충분했다. 일출을 넘긴 아침 시각, 북부 국경의 한 성루에서 서북방 사막길을 살피던 병사들이 낯선 군사들의 접근을 발견했고 평소 두루 대장의 교시에 따라 상부에 신속히 그 사실을 알렸다. 동시에 전투 태세를 갖춘 일군의 수비대는 성문을 열고 달려나가 거투루 일행과 맞섰다. 수비대장 아딜이 상대의 신분을 확인하려 하자 적 장수가 대답 대신 검을 빼들면서 양자 간 백병전이 벌어졌다. 수비병들은 평소 훈련받은 대로 포위망을 좁히며 치고 빠지는 작전으로 적의 기세를 하나씩 무너뜨렸다. 사막 열기와 허기에 지친 거투루는 최대한 버텼으나 끝내 척살되는 운명을 맞았다. 그 시간 거투루 뒤편에서 기회를 엿보던 부하 셋은 백병전이 시작되자 곧바로 현장을 벗어나서, 이틀 동안 초주

검 상태로 내달려 마지드 부관과 분대원들에게 돌아간 것이다.

비록 사막 원정으로 전투력을 잃은 소규모 적군이었지만, 백병전을 겪은 왕국 군부는 사상 첫 외세 침공이라는 기록을 남기게 되었다. 아딜과 자와드로부터 이번 사건 전모를 보고받은 두루는 수습해 온 시신과 무기를 살피며 부관들에게 말했다.

"장수와 병사들의 붉은 두건에 새겨진 칼 문양으로 보아 틀림없는 늑대족 일세. 이번에 우리 군사들이 잠시나마 악명 높다는 늑대족의 출몰을 겪은 건 좋은 경험이 되었어. 더구나 저들의 예봉을 꺾은 건 의미가 매우 크다고 하겠어. 백병전이 시작될 때 달아났다는 적병들이 부디 생존해서 자기들 본거지로 귀환했으면 좋겠군. 우리의 전투력을 알게 되면 늑대족은 만 리 사막길의 대원정 계획을 일찌감치 포기하겠지. 무모하게 감행하더라도 이제 우리 병사들은 저들이 왕국 근처로 접근하기도 전에 처단해버릴 수 있다는 자신감을 가지게 된 것이야!"

두루는 직접 언급을 피했지만 척살된 늑대족 장수가 거투루인 것을 알아보았다. 자신의 고향을 멸망시켰던 원수를 처단한 이번 결과로 그는 마음속 분노를 한 켜 걷어낸 셈이었다.

아딜의 보고서를 받아든 두루는 누리수 장군과 쿼사마 대장군에게 달려가 사건의 전모를 고했다. 지금까지 이렇다 할 외세 침공이 없었던 터라 대장군은 누리수 장군과 두루를 대동하여 곧바로 국왕을 알현했다. 사건을 심각하게 받아들인 왕은 지체 없이 마완 재상과 바론 의장을 대전으로 불러들였고 그 자리에서도 북부 국경수비대의 빈틈없는 대처를 치하하는 말을 아끼지 않았다. 대장군은 두루의 보고 내용을 토대로 향후 수습책에 대해 진중하게 아뢰었다.

"사태가 향후 어떻게 전개될지 더 지켜보아야 하겠으나, 이번 침입 시도에 북부 국경수비대가 적 장수와 병사들을 일거에 패퇴시킨 결과만으로도 우리 군의 방어 전투력이 얼마나 견고한지 알 수 있으실 것입니다. 앞으로도 군을 믿으시고 큰 심려는 내려놓으소서. 곧 군지휘관 회의를 통해 추후 대책을 강구하겠나이다."

집무실로 돌아온 대장군은 전령을 보내 각 구역 지휘관들에게 이번 사태에 대한 두루 대장의 보고 내용과 최고회의 개최를 통고했다.

"누리수 장군 그리고 두루 대장, 전문에 쓴 대로 이번 회의 안건은 '국경 수비에 관한 대책'이오. 이틀 뒤 오후에 후속 대책을 숙의하십시다. 오늘 보셨겠지만 재상도 의장도 이번 사태로 주민들이 불필요하게 불안해하는 걸 경계하는 눈치였소."

이틀 뒤 소집된 군수뇌부 최고회의에 각 구역 지휘관과 부지휘관들이 속속 모여들었다. 대장군이 직접 주재한 그 회의에서 두루 대장은 이번 사태에 대해 일목요연하게 설명했다.

"보고서에서 보셨겠지만, 이틀 전 일출 직후 북문 서북방에 늑대족 장수와 병사 여섯이 접근해왔으며, 저희 군사들이 백병전으로 맞서 일거에 척살시켰습니다. 우리 군의 피해는 전무합니다."

두루 대장은 이번 침공 시도를 일종의 정탐대 활동으로 판단하면서, 저들의 전위대 예봉을 꺾어놓은 점은 높이 평가할 만하다고 말했다. 이번 결과로 늑대족 군부가 만 리 사막길을 건너는 대침공을 감행할 가능성은 낮아졌다고 예상하면서도, 그럴수록 군부는 국경 수비 전투력을 강화시킬 방안을 구체화해야 한다는 의견을 내놓았다. 주도면밀한 두루의 설명에 참석자 모두 동의하는 분위기였다. 이에 대장군은 회의를 더 신속히 진행시키고자 했다.

"사실 우리 왕국은 외부 족속들이 어떤 대가를 치러서라도 차지하고 싶은 천혜의 요소들을 모두 갖추었소. 그렇기에 우리 국방력을 강화할 방안에 대해 여러분들의 고견을 주시기 바라오."

왕국이 언제든 외세 침공을 받을 수 있는 현실을 직시하게 된 지휘관들은 왕국 방호에 안일했던 자신들을 되돌아보았다. 지난날 여느 회의든 성실히 임했던 동부의 아쿠스 장군이 그날 회의의 결론이 된 주요 발언을 했다.

"이번 사태 덕분에 국방의 심각성을 깨닫게 되었습니다. 우리 국경수비대 전투력 강화를 위해 그동안 북부 지휘부에서 선도적으로 추진해온 방안들을 재확인하고자 합니다. 우선 각 병사의 검술 실력을 강화할 것과, 다양한 외세 침공에 대비한 훈련 교시 확립, 그리고 북부의 신병기들을 조기에 전군으로 공급하는 것입니다. 외침을 현실로 겪게 된 이상 신속한 추진을 제안하고자 합니다."

참석한 지휘관들이 모두 이에 동의함으로써, 이번 회의는 두루의 수비대 혁신 방안들이 전군으로 자연스럽게 확산되는 전기가 되기도 했다.

대장군으로부터 군지휘관 최고회의 결과를 통고받은 재상과 의장은 예정대로 각각 대전회의와 원로회의를 열었다. 이후 국왕에게 전달된 양 기구의 회의록에는 이번 침공 세력에 대한 국경수비대의 전투력과 향후 대비책을 높이 평가한다는 결론이 들어 있었다. 특히 주민들의 의사를 대표하는 원로회의는 북부 국경수비대의 공적을 치하하면서 그간 두루 대장의 헌신에 깊은 신뢰를 보낸다는 표현까지 쓰고 있었다. 이번 두 회의의 최종 결론에는 왕국 주민들의 불안을 불필요하게 조성해서는 안 될 것이며, 이에 외세 침공에 대한 어떤 포고문도 공표하지 않는다는 내용이 적시되어 있었다.

국정 최고기구들의 이 같은 결론을 전달받은 쿼사마 대장군은 일몰 시간을 기다려 홀로 왕궁을 찾았다. 내원 창가에 앉아 있던 국왕 내외는 대장군이 미소 띤 얼굴로 나타나자 안도하는 마음으로 그를 맞았다. 같은 시각 공주 도하도 여집사의 안내로 들어와 왕비 옆에 함께 자리했다. 국왕은 이번 외세 격퇴 후일담을 듣고 싶어 처남을 재촉했다. 대장군은 국경수비대의 백병전 승리부터 시원하게 이야기해 나가다가, 이내 굳은 표정을 지으며 덧붙였다.

"전하, 두루의 수비대는 아무리 칭찬해도 부족할 것입니다. 그러나 반대로 우리 군이 허약했다고 상상해보시면 우리 왕국은 지금 대낭패를 겪고 있을지도 모릅니다. 늑대족 정탐꾼들은 우리 수비대로부터 생필품을 탈취해서 서둘러 퇴각해 갔을 것이고, 그들의 정보를 들은 늑대족 군부는 향후 대규모 원정 침공을 획책할 수도 있는 것이지요. 우리 왕국으로서는 언제 닥칠지 모를 불길한 악몽에 시달려야 하겠지요. 그러나 우리에게는 두루 대장과 그의 막강한 수비대가 있어 이렇게 왕국을 지켜냈습니다, 하하하! 두루는 여기서 그치지 않고 신병기 제작과 전술 훈련 교시 같은 여러 가지 준비를 계속 진행하고 있습니다."

대장군의 설명과 국왕의 웃음 소리가 이어지자 왕비와 공주도 얼굴을 마주 보며 웃음 지었다. 공주는 두루 대장이 그간 보여온 수많은 활약을 생각해보는 지금 이 시간이 너무나 좋았다. 그녀 머릿속엔 몸을 아끼지 않는 두루의 늠름하던 모습과 그의 검에 새겨진 두 가문의 비사가 동시에 떠오르고 있었다. 최근 연병장 참관 중 놀라 날뛰던 프랜느로부터 자신을 감싸 보호해준 든든한 두 팔도 떠올렸다. 들뜬 모습으로 두루를 칭찬하던 외삼촌은 맞은편 자리에서 상기된 표정으로 앉아 있는 도하에게 찡긋 눈웃음을 보였다.

그로부터 사흘 후 저녁, 북부와 동부 양 구역에 걸쳐 있는 시장으로 회색 두건을 쓴 야데천과 대나무살 갓을 쓴 하림이 서로 반대 방향에서 나타났다. 그들은 가끔 찾아오던 찻집으로 들어가 마주 앉았다. 하림은 어의 야데천으로부터 최근 국경 사태 후 국왕의 시국 인식에 어떤 변화가 있는지 알고 싶었다. 특히 그가 늘 관심을 가지고 있는 왕위 세습에 변화 조짐이 있는지 파악하고 싶었다. 왕권은 그가 오아시스에 발을 디딘 이래 가장 신경 써온 자신의 미래였다. 현왕 이후 후손이 마땅치 않다고 판단한 그는 공주에게 선위되는 것을 용납하지 않을 생각이었다.

　"아우, 어제 저녁에 대장군이 국왕 내외와 공주를 만나고 돌아갔어. 마침 왕의 약제를 집사에게 전달하고 나오던 참이었는데, 이번에 늑대족 일당을 격퇴한 북부 국경수비대와 두루 대장을 엄청 치켜세우더군. 난세의 영웅이 탄생한 듯한 얘기들이 오갔다네."

　"형님, 이번에 늑대족 일당을 쳐낸 건 어쨌든 우리에겐 나쁘지 않소. 반대로 늑대족 그놈들이 국경을 뚫고 이 나라를 접수했다고 생각해봐요. 국가 원로라는 저도 그렇고, 어의인 형님도 무사하지 못했을 거요. 일단 외적은 물리쳐놓아야 훗날 우리에게 왕권을 도모할 기회도 생기는 거지."

　그 말을 하는 하림에게 야데천은 손바닥을 아래로 내리며 음성을 낮추라는 시늉을 했다. 그는 차를 음미하다가 문득 무슨 생각에 닿았는지 남문의 토요 얘기를 다시 꺼냈다.

　"자네도 알듯이 두루의 의제로 알려진 토요란 자 말이야. 좀 과장된 표현을 쓰자면 서구 의술을 좀 쓴다고 나라 전체에 소문이 파다하게 퍼졌어. 이 나라 최고 의술을 가진 우리 어의에게 먹칠을 하는 꼴이야."

　"나도 두루와 토요 그자들을 주시하고 있소. 작년에 이 나라 주민으로 등록된 뒤 국경 수비와 의료 민생에서 빠르게 두각을 드러내고 있더군. 지금 왕실의 여러 지원을 받고 있다는데, 어쩌면 내 앞길에 걸림돌이 될지도 모른다는 불쾌한 생각도 들고요. 기회를 봐서 미리 제거해야 할지도 모르겠소."

두 사람은 최근까지 알게 된 새로운 정보를 교환하며 불만 섞인 대화를 이어갔다. 하림이 재차 강조했다.

"형님, 현왕으로부터 선위 계획이 흘러 나오면 내게 곧바로 알려줘야 하오. 내 감으로는 그 시기가 빠르게 다가오는 듯하오. 원로회의가 있을 때마다 부족장들의 입에서 이 문제가 더 자주 거론되는 걸 보면 그런 느낌을 받게 된다오."

"솔직히 현왕 체제에서는 최고 어의인 나도 기분 상하는 일이 여럿 있어. 어의 수를 늘리는 일도 그렇고, 심지어 우리들 거처인 진의대를 좀 더 넓게 쓰고 싶어도 왕실과 집사들의 간섭이 너무 심해. 그래서 차라리 아우가 왕권을 거머쥐면 좋겠다는 생각도 들어. 우리 서쿤족이 왕족이 되면 이 세상 원 없이 주물러보고 싶어. 실은 왕실에 변고가 생길 경우를 대비해 내가 준비하고 있는 일이 있어. 다음에 만나면 얘기해주겠네."

"내게 못할 말이 무엇이오? 지금 다 말해봐요."

"아직은 말하기 이르네만, 동남부 구역에 거인 하나를 키우고 있어. 두 뇌 발달이 느려 어린애같이 행동하고 말도 하지 못해 우리 일을 발설할 위험도 없어. 언젠가 때가 오면 쓸 일이 있을까 싶구먼. 오늘은 많이 늦었으니 다음에 더 말해줌세."

다시 찾은 토요 의원

공주 도하는 진여와 함께 남부의 토요 의원 근처를 지나가고 있었다. 토요 의생으로부터 현기증에 대한 처방을 받은 지 석 달이 지난 지금, 그녀는 내일 오전에 다시 검진을 받고자 왕궁을 나섰었다. 그전에 주민들의 생활도 살펴볼 겸 인근 시장을 둘러보고 싶었던 것이다. 진여가 나지막이 말했다.

"공주마마, 지금은 시장을 둘러보시기에는 늦은 시간입니다. 궁을 나선 지 나흘이 지나 피로도 쌓이셨을 텐데 이제 그만……."

그러나 공주는 머리를 가로저으며 프랜느를 재촉하여 앞서 갔다. 어둑한 밤길이라 남장을 한 두 사람을 아무도 눈여겨보지 않았다. 진여가 공주를 호위하여 왕궁을 나서는 건 이번이 처음이 아니지만, 공주가 주민들의 삶을 자세히 살펴보겠다고 하는 건 새로운 행동이었다. 시장은 주민들의 삶을 살펴볼 수 있는 가장 좋은 현장이었다. 진여는 그런 공주의 행보에서 그녀 심경에 어떤 변화가 있음을 감지하고 있었다.

시장은 하루 종일 많은 사람들로 붐볐다. 거래가 오가는 상점들마다 기분 좋은 고성이 들렸다. 거리는 비교적 청결한 데다 치안도 잘 유지되는 것으로 보였다. 군복 차림에 짧은 목검을 찬 치안부 대원들이 짝을 지어 길을 오가는 모습도 보기 든든했다. 진여가 장터 내 공원으로 공주를 안내해 가는데 그들 앞으로 보따리를 든 할머니가 다리를 절며 걸어가고 있었다. 치안부 대원 한 사람이 할머니를 발견하고 봇짐을 들어드리려고 다가왔다. 때마침 약재를 구하러 장터에 나왔던 토요가 그 모습을 보고 다가와 공손히 말했다.

"할머니, 왜 다리를 저세요?"

"아이고, 젊은 의생. 고마워. 조금 전 저 앞 개울을 건너려다 헛다리 짚었어. 발가락이 잡목에 긁힌 것 같은데, 이렇게 집으로 가던 중에 이 양반이 도와주고 있어."

"할머니, 조금만 더 참으시고 절 따라오세요. 제가 살펴봐드릴게요."

공주도 토요 의생을 알아보았다. 그녀는 진여를 앞세우고 적절히 떨어져 뒤를 따랐다. 다행스럽게도 토요 의원은 시장에서 멀지 않은 거리에 있었다.

치안부 대원은 할머니의 봇짐을 의원까지 옮겨주고는 떠났다. 토요는 할머니의 다친 발가락을 조심히 살핀 뒤 치료하기 시작했다. 깨끗한 천으로 엄지발가락 주변의 피를 닦아낸 뒤 고약을 바르고 천으로 감싸 마무리했다. 할머니 얼굴이 한결 밝아 보였다. 토요는 할머니를 등에 업고 봇짐을 왼팔에 걸친 채 할머니 집으로 향했다. 마침 근처를 지나던 한 청년이 토요에게 인사를 건네더니 할머니 봇짐을 대신 들어주었다. 거리를 오가는 주민들마다 토요에게 웃는 얼굴로 인사하며 손을 흔들었다. 토요도 일일이 화답하며 걸어갔다. 그 지역 전 주민들이 토요와 그렇게 친근한 사이였다. 토요를 지켜보던 공주의 머리가 저절로 숙여졌다.

공주는 시장 건너편도 둘러보고 싶었다. 다음 날 토요 의생을 만나고 나면 그곳으로 나가볼 기회가 없을 것 같았다. 야시장 상인들은 그날의 장사에 만족했던지 콧노래를 부르며 서로 웃음을 나누고 있었다. 시장을 끝까지 둘러본 공주와 진여는 석 달 전 이곳에 나왔을 때 묵었던 여인숙으로 길을 잡았다. 밤이 제법 깊어지자 상인들이 그날 장사를 마무리하기 시작했다. 기분 좋은 밤풍경이었다.

여인숙을 찾아가며 야트막한 벽돌담 길을 지나던 공주와 진여의 귀에 다시 낯익은 토요의 음성이 들렸다. 귀를 기울이는데 그와 대화를 나누는 나이 든 남성의 목소리가 이어졌다.

"의원 선생, 사시사철 논밭 갈아 처자식 먹여살리는 처지인데, 사실이 그렇잖아? 관아에서 세금을 이렇게 올리면 우리 네 식구는 반년도 버티기 힘들어. 농사짓는다고 수확이 당장 두 배로 늘어나나? 치안도 좋고 국방력도 좋지만, 당장 내년부터 세금을 두 배로 올린다니, 지금까지 이런 경우는 없었어!"

갑작스러운 증세 소식에 화를 내는 것 같았다. 증세를 반대하는 상소문을 올리고 싶다는 말이 뒤따랐다. 토요의 목소리가 담벽을 넘어왔다.

"어르신의 사정 충분히 이해했어요. 상소문은 제가 잘 정리하여 적어 볼게요. 이제 화를 푸시고 내일 이 시간에 다시 오세요."

상소문이라면 열 달 전쯤 원로회의를 통해 처음 도입된 새 제도였다. 민의가 국정에 반영되도록 주민들이 재상에게 직접 글을 올리는 제도인데, 다행이라면 이 제도가 주민들에게 잘 정착되어 있다는 사실이었다. 공주도 당시의 회의록을 기억하고 있었고, 얼마 전 부왕이 건네준 군 최고회의 기록에서 치안과 국방력 강화를 위한 의결 사항을 읽어보기도 했다. 그러나 막상 주민들의 삶을 들여다보니 현실은 아주 다르게 느껴졌다. 조세 원칙은 분명해야겠지만 일률적인 적용이 문제인 것 같았다. 공주는 그런 주민의 불만을 들으며 상소문을 써주는 사람이 토요인 사실에 다시금 미더운 생각이 들었다.

왕국에는 오랜 세월에 걸쳐 다양한 부족민들이 이주해 들어와 제각각 다른 언어를 쓰고 있었다. 선왕들은 왕국 전역에서 원활한 언어 소통이 이루어지기를 원했고, 원로회의에서는 거주민 수가 가장 많은 북부 부족의 언어를 개편하여 표준어로 정했다. 뒤를 이은 왕과 원로들의 지속된 노력으로 표준어는 점점 자리를 잡아갔다. 그러나 북부와 멀리 떨어진 남문 일대에서 그 표준어를 자유롭게 구사할 수 있는 사람은 많지 않았다. 토요가 서찰이나 상소문을 잘 써준다는 소문이 돌면서 사정이 딱한 주민들이 밤마다 찾아와 토요에게 글을 써달라고 부탁하는 것이었다. 공주는 토요의 평소 생활에 다시금 머리가 숙여졌다. 애민 정신 없이는 그렇게까지 할 수 없었기 때문이었다.

다음 날 아침, 진여는 공주를 모시고 토요 의원을 찾았다. 보조원생이 지난번 검진한 기록을 가져왔다. 공주는 지난번 썼던 소여라는 이름으로 진료를 받았고, 토요도 그녀를 기억했다. 그는 소여에게 그간의 생활에 대해 여러 질문을 했다. 그녀가 처방에 따라 약을 잘 달여 먹었으며 운동도 규칙적으로 했다고 하자 토요는 그녀의 안색과 자세를 살피며 말했다.

"소여 님, 석달 전 처음 뵈었을 때와는 비교가 되지 않을 정도로 눈빛이 맑으십니다. 혈색도 좋아지셨고, 무엇보다 자세에서 강해진 기력을 느낄 수 있습니다. 그럼 소여 님의 복부를 검진해볼 텐데, 여기 침상에 누워 보실까요?"

옆에서 불편한 표정을 짓는 진여에게 공주가 염려 말라는 눈짓을 보냈다. 침상에 가만히 누워 눈을 감은 공주는 어제 보았던 토요의 순박한 행보를 떠올리며 그 신뢰의 연장에서 그의 검진에 자신을 맡겼다. 토요라면 환자가 누구든 어떤 신분이든 오직 환자의 건강만을 위해 검진해줄 것이다.

토요는 소여의 복부 장기들을 일일이 손끝으로 검진했다. 이어서 가슴마저 검진하려 하자 진여가 벌떡 일어나 말리려 했다. 하지만 공주는 진여에게 다시 눈짓을 보내며 끝내 검진을 받아들였다. 토요는 석 달 전에 비해 내진 결과가 매우 만족스럽다는 결론을 내렸다. 다만 위장 부위를 지날 때 약한 신음을 내는 것으로 미루어 위염을 의심할 여지가 있어 보였다. 토요는 얼굴에 흐르는 땀을 수건으로 닦아내며 친근한 목소리로 검진 결과를 말했다.

"소여 님, 석 달 전에 비하시면 건강 상태가 아주 좋아지셔서 정말 축하해드리고 싶습니다. 나이로 보시면 이제부터가 중요한데, 가슴에 종기가 있는지 여부도 살펴보았습니다. 그동안 해오신 대로 적절히 운동도 하시고 식사하실 때 자극적인 음식은 피하시기 바랍니다. 이번에는 약 처방은 없습니다. 약 복용이 오히려 간에 부담을 줄 수도 있어서요. 행여 복통이 있거나 소화가 잘 되지 않으시면 힘드시더라도 다시 방문해주세요."

궁중에 어의들이 여럿 있지만 공주가 멀리 떨어진 남문까지 찾아온 것은 처음 만났을 때 느꼈던 토요에 대한 믿음이 그대로 있었기 때문이었다. 어제 저녁에도 보지 않았던가. 사욕이라고는 조금도 없는 토요를! 주민들이 보내던 끊임없는 경의의 모습들까지. 본인의 장래를 고민해오던 공주로서는 이제 토요와 같은 의인을 더 가까이 만날 수 있기를 바랐다. 언제일지 모르지만 그녀는 내심 토요를 다시 만날 기회를 기대하고 있었다.

"진여, 최근에 내가 깨달은 게 있어. 선한 사람 눈에는 세상이 맑게 보일 거라는 깨달음이야. 그런 사람이면 자신의 삶을 소중히 살면서 타인의 삶도 귀하게 감싸주지 않을까? 토요 의생과 같은 사람을 나는 의인이라 부르고 싶구나. 너도 이분을 좋게 생각해보렴."

공주의 서찰

공주 도하와 진여가 남문 의원을 떠나던 날 오후, 토요는 마침 북부 국경수비대에서 달려온 두루의 부관으로부터 서찰 한 통을 받았다. 사수를 설득해 자신에게 보내주면 좋겠다는 요청이었다.

"아우, 일전에 언급했던 궁수부대 훈련과 관련된 일이네. 국경수비대의 전투력 강화에 절대적이니 사수를 설득해주게."

토요는 일급 군사비밀에 해당될 서찰을 의제에게 보내는 두루 형을 생각하며 씩 웃었다. 그는 저녁 시간을 기다려 곧장 사수에게 달려갔고, 국경수비대에서 궁수부대원을 훈련시키려는 두루 대장의 비책을 전했다. 부친에 이어 최근에는 모친마저 사망한 뒤 실의에 빠져 있던 사수는 두루 대장과 토요 의생의 진의를 듣고는 바로 고개를 끄덕였다. 자신이 가장 잘 하는 활쏘기에 인생을 걸 작정을 했던 것이다.

다음 날 아침, 사수는 활과 화살통을 메고 말을 몰아 북부 국경수비대를 향해 내달렸다. 사흘 뒤 국경수비대 별관에 도착하니 마침 두루 대장이 누리수 장군에게 궁수를 조련시킬 방안을 설명하고 있었다. 그 시간에 사수가 바람을 몰고 눈빛 번쩍이며 나타나자 두루 대장이 환한 웃음으로 그를 맞이했다.

"장군님, 여러 차례 말씀드렸던 명궁 사수입니다. 고맙게도 제때에 달려와주었군요."

"잘 왔네. 그냥 편하게 대하겠네. 앞으로 자주 만나겠지만, 이제는 우리 북부 병력 중 궁수 양성이 시급한 과제가 되었어. 두루 대장이 그대를 여러 번 천거해주었는데 우리 궁수부대원들을 훈련시키는 데 힘을 쏟아주게."

누리수 장군은 최근에 있었던 늑대족 병사들의 출현을 염두에 두고 궁수부대 훈련의 시급함을 절감하던 터였다. 장군이 두루 대장을 바라보자 두루가 미리 준비해둔 교관 신분증을 사수에게 내밀어 보였다. 이로써 사수는 궁수부대 교관으로 활동하며 자신의 실력을 발휘할 자격을 부여받았다.

다음 날 두루 대장은 아딜 부관에게 궁수부대원 후보들을 소집하도록 명했다. 그리고 연병장 중앙에서 사수가 활쏘기 시범을 보이도록 했다. 사수는 어떤 거리든 어떤 자세로든 쉼 없이 화살을 날렸고, 단 한번의 실수도 없이 과녁을 정확히 꿰뚫었다. 누리수 장군을 비롯해 장졸들이 모두 입을 벌리며 감탄했다. 두루 대장이 병사들에게 외쳤다.

"궁수부대원이 되고 싶은 병사들은 들을지니, 이분의 이름은 사수이며 오늘부터 그대들의 교관이 되신다. 방금 그의 실력을 직접 목격했을 것이다. 이제 매일 아침 활쏘기 훈련을 할 것이고, 오후에는 본인이 쓸 화살을 직접 만들도록 한다. 아직은 궁수부대 후보지만, 모두 이 나라의 명예로운 궁수들이 되기를 바란다. 교관 사수에게 일제히 경례하라!"

그리하여 궁수부대는 성루와 지상부 그리고 기마대로 나뉘어 매일 오전 연병장에서 강도 높은 훈련을 소화해 나갔다. 사수가 제안한 활 모양과 화살은 누리수 장군의 승인하에 빠르게 만들어졌고, 북부 국경수비대는 어떤 상황에서도 적을 격퇴할 준비를 갖춰갔다. 앞으로 늑대족이든 어느 족속이든 침공해 오더라도 거뜬히 상대할 수 있는, 두루가 꿈꾸어 왔던 국경수비대가 종합적으로 완성되고 있었던 것이다.

두 달쯤 지난 어느 날, 두루 대장의 집무실로 왕궁에서 남장을 한 여자 손님이 찾아왔다. 기세 넘치는 공주의 호위무사 진여였다. 그녀는 두루 대장의 주변에 부하 장수들이 떠나기를 기다렸다가 공손한 자세로 공주의 서찰을 전했다. 그 서찰을 펼쳐든 두루의 눈이 휘둥그레졌다. 지금까지 살아오며 한 번도 떨어본 적 없던 그의 두 팔이 지금 그렇게 떨고 있었다.

서찰에 유카 문자를 사용한 것도 놀라웠지만 가까운 시일 안에 두루 대장 집무실을 찾아와도 되는지 문의하는 내용이었다. 두루로서는 지난 몇 달간 마음으로 소망해보았던, 그러나 너무도 가능성이 희박했던 그런 만남을 공주가 사려 깊게 유카 글로 직접 제안해 온 것이다. 두루는 공주가 어떤 연유로 자신을 만나고자 하는지 대단히 궁금했다. 공주의 제안은 산전수전 다 겪은 두루에게조차 심리적 긴장을 안겼다. 여기서 두루 자신의 경험이 상상력을 빠르게 회전시켰다. 왕실 혈통을 이어받은 공주가 가까운 장래에 왕위를 계승할 경우 그 엄청난 정치적 부담을 함께 나눌 조력자를 찾고 있는 건 아닐까?

그는 곁에서 기다리고 있던 진여에게 간단한 답신을 준비해 전했다. 답신 내용은 이러했다.

'공주마마, 제 집무실에 직접 방문해주시겠다니 저에게는 이보다 더 큰 광영이 있겠습니까? 편리하신 날짜와 시간을 정해주시면 만반의 준비를 해두겠습니다.'

서찰을 받아든 진여가 주변을 살핀 뒤 조용히 두루 대장에게 공주의 말을 전했다.

"대장님, 공주님은 이 서찰 내용과 저의 방문까지 비밀로 해달라는 말씀을 하셨습니다. 이해해주시기 바란다는 말씀도 전해달라 하셨습니다."

두루 대장은 공주의 걱정을 염두에 두며 머리를 끄덕였다. 공주의 그 부탁은 실은 두루 자신이 하고 싶은 것이었다.

토요와 재상

몇 달 후면 나이 예순네 살을 바라보는 재상 마완은 현왕 칼라드가 즉위하고 두 해가 지날 즈음 지금의 직위에 올랐었다. 그 당시 국왕은 자신을 보좌하는 대신들 중 경세론과 국정에 해박한 지식을 가진 마완을 한눈에 알아보고 재상으로 발탁했다. 지난 15년 동안 그가 쌓아온 경륜은 어느 누구와도 비견될 수 없을 정도로 깊었다. 그런 그가 최근 들어 과중할 정도로 많은 업무에 시달리고 있었다. 원로회의 바론 의장과 자주 만나며 민생을 챙겨야 했고, 왕위 승계 문제와 같은 민감한 사안에는 더 신경 써야 했다. 최근의 외세 침공 후엔 쿼사마 대장군과 더 자주 회동하며 군부의 국방력 강화 방안을 논의해야 했다. 재상은 정상적으로는 한 주에 한 번 열던 전체 대신회의를 종종 두 번씩 열어야 하는 바쁜 일정을 보내고 있었다.

숨막힐 듯한 그의 일정을 더 바쁘게 만든 변화는 상소문에 대응하는 일이었다. 열 달 전 원로회의는 민생에 관련된 상소문을 주민들이 직접 재상에게 올리는 길을 열어주었다. 상소문 내용 중 국정에 반영할 만한 제안은 대신회의를 통해 세부안을 도출해야 했고, 전 주민들에게 알려야 할 주요 사안이면 원로회의와의 조율을 먼저 거쳐야 했다. 그 뒤 국왕의 재가를 받아 각 부족장에게 공고하는 절차를 밟았다. 왕국의 주민들은 지금까지 오아시스의 풍족한 산물로 행복한 삶을 누리고 있었다. 그러나 최근 재상의 집무실로 올라오는 상소문 대부분은 민생 현안을 지적하는 것이었다. 군사 훈련 강화에 따른 농경의 어려움이나 갑작스러운 증세 등에 대한 불만이 대표적인 사례였다. 재상은 실로 과중한 업무에 시달리고 있었던 것이다.

그렇게 바쁜 시간을 보내던 재상이 그날 업무를 마무리하며 옆에 놓인 상소문 접수대로 눈길을 옮긴 때였다. 그날따라 마침 상소문이 하나만 놓여 있는 것이 오히려 반가웠다. 그는 길게 한 번 기지개를 켠 뒤 가벼운 마음으로 그 상소문을 펼쳤다. 관아의 직인과 기록으로 보아 남부 국경에 인접한 한 농촌 마을에서 올린 것이었다. 그런 곳이라면 표준어를 구사할 사람도 드물 것이므로 그는 가벼운 기분으로 그 상소문을 읽기 시작했다.

　그런데 그 상소문에 무엇이 적혀 있었을까? 상소문을 읽어 내려가던 재상의 눈이 점점 커지더니 마지막 문장에 이르러서는 자신도 모르게 상소문을 떨어뜨리고 말았다. 이 왕국에서 재상이 누구인가. 국정을 맡아 공문이란 공문을 대부분 쓰거나 읽어왔던 그 아닌가! 놀랍게도 그의 혼을 빼놓은 그 상소문에서 그는 자신의 글솜씨를 능가하는 명문을 보았던 것이다. 도대체 누가 이런 상소문을 이처럼 쉽고 명쾌하게 쓸 수 있단 말인가! 재상은 이 왕국에 그것도 남부에 그런 인재가 거주한다는 사실에 감탄을 금치 못했다.

　생각이 거기에 미치자 재상은 자리에서 벌떡 일어났다. 그는 여러 경로를 거쳐야 하는 민생부를 건너뛰어 집사에게 남부 관아로 내려갈 채비를 하도록 일렀다. 방금 읽었던 그 상소문을 집사의 손에 쥐여주며 그걸 올린 자를 어서 찾아오라고 지시한 것이다. 집사는 이틀을 꼬박 쉬지 않고 말을 달려 남문 관아에 도달했고, 그곳 담당자로부터 소개받은 국경 인근의 마을로 달려갔다. 집사는 그 후 왔던 길을 부지런히 되돌아가, 그 상소문을 쓴 이는 남문에서 의원을 열고 있는 의생 토요라는 사실을 재상에게 전했다.

　'토요라면 지난해 쿼사마 대장군이 얘기하던 그 외지인 아닌가?'

재상은 토요가 왕국으로 함께 들어온 두루 대장의 의제라는 사실도 기억해냈다. 그렇다면 의술이 대단하다고 소문난 그 남문 의생이 이번 상소문을 쓴 당사자란 말인가. 재상은 망설임 없이 토요에게 보낼 서신을 친히 써나갔다. 자신은 이 나라 재상이며, 토요가 남문의 마을 주민을 위해 대필해준 상소문을 읽었다는 것으로 시작하여 직접 만나기를 원하니 가까운 시일 안에 방문해주기를 바란다는 글로 끝을 맺었다. 재상의 신분으로 보면 그 서찰은 거의 하명에 가까운 어조였다. 집사는 서찰을 들고 다시 남문으로 달려가야 했다.

토요는 재상의 집사에게 차를 내주고 서찰을 읽은 뒤, 집사를 직접 의원 안으로 모셨다. 그리고 자신이 돌봐야 할 환자들을 소개해 보였다. 집사가 잠시 둘러보아도 중환자들을 포함해 전국에서 모여든 환자들이 줄줄이 진료를 받고 있거나 대기하고 있었다. 토요는 자신이 치료해야 할 많은 환자들로 인해 하루도 의원을 비우기 어렵다는 사정을 재상에게 보내는 답신에 정중하게 적었다. 그러면서 집사에게 직접 목격한 의원 분위기를 잘 전달해주십사 하는 당부까지 했다.

집사가 다시 북부로 내달려 토요의 서신을 전달하자 재상의 얼굴에 잠시 노여움이 스쳤다. 그러나 그만한 인재를 그냥 지나칠 재상이 아니었다. 요청을 거절한 이유가 분명했기 때문이었다. 환자들을 위하는 의생이라면 당연한 일이었다. 재상은 생각이 짧았음을 자책하며 직접 토요를 찾아가야겠다는 결론을 내렸다.

재상은 소박한 행차가 되도록 집사와 호위무사 한 사람만 앞세워 남문으로 향했다. 남문 마을에는 한가운데 중앙로가 관통하고 있었고, 동쪽으로는 제법 큰 시장이 자리 잡고 있었다. 토요 의원이 가까워지자 집사는 먼저 말을 달려가 재상의 방문을 알렸다. 그 시간 토요는 마침 배변 조절이 어려운 노인의 하복부를 검진하던 중이었다. 재상이 의원 입구에 도착한 걸 확인한 집사가 토요에게 다가와 다시 일렀다. 재상을 문 앞에서 그냥 기다리게 할 수 없으니 잠시나마 재상에게 인사라도 올리기를 요청했다. 토요의 손에는 그 노인의 배변이 묻은 상태여서 심한 악취가 풍겼다. 그렇다고 귀한 손님에게 무례할 수도 없어 빠른 걸음으로 재상에게 다가가 큰절을 올렸다. 아! 그런데 여기서 이변이 생겼다. 토요가 고개를 드는 순간, 그의 눈빛을 바라보던 재상이 자신도 모르게 고개를 숙였다. 10여 일 전 공주 도하가 그랬듯, 최선을 다하는 토요의 표정에서 숭고한 인격을 보았던 것이다.

"토요 의생, 미리 알리지 않고 불쑥 나타난 내가 미안하오. 하던 치료는 마친 뒤 시간이 될 때 만나도 괜찮겠소. 나는 여기 앉아 의원 안을 살펴보리다. 이곳이 타 지역 의원들에게 어떤 귀감이 될지 열심히 지켜보겠소."

토요의 인품을 알아본 재상은 자신의 신분을 잊은 듯 토요에게 존댓말을 했다. 인재는 인재를 알아보는 것인가.

재상이 전국에서 토요 의원으로 찾아오는 환자들의 심정을 이해하는 데는 긴 시간이 걸리지 않았다. 토요는 물론이고, 환자들의 치료와 회복에 온 정성을 다하는 수련생들과 보조원생들, 가난하여 치료비도 내지 못하고 가는 환자들, 의원 문 앞에 치료비 대신 농작물을 두고 가는 보호자들까지, 산전수전 다 겪어온 재상에게 그 광경들은 실로 감동의 연속이었다. 그는 눈을 지그시 감으면서 장차 이 나라 의료 민생을 챙겨줄 진실된 인물을 만났다고 생각했다. 좋은 때를 기다려 국왕에게 그를 꼭 천거하고 싶었다.

그날 저녁, 바쁜 진료를 마친 토요는 재상을 너무 오래 기다리도록 한 것이 마음에 걸렸다. 그는 급히 재상에게 다가가, 주변의 괜찮은 음식점으로 모실 뜻을 비쳤다. 그러나 재상은 고개를 가로저으며 말했다.

"토요 의생! 재상으로서가 아니라 인생 선배로서 이제는 편하게 대하고 싶네. 그대는 대의를 가지고 우리 왕국을 위해 더 큰 봉사를 해주시게. 처음에는 남문의 한 주민이 보낸 상소문이 이 나라 표준어를 완벽하게 구사하고 있다는 데 놀랐는데, 그에 더해 상소에 적힌 명문장이 나를 더 놀라게 하더니, 오늘은 의생으로서 이 많은 환자들을 대하는 성실함에 깊은 감동을 받았네. 이에 나는 진심으로 내 뜻을 전하고 싶네. 더 큰일을 해보면 어떻겠나? 왕궁에 그대를 천거하고 싶네. 의료 활동이든 민생 활동이든, 나는 적극적으로 전하와 대신들에게 그대를 천거하려 하네."

그러면서 가까운 시일 안에 휴무일을 택해 자신을 방문해줄 것을 정중히 요청했다. 이 같은 재요청은 토요의 결심을 시험대에 올리기에 충분했다. 과연 그는 소박한 주민들을 남겨두고 대의를 펼쳐보라는 재상의 제안을 받아들일 것인가.

여러 날 고심하던 토요가 드디어 서찰을 준비했다. 재상에게 열흘 뒤 오후에 그의 관사를 방문하겠다고 썼다. 그는 서찰을 들고 남문 관아로 가서 상소문으로 접수시켰다. 그 상소문은 전령을 통해 이틀 뒤 해가 떨어지기 전 재상 관사에 도달했다. 그리고 다시 이틀 뒤엔 재상으로부터 약정해준 그 시간을 흔쾌히 받아들인다는 답신이 돌아왔다.

이후 토요의 일과는 더욱 바빠졌다. 자신은 나흘 뒤부터 한동안 환자를 받지 않기로 결정했고, 병의 중증도에 따라 경험이 많은 수련생들에게 분담하기로 했다. 그에 더해 저녁에는 별도의 시간을 내어 보조원생들에게 환자 기록지 정리, 소독과 위생의 주의점, 약재 달이기와 같은 기초 교육을 시키느라 분주하게 보냈다.

재상과 약속한 날짜가 사흘 앞으로 다가왔다. 토요는 보혈에 도움이 될 약재를 피고의 안장에 싣고 북부 국경으로 향했다. 이번 행보는 그가 고향 마을에서 세상 밖으로 나섰다가 두루를 만나게 된 이후 가장 큰 사건이라 할 만했다. 뵙게 될 상대가 이 왕국의 재상 아닌가! 그러나 피고에 의지해가면서 그는 서두르는 대신 마음의 여유를 가지려 애썼다.

남문을 떠난 뒤 넷째 날 아침, 토요가 재상 관사 옆 초소로 다가가자, 초소병 하나가 기다렸다는 듯 다가와 신분을 확인하고는 안으로 들여보내주었다. 관사 앞뜰에는 집사가 기다리고 있다가 토요를 거실로 안내했다. 재상이 차탁에서 일어나며 반갑게 맞이했다. 그곳에는 흰색 두건을 눌러쓴 초로의 남자도 앉아 있었다. 두건 모양새로 미루어 이 지역의 원로 의생인 것이 분명했다.

"자, 인사 나눕시다. 이 젊은 분은 최근 몇 차례 소개해드렸던 토요 의생이오. 토요 의생, 합석해주신 이분은 왕실 명의라네. 국왕과 국모를 비롯해 왕실 일가의 진료를 담당하는 상원로 어의이시지. 함자가 야데천이시니 야데천 어의님이라 부르면 되겠네."

토요가 자리에서 일어나 큰절을 올렸다. 남문 변방의 일개 의생으로서는 대단한 상어의를 만난 것이다.

"토요 의생의 관심이 클 듯싶으니, 야데천께서 왕실 어의들에 대해 잠시 소개해주시겠소?"

나이 50대 중반쯤 되는 어의 야데천이 마지 못한 표정으로 입을 열었다.

"왕궁에는 어의가 일곱 있으며, 이 중 세 사람이 여어의이시오. 보조

어의들은 여럿 있으나 소개는 생략하겠소. 전하와 왕비마마 그리고 공주마마를 비롯해 왕실 가문의 진료를 담당하고 있소이다. 왕실 의료에 대해서는 내밀한 부분이 많으니 이런 정도로 소개하겠소."

"아, 과분하게 소개해주셨습니다. 토요 의생, 야데천께는 몇 차례 설명을 드렸지만, 남문 의원 생활에 대해 직접 소개해드리면 좋겠네. 내가 모르는 일도 많을 것이니."

토요는 겸손한 자세로 자신의 의원에서 겪은 여러 가지 경험담을 소개했다. 근래 시도해본 서양 의술에 대해서도 음성을 높여가며 설명했다. 시술 자체가 과거와는 다르다는 소신 있는 설명이었다. 토요는 어떤 의술이든 환자 치료를 위해 최선을 다한다는 고향 마을 큰아버지의 의료 지론을 그대로 가지고 있었다. 그런데 그 부분에서 어의 야데천은 심기가 불편해지기 시작했다. 그것은 다섯 달 전 그가 직접 목격한 토요의 의술에서 이미 확인된 것이었다.

어의의 안색을 살피던 재상이 토요를 향해 오른손을 흔들며 충분하다는 손짓을 했다. 그리고 야데천에게 토요를 어의로 천거하려 했다. 그러나 야데천이 고개를 저으며 재상의 말을 막았다.

"재상, 여러 번 말씀드렸지만 현재로서는 어의가 더 필요하지 않습니다. 더구나 어의 천거는 왕실과 직결된 일이잖습니까? 국왕께서 요청해주시면 모를까 재상의 의지만으로는 어렵습니다. 토요 의생의 능력을 정히 아끼신다면 민생부에 추천해보시면 어떨까요? 이 나라 전체 주민들을 대상으로 의료 봉사를 펼쳐볼 수 있는 자리지요. 재상의 천거라면 충분하지 않겠습니까?"

수염을 어루만지며 곰곰 생각하던 재상이 머리를 끄덕였다. 야데천의 뜻을 꺾을 수는 없겠다는 뜻이었다. 그가 손뼉을 치자 집사가 빠른 걸음으로 다가왔다. 재상은 야데천을 바라보며 그날 회동을 마칠 뜻을 비쳤다.

"어의님 말씀대로 민생부를 고려해보겠습니다. 오늘도 시간 내주셔서 감사합니다. 나가시는 길을 집사가 안내해드릴 것입니다."

사실 왕실 의료진에 새로운 의생을 천거하는 것은 재상의 소관은 아니었다. 최근 몇 차례 의견 조율을 시도했었으나 어의 수장의 뜻을 바꿔놓을 수단은 없었다.

야데천이 떠나자 재상이 토요를 편안한 의자로 옮겨 앉도록 권했다. 토요의 의중을 더 확인할 생각이었다.

"어의 수장으로서 야데천도 고심을 하기는 했다네. 나의 천거를 쉽게 마다하지는 못했겠지만, 문제는 토요 의생이 서양 의술을 소개하면서 심사가 뒤틀린 듯하네. 노어의라 자신의 정통 의술을 최고로 여기는 고집이 있는 것이지. 여기서 묻고 싶은데 야데천이 의견을 낸 민생부의 의료 활동은 어떤가? 이 나라 전 주민들을 대상으로 봉사하는 것이니 오히려 토요 의생에게는 의미가 더 크지 않겠나?"

재상은 실로 토요의 뛰어난 재능을 붙잡고 싶었다.

"민생부는 의료 지원뿐만 아니라 교육, 농경, 토목건축과 같은 민생 현안들을 모두 주관하고 있다네. 그대가 가진 재능을 마음껏 발휘해보면 어떻겠나?"

재상이 이렇게까지 말하자 토요는 달리 거부할 명분이 없었다. 그는 여전히 겸손한 자세로 답했다.

"재상님, 이같이 저를 편히 대해주시니 감사할 따름입니다. 남문 의원을 어떻게 정리할지 고심한 뒤 결론을 말씀드려도 괜찮으실까요? 그곳 주민들이 자꾸 마음에 걸려서 그렇습니다."

"역시 토요 의생답군. 그럼 며칠 말미를 가지면서 더 생각해보게."

토요는 민생부 참여에 대해 조만간 긍정적인 결정을 내릴 뜻을 비치며 자신을 믿어주는 재상에게 거듭 고마워했다.

"곧장 남문으로 돌아갈 건가?"

"아, 사실 오늘 밤에는 제 의형이신 국경수비대 두루 대장님을 만나기로 했습니다. 오랜만에 온 길이라 인사도 드릴 겸, 오늘 재상님께서 말씀 주신 민생부 일에 대해서도 의논해보겠습니다."

재상이 웃음 지으며 머리를 끄덕여 보였다. 토요는 집사의 안내를 받아 관사 문을 나선 뒤, 자신의 분신인 피고에게 속삭이듯 말했다.

"피고야, 이제 때가 왔구나. 우리를 기다리시는 두루 형님을 뵈러 달려가보자!"

맹세의 날

공주 도하의 하루 일과는 역사서를 읽는 일로 시작했다. 그녀 책상에는 왕국의 중대사들을 엮은 기록물과 동서양 역사서가 연대별로 놓여 있었다. 오후 시간에는 모친과 함께 부왕에게서 국정에 대해 배웠으며, 늦은 오후에는 진여와의 검술 훈련으로 일과를 마무리했다. 저녁을 마친 뒤에는 일기를 쓰기도 하고 비단이나 면포에 오색 자수를 놓기도 했다. 가끔 자수가 마음에 들면 손수건으로 만들어 진여나 사촌들에게 선물하기도 했다. 어릴 적부터 자수에는 취미가 있었지만, 근래에는 밤마다 밀려오는 외로움을 달래는 일상의 습관이 되어 있었다.

진여가 전해준 두루 대장의 진심 어린 답장을 받자 도하는 자신의 앞날을 더 긍정적으로 생각하기 시작했다. 부왕과 모친이 눈치를 챈 듯했지만, 사실 그녀의 심중에는 두 달 전 연병장에서 두루 대장을 만난 뒤부터 왕위 승계에 대한 의지가 싹트고 있었다. 그러던 사이 최근 토요 의생을 만나면서, 그녀는 왕위 승계의 시기에 대해서도 여러 가능성을 생각하고 있었다. 그녀로서는 국정 중에 마주칠 숱한 난제들 앞에서 자신을 지켜줄 의인들을 많이 만나기를 고대했었다. 왕국이 탄생한 이래 국왕을 비롯해 재상, 대신, 원로회의 부족장들, 그리고 군부 장졸에 이르기까지 사막 세계의 권력 구도가 모두 남성의 지배하에 있지 않았던가! 무엇보다 첫 여왕 등극과 국정 운영에 대한 민심의 향배는 대단히 신경 쓰이는 부분이었다. 모든 면에서 경험이 일천한 그녀로서는 언제든 자신의 고심을 털어놓을 든든한 조력자들이 절실했다. 두루 대장은 그녀를 온몸으로 감싸줄 첫 조력자로 등장했었고, 토요 의생은 철저한 애민 정신을 갖춘 의인으로 자신을 도와줄 것 같았다.

한편, 두루는 오후조와 야간조 병사들이 교대를 마치자 부관 아딜을 야간조에 남기고 자와드는 다음 날 임무를 위해 퇴근시켰다. 그리고 자신의 거처를 경비하던 수비병들에게는 무기고 안전 관리를 특별 지시했다. 말하자면 그날 저녁 자신의 거처에 그 누구도 얼씬거리지 않도록 조처했던 것이다.

이런 상황에서 해가 기울며 땅거미가 밀려왔다. 그 어둠을 뚫고 국경 수비대 담벽을 따라 두 필의 말이 빠른 속도로 달려오고 있었다. 목적지는 두루 대장 관저. 남장을 한 진여가 낯익은 길을 따라 공주 도하를 인도하고 있었다. 관저 내 거실에는 일찌감치 두루가 탁자와 찻잔들을 정돈해두고 있었다. 그는 공주가 관저에 도착하면 입구 옆에 말들을 매어두고 거실로 바로 들도록 진여와 약속해두었었다. 이윽고 말 두 필이 뜰

안으로 들어서자, 안쪽에 이미 서 있던 두루의 말 루루가 막 도착한 그 말들을 곁눈질하며 경계하는 눈치를 보였다.

도하는 그날로 두루와 세 번째 만나는 셈이었다. 두 사람의 분위기를 고려해 진여가 창가로 비켜서 있는 동안 두 사람 사이에 잠시 긴장의 시간이 흘렀다. 그러다 도하는 이내 공주의 품위를 갖추었고 두루는 대장의 위치에서 공주에게 절도 있게 인사를 올렸다.

"공주마마, 잘 오셨습니다. 오시는 동안 불편함은 없으셨는지요?"

"진여가 잘 안내해주어 편히 왔습니다. 그리고 존칭은 떼고 그냥 공주라고만 불러주시면 더 편하겠습니다. 오늘처럼 두루 대장님을 독대할 수 있는 날이 올 줄은 생각하지 못했습니다."

잠시 인사를 나누는 사이에도 도하는 두루의 언행에서 늠름함을 느꼈고, 두루는 공주의 단정한 품위에 빨라지는 심장박동을 억누르고 있었다. 서로의 가슴을 관통하는 감정을 느끼면서도 결코 온전히 드러낼 수 없는 것이 그들의 현실이었다.

바로 그 시간! 도하로서는 전혀 생각하지 못한 일이 일어났다. 두루 대장과 인사말을 나누던 동안 관저 문을 열고 들어서는 한 남성의 목소리가 들려온 것이다. 피고가 루루를 보자 서로 목덜미를 비벼대는 걸 말리는 목소리였다. 두 마리 말을 진정시킨 토요는 그곳에 말 두 마리가 더 있는 것을 의아하게 바라보다 거실로 뛰어 들었다. 이제 의형제 두 사람은 자신들도 참지 못할 재회를 반기는 함성과 포옹의 시간을 가졌다. 물론 그 상황에서 두루의 입장은 조금 다르긴 했다.

"오, 세상에 둘도 없는 내 아우님 아니신가! 먼길 오느라 고생 많았네!"

그는 만면에 웃음을 띠며 토요를 얼싸안았다가 다소 당황하며 오른팔을 풀었다. 토요도 그 자리에 다른 사람이 있다는 것을 깨달았다.

"아, 형님! 잠깐만요!"

토요는 두 여인을 금방 알아보았다. 의원을 찾아왔던 소여와 진여였다.

"형님, 여기 이분들은 저의 남문 의원으로 찾아오셨던 손님들이십니다. 형님과 친분이 있는 분이신가 보네요?"

토요의 갑작스런 등장은 도하와 진여에게도 아주 뜻밖의 상황이었다. 더군다나 두 사람이 서로 포용하며 반가워하는 모습이라니!

두루가 얼른 토요에게 절을 시키며 말했다.

"공주마마, 저희가 무례했나이다. 이 사람은 남문에서 의원을 하고 있는 제 의제 토요입니다. 오랜만에 만나는지라 너무 반가웠던 나머지 이런 결례를 범했나이다."

공주는 지난날 확인했던 토요의 모든 진면목을 상기하며 전혀 결례될 것 없다는 표정을 지었다. 사실 그동안 그들 사이에는 연결고리가 없었다. 공주는 두루와 토요를 따로따로 만났고, 두루는 공주가 토요에게 진료를 받아온 일을 몰랐으며, 토요는 소여가 도하 공주라는 사실을 전혀 눈치채지 못했다. 어색한 분위기를 깨기 위해 도하가 왕족의 신분을 내려놓으며 편하게 말했다.

"토요 의생님, 오늘 이 자리에서 의생님을 만나리라고는 상상도 못 했습니다. 두루 대장님에게 의제가 계시다는 말을 들은 적은 있습니다만, 그분이 토요 의생이실 줄은 몰랐습니다. 이렇게 두 분 형제를 뵙게 되어 반갑고 고맙습니다. 제 생애 최고의 날로 기억하겠습니다."

공주의 입에서 생애 최고의 날이라는 말이 나오자 두루가 감격한 어조로 대답했다.

"공주님, 토요 의생이 제 아우인 것을 지금에야 소개해드려 죄송합니다. 긴 설명이 필요하겠지만, 저희는 사막길에서 운명적으로 만났고, 고락을 함께하며 의형제의 연을 맺었습니다. 지난 세월 숱한 사람들을 만났지만, 토요만큼 지혜와 의리를 가진 인물은 없었습니다. 이곳 왕국에서 별처럼 빛나는 역할을 할 것으로 믿습니다."

그 순간 도하는 감동에 젖어 저도 모르게 눈이 뜨거워졌다. 이렇게 특별한 두 사람을 한 자리에서 만난 것이 그녀 생애 엄청난 운명일 거라 여겨졌다. 늘 외로웠던 그녀가 자신의 삶을 감당할 수 있도록 하늘이 예비해주신 축복일 것이리라. 이제 공주는 두려울 것이 없다는 생각이 들었다. 그녀는 더욱 진지한 음성으로 자신의 결심을 털어놓았다.

"오늘 제 호위무사 진여가 증인이 되어줄 것입니다. 두 분이 저를 도와주시기 바랍니다. 국왕이신 제 아버님과 국모이신 제 어머님, 그리고 대장군이신 외삼촌께 조만간 말씀드리겠습니다. 앞으로 반년 후인 내년 춘절을 기해 저는 왕위 승계를 준비하겠습니다. 오늘 이 자리에서 그 누구도 비교될 수 없는 두 분을 만난 것이 저와 우리 왕국의 운명을 결정지은 것으로 받아주시면 감사하겠습니다. 올바른 왕도를 걸을 수 있도록 두 분께서 저를 도와주시겠다는 약속을 해주시기를 간청드립니다."

도하가 진여를 바라보자 그녀가 정자세로 경청할 준비를 했다. 그러자 두루가 토요의 손을 잡고 일어나 우렁찬 목소리로 말했다.

"공주님, 저와 토요 두 사람은 공주님을 위해 목숨을 바칠 것입니다. 이 왕국의 첫 여왕으로 등극하소서. 하늘에 맹세합니다 저희가 여왕님을 지켜드릴 것입니다!"

두루의 그 맹세 선언에 토요도 뜨거워지는 감정을 참을 수 없었다. 그런 분위기 속에 도하의 눈에서도 눈물이 흘러내렸다. 그녀는 진여가 건네주는 손수건으로 눈물을 닦아내며 감사를 표했다.

"두 분이 저를 감동시키셨습니다. 이 순간을 잊지 못할 것입니다. 진심으로 고맙습니다."

이로써 자신의 분신인 진여에 더해 공주 곁에는 왕국에서 최고 의인으로 여겨온 두루와 토요가 함께 서게 되었다.

도하의 결심

국경수비대장 관저에서 공주를 만난 일은 토요 생애에 잊혀지지 않을 대사건이었다. 마침 두루가 토요에게 이번에 북부까지 온 목적과 일정을 설명해주기를 원하자, 그는 10여 일 전에 재상의 부름을 받은 뒤 이날 오후 재상을 만난 일을 소상히 설명했다. 공주가 지대한 관심을 보이자, 재상의 권유로 조만간 민생부에서 의료 지원을 담당할 것 같다는 설명도 했다. 공주가 물었다.

"그럼 앞으로 저는 토요 의생님께 어떻게 진료를 받지요?"

"민생부에 합류한 뒤에 상황을 봐야겠지만, 공주님께서 원하신다면 반드시 진료를 맡겠습니다."

토요의 민생부 합류 가능성은 공주에게 더할 나위 없이 반가운 소식이었다. 왕위 승계를 진행하는 동안 토요도 공직에 익숙해질 것이므로 국정 수행 중에 일어날 어떤 일에서든 그는 자신을 도울 수 있으리라. 이러한 정황들에 더욱 힘을 얻었던지 두루의 관저를 나서는 도하의 얼굴은 앞날에 대한 자신감으로 아주 밝아 보였다.

다음 날 두루는 새벽 기상 시간에 맞춰 연병장으로 나가며 마침 잠자리에서 일어나는 토요에게 곧 다시 만나자는 말과 함께 어깨를 굳건히

잡아주었다. 토요는 형이 차려놓은 풍성한 먹거리로 배를 채운 뒤 하늘을 나는 기분으로 길을 떠났다. 사흘에 걸쳐 남문으로 돌아가는 동안 토요는 앞날의 계획을 거의 정리하고 있었다. 의원에 도착해서 재상에게 보낸 서찰에 그는 한 달 안에 남문 의원을 정리한 뒤 민생부에 합류하여 활동하겠다는 내용을 적었다. 그의 서신을 받은 재상은 곧바로 관련 대신들과 회동하며 토요를 민생부 교육의료 지원관으로 천거했고, 특히 민생부 대신 자천과 별도의 회의를 거쳐 토요에게 공식 발령장을 냈다.

토요는 수련생들에게 의생 시험을 보도록 독려하는 한편, 의술이 가장 특출한 제자에게 앞으로 자기 대신 의원을 맡아줄 것을 당부했다. 이와 더불어 수련생들과 보조원생들을 더 많이 받아들여 환자들의 초진과 관리에도 소홀함이 없도록 했다.

토요가 의원을 떠나기로 결정했다는 소식이 알려지면서 그동안 정이 든 주민들과 장터 상인들은 저녁 퇴근 시간에 맞춰 의원 앞으로 모여들어 아쉬워했다. 그의 치료를 직접 받아오던 중환자들은 합심하여 남아달라고 설득하기도 했다. 토요는 마을 촌장들을 따로 만나 그가 북부로 떠나게 된 배경을 설명하면서, 제자들이 의원을 잘 맡아줄 거라며 그들을 안심시켰다.

한 달 후, 피고를 데리고 나서는 토요 주변으로 마을 사람들이 구름처럼 모여들었다. 그동안 무료로 치료받아온 이웃과 동네 어르신들이 눈물을 보이며 토요의 손을 잡아주었다. 토요는 그들에게 일일이 머리 숙여 인사하며 앞으로 민생부에서 의료 지원을 나올 때면 늘 남문을 방문하겠다는 약속도 했다.

남문 마을을 벗어난 토요는 사흘간 쉴 틈 없이 달려 북부 특구의 재상부터 알현했다. 재상 관사에는 민생부 대신 자천도 참석해 있었다. 재상의 소개로 토요가 그에게 큰절을 하자, 자천이 아주 흡족한 기분으로 말했다.

"토요 의생의 출중한 의술과 여러 재능에 대해 재상의 자세한 설명을 들었소. 우리 민생부에 적임자를 모시게 되어 나도 대단히 기쁘오. 공식 발령일이 오늘부터이니 지금 나와 함께 민생부 본청으로 가십시다."

그는 비서관들에게 토요를 소개하며 그들을 앞세워 재상 관사를 나섰다. 재상은 흐뭇한 표정으로 토요의 손을 잡아주었다. 나이 서른에 여러 재능과 깊은 애민 정신을 가진 토요를 발굴한 것이 가슴 뿌듯했다.

토요가 남문 의원을 정리하던 지난 한 달 사이, 북부 국경수비대의 두루는 궁수부대 훈련과 새 병기 보급으로 바쁜 나날을 보냈다. 한 달 보름 전 늑대족의 침공 시도가 있은 뒤라 더욱 치밀한 수비 전술을 준비하고자 했다. 한 달 전 아우 토요가 동석한 자리에서 공주가 내년 춘절기에 왕위를 선위하면 그녀의 국정에 신명을 다하겠다는 약조를 했기에, 두루는 스스로 마음가짐을 더욱 다지고 있었다.

그렇게 시간이 가는 동안 왕궁에서도 뚜렷한 변화가 일어나고 있었다. 대개 자신의 별전에 머물며 지내던 도하의 일상생활이 과거와는 확연히 달라졌다. 여명이 트는 시간 그녀는 잠자리에서 일어나 동창을 향해 기도부터 올렸다. 그리고 부왕과 모친의 조찬에 합석하여 전날과 당일의 일과를 예를 갖춰 설명드렸다. 재상으로부터 오아시스 역사와 국법 그리고 정치에 대한 교육을 받는 시간에도 이전보다 더 강한 애착을 보였다. 대전에서 전체 대신회의가 열리는 날이면 그녀는 재상만 아는 대전 옆방에 홀로 앉아 귀를 기울이며 회의를 참관했다.

그렇게 한 달여 시간을 보내던 무렵, 대신회의를 주재하던 재상의 입에서 드디어 민생부 활동에 대한 보고가 거론되었다. 대신 자천이 일어나 민생부가 그동안 준비해온 향후 계획을 보고하면서 주민 생활 개선을 위해 총력을 기울일 방침이라는 점을 강조했다. 특히 거주민들의 건강을 위한 의료 지원과 왕국 표준어 교육에 민생부 지원단을 전역에 투입할 계획이라는 보충 설명을 이었다. 자신감이 실린 그의 설명 중에 남문에서 의료 활동을 해온 토요 의생의 합류를 언급하자 공주는 자신도 모르게 자리에서 벌떡 일어났다.

토요의 민생부 발령이 국왕에게 보고되던 그날 오후, 공주는 드디어 기다리던 때가 왔다는 판단을 내렸다. 진여에게 함께 있어주기를 부탁한 그녀는 시간을 보며 내원 탁자에서 부모님을 기다렸다. 늘 같은 시간에 산보를 나서는 부왕과 모친이 내원으로 등장하자 공주가 활짝 웃는 표정으로 부모를 맞았다. 지난 오랜 세월 별전에서 홀로 지내던 딸이 근래 들어 완전히 달라진 모습을 보이던 터라, 부왕과 모친은 반가운 마음으로 탁자에 함께 앉았다.

차를 가져온 집사와 여집사도 물러가게 한 뒤, 딸의 속내를 궁금해하던 모친을 편히 해주려는 듯 부왕이 먼저 입을 열었다.

"최근 네 표정이 좋아 보였는데 오늘은 궁금증이 더 커지는구나. 그동안 대신회의에 참석하며 국정에 대해 많은 것을 듣고 배웠을 것이다. 그럼 지금 너의 환한 얼굴에서 혹시 우리가 기다려온 반가운 소식이 있느냐?"

부왕과 모친의 기대 섞인 얼굴을 대하며 공주가 아뢰었다.

"네. 두 분께서 제일 좋아하시는 차를 음미하며 잠시 마음을 가다듬겠사옵니다."

그 말이 부모의 궁금증을 더욱 촉발시켰다. 부왕이 눈을 크게 뜨자, 딸이 찻잔을 내려놓으며 표정을 진지하게 바꾸었다.

"아바마마 그리고 어마마마, 그동안 오래 기다려주셨습니다. 오늘 선위에 대한 저의 고심을 상의 드리고자 합니다. 왕국의 안위를 결정할 대사이다 보니 지난 수년간 참으로 고민이 컸었습니다. 그러나 이제 더 늦추면 국왕께는 큰 불충이 되며, 딸자식으로서도 돌이킬 수 없는 불효가 될 것으로 여겼습니다. 지난 한 해 동안 이 나라 국정에 대해 참으로 많은 것을 배웠으며 저에게 좋은 일도 있었습니다. 아직 경험이 일천하지만, 훌륭하신 재상님과 원로님들 그리고 대장군님의 도움을 믿기에 내년 춘절기에 좋은 날을 택해 선위하도록 하겠습니다. 저의 결심을 받아주시옵소서."

마침내 딸로부터 왕위 승계를 결심했다는 말이 나왔다. 그 자리엔 국왕 내외와 진여 외엔 아무도 없던 터라 부왕은 인자한 표정을 지으면서 딸의 뜻을 재확인하고자 했다.

"지금 네 결심이 최종적인 것이냐? 진여가 곁에 있으니 공주로서 네 뜻을 분명히 한 것으로 믿어도 되겠지?"

모친이 감동스러운 표정으로 축하의 말을 했다.

"여보, 오늘과 같은 결의에 찬 딸의 모습이 정말 자랑스럽네요. 당신의 오랜 숙원을 도하가 받들기로 했다니 이제 딸의 결심을 존중하시어 앞으로 어떻게 선위하실지 설명해주시구려!"

도하가 일어나 몇 걸음 뒤로 물러선 뒤 부모에게 큰절을 올렸다. 정자세로 뒤에 서 있던 진여도 뒤따라 큰절을 올렸다. 이로써 자신의 대를 이을 공주의 선위가 결정되자 부친이 굵직한 음성으로 입을 열었다.

"그동안 마음 고생 많았다. 이제는 잘 이해했겠지만 왕위 승계는 현왕의 결정에 따르는 것이 이 나라 법통이다. 너와 나의 결정을 오늘 오후 재상에게 알리겠다. 대신회의와 원로회의를 거쳐 너의 선위 결정을 마무리하마.”

모친이 일어나 환하게 미소 지으며 딸을 안아주었다. 진여도 자신이 모셔온 공주 앞에 무릎 꿇어 축하의 인사를 올렸다.

선위를 향한 첫 걸음

당일 오후, 국왕은 재상을 불러들여 공주에게 선위하기로 했음을 알렸다. 그간 두 해에 걸쳐 원로회의와 조정 대신들 심지어 군부에서까지 논란의 중심이 되어온 왕위 승계 문제를 매듭짓기로 한 것이다. 재상은 그동안의 국정 혼란을 수습할 수 있기를 기대하며 국왕의 결정을 정중히 받들었다.

“재상, 내년 선위를 마무리하면 나도 쉴 수 있겠구려. 그동안 나를 보필하여 열정을 다해주신 재상에게 고마울 뿐이오. 원로회의에도 이번 내 결정과 그동안의 심려에 사의를 전해주시오.”

“전하, 저에게는 과분하신 말씀이옵니다. 사실 저도 선위 이후 낙향하여 노후를 보내려던 생각을 해왔었습니다. 재위하시는 동안 인재를 많이 키우셔서 전하의 위업을 계승함에 부족함이 없을 것으로 사료되옵니다.”

왕궁을 나선 재상은 서둘러 원로회의 의장 관사를 찾았다. 그리고 저녁 무렵 바론 의장과 함께 다시 왕궁으로 돌아왔다.

“전하, 오늘 오후에 바론 의장에게 전하의 내년 춘절 선위 계획을 전했나이다. 의장도 반가워함에 함께 알현하옵니다.”

바론 의장도 합세하듯 뒤이어 고했다.

“훌륭하신 결정에 경하드리옵니다. 최근 여러 해에 걸쳐 대부족장들

사이에서도 여왕 선위에 대해 혼란이 있었으나, 이제 말끔히 해결될 것입니다. 나흘 뒤 원로회의가 열릴 예정이오니, 이번 선위 결의를 만장일치로 매듭짓겠나이다."

오아시스 왕국의 최고 권력인 국왕과 재상 그리고 의장이 왕궁에서 만나 무리 없이 결론을 내리자 공주의 왕위 승계 준비는 빠른 속도로 진행될 전망이었다.

바론 의장과의 합의 후 재상의 행보는 더욱 바빠졌다. 재상은 칼라드 현왕의 신임을 받아 국정 수장이 된 이래 왕위 승계를 끝으로 자신의 대임을 완수하고 싶었다. 다음 날 오후 그는 퀴사마 대장군을 직접 찾아 공주의 승계 결정에 지원을 요청했다. 공주의 외삼촌인 대장군은 왕권이 타 부족에게 넘어가는 것을 원치 않았기에 공주의 뜻을 기쁜 마음으로 받아들였다.

재상의 다음 일은 국왕을 대신하여 원로회의에 참석하는 것이었다. 이번 회의에서는 다른 의제가 없었으므로 바론 의장은 곧바로 현왕의 왕위 승계 결정을 발표했고, 그에 대해 재상이 자세한 내막을 설명하는 순서로 이어졌다. 그동안 여왕 등극에 반대 의견도 있었기에 재상은 자신의 설명이 그런 이견을 매듭짓기를 바랐다. 그러나 이번 왕실의 결정에 대해서도 원로들의 의견은 분분했다. 이에 바론 의장이 양팔을 들어 분위기를 진정시키며 말했다.

"지난해 회의에서 원로 여러분은 내년까지 국왕 전하의 결정을 기다리겠다고 약속하셨습니다. 그동안 회의는 계속 있어왔지만, 이 문제에 관한 한 법통을 존중하여 잘 기다려왔습니다. 후계자로 국왕의 혈육이신 공주마마에게 선위하신다는 결정을 내리셨으므로, 이제 우리 원로들은 내년 왕위 승계를 경하해드리기로 매듭지으십시다!"

그 자리에 모인 원로들은 선대들이 정해놓은 법통이 무너질 경우 나라의 존위가 무너지며 자신들의 위상조차 흔들린다는 것을 잘 알고 있었다. 그럼에도 일부 대부족장들은 과거 반대 의견을 접지 못한 채 강한 불만을 드러냈다. 건국 이래 한 번도 없었던 여왕을 받들어 모셔야 한다는 것이 가장 큰 불만이었다. 왕위에 관한 법통도 중요하지만 그것이 오랜 전통 범주에 있어야 권위를 얻을 수 있다는 것이었다. 그들의 정신적 기저에는 사막의 오랜 관습이 그대로 자리 잡고 있었다. 그들에게는 왕권과 행정권 그리고 치안과 병권에 이르기까지 여성을 최고 수장으로 받아들일 마음이 전혀 없는 것이었다.

상황이 다시 복잡하게 전개되자, 바론 의장이 한 해 전 기록을 살펴보며 동부의 하림 대부족장에게 그의 의견을 되짚어줄 것을 요청했다. 하림은 작금의 분위기를 험악한 표정으로 지켜보다 입을 열었다.

"의장님의 요청으로 한 해 전 본인이 제시했던 의견을 다시 말씀드리겠습니다. 사실 그 당시 서부의 유환 대부족장이 여왕을 받아들일 마음의 준비가 되어 있지 않다는 의사를 표현하셨고, 저도 그에 동조하는 심정이었습니다. 그러나 법통을 어길 수는 없다는 생각에서 그럼 민심을 함께 살피자는 뜻을 말씀드렸었습니다. 아무리 법통이 이 나라 최고 권위를 가지더라도 민심을 거스르는 법은 가치를 상실할 것이기 때문입니다. 저는 오늘 다시 그 민심의 향배를 살피자는 의견을 강조 드립니다. 이상입니다."

한 해 전에 그랬던 것처럼, 이번에도 하림의 '민심'이란 의견에 강경하던 목소리들이 빠르게 잦아들었다. 바론 의장은 그 분위기를 그대로 유지하려는 듯 재상에게 고개를 돌려 그의 의견을 물었다. 재상이 신중한 자세로 입을 열었다.

"존경하는 의장님 그리고 국가 원로 여러분! 행정 수장으로서 제 견해를 말씀드리겠습니다. 80여 년 전 우리 선조님들은 왕국을 선포하실 때 왕위 승계에 따른 혼란을 막기 위해 후계자 결정은 왕국의 최고 권위이신 현왕에게 일임하는 것을 보장해왔습니다. 그리고 지금까지 한 번도 흔들림이 없었습니다. 이것이 보장되지 않으면 우리 왕국은 내란의 수렁에 빠질 것이며 결국 폐망으로 가게 될 것입니다. 하림 대부족장께서 말씀하셨듯, 원로회의는 민심을 우선하고 있음을 잘 알고 있습니다. 따라서 우리 왕국의 안정을 위해 오늘 이후 민심을 계속 살피겠습니다. 여왕을 비롯하여 이 나라 여성들의 사회 요직 참여가 많아지는 것에 찬동하는 여론이 높아지면 우리 왕국은 새로운 시대를 여는 계기가 될 수도 있을 것입니다. 따라서 저는 전국 주민들의 민심을 수집하여 보름마다 바론 의장께 전해드릴 것을 약속드립니다. 이 나라에 혼란이 없도록 원로 여러분들의 혜량을 당부드립니다."

노련한 재상이 법통 준수를 강조하면서도 민심 점검을 약속하며 일부 원로들의 불만을 풀어주자, 바론 의장이 마무리 발언을 했다.

"자, 여러분! 우리 원로회의는 이 나라 국정과 민심을 함께 살피는 균형자 역할을 해왔습니다. 재상께서 말씀해주신 것처럼 우리 세대에서 새 시대를 열어가는 의미를 내년 선위 과정에서 함께 경험해보십시다. 재상께서 민심도 살피시겠다는 약속을 하신 만큼 우리 원로들께서는 이번 왕위 세습 결정을 존중하시면서 함께 새로운 미래를 기대해보십시다."

재상의 선택

원로회의와 원만한 결론을 얻어낸 마완 재상은 곧바로 왕궁을 찾아 국왕 내외와 공주를 알현했다. 그는 자신에 찬 어조로 고했다.

"전하, 이제 공주마마의 선위 일정을 정하시어 조정과 국가 원로들 그리고 전 주민들에게 공표하심이 옳으실 것으로 사료되옵니다. 국가적 대사를 차분히 준비하심은 물론 대신들과 주민들도 마음의 준비를 할 여유를 주심이 좋을 듯하옵니다."

그 말에 국왕 내외와 공주는 안도하며 기쁜 마음으로 환하게 웃었다. 국왕은 친히 재상의 손을 잡으며 말했다.

"재상, 정말 노고가 크셨소이다. 도하가 선위받는 날은 이 나라 모든 주민들이 잔치 분위기로 즐기는 건국일로 정하십시다. 공주도 여섯 달 뒤 춘절기를 염두에 뒀으니 지금부터 준비해도 충분히 여유가 있을 것이오."

선위 날짜가 정해지자 재상은 민생부가 관할하는 전국 관아에 방을 붙여 향후 왕위 승계 일정을 주민들에게 알리도록 했다. 방에는 칼라드 현왕의 주요 치적과 후계자인 공주 도하를 소개하고, 즉위식은 이듬해 건국일로 명기하도록 했다. 이로써 오아시스 왕국은 여왕 등극이라는 역사적 대변혁을 맞이하게 되었다.

재상은 원로회의에서 본성을 드러낸 서부의 유환과 동부의 하림 대부 족장들의 강경 발언을 불식시킬 묘책을 찾는 데도 신경을 써야 했다. 가장 좋은 대책으로 그는 사회적 통념을 뛰어넘을 국정 사업을 발굴할 구상을 하고 있었다. 현왕이 퇴위할 때 자신도 함께 퇴임하게 되겠지만, 그로서는 향후 왕국이 더 젊어질 수 있는 발상의 전환을 이루는 계획에 몰입했다. 공주가 후계자로 확정된 지금, 그녀의 능력을 펼칠 획기적 기회를 마련해주려는 것이 그 일단이었다.

그 방도 중 하나로 그는 왕국의 대변혁을 뒷받침할 특출한 인재 발굴을 기대했다. 왕국은 풍요로웠고 주민들은 행복했지만, 주민들 스스로가 관성적으로 무감각했던 것이 있었다. 그것은 풍족한 생활 수준이 서로 비슷하다고 여긴 데서 비롯되었다. 그러나 개개인의 내면을 들여다보면 많은 주민들의 삶이 여전히 궁핍한 것이 현실이었다. 이에 더해 옛적 사막 생활의 남성 우위 관습이 여전한 반면 여성의 사회적 지위는 전혀 개선되지 않은 것도 사실이었다. 이러한 문제들은 겉으로 드러나진 않으면서 주민들 심중에 불만으로 쌓여왔을 수 있고, 특히 여왕 등장을 거부하는 일부 대부족장들의 의견은 그들의 의식이 아직도 그 수준에 머물러 있음을 방증하는 것으로 여겨졌다.

왕실의 선위 발표가 있은 뒤 왕국에서 제일 주목받는 인물은 단연 공주 도하였다. 현왕의 자녀가 공주뿐이었기 때문에, 첫 여왕의 등장 가능성은 여러 해 전부터 장안의 화제로 대두되어왔다. 이제 그 가능성이 현실로 확정되자 주민들은 공주 얘기로 하루를 시작하고 왕실 얘기로 일과를 마무리하는 날들을 보냈다. 그 얘기들의 핵심은 그녀가 왕위를 세습하기에 너무 젊고 국정 경험이 일천하다는 것이었다. 그것은 지난 수년에 걸쳐 공주가 가장 염려하고 두려워하기까지 했던 부분이었다. 그래서 왕위 승계를 힘들어하던 중 두루 대장과 토요 의생을 만난 것이다. 실로 칼라드 현왕의 눈부신 치적을 존경해온 주민들은 그녀의 등장이 자칫 부왕의 공적을 무너뜨릴까 우려하기도 했다. 복잡하고 난해해진 행정뿐만 아니라 치안 국방 분야에 이르러서는 미혼의 공주가 남성 세계를 알기나 하겠느냐는 조소 섞인 비관론까지 흘러나왔다. 장안 소식들이 모이고 재생되는 장터와 밤거리 선술집에서는 그 같은 여러 목소리들이 뒤엉켜 소용돌이치고 있었다.

왕위 승계 발표 후 바닥 민심에 촉각을 세워오던 재상에게 반가운 소식도 들렸다. 오아시스 왕국이 선포된 지 80여 년을 넘긴 그때까지 나라의 모든 권력을 남성들이 지배해왔고 여성들은 교육에서조차 배제되어 온 문제를 바로잡아야 한다는 목소리였다. 그 주장의 대부분이 조정 대신, 부족장 그리고 군부 장군들의 부인들로부터 나온다는 보고를 듣자, 재상은 무릎을 치며 향후 승계 과정에 한 줄기 빛을 보는 듯했다. 그는 이제 반년 정도 남은 즉위일까지 공주 주도하에 국가적 변혁을 추진할 길을 터줄 결심을 했다.

그러한 때 찬연히 등장한 인물이 토요였다. 지난 한 해 동안 공주에게 경세지론을 가르쳐온 재상은 국정을 이해하는 그녀의 통찰력과 강단을 인상깊게 보아왔었다. 공주의 잠재력에 토요의 인품과 능력이 더해진다면 그 결과는 왕국의 대도약으로 나타날 것이라는 예감이 들었다. 젊은 여왕은 의욕 넘치는 토요와 함께 잠자고 있던 관리들을 깨울 것이며, 실력 있는 여성들을 발굴하여 교육 의료와 같은 세심한 민생 지원에 활력을 불어 넣을 것이다. 그런 상상을 하며 재상은 남은 임기 동안 조용히 토요를 지원할 결심을 했다. 과연 반년 후 여왕을 맞이할 오아시스 왕국에 천운이 깃들 것인가.

폭풍 전야

대도약의 서막

재상의 기대를 알 리 없는 토요는 남문 의원을 정리한 뒤 민생부 본청의 교육의료 지원과로 출근을 시작했다. 처음 며칠 동안 많은 관원들과 인사를 나누며 빠듯한 시간을 보낸 그는 이제 부서의 과거 활동을 자세히 알아보고 싶었다. 그의 책상 위에는 지난 자료들이 수북이 쌓여 있었다. 여러 날 그 자료들을 살펴보면서 그는 자신에게 가장 친숙한 의료 지원이 어떻게 진행되었는지 확인하고자 했다. 남문 의원 생활을 돌이켜 보면 생계가 어려운 환자들이 의료 지원을 제대로 받지 못하는 일이 비일비재했다. 치료비를 지불할 수 없어 농작물을 의원 문 앞에 두고 간 사연이 얼마나 많았던가. 멀리 타 지역에서 찾아온 환자들 중에는 토요의 새 의술에 관심이 커서 오는 이들도 있었지만, 무료로 치료해준다는 소문에 희망을 걸고 온 환자들도 상당히 많았다. 그렇다면 의료 지원을 위해 국가가 우선 해야 할 일이 무엇인가?

남문 의원에서 겪어온 일들 중에는 토요 홀로 해결할 수 없는 문제들도 있었다. 대표적인 사례가 환자들 스스로 본인 통증이나 환부를 설명하지 못한다는 것이었다. 사막 전역에서 오아시스로 모여든 부족민들은 원래 전해지는 문자가 없었거나 익힐 기회가 없었을 수 있고, 왕국이 선포된 뒤 표준어를 배우지 못했을 수도 있었다. 글을 쓸 줄 몰라 재상에게 자유롭게 상소문을 올릴 수 없다면 민생부가 추구하는 주민 복지는 허상일 뿐이리라. 토요는 이 낙원 같은 왕국에서 꼭 필요한 건 주민들의 언어 구사력 향상일 거라는 결론을 내렸다. 그리하여 그가 민생부에서 우선적으로 해야 할 임무가 분명해졌다. 주민들에게 언어 교육과 기초 의료 지원을 더 늘려야 한다는 것이었다.

영민한 토요는 그런 밀착형 지원이 어느 지역에서 더 절실한지 전수 조사하는 일까지 자신의 역할 범위를 확대해보았다. 이쯤에서 왕국의 지리와 주민들의 생활터를 한눈에 볼 수 있는 국가 전체 지도를 제작할 계획을 세웠다. 지난해 두루 형과 오아시스에 처음 발을 디디며 왕국 전역을 돌아보던 때, 그는 머릿속으로 이미 그런 지도를 그려보았다. 남문에서 의원을 연 후 관아를 방문하여 특정 지역의 위치를 확인하려 했을 때 직원이 보여주던 지도도 기억했다. 사실 공무용으로 제작된 그 지도는 지리적 표기나 척도가 전혀 정확하지 않았었다. 민생부에서 활동하게 된 지금, 토요는 왕국 지도가 도로와 수로, 촌락과 시장, 경작지와 수목림을 자세히 표시해야 한다고 생각했다. 그리고 그 바탕 위에 관아, 서당, 의원, 그리고 아직은 조심스럽지만 군부대의 위치를 정확히 표시해 넣을 구상을 했다. 공관용으로는 세밀하게 제작하되, 주민들에게는 군부대나 고위 공관 등의 위치를 제외한 보급형으로 제작할 구상도 해보았다.

계획을 마무리한 뒤 토요는 자신의 구상에 대해 민생부 고위 관료들과 여러 가지로 논의했고, 마침내 자천 대신에게도 설명할 기회를 가졌다. 교육 의료 지원에서부터 왕국 지도 재정비에 이르는 거대한 구상을 보고받은 자천은 말로만 들어온 토요의 실력을 확연히 보게 되었다. 그는 그 사업들을 추진하려면 재상과 대장군의 승인을 거쳐 국왕의 재가까지 받아야 한다고 판단했다. 며칠 뒤 자천은 재상과 대장군을 함께 만난 자리에서 토요의 사업 구상을 설명했고, 그의 열성을 익히 알고 있던 대장군이 크게 만족해했다.

"토요만의 노력은 아니겠지만, 이제 민생부의 여러 사업들이 구체적으로 추진되겠구려. 군부대의 위치까지 지도에 표기한다면 각 구역별로 군기강도 다질 수 있을 테니, 공관용 지도 최종본에 큰 기대를 걸고 있겠소이다!"

재상도 밝은 표정을 지으며 조만간 토요와 별도의 자리를 만들겠노라는 여운을 남겼다.

다음 날, 오후 업무를 조기에 마무리한 재상은 전날 자천이 남기고 간 민생부 자료들을 챙겨 왕궁을 찾았다. 내원에서는 국왕 내외가 화초를 손보고 있었고, 재상의 입궁에 맞춰 공주 도하도 들어서고 있었다. 모두들 탁자에 둘러앉자 재상이 들고 온 자료들을 탁자 위에 펼쳤다.

"전하, 왕비마마 그리고 공주마마, 황공하옵니다만 오늘은 꼭 말씀드리고 싶은 일이 있어 늦은 오후 시간임에도 뵙기를 청했나이다. 여기 자료들은 어제 민생부 자천 대신이 저와 쿼사마 대장군에게 보여준 향후 활동 계획이옵니다. 보시다시피 교육과 의료 지원 방안 그리고 우리 왕국의 지도 재정비 사업들이 포함되어 있습니다. 조만간 전하의 윤허를 받아야 할 사안들이라 이렇게 아뢰옵니다."

재상이 사업들을 하나씩 설명하며 왕에게 자료를 전해 올리자, 국왕이 아주 기꺼워하며 공주에게 그 자료들을 넘겼다.

"재상, 이제 내 눈도 노쇠하여 자료들을 쉬이 볼 수 없구려. 들어보니 우리 주민들의 기초 복리에 역점을 둔 것이 아주 만족스럽소. 더군다나 지도 재정비 사업은 시일이 꽤 소요되겠지만 우리 왕국 전역을 자세히 볼 수 있을 것으로 기대되어 나도 대단히 궁금하구려."

국왕이 기대에 찬 반응을 보이자 재상은 왕비와 공주에게 허리 숙여 예를 갖춘 뒤 그날 자신이 알현을 청한 목적을 아뢰기 시작했다.

"왕비마마, 공주마마의 즉위식 준비에 소홀함이 없도록 조정에서 만반의 준비를 하고 있사옵니다. 왕국 선포 이래 첫 여왕 등극이신 만큼 왕실의 품위를 더 높이는 즉위식이 되도록 준비하겠사옵니다. 그리고……."

재상은 잠시 말을 늦추며 공주의 주의를 환기시켰다.

"이번 사업들은 향후 민심의 향배를 결정지을 아주 좋은 구상들입니다. 기억하시겠지만, 남문의 토요 의생이 민생부에 합류한 뒤 이처럼 장대한 사업들을 구체화하였사옵니다. 이번 사업에 공주마마께서 적극적으로 지원해주시옵소서. 그런 사실을 주민들에게 알리도록 제가 직접 나서겠습니다. 사흘 뒤 전체 대신회의를 소집할 예정이오니, 공주마마께서 후계자 위치에서 이번 사업들을 직접 챙겨주시면 모든 일이 순조로울 것으로 믿습니다."

그동안 국정사업 추진 과정을 상세히 배워온 공주로서는 재상의 그 같은 조언이 낯설지 않았다. 그녀가 의기 찬 눈빛으로 머리를 끄덕이자 부왕과 모친이 딸의 손을 잡으며 마음 든든해했다.

사흘 뒤 대전에서는 국왕과 공주가 참석한 대신회의가 열렸다. 재상은 회의를 주재하며 자료를 제출한 국토부와 민생부 대신들에게 설명을 요청했다. 국토부 대신 아마루는 최근까지 원로회의에서 제기되었거나 상소문을 통해 올라온 도로 수로 재정비 사업들을 구체적인 자료와 함께 설명해 나갔다. 공주는 민생부의 지도 제작을 염두에 두었던지 국토부의 사업들에 큰 관심을 보였다. 근자에 진여와 함께 돌아본 서남부와 동남부의 침수된 도로 복구 사업이나 하천변의 제방 사업들에 대해 구체적인 위치까지 언급하며 질문하자, 공주가 현장을 그렇게까지 시찰할 줄 몰랐던 대신들의 입에서 감탄이 절로 나왔다.

국토부에 이어 민생부 순서가 오자, 자천 대신은 그동안 의욕적으로 준비해온 표준어 교육, 기초 의료 지원 확대, 국가 지도 제작 등의 사업 계획을 소개했다. 고개를 끄덕이며 웃음을 짓던 국왕이 공주에게 고개를 돌리자, 며칠 사이 구체적으로 검토해 온 그녀가 궁금한 사안들을 질문하며 여러 가지 의견을 제시했다. 표준어 학습 효과를 높이기 위한 전문 교육인을 양성하는 일과 의료 지원을 전담할 지역 의원들을 지정하는 일, 서당과 의원의 전국적 분포 현황, 지도 제작 실무 현장에 국토부 전문위원들이 참여하는 일 등에 대해 분명한 견해를 밝혔다. 특히 표준어 교재의 원활한 공급과, 남녀 차별 없는 교육을 강조하는 대목에서는 여왕의 섬세한 통치를 보는 듯한 착각이 들 정도였다. 기라성 같은 대신들조차 벌린 입을 다물지 못했다.

공주의 발언 후 특별히 더 보충되는 의견이 없자 재상은 국왕에게 머리 숙여 그날 회의 마무리를 위한 하명을 청했다.

"국왕으로서 국정에 이토록 열심히 헌신해주시는 재상과 대신들에게 늘 고맙소. 특히 내년 춘절에 선위받을 예정인 공주가 국정을 대하는 마음가짐을 볼 수 있어 대단히 기쁘기도 하오. 국토부의 여러 정비 사업 그리고 민생부의 새로운 사업에는 재정 지원이 절대적일 터이니, 재상은 관계 부서들과 잘 상의해주시오. 왕국 전역 지도가 제작되면 우리 왕국의 진면모가 드러날 텐데, 모두 궁금하지 않소이까? 최선을 다해주기 바라오."

사수 대 괴려

　대전회의를 마친 대신들은 몇 사람씩 무리 지어 대전을 걸어 나오며 바로 전 목격한 공주의 당당한 모습에 미래 젊은 왕국을 본 것처럼 얘기들을 나눴다. 재상은 그들의 스스럼없는 대화에 흐뭇한 기분이 들었다. 그런 시절이 도래하면 주민들은 토요와 같은 실력 있는 젊은 관원들이 신속히 밀고 갈 국가적 대도약을 실감할 것이다. 실로 그날 회의 이후 왕국에는 미래 대망론이 관가를 중심으로 확산되는 분위기였다. 그 대망론에 힘입어 국토부는 도로 수로 재정비 사업들을 빠르게 진척시켰고, 민생부의 기초 지원 사업들도 하나둘씩 구체적으로 추진되기 시작했다.

　그렇게 석 달가량 시간이 흐르는 동안 왕국의 지도 제작에도 성과가 나오기 시작했다. 국왕이 큰 기대를 걸고 재가한 사업이었던 만큼 자천 대신은 그 사업을 지체 없이 밀고 나가도록 토요에게 힘을 실어주었다. 토요 주변에는 수리에 밝은 민생부 직원들과 지역별 세부 지리를 속속들이 파악하고 있는 국토부 직원들까지 합류했다. 지도에는 세부적인 지리적 특성은 물론 지역들 간 거리 정보까지 알 수 있는 척도 표기에도 혼신의 노력을 기울였다. 거대한 밑그림이 완성되자, 이제 토요는 각 구역별로 서당과 의원의 위치를 표기하는 데도 총력을 기울였다. 그런 와중에 가끔 북부 국경수비대를 지날 때면 토요는 관저의 형을 생각하며 만나고 싶다는 글을 보냈다. 하지만 형은 의례 짧은 답신으로 그를 피식 웃게 만들었다.

　"공무에 바쁘신 아우님, 나 같은 사람에게 나들이 올 생각은 말어!"

　공주의 즉위식이 석 달 앞으로 다가오자 시간은 더 빨리 흘렀다. 그사이 공주에게는 호위무사 둘이 더 합류하여 총 다섯으로 늘어났다. 공주의 사촌인 무아도 자원하여 공주 무사단에 참여했다. 무아는 선배 무사들이 할 수 없는 왕실 내부의 임무를 주로 맡았다. 특히 왕궁 밖 사건들이나 신변에 관련된 정보를 수집하여 진여에게 직접 전달하는 역할을 했다. 공주의 안전을 위해 겹겹이 호위벽을 쳐두었던 것이다.

왕위 승계 준비가 순조롭게 진행되며 희망이 넘치던 그 시절. 그러나 동북부 경계 구역에서 뜻밖의 사건이 벌어졌다. 주민들의 발길이 바쁜 그곳 장터 일대에 난데없는 공주를 비하하는 방들이 나붙었던 것이다. 악담에 가까운 그 글은 공주의 못난 점들을 적나라하게 들추고 있어, 오랜 시일에 걸쳐 준비해온 것임에 틀림없었다. 비하문이 나붙은 이후 공주에 대한 나쁜 소문은 전국 주민들에게 빠르게 전파되었다. 바닥 민심에 적극 대응해오던 재상에게도 소문이 전해졌지만 워낙 파급력이 크다 보니 재상도 속수무책이었다.

비하문이 나붙은 뒤 북문 경계까지 소문이 빠르게 확산되던 그즈음, 허름한 주막집에서 밥을 빌어먹던 깡마른 노인이 밥그릇을 서둘러 비우며 자리에서 일어났다. 그는 이제 자신이 움직여야 할 때가 왔다는 걸 직감하고 있었다. 노인은 주막을 나서며 문 옆에 끼어 있던 대나무 빗자루를 꺼내 들었다. 한참 동안 빠른 걸음을 재촉하던 그는 북부 국경수비대 정문을 지나 두루 대장 관저 근처에서 멈춰 섰다. 그는 거기서 잠시 관저 앞길과 주변 마당을 둘러보다 작심한 듯 바쁘게 비질을 시작했다. 관저 수비병 하나가 달려와 노인을 말렸다.

"노인장, 여기서 이러시면 안 되니 물러가시오!"

노인은 아무 대꾸 없이 계속 비질을 했다. 다른 수비병이 달려와 함께 노인을 말리려 했다. 그러나 노인은 귀먹은 사람마냥 계속 비질만 하며 관저 앞길로 한 걸음씩 나아갔다. 마치 누군가에게 자신을 알리려는 것처럼.

수비병들은 서로 눈짓을 한 뒤 깡마른 노인의 양팔을 비틀어 잡으려 했다. 그때 노인의 빗자루가 빠르게 허공을 휘저었고 그 순간 수비병 둘이 '악' 하는 비명과 함께 급소를 움켜 잡으며 나가떨어졌다.

마침 장교 복장의 사내가 국경수비대 정문으로 들어서려 수비병들이 나뒹구는 광경을 목격했다. 궁수부대 부대장 사수였다. 오전 훈련을 마친 뒤 점심 외출을 했다가 돌아오던 그는 급히 말을 달려와 쩔쩔매는 수비병들을 일으켜주었다. 그들 앞에서 아무 일 없다는 듯 다시 비질을 시작하던 노인을 향해 사수가 외쳤다.

"노인장은 이곳 병사들을 무력으로 쓰러뜨려 수비대 업무를 방해하셨소. 수비대장 관저는 국가의 핵심보안 시설이라는 걸 몰라서 이러시오?"

"나는 그저 길 가던 거렁뱅이올시다. 관저 앞에 나뭇잎이 떨어져 지저분해 보여서 나름대로 성의껏 청소하고 있는데, 병사들이 내 팔을 비틀려 하길래 뿌리쳤을 뿐이오. 하던 일을 마저 하고 싶으니 부디 날 내버려 두시오."

괴려는 무심하게 대꾸하고 다시 비질을 하려 했다. 드디어 화를 참지 못한 사수가 소리를 질렀다.

"노인장, 더는 참지 못하겠소. 이곳은 군법이 적용되는 곳이니, 물러가지 않으면 이곳 장수로서 노인장을 부대 구치소에 가둘 수밖에 없소."

그러나 괴려는 전혀 못 들은 척 비질만 계속 할 뿐이었다. 누가 봐도 미칠 노릇이었다. 사수는 수비병들에게 노인의 두 팔을 묶으라고 명했다. 그러자 노인도 더는 못 참겠다는 듯 카랑카랑한 목소리로 외쳤다.

"뭐? 날 가둔다고? 어디 그렇게 쉽게 되나 한번 해봐!"

괴려는 소란을 더 크게 피우며 관저 안에 있을 두루 대장이 들어주기를 기대했다. 아까 섣불리 접근했다가 큰코를 다친 수비병 둘이 이번에는 조심스럽게 괴려에게 다가갔다. 괴려는 빗자루를 들어 올리며 다시 외쳤다.

"난 이대로는 가지 않아. 나를 끌고 가려면 저 젊은 양반이 덤벼보든가. 내게도 자존심이란 게 있거든."

작은 체구에 뼈만 남은 노인 입에서 자존심이란 말이 나오자 사수는 어이가 없었다.

"쓸데없는 소리 못 하게 얼른 묶어라!"

기어이 사수를 향해 괴려의 빗자루가 휘돌았다. 그 순간 목검 하나가 노인의 빗자루를 막았다. 두루 대장이 나타났던 것이다.

관저에서 집무를 보고 있던 두루의 귀에 갑자기 바깥 분위기가 소란하게 들려왔다. 대장으로서 쉽게 나서지 않으려 했으나 사수의 목소리가 점점 높아지고 노인의 쉰 목소리가 받아치니 큰 다툼이 일어날 것 같았다. 할 수 없이 창문을 열어 내다보던 두루는 더 지체할 수 없이 방을 뛰쳐나가 목검으로 막아섰던 것이다. 두루는 노인에게 곧바로 머리를 숙였다.

"아니 괴려 선생께서 이곳에 웬일이십니까? 제 부하들이 무슨 잘못을 했나요?"

그제야 괴려 노인이 환하게 웃으며 두루 대장을 반겼다. 자신은 관저 앞을 깨끗이 청소하고 싶었을 뿐인데, 병사들과 젊은 장수가 자신을 힘하게 다루려 했다는 얘기였다. 사수가 어처구니 없다는 듯 항의했다.

"대장님, 이 노인을 잘 아십니까? 힘 좀 쓰시는 모양인데, 우리 병사들에게 위해를 가했고, 그걸 수습하려던 저를 모욕하기까지 했습니다. 우리 수비대의 명예를 걸고 저 노인을 군법으로 다스려야 한다고 생각합니다. 수비병들이 증인이오니 승낙해주십시오."

두루는 괴려의 깊은 심중을 누구보다 잘 이해하고 있었다. 관저 앞에 갑자기 나타나 비질을 시작한 데는 무엇인가 의도하는 바가 있었을 것이다. 그가 괴려를 관저 안으로 모시려 하자, 혈기 왕성한 사수가 막아섰다. 하는 수 없이 두루는 항의하는 사수를 달래줄 수단을 생각했다. 사수가 물러서지 않으며 계속 씩씩대자, 두루가 괴려를 향해 실력을 발휘해 보이시라는 눈짓을 보냈다. 그러자 괴려가 드디어 양자 대결을 언급했다.

"젊은 양반, 혈기만 가지고 그렇게 나서는 건 현명하지 못하지. 혼쭐 날 수도 있고. 정히 원하면 내 막대기라도 한번 맛보여줌세!"

두루의 의도였든 아니든, 험악해진 사수와 괴려의 대결은 피할 수 없게 되었다. 두루는 사수에게 화살촉을 뺀 화살을 스무 개 준비하여 관저 앞 대나무 숲 공터로 혼자 오도록 명했다. 사수는 화살촉 대신 작은 차돌을 박아둔 화살을 들고 공터로 달려갔다. 양자 대결은 두루 홀로 지켜볼 참이었다. 사수의 궁술을 알지 못하는 괴려는 괴려대로 긴장을 풀지 않았다. 두루는 자신의 목검을 괴려에게 들려주었다.

괴려와 사수는 30보 떨어져 마주 섰다. 양자 간에 잠시 노려보는 시간이 흐르더니 드디어 사수가 활시위를 당겼다. 스무 개 화살 중 단 한 발이라도 괴려를 스친다면 사수의 승리로 판정할 것이지만, 괴려가 그걸 모두 막아내고 사수에게 달려간다면 사수의 무참한 패배로 끝날 것이었다. 괴려는 머리에 쓴 양피 두건을 당기며 목검을 들었다.

이윽고 사수의 첫 화살이 시위를 떠나 괴려의 가슴을 향해 날아갔다. 괴려는 몸을 재빨리 돌려 화살을 피해버렸다. 사수는 괴려의 몸놀림이 예사롭지 않다는 걸 확인한 뒤, 이번에는 화살 두 개를 연거푸 날렸다.

괴려는 기다렸다는 듯 첫 화살은 몸을 돌려 피하면서 다음 화살은 목검으로 쳐내버렸다. 사수는 이제 괴려의 목검 실력까지 확인했고, 괴려는 사수의 정확한 조준 실력을 확인하게 되었다. 사수의 다음 필살기는 화살 다섯 발을 머리에서 허리까지 숨 돌릴 틈 없이 연속으로 날리는 것이었다. 놀랍게도 어디로 날아올지 모를 그 화살들을 괴려는 모두 목검으로 쳐내버렸다.

괴려의 검술 실력을 확인하자, 사수는 이제 변칙적으로 화살을 쏠 생각을 했다. 그는 첫 두 발을 동시에 쏘고 이어서 세 발을 동시에 쏜 뒤 결과를 지켜보았다. 그러나 이번에도 괴려는 안광을 더 빛내며 화살들을 피하거나 모두 쳐내는 것이었다. 이에 더해 허리 숙인 자세로 몇 보 더 다가들었다. 사수를 당황하게 하려는 의도였다. 이제 사수에게는 화살 다섯 개가 남았고, 괴려를 물리칠 필살기도 없어 보였다. 괴려가 몇 보 더 다가오자 사수가 당황한 듯 세 발을 다시 동시에 쏘아 날렸다. 그걸 예상했던 괴려는 더 날렵해진 몸놀림으로 화살들을 피하거나 목검으로 쳐내버렸다.

이제 사수에게 남은 화살은 단 두 개. 그러나 사수는 잠시도 멈추지 않고 두 발을 동시에 쏘아 날렸다. 그런데 여기서 사수의 놀라운 능력이 드러났다. 바로 전 그는 화살 세 개를 동시에 날렸고, 그걸 두 번 연거푸 시도하여 괴려의 수비 대응을 거기에 맞추도록 유도했다. 그러다 마지막 두 발은 거의 동시에 날렸으되, 놀랍게도 두 발 사이에 눈치챌 수 없을 정도의 시간 차를 두었던 것이다. 괴려는 그 두 화살을 동시에 쳐내려 검을 휘둘렀으나, 마지막 화살 하나가 살짝 뒤처져 목검을 비켜간 뒤 그의 두건을 날려버렸다. 괴려가 한 치라도 더 허리를 폈더라면 이마가 터졌을 상황이었다. 아! 괴려의 입에서 탄식이 터져 나왔다.

이로써 사수와 괴려의 대결은 사수의 승리로 끝이 났다. 괴려는 목검을 내려놓고 두건을 주워 쓰더니 양팔을 벌려 사수를 축하해주었다. 두루가 보아도 사수의 순발력은 놀라운 것이었다. 마지막 순간 시간 차를 두고 화살 두 대를 날려 상대의 감각을 빼앗아버리다니. 그것도 괴려 선생을 상대로! 두루는 두 사람을 관저로 데려갔다. 손수 차탁에 차를 가져다놓으며 그는 괴려를 향해 단도직입적으로 물었다.

"괴려 선생님께서 오늘 제 관저로 오셔서 이런 소란을 피우신 데는 어떤 특별한 이유가 있으시겠지요?"

사수의 궁술을 연거푸 칭찬하던 괴려가 두루의 물음에 굳은 얼굴 표정으로 답했다.

"두루 대장, 이 나라에 대청소해야 할 일이 생기겠구먼!"

어둠 속 구원자들

재상은 동북부 일대 현장 단속으로 매일 바쁘게 보냈다. 그곳 관아 직원들을 총동원해 공주를 비하하는 방들을 모두 제거하도록 했지만, 며칠 지나면 다른 곳에 유사한 방들이 나붙었다. 재상은 지도 제작을 위해 동부를 방문 중인 토요를 사건 지역으로 급파해 관아에서 수거한 공주 비하문을 분석하게 했다. 며칠 뒤 그로부터 전해온 전문에는 다음과 같이 적혀 있었다.

"재상님, 여러 장의 비하문을 모두 읽어 비교해보았습니다. 우선 동부에서 제일 많이 쓰는 방언으로 적혀 있어 이 지역 문필 세력이 참여한 것으로 보입니다. 그런데 그 방들의 수거 장소가 어디이든, 비하 내용과 나

열린 순서들이 동일했습니다. 왕실 현황과 공주마마의 습관까지 궁중 내부를 잘 아는 인물들도 참여한 게 아닐까 의심됩니다."

재상은 참담한 심정을 감출 수 없었다. 아직 노골적으로 적지는 않았지만, 그 비하문은 분명 여왕 등극을 방해하려는 세력의 음모로 여겨졌다. 공주에게 호의적이던 민심이 술렁이는 것이 그 방증이었다.

'음모 세력의 준동이라면 이건 반역 아닌가? 어서 그 세력을 뿌리 뽑아야……'

재상은 노기에 찬 표정으로 주먹을 불끈 쥐었다. 재상과 토요 그리고 분석에 참여한 관원들의 짐작대로, 그 방들은 공주의 왕위 승계를 방해하려는 세력의 소행임이 분명했다.

그즈음 동부 구역에서 남부로 넘어가는 한적한 농촌에 긴 수염을 날리는 일단의 무리들이 모여들었다. 오아시스 왕국의 기후는 열대이지만 그나마 연중 제일 시원한 계절이다 보니 일부 농가들은 농한기를 보내고 있었다. 그곳 한 농가에 모여든 사내들은 원로회의 대부족장으로 참여해온 동부의 하림과 남부의 모나, 그리고 그들을 수행해온 두 지역 군소 부족장들이었다. 서로들 안부를 주고받던 그들은 낮은 목소리로 지난 보름간의 동북부 상황에 대해 잠시 의견을 나눴다. 그러다 미리 작성해온 문서들을 맞교환한 뒤 하림과 모나의 서명을 받아 챙겼다. 하림이 모나와 좌중을 향해 희미한 미소를 지으며 말했다.

"이번 거사가 성공하면 조만간 원로회의를 열게 되겠지요. 행여 실패한다 하더라도 정확히 건국일 한 달 전에 다시 만나 의논하십시다."

그렇게 짧은 회동을 마친 그들은 누가 먼저라 할 것 없이 각자 갈 길을 향해 떠났다.

동북부 일대에서 시작된 공주 비하 파문은 고립무원처럼 홀로 선 왕궁으로도 전해졌다. 방들이 처음 나붙은 지 닷새쯤 지난 오후, 진여와 검술 훈련을 하던 도하는 목검을 몇 합 휘두르기도 전에 힘이 빠지는 기분이었다. 이번 사건에 대해 무아가 수집해온 소식을 진여로부터 들은 뒤였다. 결국 도하는 목검을 내려놓고 진여에게 출궁 준비를 하도록 명했다. 비문들이 나붙은 그 일대를 직접 확인해보겠다는 의지였다. 그러나 진여가 무릎을 꿇으며 비장한 각오로 만류했다.

"공주마마, 아니 되옵니다. 지금은 매우 위험한 시기로 사료되옵니다. 지금까지 단 한 번도 마마의 명을 거역해본 적 없던 제가 이렇게 마마의 출궁을 막아서려 하옵니다. 용서하옵소서!"

"진여, 너마저 나의 심중을 모르겠느냐? 그 비하문은 나의 왕위 승계를 막으려는 음모 같지 않느냐? 그렇다면 현지 민심은 얼마나 심각한지, 무엇보다 그런 일을 획책하는 세력이 누구인지 내가 직접 알아봐야 하지 않겠느냐. 정히 네가 함께 나서주지 않으면 나 혼자서라도 출궁하마!"

공주가 별전으로 들어가는 것을 본 진여는 하는 수 없이 검은색 옷으로 남장을 한 뒤 별전 뒤뜰로 뛰어 나왔다. 잠시 후 공주도 남장 차림으로 걸어 나왔다. 둘은 묵묵히 말에 올라 왕궁 뒷길을 빠져나왔다. 대낮에 움직이는 것이 쉽지는 않았으나, 왕궁 담을 따라 진여가 앞서 달렸고 프랜느 고삐를 단단히 쥔 공주가 뒤를 따라 달렸다.

그들이 동북부 사건 지역에 도달한 시각은 그날 늦은 밤이었다. 공주를 비하하는 방들이 나붙었던 장터 주변에는 치안부 대원들이 수시로 오다니고 있어 범법이 일어날 우려는 없어 보였다. 그러나 나쁜 소문들이 난무했던 여파 때문인지 상인들이나 주민들의 표정에는 무거운 침묵과 시름이 짙었다. 공주가 애써 와보려 했던 이유가 이런 데 있었다.

아직 숙소를 찾아보기에는 좀 이른 시간이라 공주는 한 시간쯤 떨어진 이웃 시장에도 가보았다. 그곳도 무거운 분위기는 마찬가지였다. 장터에는 아직도 많은 인파들이 오갔으나 물건을 거래하는 소리만 들릴 뿐 서로 입조심하는 분위기였다. 공주는 심장에 송곳이 꽂히는 아픔을 느꼈다. 그날 진여와 무술 훈련을 시작하다 무기력하게 검을 놓았던 것처럼, 왕국 주민들도 그런 소문에 무기력해진 모습으로 보였다.

밤이 늦어지자 진여는 하룻밤 묵어갈 숙소를 찾아보자고 했다. 주민들의 실상을 파악했다고 여긴 공주는 내일 동트기 전에 왕궁으로 돌아가 분위기 반전을 위한 대책을 세우겠다는 결심을 하며 진여 뒤를 따랐다.

장터를 벗어나 민가를 찾아가던 그들은 하천 물이 사납게 흐르는 비탈길을 지나고 있었다. 길 주변으로 키 큰 수풀을 헤쳐가던 그들 뒤로 느닷없이 말을 탄 그림자들이 나타났다. 검은 복면을 쓴 건장한 사내 다섯이었다. 그들은 공주와 진여 주변을 에워싸더니 그중 제일 덩치 큰 사내가 검을 휘두르며 두 여인의 앞길을 가로막았다. 그 뒤를 따라 나머지 사내들도 검을 앞세우며 포위망을 좁혀 들었다. 어둠 속에서도 그들의 칼날은 살기로 번쩍였다.

칠흑같은 어둠 속에서 위기를 직감한 진여가 순식간에 검을 휘둘러 덩치 큰 사내의 검을 옆으로 쳐냈다. 그녀는 곧바로 뒤편으로 돌아가 사내 둘에 맞서 공주를 방어했다. 그러나 한 발 물러섰던 덩치 큰 사내가 공주 앞 빈틈을 노려 검을 뻗으려는 순간, 어디서 날아왔던 지 화살 두 대가 그의 목과 가슴을 관통해버렸다. 뒤이어 반대편에서 진여에게 검을 휘두르던 사내 둘도 동시에 날아온 화살에 가슴팍을 맞고 말에서 떨어졌다. 남은 사내 둘이 재빨리 공주와 진여에게 달려들자 바람처럼 날아온 괴노인이 두 사내의 가슴을 검으로 찔러버렸다. 어두운 밤길에 갑자기 벌어진 살벌한 사태라 공주는 자신도 모르게 손으로 입을 막고 있었다.

사수는 서둘러 한 사내의 복면을 벗겨 자신의 주머니 속에 챙겨 넣고 사내들의 칼들도 모아다가 자신의 말안장 주머니에 쓸어 넣었다. 이후 사수와 괴려는 다섯 사내들을 하천으로 밀어 넣으며 아무 일 없었던 듯 현장을 수습했다. 괴려가 낮은 음성으로 두 여인을 향해 말했다.

"북부로 모시겠습니다."

그와 사수는 찰나의 지체도 없이 공주와 진여의 말고삐을 잡아끌어 북부 국경수비대 관저를 향해 내달렸다.

도하의 소망

괴려는 자신에게 익숙한 북부 숲길을 따라 공주와 진여를 이끌었고, 사수가 뒤를 따르며 일행의 안전을 지켰다. 그들은 밤새 말을 달려 동이 틀 무렵 무사히 북부 국경수비대 관저에 도착했다. 사수를 먼저 알아본 수비병이 급히 문을 열자 사수가 공주와 진여를 안으로 안내했다. 아침 훈련 점검을 위해 연병장으로 나갈 준비를 하던 두루 대장이 집무실 밖의 발자국 소리에 급히 문을 열었다. 문 앞에는 땀에 젖은 공주가 지친 모습으로 서 있었다.

도하는 잠시도 머뭇거림 없이 집무실 안으로 뛰어들었다. 그때 열어둔 창문으로 한 줄기 바람이 불어와 집무실 문을 꽝 닫아버렸다. 두루는 도하가 놀랐을까 급히 창문을 닫으려 돌아섰다. 그 순간 도하는 망설임도 없이 두루에게 달려가 등 뒤에서 그를 껴안았다. 그의 등에 매달렸다는 표현이 옳았을 것이다.

"저를 이처럼 빈틈없이 지켜주셨군요."

그녀의 두 눈에서 뜨거운 눈물이 흘러내렸다. 두루는 문밖 분위기를 의식하면서 천천히 그녀의 두 팔을 풀려고 했다.

"공주마마, 얼마나 놀라셨습니까? 이제 안심하시고, 밖에 서 있을 제 동지들을 만나보시지요. 두 달 후면 모두 마마의 백성이자 장졸들이 되옵니다."

두루가 묵직한 음성으로 말하자 그 음성을 따라 그의 심장박동도 그녀 가슴으로 전해졌다. 도하가 팔에 더 힘을 주며 달라붙자 두루가 조용히 말을 이었다.

"왕위에 오르시면 국정을 잘 펴시도록 저의 신명을 다 바칠 것입니다. 그럼……."

두루는 잠시 시간을 두고 그녀를 더 안심시킨 뒤 군신의 예를 갖추며 공주의 두 팔을 천천히 풀어 내렸다.

이윽고 두루가 문을 열어 진여와 사수 그리고 괴려를 방 안으로 들였다. 진여가 빠른 걸음으로 다가와 공주의 얼굴을 살펴보며 품에서 손수건을 꺼내 눈물을 닦아주었다. 그리고 오른팔을 가슴에 올리며 두루에게 큰절을 올렸다. 두루 또한 예의를 갖춰 인사하며, 탁자로 모든 사람들을 안내했다.

"공주님께 저의 동지들을 소개해 올리겠습니다. 이분은 제 사부님이나 다름 없으신 괴려 선생이십니다. 이 사람은 저희 궁수부대 부대장 사수라고 합니다."

괴려와 사수가 동시에 일어나 공주에게 큰절을 올렸다. 공주도 일어서서 답례하며 전날 밤의 일에 감사를 표했다.

"괴려 사부님의 무술은 정말 놀라우셨습니다. 그리고 사수 부대장님은 과연 명궁이셨습니다. 저희 목숨을 구해주신 은혜에 저 개인으로도 왕실의 일원으로서도 감사의 말씀을 드립니다."

그리고 공주는 진여도 소개했다.

"진여는 제 호위무사로 어린 시절부터 왕궁에서 저와 함께 지내온 제 분신과 같습니다. 어제 왕궁을 나서려던 저를 말렸었는데 제가 고집을 부리다 큰 낭패를 당할 뻔했습니다. 두루 대장님과 두 무사님들의 충정을 잊지 않을 것입니다……."

공주는 말끝을 흐리며 자리에 앉다가 다시 말을 이었다.

"그런데, 아직도 풀리지 않은 궁금증이 있습니다. 어떻게 저희가 그 시간에 그곳에 있을 줄 아셨는지요?"

두루가 진여를 돌아보며 답했다.

"진여 무사님이 무아라는 젊은 무사를 저에게 보내셨습니다. 공주님이 곧 출궁하시는데 신변에 위험이 따를까 염려된다는 전문을 보내셨습니다."

내내 과묵하던 진여가 입을 열었다.

"공주님께는 자세히 설명드리지 못했습니다만, 두루 대장님이 공주님의 안전에 문제가 생기지 않도록 향후 출궁 계획이 서시면 반드시 알려달라는 말씀을 해주셨습니다. 이번에 무아를 통해 공주님의 신변 보호를 요청드렸었습니다."

공주는 두루의 빈틈없는 조치에 다시금 놀라움을 금치 못했다. 두루가 뒷이야기를 마무리했다.

"공주님, 괴려 선생께서는 앞날을 예견하시는 혜안이 있으십니다. 왕위 승계를 앞두고 여왕 즉위에 불만을 품은 불순 세력의 준동을 염려하셔서 제게 미리 대비해두라고 알려주셨습니다. 이제부터는 공주님으로 또는 여왕님으로 어디를 가시든 진여 무사님을 통해 소식을 주시기 바랍니다. 전문을 받는 순간부터 사수 부대장과 괴려 선생은 어디서든 은밀히 두 분을 지켜드릴 것입니다!"

두루의 굵직한 목소리는 듣는 이에게 신뢰감을 주었다. 괴려와 사수가 눈빛을 마주치며 빙그레 웃었다.

아침 햇살이 집무실 창문으로 비쳐 들었다. 진여가 공주에게 왕궁을 오래 비워둘 수 없다고 말하자 모두들 자리에서 일어섰다. 도하는 할 수만 있다면 두루와 단둘이 더 있고 싶었다. 그의 곁에서 그의 숨소리만 들어도 좋을 것 같았다. 아직도 긴장이 남아 있어 그런 것일까.

두루가 집무실 문을 열어 진여와 공주가 나설 길을 터주었다. 말에 오른 도하는 애써 앞만 보고 가다가 끝내 뒤를 돌아보았다. 두루의 시선이 따라오는 것이 등으로 느껴졌기 때문이었다. 마음 먹은 대로라면 활짝 웃는 얼굴로 그에게 손을 흔들고 싶었다.

도하가 조용히 왕궁으로 돌아온 뒤, 오후부터 비가 내렸다. 도하는 쏟아지는 빗줄기를 바라보며 별전에서 휴식을 취했다. 이번 습격 사건은 부왕이나 조정에는 보고하지 않고 두루의 뜻에 맡기기로 했다. 하루 반나절 비가 내리는 동안 그녀는 부왕과 모친에게 문안을 드리는 일 외에는 별전에 앉아 자신의 장래를 생각하며 시간을 보냈다. 그녀는 지금 자신의 앞길에 거대한 폭풍이 일고 있음을 실감하고 있었다. 최근 동북부 사태에 이어 그제 밤 자신을 살해하려 했던 일은 그녀 앞에 몰아칠 엄청난 고난을 예고하는 것이었다. 황량한 광야에 홀로 서 있다는 고독감 속에 지금 그녀는 이 세상 그 누군가 자신의 운명을 함께해줄 인물을 간구하고 있었다. 폭풍이 이는 가슴속으로 두루에 대한 그리움이 사무치게 밀려왔다.

밤새 내리던 비가 그치고 아침부터 따가운 햇살이 비치자 도하는 몸을 추스르며 자리에서 일어났다. 별전 앞뜰을 잠시 살핀 그녀는 진여를 불러 지금 국경수비대 연병장으로 가겠다고 말했다.

"진여, 이번 일을 두루 대장에게는 알리지 말아주렴."

공주의 심중을 이해하는 진여가 고개를 끄덕이며 뒤따라 나섰다. 두 여인은 여느 때처럼 남장을 한 채 국경수비대 근처까지 빠르게 달려갔다. 누리수 장군 관저 뒤 숲길에 도착하자, 도하는 여덟 달 전쯤 그곳에서 프랜느가 날뛰던 일을 떠올렸다. 그녀는 프랜느의 고삐를 진여에게 맡기고 홀로 숲길을 걸어갔다. 그곳 야트막한 언덕 위에 올라서자 멀리 연병장이 내려다보였고, 그날 훈련을 맡은 아딜 부관이 연단에서 지휘봉을 흔드는 모습도 보였다. 그리고 아, 두루 대장! 연단 뒤편에 서서 장졸들의 훈련 상황을 지켜보는 늠름한 모습이 선명하게 눈에 들어왔다.

그 시간 도하의 머릿속엔 오만 생각들이 소용돌이치고 있었다. 두 달도 채 남지 않은 즉위식과 그에 맞서 일고 있는 거대한 폭풍 조짐이 그녀의 가슴을 옥죄고 있었다. 심신이 고단했음에도 그녀가 연병장 가까이 달려간 데는 분명한 이유가 있었다. 그녀 스스로 찾고 싶은 답이 있었기 때문이었다. 저 연병장의 두루는 과연 자신에게 누구인가? 그녀의 머릿속엔 지난 100여 년을 이어온 두 가문의 인연이 떠올랐다. 두루는 의형제를 맺은 두 가문의 한 켠에서 혈육과 같은 정으로 자신을 바라보고 있을까? 도하는 이 물음에 고개를 가로저었다. 놀라 날뛰던 프랜느의 안장 뒤에서 자신을 감싸 보호해주었던 그의 두 팔과 거친 숨소리 그리고 심장박동 소리까지! 생각이 거기에 미치자, 그녀는 이제 요동치는 자신의 심장을 두 손으로 가누어야 했다. 그렇구나! 지금 도하는 마구 뛰는 심장박동에서 자신이 찾고자 했던 그 답을 확인하고 있었다. 자신의 사랑이 진실이라는 것을! 그녀는 아득히 서 있는 두루를 바라보며 그가 영원히 자기 곁에 있어주기를 간절히 소망하고 있었다.

두루의 갈등

동남부의 한 농가에 모여 거사를 모의한 지 이틀이 지나도록 결과에 대한 보고가 없자 모나 측에서 하림 측에 전령을 급파했다. 하림은 수색대를 꾸려 동북부 일대를 샅샅이 뒤지도록 했다. 거사에 성공했다면 지금 왕실은 천지가 뒤집혔을 것이고, 치안부와 군부를 총동원해 대대적인 범인 검거에 들어갔을 것이다. 그러면 하림과 모나 진영은 서부의 유환 대부족장을 끌어들여 왕실을 뒤집을 협의에 돌입할 예정이었다.

그러나 하루가 더 지난 뒤 수색대가 알려온 소식은 왕실이 평소와 다름없이 평온한 반면 거사에 투입했던 자객들만 흔적 없이 사라졌다는 것이었다. 수색대가 돌아다니던 이틀 동안 비마저 내려 수색 작업은 더 난망한 상태였다. 그러다 다시 하루가 더 지나 하림 진영의 한 무사가 하천변에서 헝겊 조각들을 주웠고, 그것이 자객들의 복면인 것으로 확인되었다. 어떤 영문인지 모르겠으나 무사들은 모두 변을 당했고 사체는 하천에 버려졌으리라는 것이 짐작의 전부였다. 이로써 이번 거사는 완전 실패한 것으로 결론 내렸다. 검술이라면 날고 뛰는 실력자들만 추려서 보냈는데, 다섯 명 모두 감쪽같이 사라진 사실에 양 진영은 도저히 이해할 수 없다는 분위기였다.

하림은 서둘러 왕궁의 노어의 야데천에게 전갈하여 동부 끝자락의 한 찻집에서 다시 만났다.

"형님, 이번 일은 이대로 끝나는 것 같소. 사흘 전 남장을 한 두 여자를 미행하고 있다는 소식까진 전해 들었는데 그 뒤 연락이 두절되었고 이제는 그 일대 수색도 힘든 지경이 되었소. 뭐라도 짚이는 거 없소? 그날 오후 공주가 출궁한 건 확실하오? 형님이 급전으로 그렇게 알려주지 않으셨소!"

"왕궁에서는 이번 일 자체를 전혀 모르고 있네. 아무런 낌새도 없어. 공주가 그날 출궁한 건 확실하네. 그날 오후 공주와 진여의 말 두 필이 마구간에 없는 걸 내 눈으로 확인했거든."

"그럼, 그 둘이 언제 환궁했는지도 알 수 있지 않았겠소? 말들이 돌아온 걸 확인하셨다면 말이오."

"내가 어의 생활한 지 25년이 넘었지만, 왕실 마구간을 마음대로 들여다볼 만큼 자유롭지는 않아. 알다시피 우리 어의들 거처는 왕궁에서 가장 후미진 곳에 있고 집사나 여집사의 요청이 있을 때만 내원에 들 수 있는 형편이야. 평소에는 왕실에 누가 오가는지 전혀 알 수 없어. 그래도 상어의인 나 되니까 집사들과 왕실 사람들 건강에 대한 이야기를 하다가 슬쩍 공주의 행적을 듣는 게 전부야. 솔직히 궁중에서 내가 받아온 천대를 생각하면 이번에 세상을 뒤엎어버렸으면 하네. 여튼 그날 공주가 진여와 출궁한 건 분명하고, 자네 부하들이 남장 여자 두 사람을 미행한다고 알려온 것도 사실 아닌가."

"그럼, 결론은 하나네요. 제대로 공격하기도 전에 우리 아이들이 쥐도 새도 모르게 당했다는 거 아니겠소? 만일 그랬다면 상대는 왕실도 모르는 검객들이란 말인데, 호위무사로 진여 말고 누가 더 따라 나서지는 않았소?"

"아니, 둘만 출궁한 게 분명해. 그런데 오늘 내가 여기 온 건 아우에게 확실히 말해두고 싶은 게 있어서네. 어제까지 비도 내려 애써봐야 더 나올 것도 없을 테니 이제 수색을 모두 멈추게. 행여 더 나대다가 거꾸로 자네가 오리무중인 상대의 덫에 걸려들 수도 있으니!"

야데천은 현왕의 건강이 갈수록 악화되어 두 달 뒤 선위는 예정대로 진행될 것이며, 공주에게 호위무사가 다섯으로 늘어나 그녀를 해치는 건 더 힘들 거라는 상황을 설명했다.

"이제부터 쥐 죽은 듯 자중하고 있게. 그러고 나면 그놈들도 긴장을 풀 테니, 그때 가서 다음 일을 도모하세."

"알겠소. 그렇잖아도 동북부 장터에 방을 붙이는 건 이제 그만하도록 했소. 즉위식으로부터 정확히 한 달 전에 서부의 유환을 끌어들여 제대로 해볼 겁니다. 그전에 형님께는 다시 소식 드리지요."

이리하여 한 달 전쯤 동북부에서 벌어진 공주 비하문 사건에 이어 이번 공주 시해 미수 건도 왕실과 조정 그리고 주민들 그 누구도 사건의 실체조차 모른 채 수면 아래로 가라앉았다. 오직 일을 저지른 자들과 그걸 막아낸 자들만 사태 추이를 지켜볼 뿐이었다. 자리에서 일어서는 야데천이 하림의 어깨를 잡으며 넌지시 덧붙였다.

"즉위식까지 절대 조급하게 굴지 말게. 우리 뜻대로 정 안 되면 최후 결전을 위한 계획도 있으니. 다시 소식 주게."

한편, 두루는 공주 도하가 왕궁으로 돌아간 뒤 한동안 무거운 침묵의 날들을 보내고 있었다. 이번 사건은 주모자를 파악하기 전까지 공주와 진여 그리고 사수와 괴려만 알고 있어야 했다. 놀라운 건 이번 사건을 자신만이 통제할 수 있는 비밀로 간직하고 싶다는 그 마음이었다. 공주가 위험을 피해 무사히 관저로 들어왔을 때 그는 말할 수 없는 안도감을 느꼈다. 사실 그 안도감에 더해 가슴이 마구 두근거렸고, 그런 그를 공주가 뒤에서 껴안아오자 심장은 터질 듯이 뛰었었다. 그 후 사흘이 지난 어젯밤까지도 밤잠을 제대로 이룰 수 없었다. 그녀의 포옹과 얼굴 표정이 너무나 애틋하게 전해졌기 때문이었다. 그렇다면 과연 그녀 마음속에도 자신을 향한 애정이 쌓여온 것일까? 그는 며칠 사이 이 질문을 끌어안고 홀로 잠 못 이루는 밤들을 보내고 있었다.

그런 침묵의 시간을 보내는 동안 두루는 사건 당일 사수가 거둬온 복면과 검들을 살펴보며 자객들의 정체를 파악하려 했다. 그러나 복면은 검은 헝겊 조각에 불과했고 검도 군부에서 쓰는 병기와는 다른 사제품들이었다. 부족민들은 누구나 사제 검을 소지하고 있어 자객들에 대한 일말의 단서를 찾는 건 불가능에 가까웠다. 돌이켜보면 당시 공주가 살해될 위험에 빠질 수 있다는 걸 예견한 사람은 괴려가 유일했다. 거렁뱅이로 전국을 떠돌던 괴려는 그 끔찍한 가능성을 냄새 맡고 있었다. 그는 곧장 두루를 찾아가 관저 앞에서 비질 소동을 벌인 끝에 음모에 대비하라고 귀띔했던 것이다. 그날 저녁 사수와 함께 앉은 자리에서 괴려는 공주의 출궁 일정을 미리 알 수 있도록 조치해두라고도 조언했다. 이튿날 바로 두루는 부관 자와드를 시켜 진여에게 전통을 보냈고, 바로 그 다음 날 오후 공주의 호위무사 무아가 달려와 공주의 출궁 소식을 알려왔던 것이다. 두루는 사수의 오후 궁수 훈련을 자신이 대신하고, 사수와 괴려에게는 은밀히 공주의 신변 경호를 맡겼다. 사복 차림으로 변장한 두 사람은 동북부로 통하는 길목에서 남장을 한 두 여인을 미행하며 만약의 사태에 대비했었다.

그 같은 판단력을 가진 괴려는 두루의 미래를 바로잡아줄 적임자임이 틀림없었다. 두루는 괴려를 국경수비대에 붙잡아둘 요량으로 연병장과 사병 막사 청소를 맡아 하는 별정직을 마련했다. 그러나 괴려는 즉답을 피하더니 어느 날 오후 차를 대접받고 싶다며 사수를 동행하여 관저를 찾아왔다.

"두루 대장, 나는 이제 사수 부대장이야말로 내 검술로 메울 수 없는 인생의 동반자로 여기고 있네. 무엇보다 앞으로 왕실과 국경 수비를 책임질 완벽한 인물로 인정했네."

그렇게 사수를 치켜세운 그는 두루의 제안을 은근히 거부하는 뜻을 담아 말을 이었다.

"내가 왕국에 들어온 지도 벌써 사십여 년이 흘렀어. 그동안 나는 바람처럼 자유롭게 떠돌아다녔네. 지금 내 생활이 너무 좋단 말일세. 허허허."

그런 괴려를 말릴 방법이 없었다.

"그럼 선생께서 방랑하시는 동안 공주님 신변은 어떻게 보호하지요?"

괴려는 두루와 사수를 번갈아 보며 자신이 생각하는 왕국의 앞날에 대해 이야기했다.

"저들은 한동안 왕실 분위기와 민심 따위를 지켜보며 몸을 사릴 것이야. 자기가 보낸 자객들이 흔적도 없이 사라졌으니 말이지. 우리끼리 하는 얘기지만, 궁내 누군가가 저들과 내통하고 있을 걸세. 왕실 분위기가 저들 뜻대로 안 될 것 같으면 다시 민심을 휘저으려 들 텐데, 나는 전국을 돌면서 그런 냄새를 맡아보려 한다네. 냄새가 좋지 않으면 곧장 돌아오겠네. 수상한 낌새를 캐내려면 누군가는 돌아다녀야 하지 않겠나? 이 거렁뱅이가 제격이지."

괴려는 사수 어깨를 툭 치며 함께 자리에서 일어났다.

기울어지는 저녁 해가 관저 앞 대나무 숲에 길게 드리웠다. 두루는 간단히 저녁을 해결한 뒤 루루에 올라타 연병장 안을 천천히 돌아다녔다.

밤하늘에는 별들이 총총히 빛나고 있었다. 그 별들의 운행을 재미있게 설명해주던 의제 토요가 생각났다. 두루는 괴려와 사수 얼굴도 떠올리며 그들과의 깊은 인연을 천운으로 생각했다. 그들은 생사가 걸렸다 해도 어떤 일이든 자신을 따라줄 것이다. 시원한 밤바람이 불어오자 그의 눈에는 어느덧 그녀의 고운 얼굴도 떠올랐다. 그는 루루의 고삐를 당기며 주변을 한바퀴 둘러보았다. 마치 그녀의 숨결을 느껴보려는 듯. 그는 먼 밤하늘을 다시 올려다보며 생각했다.

'이번 즉위식이 끝나면…….'

생각이 거기에 미치자 그는 괴로운 표정으로 머리를 가로저었다. 여왕이 탄생하면 그는 자신의 거취를 결정해야 할 것이다. 그녀 곁에 있을 것인가 아니면 고향 유카로 돌아갈 것인가. 늑대족의 침공으로 부친이 세상을 뜨시던 날, 그는 부친의 유언을 받들어 고향을 반드시 재건하겠다는 다짐을 했었다. 유카를 잊겠다면 그는 더 이상 태양 두루가 아니었다. 자신의 귀향길에는 토요와 사수 그리고 괴려가 함께해줄 것이다.

그렇다면 그는 과연 여왕 도하를 떠날 수 있을까? 애타게 조력자를 찾던 도하에게, 그는 토요와 함께 신명을 다해 그녀를 지키겠다는 약속을 하지 않았던가! 그 약속을 어긴다면 그는 도하에게 더 이상 늠름한 대장부가 아니었다. 그는 갑갑한 마음을 추스를 참으로 루루의 목덜미를 토닥였다. 루루가 고성을 지르며 뒷발질을 시작하자 그는 루루의 고삐를 몰아치며 최고 속도로 연병장 둘레를 달렸다. 그날 밤만은 조금이나마 편히 잘 수 있기를 바라면서.

토요의 존재감

토요가 민생부에서 공무를 시작한 지도 넉 달이 지나고 있었다. 재상의 적극적인 지원에다 공주가 직접 민생 챙기기에 나서자 민생부의 사업은 더욱 탄력을 받았다. 한 달 전쯤 동북부의 공주 비하문 사건이 터지며 여왕 등극에 대한 민심 이반이 가시화되는가 했으나, 열흘쯤 지나자 방들도 더 이상 나붙지 않게 되면서 왕국은 차츰 원래의 안정을 되찾아갔다. 그러는 동안 국토부가 도로와 수로 재정비 사업들을 마무리하면서, 우마차 이동과 식수 농수 공급도 원활하게 재개되었다. 특히 동남부와 서남부 물길이 시원하게 뚫리자 주민들의 한숨도 뻥 뚫렸다. 그에 뒤이어 민생부의 교육 의료 지원 사업도 가시적인 성과를 보이면서 궁핍하게 살아온 주민들의 입에서 신명 나는 소리도 들리기 시작했다. 특히 소작농이나 장터 구석에서 생계를 버티던 빈민들이 새 희망을 본 듯 얼굴 표정부터 달라지고 있었다.

이런 가운데 재상과 조정 대신들의 손에 과거 한 번도 본 적 없던 새로운 자료가 들어왔다. 민생부가 주도해온 왕국 지도 제작이 마무리된 것이다. 지도에 서당과 의원들을 표시하고, 새로 조사한 주민 수도 적어 넣자, 주민 수 대비 민생 취약 지역들이 속속 드러났다. 이에 재상과 자천대신은 취약 지역에 재원을 적극 풀었고 시간이 흐를수록 혜택을 누리는 주민들이 늘어났다. 주민들은 현 국정 운영을 두 손 들어 환영하며 향후 젊은 여왕이 이끌 왕국의 미래를 상상하기 시작했다. 불과 보름 전과는 아주 다른 분위기가 되었다.

재상은 대신회의 때마다 젊은 관원들의 애민 정신을 높이 치하했다. 그러면서 그들의 노력이 민심에 적극 반영되도록 더욱 공을 들여 지원했다. 공주 도하는 일선에서 최선을 다하는 관리들을 독려하려는 뜻으로 자신이 직접 현장에 뛰어드는 과감한 행보를 추진하기로 했다. 즉위식을 한 달 보름 남긴 시점에서 재상은 공주의 그런 행보가 시의적절하다고 여겨 그녀의 활동을 지지하고 나섰다. 호위무사들이 조용히 신변을 보호하는 가운데, 북부에서 출발한 공주는 동부로 나아갔고 그녀 발길이 닿는 지역마다 주민들은 길거리로 나와 장래의 여왕에게 환호를 보냈다. 도하는 최근의 끔찍했던 사건들을 잊으려는 듯 민생 행보에 더욱 열성을 다했다.

즉위식이 이제 한 달 남짓 다가오자 도하는 토요가 활동 중인 구역에도 나가보고 싶었다. 마침 그 지역이 과거 토요가 활동했던 남부였고 그동안 관심이 소홀했던 만큼 그녀는 더 큰 책임을 느끼고 있었다.

토요는 남문에서 멀지 않은 한 서당에서 아이들이 표준어를 배우는 모습을 지켜보고 있었다. 그는 민생부에서 편찬한 표준어 책자들을 각 서당에 보급하며 학생들이 열심히 익히도록 독려해왔다. 넉 달 전만 해도 의생 활동을 하던 지역이라 그를 알아본 주민들이 대거 몰려와 뜨겁게 맞이해주었다.

민생부는 표준어 공급뿐만 아니라 지역 관아를 통해 기초의료를 맡아줄 의원들을 지정하는 일도 추진했다. 가난한 주민들은 몇 가지 신분 확인을 거친 뒤 민생부 지정 의원에서 무상으로 또는 저렴하게 진료받을 수 있었다. 이 사업은 과거에는 한 번도 없었던 일로서 향후 젊은 여왕에게는 기대감을 한층 높여주었다.

재상은 원로회의에 정기적으로 참석하여 지역 관아에서 올라오는 보고서를 공개했다. 민생사업을 집행하는 데에 따른 국가 재정의 건실성에 대해서도 설명하는 한편, 여왕 즉위에 거는 주민들의 높은 기대감을 가감 없이 전달하는 일에도 최선을 다했다.

한편, 괴려는 북부 국경수비대를 떠나 보름 동안 동부와 서부 일대를 돌아다니며 그 구역들의 대부족장 저택을 살피는 일에 집중하고 있었다. 관저를 떠날 때 두루는 그의 이동이 수월하도록 말 한 필을 내주었었다. 괴려는 원로회의에서 일부 대부족장들이 여왕 선위를 거북스러워한다는 1년 전쯤의 소문을 기억해냈다. 이제 한 달 가까이 다가온 즉위식을 앞두고 그는 그 진영들의 동태를 더욱 꼼꼼히 살피고자 했다. 동부 하림 진영에 이어 서부 유환 진영에서도 저택 안팎을 오가는 무사들의 활동이 수상하다고 판단한 그는 그 길로 두루 관저를 향해 내달렸고, 사수를 대동해 남부로 길을 떠났다. 현재 공주가 방문 중인 남문 일대에 잠입하는 것이 목표였다. 그곳에는 모나 대부족장 진영이 있어 공주의 신변을 보호하면서 그곳 분위기를 살필 참이었다.

선위를 앞둔 공주가 남문에 나타나자 그 일대 주민들이 거리로 나서며 열렬히 환영했다. 공주의 도착 소식을 들은 토요와 관원들도 급히 달려가 알현하자, 주민들은 하던 일들을 멈추고 더 환호하며 절정의 성원을 보냈다. 평생 이런 사건을 처음 겪는 주민들은 주변 사람들의 들뜬 모습을 보며 서로 놀라고 있었다. 주민들의 그 같은 성원 속에 공주는 애민 정신에 투철했던 토요의 존재감을 다시금 실감하게 되었다.

환호하는 군중 속에 이질적인 불청객들도 있었다. 모나 진영에서 달려온 부족장과 무사들이었다. 부족장은 허리춤에 찬 검을 만지작거리며 입을 쩝쩝 다셨다. 무사들도 어깨와 목에 힘을 주며 대번에 공중으로 날아오를 기세로 서 있었다. 그들은 공주 행차에 맞춰 주민들의 반응을 살피러 나왔으나, 지금 목격하고 있는 환호성은 전혀 예상치 못했다.

"이거 영 안 되겠군. 빨리 엎어야겠어!"

부족장은 인상을 찌푸리며 며칠 뒤 하림과 유환 진영과 회동할 때 이곳 군중 분위기를 제대로 전할 생각을 하고 있었다.

그들 뒤편으로 적당히 거리를 두고 사수와 괴려도 눈을 부릅뜬 채 서 있었다. 두 사람은 주민들의 환호에는 귀 닫은 듯 오직 모나 일행에 시선을 집중하고 있었다. 그 불청객들이 주민들을 밀치며 자리를 뜨려 하자, 괴려는 그들을 뒤따르려던 사수를 잡으며 일단 공주의 안전을 지키는 데 주력하자고 했다.

저녁이 되면서 관원들은 그날 마지막 일정으로 만찬을 준비했다. 토요의 귀띔이 있었던지 식단은 조촐했고, 공주는 그것이 오히려 마음에 들었다. 남문 일대의 특산물들을 대화 주제로 식사를 마친 공주는 그 지역 관원들의 활동을 높이 평가하면서 특히 여성 관원들이 많은 점을 반가워했다. 토요는 공주의 남부 방문에 감사하며 식후 분위기도 띄울 겸 피리를 연주해드리고자 했다. 참석한 관원들은 토요가 긴장하는 기색 없이 피리를 불 생각을 한 것에 매우 놀라는 눈치였다. 토요가 첫 곡으로 남부 주민들에게 친숙한 곡을 연주하자, 공주는 그의 끝없는 재능에 놀라워했다. 토요는 남문에서 의생 생활을 하던 중 배웠던 곡들도 몇 곡 연주한 뒤 말했다.

"공주마마, 마지막으로 제가 어릴 때 배웠던 곡을 소개하겠습니다. 가락이 좀 독특하지만, 힘든 일이 있을 때 제 마음을 편하게 해주었던 곡입니다. 이 곡을 공주님께 특별히 선사하고 싶습니다."

낯선 이방의 곡조가 만찬 자리에 부드럽게 스며들었다. 연주를 마친 토요가 만찬을 준비해준 관원들에게 고개 숙여 인사하자, 공주도 사람들에게 감사 인사를 전하며 그날 자리를 마무리했다.

근처 수풀 속에 귀신도 모르게 숨어서 공주 신변을 지키고 있던 사수와 괴려도 마지막 피리 소리를 들으며 자리에서 일어섰다. 그들 귀에도 마지막 곡은 아주 독특한 가락으로 들렸다.

요동치는 민심

이번 공주의 민생 탐방은 동부를 지나고 남부를 거쳐 이제 서부를 관통하고 있었다. 동부를 지날 때만 하더라도 공주 비하문 사건의 여파로 민심이 편치 못했으나, 관원들이 민생 복지에 헌신적으로 나서면서 주민들의 생활 여건이 개선되기 시작했었다. 여기에 공주 자신의 강단 있는 행보로 분위기를 빠르게 반전시키자, 남부를 지날 때는 주민들의 환호가 절정 수준으로 드높았었다. 그 여파가 서부를 지나는 공주에게 더욱 힘을 실어주자, 이번 보름 간의 민생 탐방이 성공적이었음을 자타가 공인하는 분위기였다. 집무실에서 공주에 대한 민심을 챙기던 재상은 만면에 웃음을 지으며 대만족하고 있었다. 그는 공주의 환궁일에 맞춰 칼라드 국왕을 알현했다.

"전하, 이제 왕위 승계를 확정해주시기를 앙망하옵니다. 전체 대전회의를 통해 즉위식 준비에 만전을 기하겠나이다."

이에 왕은 선대의 법도에 따라 선위 교서를 재상에게 준비하도록 한 뒤 이를 대전회의에 내려 보냈다. 재상은 왕의 교서와 함께 바론 의장 집무실을 찾아 원로회의의 공식 입장문을 요청하기에 이르렀다.

"의장님, 이제 즉위식이 보름 앞으로 다가왔습니다. 공주의 왕위 승계에 대해 원로회의의 최종 지지 선언을 해주시면 감사하겠습니다."

공주의 민생 행보에 대해 여러 정보를 들어오던 의장도 기꺼운 표정을 지으며 재상에게 화답했다.

"네, 일부 원로들이 원하던 민심까지 이제 확인했으니, 곧 전체 회의를 열어 만장일치로 지지 선언을 발표하겠습니다."

공주가 전국 일주를 마치고 환궁한 날은 즉위식 날짜를 결정한 지 다섯 달 보름이 지날 때였다. 그동안 공주 비하문 사건이 있었으나 대세를 바꾸지 못했었고, 뒤이어 경천동지할 공주 암살 미수 사건도 있었으나 즉위식을 무탈하게 맞이하려는 두루 일행의 인내심으로 세상에 묻힌 채 지나갔다. 돌이켜보면, 재상과 민생부를 비롯한 조정 대신들, 두루와 그 동지들 그리고 그 누구보다 공주 자신의 열성적인 노력으로 오늘의 기분 좋은 환궁일을 맞이했던 것이다.

그러나 그 세월 동안 공주의 행적을 꼼꼼히 살피던 또 다른 인물이 있었다. 서부의 유환 대부족장이었다. 여왕 즉위를 받아들일 마음이 없던 그는 동부의 하림과 남부의 모나 대부족장으로부터 공주의 왕위 승계를 막는 데 합심하자는 제의를 받았었다. 그러나 그는 원로회의에서 민심에 따르자는 결론을 냈지만 아직 그 민심의 추이를 정확하게 짚어내지 못한 점을 들어 그들의 제의에 유보적인 입장을 취했었다. 그러던 그가 최근 며칠 사이 공주가 서부를 지나가며 보여준 행보와 주민들의 열렬한 환영 분위기를 직접 목격하며 자신의 마음을 정리하기에 이르렀다. 공주의 왕위 승계를 반대할 명분을 찾지 못했다는 결론을 내렸던 것이다.

유환은 집무실 책상에 앉아 그 결론을 서신에 적어 나갔다. 그동안 여러 경로를 통해 공주가 보여준 국정 수행 능력을 높이 평가한다며, 특히 젊은 여왕이 이끌 새 시대에 기대가 크다는 내용을 적어 나갔다. 치안부와 군부를 통솔하는 문제에 대해서는 쿼사마 대장군이 공주의 외삼촌이란 점을 들어 문제될 일이 없다는 의견도 적었다. 하림에 보낼 서신에서는 시종 강경한 어조로 비판의 문장을 적어 나갔다. 사실 유환은 모나로부터 불식 간에 들었던 말이 있었다. 한 달 보름쯤 전 모나와 하림이 긴급 모의하여 공주를 살해하려 했던 적이 있었다는 것이었다. 그렇잖아도 그전에 동북부 일대에서 터졌던 공주 비하 파문이 하림의 소행이라는 말을 들은 적 있던 그는 이제 여왕 등극을 반대하는 하림의 진의마저 의심스러웠다. 왕위 후계자를 살해하려 했다면 하림 스스로 왕이 되려는 대역 야심을 가진 것 아닌가! 이러한 모반의 정황들을 비판하며 유환 자신은 하림과 모나와의 모의에 더 이상 참여하지 않겠다는 서신을 격한 어조로 적어 나갔다.

유환의 서신을 각각 전해 받은 하림과 모나는 이튿날 무거운 표정으로 동남부의 한 농가에서 만났다. 이제 두 사람은 그동안 의논해온 거사를 끝까지 밀어붙일지 결정해야 했다. 모나는 사태가 여기까지 온 것에 불만을 품고 말했다.

"나도 유환 대부족장의 서신 내용에 대부분 공감하오. 거사는 더 이상 명분이 없소."

그러나 하림은 이대로 멈출 뜻이 없었다.

"예정했던 거사가 성공리에 마무리되면 그대에게 대장군직을 보장하겠소."

그 말에도 모나는 고개를 가로저었다.

"이젠 나도 마음이 떠나버렸소."

하림은 모나의 눈을 직시하며 마지막 말을 했다.

"알겠소이다. 오늘 이후 더 이상 모임은 없을 것이오. 다만, 지금까지 거사를 함께 모의해온 만큼 그동안 우리가 회동해온 사실은 극비로 해주시오. 수하 부족장들과 무사들에게도 입단속을 단단히 해주시고. 그렇지 않으면 이 왕국에서 살아남지 못할 것이기에 특별히 주지시켜드리는 것이오."

하림은 유환의 전령에게 전했던 것처럼 모나에게도 기분 나쁜 어조로 입단속을 주문하고는 뒤도 돌아보지 않고 자리를 떴다.

어둠의 세력이 해체되던 그즈음, 왕실은 공주의 즉위식 준비로 한창 들뜬 분위기였다. 칼라드 왕과 라미아 왕비는 바쁘게 내원을 오가는 집사들과 여집사들의 발걸음을 흐뭇한 표정으로 바라보고 있었다. 여집사들은 공주의 체형에 맞춰 예복 제단에 들어갔고, 군부의 하례식에 입을 제복에도 신경을 썼다. 무엇보다 대관식에 여왕이 쓸 왕관의 제작이 건국 이래 처음 있는 일이다 보니 명인들과 사관들의 숙의도 연일 거듭되었다. 새로 제작된 왕관이 첫선을 보이자, 부왕은 여왕의 의상을 갖춰 입은 딸의 머리에 왕관을 씌워주는 예행 연습을 해보았다. 모친을 비롯해 내원에서 그 모습을 지켜보던 집사들과 호위무사들은 모두 예비 여왕의 우아함에 찬사를 아끼지 않았다. 모친의 양 볼에는 감격의 눈물이 흘러내렸다. 모든 것을 갖춘 딸에게 꼭 한 가지 부족한 것이 마음에 걸리기도 했다. 늠름한 부군이 곁에서 지켜주고 있다면 왕실이 얼마나 든든하겠는가.

유환과 모나와의 협력이 실패로 끝나자 하림은 서둘러 마지막 계획을 밀어붙일 행동에 나섰다. 어의 야데천을 만나 유환과 모나가 이번 거사에서 빠진 상황을 전달하고 열흘 앞으로 다가온 즉위식을 끝장낼 대책을 논해야 했다. 야데천은 하림에게 내재된 잔인성을 잘 기억하고 있었다. 불과 열 살의 나이에, 서쿤 마을에서 검술 도전을 해왔던 또래 아이를 무참히 난도질하여 살해했던 하림이 아닌가. 그 행동으로 하림은 자신이 원치 않는 상전은 절대 허용하지 않을 성격임을 여실히 드러냈었다. 그런 그가 이대로 여왕을 맞이하여 받든다는 건 생각할 수 없는 일이었다. 하림의 그악한 성격을 고칠 대안이 없다면 야데천은 그들의 계획을 반드시 성공시켜야 했다.

"즉위식 전날 밤에는 왕과 왕비를 내전에 구금해둬야 하네. 다음 날 즉위식은 당연히 무산될 테니 공주의 왕위 승계 절차도 없는 것이지! 그런 사태를 전혀 모른 채 식장으로 모여들 왕실 인척들과 권력자들은 입장을 마치는 대로 우리 군사들에게 포위될 것이네. 뒤이어 자네가 새 국왕으로 추대되어 대관식을 마칠 것이며, 바론 의장의 새 국왕 선포와 함께 모든 참석자들이 자네에게 충성을 맹세하는 것으로 즉위식을 마무리할 것이네."

"속전속결이겠군요. 그럼 군부의 반동은 어떻게 막으려오?"

하림의 이 질문은 이번 모반의 최종 승부수를 묻는 것이었다. 야데천은 주변을 살핀 뒤 아주 낮은 음성으로 극비 사항을 설명했다. 하림은 턱수염을 어루만지며 무심한 표정으로 야데천의 설명을 들었다.

"……모두 알아들었나? 이것으로 거사는 완전 종결되어야 하네. 한 가지 더 보태자면, 일전에 얘기해줬던 그 거구 말이야. 이름은 둔마라고 하지. 매일 밥만 축내며 철퇴 휘두르는 놀이만 하고 있네. 원하면 그날 그놈의 철퇴 맛도 한번 보여주기로 하지."

끝으로 야데천은 동문 수비대에 잠입시켜둔 병사들 얘기도 꺼냈다. 알고 지내온 서쿤족 후손 셋을 몇 해 전 국경수비대에 편입시켰다는 것이었다. 자칫 수세에 몰리면 동문을 통해 탈출할 계획이라는 설명이었다. 이로써 하림과 야데천은 성공을 자신하며 돌이킬 수 없는 모반의 길로 돌진해 갔다.

즉위식이 열흘 앞으로 다가오자 왕국 전역에서는 잔치 분위기가 점점 고조되었다. 하지만 일을 만들면 그렇게 굴러가는 것인가. 아무도 눈치 채지 못하는 사이, 왕국 전역으로 어두운 반역의 기운이 빠르게 번지고 있었다. 동문 근처 관아 두 곳에서 원인 모를 불이 나더니, 그것을 시작으로 전국 곳곳 관아에서 잇달아 화재가 발생했다. 주민들은 방화로 의심되는 정황들을 속속 제보해왔다. 급보를 보고받은 재상은 곧바로 치안부에 최고 경계령을 내려 전국 관아들을 보호하도록 명했다. 그러나 치안부가 관아에 치중하는 사이 화재는 장터로 옮겨붙으며 전국적으로 대형 화재들이 잇달았다. 여기에 더해 그동안 웅크리고 있던 도적 떼도 화재를 틈타 시장을 휩쓸고 다녔다. 상인들은 불안에 떨며 가게 문을 잠갔고 오가던 손님들도 발길을 끊자 즉위식을 앞두고 들떴던 분위기는 급속히 냉각되어버렸다. 평화롭게 즉위식을 준비하던 왕실은 급기야 군부에 전군 총경계령 발동을 명령하기에 이르렀다.

쿼사마 대장군의 지휘로 군수뇌부가 전군 총경계령을 발동하자 북부 국경수비대의 봉화대에서 검은 연기가 피어 오르기 시작했다. 이를 기점으로 전국 국경수비대의 봉화대에서 거의 동시에 연기가 피어 올랐다. 이에 맞춰 전군 지휘부와 장졸들은 복무지 이탈이 금지되었다. 건국 이래 처음 발동되는 비상 조치였다. 주민의 이동은 통제되었고, 방화범과 도적 떼 색출에 군부가 직접 나섰다. 여왕 즉위식이 끝나면 해제되는 한시적 군령이었지만, 주민 통제라는 극약 처방인지라 전국 분위기는 꽁꽁 얼어붙었다.

북부의 누리수 장군도 각 구역별 경계 상황을 주시하고 있었다. 장군의 명에 따라 두루 대장은 사수의 궁수부대를 몇 개 소대로 나누어 왕궁을 방호하는 별동군에 합세하도록 하거나 대장군과 재상 그리고 의장 관사들로 분산 배치했다.

멀리 은신처에서 사수의 움직임을 지켜보며 몸을 낮추고 있던 괴려는 이번의 전국적인 대혼란 사태에 화가 치밀었다. 그는 화재의 초기 발생 경로와 그 후 뒤따른 도적 떼의 발호 경로를 그려보며, 이 사태의 유력한 배후 세력을 향해 맨주먹을 휘둘렀다. 그는 언제나 그랬듯 들어주는 이 없는 허공에다 홀로 괴성을 질렀다.

"오냐. 얼마 남지 않았다. 며칠 후면 대청소해주마!"

토요의 기도

하림의 모반 음모로 이제 여왕 즉위식은 바람 앞의 등불처럼 위태로 워졌다. 전국이 시시각각 혼란 속에 빠져드는 가운데 하림은 자기 진영 의 중소 부족장들과 최근까지 포섭해온 북부의 부족장들을 대동하여 바 론 의장을 찾아갔다. 의장을 겁박하기 위해 족히 수십 명을 끌어 모은 것이다.

"의장님, 지금 주변을 돌아보셨소이까? 전국의 민심이 여왕 등극을 반 대하는 수준을 넘어 봉기에 가까운 대혼란입니다. 나라가 거덜나기 전에 원로회의가 나서서 여왕 즉위를 취소해야 하지 않겠습니까?"

그러나 바론 의장은 굳은 표정으로 고개를 가로저었다.

"아니 되오. 즉위식을 불과 엿새 앞둔 지금 그럴 수는 없소. 국왕의 선 위 교서까지 내려진 마당에 우리가 역사를 멈추게 할 수는 없소이다."

바론은 갑자기 일어난 지금의 혼란을 일부 불순한 무리들의 준동으로 결론짓고 있었다. 그는 원로회의가 군부의 총경계령과 여왕 즉위식을 흔들림 없이 지지한다는 뜻을 분명히 했다.

하림은 이제 자신도 더 이상 물러서지 않을 명분을 갖췄다고 결론 내렸다. 그는 그날 밤 수하 무사를 시켜 미리 정해놓은 왕궁 옆 대추야자 숲 앞에 끝이 특이하게 꼬부라진 창날 하나를 던져놓고 오게 했다. 어의 야데천에게 보내는, 이번 거사를 계획대로 밀고 가겠다는 내밀한 신호였다.

하림이 바론 의장을 만나고 돌아온 그날 밤, 서부 중심부의 한 의원에서 의료 지원을 마친 토요는 그동안 발호하던 방화와 도적 떼가 빠르게 진압되고 있다는 소식을 접하며 평상심을 되찾으려 애쓰고 있었다.

'내일이면 닷새 앞으로 다가오는데……. 할 수만 있다면 형님 곁에 가 있다가 함께 즉위식에 참석하면 좋으련만.'

저녁 식사를 마치고 지역 관원들과 그날 일정을 마감한 토요는 의료 장비를 피고에 싣고 숙소로 돌아왔다. 전군 총경계령이 떨어진 지금, 민생부 직원들은 다음 날까지 본청으로 복귀하라는 지시가 내려와 있었다. 토요의 속마음은 근심으로 가득 차 있었다.

'공주님은 작금의 상황을 얼마나 우려하며 위축되어 계실까. 공주님을 끝까지 지켜드리겠다고 했던 두루 형님은 또 얼마나 가슴 태우고 계실까.'

착잡한 심정이 된 그는 어릴 적 큰아버지가 하셨던 것처럼 잠자리에 들기 전 무릎을 꿇고 조용히 두 눈을 감았다. 그는 내일 본청으로 돌아가면 곧바로 두루 형을 만나 공주님을 지킬 방도를 찾아보겠다는 다짐을 했다. 그러면서 즉위식이 안전하고 복되게 마칠 수 있기를 기원하는 기도를 올렸다.

먼 길을 가야 할 다음 날을 생각하며 그는 곧바로 잠자리에 누웠다. 그러곤 곤한 숨소리와 함께 빠르게 잠 속으로 빠져들었다. 긴 시간 미동 한 번 없이 조용히 잠자던 그에게 무슨 일이 벌어진 걸까. 토요는 갑자기 머리를 좌우로 흔들면서 신음 소리를 내기 시작했다. 꿈을 꾸는 모양이었다. 그는 동네 아이들과 뛰어놀던 어린 시절 꿈을 꾸었고, 그 꿈은 옆구리에 책을 낀 채 양 떼를 치던 젊은 시절로 옮겨간 뒤, 두루 형과 먼 사막 길을 고단하게 횡단했던 일, 그리고 푸른 왕국에서 의생 생활을 하던 시절까지 빠르게 이어졌다. 그러다 그 꿈은 두루가 어깨에 피를 흘리며 공주 앞으로 다가가는 모습에서 갑자기 멈춰 섰다. 그의 귀에 뿌연 잡음 같은 환청이 들리기 시작한 순간이었다.

"……들리느냐?"

아주 어린 시절부터 이따금 들려왔던 환청이었다. 그 환청은 거의 예외 없이 토요 자신의 신변에 변화가 있을 때 등장했던 것이었다. 토요는 반쯤 눈을 뜨다가 다시 그 환청을 쫓으려 온 신경을 집중했다. 희미하던 그 목소리가 이제 또렷이 들려왔다.

"내 음성이 들리느냐?"

토요는 더 신경을 집중하여 다음 소리에 귀 기울였다.

"나흘 동안 이곳에 머물러 있으라……."

이 소리에 완전히 잠을 깬 토요에게 환청은 더 이상 들리지 않았다.

다음 날, 북부 본청으로 떠나는 민생부 동료들에게 토요는 며칠 더 남아 의료 지원을 마무리하겠다는 의사를 전했다. 그러면서 새벽에 써둔 서찰을 동료 직원에게 건네주며, 북부 국경수비대의 두루 대장에게 전달해달라고 부탁했다. 토요는 그 서찰에서 두루 형에게 몇 가지 당부 말을 남겼다.

'형님, 여왕님 즉위식을 앞두고 본청으로 돌아가지 못함을 이해해주시

오. 행여 즉위식 시각에 맞춰 참석하지 못하더라도 여러 정황상 특별한 사정이 있을 것으로 양해해주시오.'

두루는 아우의 서찰을 읽은 뒤 '여러 정황상 특별한 사정이 있을 것'이라는 대목을 이해해보려 머리를 쥐어짰다. 아우가 즉위식에 참석하지 못할 수 있다니! 이건 그냥 넘길 말이 아니었다. 두루는 고심 끝에 관저 근처에 은신 중인 괴려를 찾아갔다. 괴려는 갑자기 방문한 두루로부터 토요의 서찰 내용을 듣자 안색 하나 바꾸지 않고 답했다.

"이 서찰이 중도에 샐까 극도로 말을 아꼈군. 아우의 서신은 즉위식 전까지 자신을 드러낼 수 없다는 뜻 아니겠나. 이제 나도 말하겠네만, 지금까지 전국에서 벌어진 방화와 도적 떼 난동이 무얼 노린 것이겠나? 주민들의 혼을 빼놓을 작정이었던 게지. 즉위식을 거부하는 것으로 밀고 가려는 속셈 말이야. 대역 모반이 발생한다면 대장은 무얼 해야 하지?"

괴려의 입에서 엄청난 말이 나오자 두루는 그 말을 의심하면서도 공주의 모습이 떠올라 자신의 가슴을 쾅! 내려치는 것 같았다.

"이봐, 대장. 토요도 분명 뭔가 낌새를 챈 것 같네. 즉위식 전날까지 자신을 드러내려 하지 않은 걸 보면 말일세. 내일이 되어보게. 내 예상으로는 방화도 도적 떼 난동도 빠르게 잦아들 걸세!"

풍전등화

다음 날 저녁, 훈련 교시를 모두 마친 두루는 전날 괴려가 했던 말을 되새기고 있었다. 대역 모반이라니…… 그는 루루를 천천히 몰아 빈 연병장을 몇 바퀴 돈 뒤 일몰로 붉게 물든 관저로 들어섰다. 지금까지 숱한 시련을 겪어왔었지만, 왕실과 공주의 생존이 걸린 대역 모반을 상상해본 적은 없었다. 그는 부관 아지드를 불러 마을의 현 상황을 보고받았다. 그의 설명은 어제 저녁 괴려가 예상했던 그대로였다. 북부 지역에 국한된 보고이긴 했지만, 그때까지 단 한 곳도 화재가 발생한 지역이 없다는 것이었다. 군부의 최고 경계령으로 도적 떼도 자취를 감춰간다고 했다. 괴려의 예상이 옳다면 대역 모반 예상도 옳을 수 있단 말인가? 토요 아우는 그동안 무엇을 하려는 의도일까?

두루는 저녁 시간을 기다려 다시 괴려를 찾았다. 루루 발굽 소리를 들은 괴려가 찌그러진 방문을 열고 머리를 내밀었다.

"곧 올 것 같아 기다리고 있었네. 묻고 싶은 게 있을 텐데 어서 해보게."

"괴려 선생, 정말 모반이 일어날지 걱정되어 왔습니다. 도대체 누가 대역죄를 꾀한단 말이오? 그리고 정말 반역이 일어난다면 어떤 방식이 될지 설명해주시오. 사전에 공주님을 지켜내야 하지 않겠습니까?"

"내가 잘못 짚었다가 일이 더 꼬이면 역사의 죄인이 될까 하는 염려! 이 한 가지 때문에 말을 삼가고 있는 중이네. 그러나 대장은 여왕 즉위식을 온전히 지켜내야 하니 내 목숨 하나 버리기로 하지. 내가 원하는 대로 해주게. 내일 저녁까지 신분증 하나 만들어줘. 그동안 사수 부대장도 내게 보내줄 방법을 찾아주고……."

하루가 더 지나 이제 즉위식이 사흘 앞으로 다가왔다. 두루가 다시 나타나 어제 부탁받은 대로 임시 신분증을 전해주자 괴려가 말했다.

"즉위식에서 만나세. 새 여왕님 앞에서 얼굴 볼 수 있길 바라네. 얘기한 대로 내일 저녁엔 왕궁 후원 뒤꼍으로 사수를 보내줘야 하네. 대청소 잘 마치도록 말이야."

괴려는 짧지만 강한 여운이 깔린 말을 남기고 검을 챙겨 말에 올랐다.

두루는 괴려를 붙잡고 싶었지만 그는 빙긋 한 번 웃더니 뒤도 돌아보지 않고 떠나갔다. 자신의 목숨까지 언급했던 그가 이젠 즉위식 당일 얼굴 볼 수 있기를 바란다니! 저렇게 가도록 내버려둬도 된단 말인가. 안타까워하는 두루는 안중에 없다는 듯 괴려는 태연히 왕궁 뒷길로 사라졌다. 어제 저녁에 언질 준 대로 그는 아무도 모르게 먼 길을 돌아 왕궁 후원 뒤꼍 대나무 숲속에 은신할 계획이었다.

왕궁 후원엔 어의들의 처소가 자리 잡고 있었다. 그동안 괴려는 왕궁 내부에 작금의 음모 세력과 내통하는 자가 있을 것으로 의심해왔다. 그자가 집사들이나 여집사들 중에 있을까? 호위무사들 중에? 괴려는 약 석 달 전 동북부 일대에 나붙었던 공주 비하문에서 그녀의 습관까지 들춰낸 글을 기억해냈다. 아, 어의일 가능성이 높구나! 이제 사흘 뒤 아침이면 즉위식이 거행될 것이다. 즉위식 전날 밤을 잘 버텨내면 뒷일은 퀴사마 대장군과 군부가 담당할 것이다. 괴려는 별동군에 합류한 사수 부대장이 즉위식 전날 밤까지 자신의 은신처로 옮겨오도록 두루에게 귀띔해두었다. 그는 쏙 빠진 뱃살을 만지다 말에 싣고 온 먹거리를 조금 뜯어 먹었다. 그리고 기운을 내어 주변 대나무 가지들을 자르고 줄기들을 묶어 후원 담벽을 타고 오를 사다리를 만들기 시작했다.

이윽고 즉위식이 다음 날로 다가왔다. 토요는 환청을 들은 대로 나흘을 서부 구역에서 의료 지원을 하며 보낸 뒤 그날 아침 짐을 챙겨 북부 본청으로 떠났다. 매 구역을 지날 때마다 신분증을 보여주느라 본청에는 늦은 오후에나 도착할 수 있었다. 마음이 급한 그로서는 상부에 복귀 신고를 한 뒤 바로 귀가하려 했다. 그때 본청을 나서는 그에게 동료 직원이 달려와 원로 한 분의 집사가 토요의 행적을 묻고 갔다는 얘기를 해주었다. 그는 토요가 서부 지역 진료를 마친 뒤 복귀할 것이라 전했다면서,

그 원로가 누구인지는 답해주지 않았다고 말했다. 토요는 그의 말을 귀담아 들었지만, 지금은 가슴속에 묻어온 어떤 기억을 더듬느라 다른 일에 신경 쓸 여유가 없었다. 그 기억이란 약 2년 반 전 고향 마을을 떠날 때 큰아버지가 손에 쥐여주신 작은 양피지 주머니를 찾는 것이었다. 토요는 방구석에 쌓아둔 옷 바구니들을 바쁘게 헤집어 낡은 저고리 안단에서 그 양피지를 찾아냈다. 마을을 떠날 조카에게 큰아버지는 사막 여행 중 어떤 절실한 상황이 생기면 그때 그걸 열어보라고 말씀하셨다. 그 시기가 지금이라 판단한 그는 숨 돌릴 틈 없이 양피지를 꿰맨 실을 풀어냈다. 그 속엔 희미하나마 다음의 글이 새겨져 있었다.

'오직 진실과 정의 편에 서거라.'

극히 줄인 충고였다. 조카의 신중한 성품을 잘 아는 큰아버지는 그가 곤란한 처지에 빠진다면 저 말을 해주고 싶었을 것이다. 가장 절박한 순간에 조카가 가야 할 길을 보여주신 것이다. 그는 큰아버지에게 절을 올리려 무릎을 꿇고 눈을 감았다. 그러자 그의 머릿속엔 나흘 전 들었던 환청과 방금 읽은 큰아버지의 조언이 연결되면서 어떤 깨달음이 번쩍 스쳤다. 토요는 최근 갑자기 발호했던 환란을 상기하며, 그 환청과 큰아버지의 충고가 어떤 변고에 대비하라는 명령처럼 여겨졌다.

'그래, 어서 형님을 만나보자. 지금쯤 형님은 답을 가지고 계실지 몰라!'

토요는 그길로 피고를 몰아 두루 형에게 달려갔다. 그날 형의 일정이 끝나기를 기다린 토요는 관저로 들어서는 그를 와락 껴안았다.

"아니, 아우 아닌가!"

놀라고도 반가운 얼굴로 그도 아우를 힘껏 껴안았다. 형과의 만남을 그렇게 기다려왔었는데, 토요는 형의 가슴에 기대어 펑펑 눈물을 흘렸다. 둘은 이제 여왕 즉위식과 관련하여 서로 맞춰봐야 할 극비 사항들을 점검하기 시작했다. 토요는 나흘 전 들었던 환청과 큰아버지가 남겨준 양피지 내용을 설명하며 자신이 공주님을 위해 무엇을 해야 할지 물었다. 두루의 답은 좀 더 구체적이었다.

"아우, 아직은 기다려야 할 것 같아. 괴려 선생이 공주님을 지키기 위해 후원 쪽 어의 거처 너머에서 은신하고 계셔. 정확히는 알 수 없으나 즉위식 전날 밤이 고비일 거라는 예측을 하셨어. 만일을 대비해 사수 부대장도 은밀히 그곳으로 보내달라고 요청했어. 그러니 아우도 지금 그곳으로 가는 것이 옳을 것 같네."

"알겠어요, 형님. 곧바로 그곳에 접근할게요 그런데 이후부턴 형님을 어떻게 만날 수 있나요?"

"나는 대장군님의 명을 기다려야지. 자칫 실기할까 걱정되긴 한데, 즉위식을 마치는 순간까지 국경 수비도 비상 상태야. 내일 오전에 즉위식을 무사히 마친 뒤 총경계령이 해제되면 식장에서 새 국왕님께 함께 절 올리세."

그렇게 형과의 짧은 재회를 마친 토요는 피고에 올라 왕궁 뒷길을 멀리 돌았다. 형이 알려준 후원 뒤꼍에는 대나무 숲이 짙게 우거져 있었다. 어디일지 모르나 괴려 선생은 지금 그곳으로 잠입해 들어가는 자신을 지켜보고 있으리라. 숲속으로 어둠이 빠르게 밀려왔다. 그는 피고를 다독여 물가에서 쉬게 한 뒤 왕궁 담벽으로 다가가 귀를 대보며 그 너머 어떤 낌새가 전해지는 지 느껴보려 했다.

한편, 그날 오후까지 궁중에는 왕실 친인척들이 칼라드 국왕 내외와 새 국왕이 될 도하를 만나기 위해 드나들었다. 축하의 포옹을 나누며 식장을 둘러본 그들은 다음 날 만나자는 인사를 한 뒤 돌아갔다. 재상은 그 시간까지도 대전 현관문 앞으로 웅장하게 펼쳐진 즉위식장을 점검하고 또 점검했다. 그는 모든 일이 순조로울 것이라는 말로 왕과 예비 여왕 도 하를 안심시켰다.

"전하 그리고 공주마마, 이제 전국에서 일어났던 혼란도 거의 진정되 었사옵니다. 내일 즉위하신 뒤 선정을 베푸셔서 나라가 빠른 시일 내로 안정되도록 최선을 다하소서. 조만간 다시 태평성대를 보실 것입니다."

그 시간 내전을 오가던 야데천은 집사를 찾아 환약 두 알을 건네주었 다.

"오늘 밤 전하께서 잠을 청하기 어려워하시면 이 약을 드리세요."

야데천은 자신은 어의 교육을 위해 후원으로 들어갈 것이며 내일 아침 즉위식 전에 국왕 내외와 예비 여왕의 건강을 살피겠다는 말을 남긴 뒤 내원을 떠났다. 그가 어의 거처로 들어서자 어린 어의들이 쫓아 나와 줄 을 서며 머리를 조아렸다. 약 25년 전 어의로 처음 입궁하면서 야데천은 어의 거처를 진의대라고 명명했고 어의들 사이에 상명하복식 질서를 단단히 굳혀왔다. 매일 밤 이어온 어의 교육에서 그는 의료 수련뿐만 아 니라 정신 교육까지 실시했다. 오늘은 다음 날 즉위식을 맞이하여 정신 교육에 주력할 참이었다. 자신을 제외한 노어의는 넷이었으며 그중 여어 의가 셋이었다. 나머지 하급 어의 다섯은 모두 청년들로, 야데천이 직접 선출한 서쿤족 후손들이었다. 야데천은 이들 어린 어의들에게 상왕과 같 은 처신을 해오고 있었다.

이제 밤이 점점 깊어지고 있었다. 왕궁 주변으로는 다음 날 즉위식에 대비해 별동군이 겹겹이 비상 경계를 서고 있었다. 왕궁 안팎을 밝히는 등불 아래로 어둠이 깔리기 시작했다.

토요의 피리 소리

칼라드 왕과 라미아 왕비는 평소보다 일찍 저녁 수라를 마쳤다. 내외는 공주에게도 저녁을 일찍 준비해 올렸다는 여집사 수련의 얘기를 들은 뒤 흐뭇한 기분으로 각자 침소에 들었다. 왕은 다음 날 대사를 생각하며 일찍이 잠자리에 누웠다. 새벽 잠이 얕은 왕은 집사가 두고 간 환약을 복용하며 깊이 잠들기를 바랐다. 그러나 그날 따라 복통이 지속되자 왕은 옆 방의 왕비를 깨웠고, 왕비는 집사와 여집사를 불러 왕의 상태를 살피도록 지시했다. 왕이 계속 잠을 설친 것을 확인한 집사는 곧바로 후원 진의대로 달려가 야데천을 불렀다. 한밤중이었지만 야데천은 방문에 걸어둔 가방을 들고 젊은 애제자 어의를 대동하여 국왕 침소로 달려갔다. 야데천이 가방에서 진통제를 꺼내 왕에게 복용시키자 잠시 후 통증이 완화되었던지 왕의 표정이 밝아지기 시작했다. 그 모습을 보며 야데천이 진의대로 돌아가려 하자, 국왕은 자신이 다시 잠든 뒤에도 옆에서 지켜봐달라고 부탁했다. 노어의는 데리고 온 애제자에게 눈짓하여 진의대로 보냈고, 자신은 국왕 침소 옆 의자에 앉아 집사의 허락이 내려질 때를 기다렸다.

진의대로 되돌아간 애제자는 졸개 어의 넷의 손에 단검을 쥐여주었다. 그리고 그들과 함께 후원 곁문을 통과해 왕궁 내원으로 미끄러져 들어왔다. 그들은 내전 앞에 아무도 없는 것을 확인한 뒤 최근 교육받아온 대로 둘은 국왕 침소로, 남은 셋은 왕비 침소로 다가갔다. 애제자가 품속에서 단검을 꺼내자 나머지도 단검을 꺼내 들었다. 그러곤 동시에 두 침소로 뛰어들어 국왕과 집사 그리고 왕비와 여집사를 제압하기에 이르렀다. 야데천이 국왕에게 칼을 대고 있는 동안, 애제자는 헝겊으로 집사의 입을

틀어막고 검정 천으로 눈을 가린 뒤 오랏줄로 양팔과 다리를 친친 감았다. 이제 야데천은 수련을 불러 공주를 왕비 침소로 데려오도록 명했다.

"이 단검이 보이느냐? 국왕이 다칠 수 있으니 조용히 데려오라. 모친 곁에 감금해둘 것이다."

야데천은 공주 뒤를 진여도 따라올 것이니, 다른 여무사들을 감금해둔 건넌방에 함께 묶어 넣도록 지시했다. 노어의는 그렇게 국왕을 볼모로 한 치의 실수도 없이 반역의 발을 내디뎠다. 이 모두 내전을 쉽게 드나들며 준비해둔 그의 치밀한 계획에 따른 것이었다.

야데천은 이제 잠든 왕을 일으켜 앉혔다. 그는 그날 저녁 수라 후 국왕이 복용하도록 집사에게 전해준 환약 속에 소화 장애를 일으키는 이물질을 섞어 넣었었다. 환약 복용 후 지금까지 복통으로 잠을 설친 국왕은 이제 통증은 진정되었으나 수면제 영향으로 비몽사몽 중에 있었다. 노어의는 가방에서 미리 준비해둔 넓은 양피지 두 장을 꺼냈다. 흰 바탕에는 어명처럼 읽히는 큼지막한 글이 적혀 있었다. 쿼사마 대장군과 두루 대장에게 보내는 급령이었다.

'내가 지금 왕비와 볼모로 잡혀 있소. 이 서한을 보는 즉시 검을 내려놓고 어사들의 오랏줄을 받으시오. 공주 생명을 생각하여 순순히 따르시오.'

야데천은 집사의 엄지 끝을 칼로 찌른 뒤 미리 가져온 접시에 핏물을 받았다. 혈액이 제법 고이자, 그는 왕의 오른손 손바닥을 그 위에 올려 피를 묻힌 뒤 두 장의 양피지에 차례로 눌러 찍었다. 서한들에 피가 마르자 그는 그것들을 둘둘 말아 작은 가방에 넣은 뒤 곁에 선 애제자에게 넘겼다. 그 졸개는 곧바로 후원으로 빠져나가 진의대에서 대기 중이던 하림의 두 여무사 중 하나에게 가방을 전했다.

한편, 후원 담벽 너머 대나무 숲에 은신해 있던 괴려는 그곳으로 잠입해온 토요에게 휘파람 소리로 자신의 위치를 알렸다. 얼마 전 토요가 불었던 피리 가락을 흉내 낸 소리였다. 거의 같은 시간, 그 휘파람 소리에 또 다른 인물이 빠른 걸음으로 다가왔다. 어깨에 화살통을 무겁게 멘 채 어둠을 뚫고 온 사수였다. 괴려는 두 사람을 은신처로 데려간 뒤 지난 이틀 사이 자신이 만들어놓은 대나무 사다리를 보여주며 속삭였다.

"담벽 뒤엔 어의 거처 진의대가 있네. 이걸 타고 내가 먼저 담벽 위로 올라가 아래를 살피겠네. 진의대 주변으로 이상 징후가 보이면 곧장 상황을 알리겠네. 사다리를 들어올려 반대편으로 세우면 진의대로 넘어갈 수 있을 걸세."

괴려는 진의대 담 꼭대기에 걸터앉아 가만히 아래를 지켜보고 있었다. 아직 동이 트려면 몇 시간은 더 기다려야 했지만, 세 사람은 배고픔도 잊은 채 즉위식 전날 밤을 보내고 있었다. 그런데 한밤중을 지나면서 갑자기 어떤 변고를 예감케 하는 일이 괴려 눈에 보이기 시작했다. 궁중에서 누군가 진의대로 급히 달려왔고, 그가 나이 든 어의와 젊은 졸개 어의를 데리고 다시 궁중으로 달려가는 것이었다. 잠시 후엔 그 졸개가 다시 돌아와 동료 어의 넷을 데리고 궁중 방향으로 달려가는 모습도 보였다. 그러고는 얼마 후 처음 그 졸개가 진의대로 다시 달려온 뒤 여무사 둘을 데려 나오는 것이었다. 두 여무사는 좌우를 살피다 진의대를 떠나갔고, 졸개는 쏜살같이 궁중으로 되돌아가는 것이었다.

이쯤에서 괴려는 사다리를 미끄러져 내려와 사수와 토요에게 지금까지 자신이 보았던 돌발 상황과 이제부터 해야 할 일을 설명했다. 지금 진의대에는 아무도 없는 듯하며 궁중으로 어의들이 몰려간 것으로 미루어 어떤 변고가 생겼을 가능성이 있다는 것이었다. 노어의와 젊은 어의들이

다급하게 달린 것으로 미루어, 필시 국왕 내외 또는 공주에게 위급한 상황이 생겼을 것으로 직감했다.

"우선 진의대 상황부터 살핀 뒤 궁중으로 접근해보세."

그 말과 함께 괴려가 재빠르게 사다리를 다시 올랐고, 토요와 사수가 그 뒤를 따랐다. 그 후 그들은 반대편으로 사다리를 넘긴 뒤 미끄러지듯 진의대 옆에 안착했다. 셋은 조심히 거실로 발을 내디디며 내부의 인기척을 살폈다.

여어의들의 거처로 가는 복도로 발을 옮기던 토요 귀에 여성의 신음 소리가 들려왔다. 방 안에는 여어의 셋이 손발이 묶인 채 쓰러져 있었다. 토요가 검을 내리고 자신의 얼굴을 드러내자, 그를 알아본 여어의 하나가 서둘러 일어나려고 버둥거렸다. 근처 있던 괴려와 사수도 토요 뒤편으로 달려왔다. 묶인 줄을 풀어주자 토요를 알아보았던 여어의가 떨리는 목소리로 말했다.

"토요 의생님, 지금 궁중 내전에는 전하와 왕비마마 그리고 공주마마가 감금되어 계십니다. 야데천 어의가 젊은 어의 다섯을 데리고 입에 올릴 수도 없는 반역을 꾀하는 모양입니다. 국왕님을 겁박하여 집사들과 여집사들, 그리고 호위무사들까지 손발을 묶은 채 위협하고 있는 것 같습니다."

여어의는 온몸을 떨며 숨을 헐떡거렸다. 토요가 세 여어의에게 안심하라는 말을 했다.

"아직 아무 말씀 드릴 수는 없지만, 저희가 이곳에 있는 것이 괜찮으시다면 여기서 궁중을 살피도록 하겠습니다."

세 여어의가 머리를 끄덕이자, 이들이 안심하고 쉬도록 토요 일행은 방을 나왔다. 그들은 진의대에서 기다리다가 동틀 무렵, 야데천 일당의 경계심이 좀 수그러졌을 때 내전으로 들이닥치기로 했다. 고통스러운 긴 시간이었다. 비통 속에 참던 토요가 무얼 생각했던지 다시 여어의 거처로 다가가 문을 두드렸다. 토요를 먼저 알아봤던 여어의가 문을 열고 나오자 토요가 손에 든 피리를 보여주며 물었다.

"여기서 피리를 불면 내전에서 들릴까요?"

"확신은 없지만 희미하게 들리기는 할 것 같습니다."

그 말에 토요는 괴려와 사수에게 잠시 실례하겠다며 진의대 대문으로 걸어갔다.

'이 피리 소리를 들으시고 조금이나마 안도하시면 좋으련만.'

토요는 깜깜한 궁중 후원에서 자신들이 지켜야 할 그분을 향해 피리를 불기 시작했다. 그는 이 피리 소리가 그녀 가까이에 구원자들이 대기하고 있다는 신호로 전해지길 바랐다.

도하의 저항

하림의 여무사들은 민생부 의료 지원 관리 신분으로 왕궁 진의대를 방문했었다. 야데천으로부터 국왕의 급령이 든 가방을 받아 말 안장에 걸친 채 그들은 아무 일 없다는 듯 별동군 경비 구역을 빠져나왔다. 둘은 그길로 말을 달려 하림 무사들이 묵고 있는 농가 마을로 향했다. 그곳은 몇 달 전부터 하림 진영의 부족장들이 한 가구씩 농민들을 밀어낸 뒤 북부 본거지로 사용해오고 있었다. 그곳에서 말을 달리면 북쪽의 왕궁과 대장군 관사까지는 한 시간, 두루 대장 관저까지는 한 시간 반 이내에 도달할 수 있었다.

여무사들을 만난 하림은 양손에 각각 교서를 하나씩 들고 크게 웃어댔다.

"와하하하, 야데천 형님이 해내셨구나. 하늘이 우리를 돕고 있다. 이제 이 왕국을 우리 마음껏 지배해보자. 으하하하!"

그는 자신의 수족이라 할 부족장들에게 교서를 일일이 보여주었다. 그러곤 검술이 뛰어난 장수 치타와 요돈에게 무사들을 20여 명씩 딸려 그날 새벽 대장군 관사와 두루 관저를 덮치도록 했다.

불손하게 뛰어드는 치타 일당에게 대장군은 당장 검을 빼들어 모두 목을 베어버릴 태세를 취했다. 그러나 치타가 내미는 교서를 읽은 뒤 자칫 자신의 오판으로 국왕 내외와 공주가 살해될까 염려되었다. 천하의 대장군이었지만 이런 경우를 처음 겪는 그는 가슴을 치며 검을 내려놓았다. 하림 무사들은 대장군의 손발을 묶고 재갈을 단단히 물린 뒤 그대로 관사에 감금해버렸다. 어차피 이날 오전이 지나면 그의 운명도 끝장날 일이었다. 비슷한 시각, 요돈 부족장도 같은 방식으로 두루 대장 관저를 덮쳤다. 요돈 일당은 교서 앞에 속수무책이 된 두루를 나무 우리에 묶어 가두고 마차에 실어 왕궁으로 압송했다.

그에 앞서 야데천은 두루의 의제로 또 수족으로 알려진 토요와 사수 부대장도 체포할 계획을 세웠었다. 그는 자천 대신과 친분이 있는 하림에게 토요의 행보를 파악하도록 했었으나 서부 지역 의료 지원을 이유로 그 행적이 묘연했었다. 궁수 부대장 사수를 체포하려던 계획도 그가 군부 총동원령에 맞춰 별동군에 합류한 이후 기회를 잡지 못했었다. 이에 더해 야데천은 세상의 모든 풍파를 헤쳐온 괴려의 존재 자체를 모르고 있었다. 이로써 토요와 사수는 야데천의 체포 계획을 피해갔고, 괴려는 이 두 사람과 진의대에 잠입하여 역습의 기회를 노리고 있었다.

깜깜하던 동녘 하늘에 잔잔한 여명이 번지기 시작했다. 그 시간, 내전의 모친 침소에서 살해 위협으로 치를 떨고 있던 도하의 귀에 마치 희망의 빛처럼 희미한 소리가 들렸다. 얼핏 들어 피리 소리 같았다. 그 소리에 더 집중하던 그녀는 문득 그 피리 가락이 독특하면서도 아득한 고향 같은 느낌을 받았다. 아, 토요 의생의 그 피리 가락!

'그렇다면 이 소리는 토요 의생이 근처에 와 있다는 신호를 보내는 것 아닌가.'

공주는 지금 토요가 분명 자신을 안심시키려 애쓰고 있다는 걸 직감했다. 그렇다면 행여 두루 대장도 함께 와 있을까? 아니면 사수 부대장과 괴려 선생이? 그 한밤을 보내는 동안 공주는 반역자들의 피 말리는 위협 속에서도 모친을 위로하고 있었다. 호위무사들과 집사들까지 손발이 묶여 감금된 상태에서 이제는 살아날 가능성이 전무하다는 생각에 정신이 아찔하고 숨이 막혀왔다. 즉위식은 고사하고 부모님과 자신이 목숨을 잃으면 이 왕국은 어떻게 될까? 그녀를 옥죄는 상황 속에서 저 피리 소리는 분명 이 왕국을 지키려는 구원의 신호일 것이리라.

왕궁 앞 넓은 뜰에 마련된 즉위식장은 건국일을 상징하는 화려한 무지개 깃발들로 장식되어 있었다. 긴 식장의 하단에는 붉은 융단이 깔려 있었고 그 위에 우아한 보좌가 놓여 있었다. 융단은 그곳에서 출발하여 일곱 계단을 오르고 왕궁 현관을 지나 대전 내 세 계단을 더 오른 뒤 그곳 상단에서 멈추었다. 그 상단에는 위엄을 갖춘 옥좌 두 개가 놓여 있었으며, 그 자리에서 그날 여왕의 즉위를 선포할 대관식이 있을 예정이었다. 이후 의장대와 호위무사들이 앞장선 가운데 여왕은 가마를 타고 주민들의 환호 속에 왕국의 정중앙 천인지까지 행진한 뒤 환궁할 예정이었다.

시각이 오전 10시를 막 넘기자 별동군의 푸난 대장은 수하 장수들에게 왕궁 정문 앞길을 트도록 명했다. 그 정문을 통해 예복을 입은 덩치 큰 북재비가 입구 옆에 놓인 대북을 크게 세 번 울리며 입장했다. 그리고 그 뒤를 이어 왕실 친인척들과 마완 재상, 바론 의장 그리고 국가 원로들과 조정 대신들이 줄지어 들어왔다. 즉위식 전까지 전국의 방화 사건이 있었기에 재상은 참석할 하객 수를 30명 정도로 제한했다. 남부의 모나와 동부의 하림은 참석했지만 서부의 유환은 지병을 이유로 불참했다. 하객들은 집사들과 여집사들의 안내를 받으며 공주가 앉을 보좌 옆으로 두 줄씩 나란히 섰다. 이제 곧 궁중 대전 상단 옥좌에는 칼라드 현왕과 왕비가 앉을 예정이었고, 뒤이어 이날의 주인공인 공주가 즉위식 예복을 갖춰 입고 식장 하단으로 내려와 보좌에 앉을 예정이었다.

하객들은 친인척의 대표이자 군부의 수장인 쿼사마 대장군의 입궁이 늦어지고 군수뇌부 장군들도 나타나지 않자 왕국 어디선가 다시 불순한 준동이 있는지 신경 쓰는 눈치들이었다. 아니나 다를까 그 염려는 지금 궁중 내전에서 끔찍한 현실이 되어 있었다. 즉위 시각이 점점 다가오자 야데천은 수면제로 몽롱한 국왕에게 여전히 단검을 갖다 댄 채 애제자를 시켜 왕비 침소에 있는 공주에게 즉위식 예복을 갖춰 입도록 명했다. 잠시 후 여집사 수련이 예복을 입은 공주를 야데천 앞으로 데려왔다. 야데천이 수련에게 하명하듯 말했다.

"여집사는 지금 당장 식장 하단으로 공주를 데려간다. 공주는 예행했던 대로 보좌에 가만히 앉아 있으라. 이상한 행동을 보이면 그 순간 네 아비 어미는 목숨을 잃을 터이니 제대로 하란 말이다!"

수련은 공주의 팔을 잡으며 정중히 식장 하단으로 내려갔다. 공주의 눈에서 눈물이 흘러내리자, 여집사는 손수건으로 닦아주며 위로했다. 거의 기도에 가까운 위로였다.

"공주마마, 곧 왕위에 오르실 것이오니 심려 마시옵소서. 왕비마마를 구하시자면 우선 견뎌내셔야 하옵니다. 신께서 여왕님과 이 왕국을 지켜 주실 것입니다."

여집사가 공주를 데리고 내려가자 야데천은 애제자를 시켜 집사의 다리를 묶은 밧줄을 푼 뒤 침소 밖 국왕 옥좌 뒤에 서 있게 했다. 뒤이어 졸개들을 시켜 국왕과 왕비를 침소에서 끌어내어 각 옥좌에 앉히도록 했다. 그는 이제 여집사들도 호위무사들을 가둬놓은 침소 건넌방에 감금하도록 했다. 실로 야데천은 매일 내전을 오가며 이 순간을 정확히 실행하도록 홀로 수없이 연습했었다.

공주가 식장 하단을 향해 계단을 내려오자 드디어 역사적인 즉위식이 시작되려 했다. 주례자인 재상이 하객들 앞에서 걸어 나와 공주를 맞이하며 융단 중앙의 보좌로 그녀를 안내했다. 그는 예비 여왕에게 큰절을 올린 뒤 하객들에게 그날의 식순 설명과 함께 첫 하례 행사를 안내했다. 하객들은 한 사람씩 예비 여왕 앞으로 다가와 허리를 굽히거나 양손을 가슴에 올리며 축하 인사를 올렸다.

재상의 식순 설명은 사실상 대역 모반의 신호가 된 셈이었다. 대전 안 옥좌 뒤에 서 있던 야데천은 졸개들에게 국왕 내외와 집사를 빈틈없이 지키도록 명한 뒤 식장 뒤로 유유히 걸어와 하객들 틈에 섞였다. 그러곤 잠시 분위기를 살피다 하림에게 절을 하며 그 옆에 다가섰다. 그는 앞만 보며 가만히 뭔가 소곤거리곤 아무 일 없다는 듯 자리를 떴다. 주변 하객들이 예비 여왕에게 인사하고 돌아오는 어수선한 사이 하림도 조용히 그 자리를 떴다. 하림과 거리를 두고 서 있던 모나가 슬그머니 자리를 뜨는 그의 모습을 보며 긴장된 표정을 지었다.

이윽고 하객들이 모두 축하 알현을 마치자 재상이 다음 식순을 알리려 공주 보좌 옆으로 다가섰다. 바로 그때, 왕궁 정문에서 그날 행사를 통제하던 별동군 푸난 대장의 갑작스런 고성이 들리더니 많은 병사들이 중무장을 한 채 식장으로 들이닥쳤다. 하림의 장수들이 푸난을 체포한 뒤 그의 병사들을 강제로 해산시키며 벌어진 일이었다. 치타와 요돈은 40명 규모의 소대 병력을 하객들 앞으로 난입시켜 즉위식장을 순식간에 장악해버렸다. 하객들은 영문도 모른 채 놀란 가슴으로 재상을 바라보았다. 덩치 큰 장수 치타가 공주 앞으로 뛰어나와 무례하게 서더니 하객들을 향해 큰 소리로 외쳤다.

"이 자리에 참석한 하객들 중 불순한 무리가 있다는 급보가 입수되어 이제부터 우리 군부가 이 즉위식을 접수하겠소. 지금 바깥엔 민심이 들끓고 있소. 이에 우리 군부는 여왕 등극을 취소하는 대신 덕망 높은 원로를 국왕으로 세우기로 했소. 이 모두 신속한 구국의 결단이니 그렇게 아시오. 칼라드 현왕과 공주가 받아들이면 목숨을 건질 것이오."

이 황당한 발표에 대부분의 하객들이 펄쩍 뛰며 고성을 지르기 시작했다. 이에 장수 치타가 검을 빼들며 좌우를 향해 다시 소리쳤다.

"민심이 봉기해야 정신들 차리겠소? 새 국왕으로 등극하실 분은 이 나라 원로로 추앙받아온 동부의 하림 대부족장이오. 곧 대전 상단에 오르셔서 대관식을 거행하실 것이오. 그전에 여기 모인 군신들은 새 국왕께 충성 맹세를 약속해야 생존이 보장될 것이오."

험악해진 그의 얼굴 표정이 하객들을 짓밟을 듯 표독하게 바뀌었다. 참다 못한 재상이 듣도 보도 못한 그 장수에게 다가가 큰 소리로 질타했다.

"이 무슨 대역의 망동인가? 우리는 쿼사마 대장군의 급보도 받은 적 없고, 지금 이곳에는 바론 의장이 여왕 즉위식을 축하해주고 계신다. 도대체 너희는 누구길래 이 같은 반역질을 하느냐?"

재상의 고함에 치타가 대답 대신 주먹을 날리자, 재상이 얼굴에 피를 흘리며 그 자리에 쓰러졌다. 공주가 비명을 지르며 재상에게 달려가자 근처에 도열해 있던 무사들이 그녀를 보좌로 밀어 올리고 재상을 포박해 끌고 나갔다. 그 광경을 보던 하객들도 비명을 지르며 몸을 떨기 시작했다. 치타가 검을 더 높이 치켜들며 소리쳤다.

"다시 말하지만, 이제까지 민심을 거슬러온 공주에게 즉위식은 없다! 곧 새 국왕 하림께서 저 상단에서 왕관을 쓰시고 나면 이 소란도 끝내실 것이다."

그는 병사들에게 하객들을 에워싸도록 명하고는 그 맨앞에 공주를 세웠다.

"그럼 이제 묻는다. 새 국왕 하림께 충성을 맹세하는 자는 저곳 일곱 계단 앞으로 당장 나서라. 모두 함께 새 국왕을 향해 절을 올릴 것이다. 맹세를 거부하는 자들은 민심을 거역한 죄로 병사들에게 끌려 나갈 것이며, 처형을 면치 못할 것이다."

그 말이 떨어지기 무섭게 대신들과 원로들 여럿이 일곱 계단 앞으로 뛰어 나섰다. 모나를 포함해 대부분 낯익은 얼굴들이었다. 남은 하객들은 각오를 하거나 눈치를 살피며 공주를 향해 고개를 돌렸다. 그날 새벽 그 피리 소리를 가슴에 간직해온 공주는 작심한 듯 보좌로 돌아와 꼿꼿한 자세로 식장에 난입한 무사들을 향해 외쳤다.

"너희 반역자들아, 하늘이 두렵지 않으냐? 너희가 거론하는 민심은 내가 더 잘 아노라. 지난날 전국을 돌며 민생 탐방을 할 때 내 눈으로 직접 보고 들었노라. 민심을 거역하는 너희들이야말로 하늘의 심판을 받을 것이다."

까랑까랑한 공주의 음성이 식장 안을 울려 퍼졌다. 그녀는 자신의 목숨뿐만 아니라 부왕과 모친의 생명 그리고 왕실의 안위까지 위험할 것을 알면서도 피를 토하는 심정으로 반역자들을 꾸짖으며 대항했다.

대반전의 기로

공주가 하림의 장수 치타와 그 수하 병사들을 반역자로 규정하고 목숨을 던지는 저항을 하자, 식장의 분위기는 급반전되었다. 충성 맹세를 거부하며 무사들에 포위되어 있던 왕실 친인척들, 바론 의장과 남은 원로들 그리고 자천 대신을 포함한 일부 대신들은 자신들도 공주와 운명을 같이하겠다며 용기를 내기 시작했다. 그들은 맨손으로도 무사들과 싸울 비장한 각오마저 하고 있었다.

치밀하게 진행됐던 야데천의 모반 계획은 진의대와 대전에서도 끔찍한 허점을 드러냈다. 진의대에서 때를 기다리던 괴려는 바람처럼 대전 내부와 즉위식장 분위기를 살핀 뒤 되돌아왔다.

"드디어 우리 차례가 왔네."

그는 비통 속에 신음하던 토요의 손을 끌어 대전으로 내달렸다. 사수도 활과 화살통을 어깨에 메고 서둘러 뒤따랐다. 세 사람이 대전 안으로 접근하자, 갑자기 나타난 그들을 향해 야데천의 졸개 어의 셋이 빠르게 다가왔다. 깡마른 노인을 수상하게 여긴 그들이 단검을 들어 공격해 오자 괴려의 검이 공중을 몇 번 휘저으며 그들의 입술과 코를 베어버렸다. 그와 동시에 사수의 화살들이 옥좌 뒤에서 단검을 들고 있던 두 졸개의 뺨을 관통해버렸다. 졸개 어의들이 모두 고통을 호소하며 쓰러지자, 옥좌로 달려간 토요는 국왕 내외의 건강을 살핀 뒤 조심히 침소로 옮겨 신변 안전을 확보했다. 토요가 왕비에게 자신들의 신분을 밝히자, 그녀가 힘겹게 손짓하며 말했다.

"저쪽 건넌방에 여집사들과 여무사들이 갇혀 있네. 어서 풀어주어 공주를 지켜주시게."

좁은 방에서 풀려나온 여집사들과 여무사들은 국왕과 왕비 침소로 뛰어가 국왕 내외의 안전을 확인한 뒤 우선은 마실 물부터 가져와 그들을 보살폈다. 진여가 세 사람에게 다가와 고개 숙이며 말했다.

"공주님을 지켜드리지 못하고 끝내 저렇게 위태롭게 해드렸습니다."

토요도 머리를 숙이며 말을 건넸다.

"전하와 왕비마마께서 볼모로 계셨으니 얼마나 애타셨습니까? 이제부터는 모든 걸 수습해야겠지요."

토요의 말에 괴려가 결론짓는 말을 던졌다.

"이번 모반은 야데천이 꾸미고 하림이 실행한 것이네. 우리 표적이 분명해졌어."

앞서 왕궁 정문 진입로에서 하림의 무사들 속에 들어가 있던 야데천은 잠시 후 하림이 합류하자 서둘러 대전 상단으로 올라가자고 말했다.

"지금 충성 맹세를 거부한 자들의 움직임이 심상치 않네. 어서 대관식을 서두르세."

야데천의 손에는 하림의 장수가 보자기 속에 싸온 왕관이 들려 있었다. 그는 하림과 그의 무사들을 재촉하여 빠른 걸음으로 대전에 올랐다. 그러나 그곳에는 그들이 예상하지 못한 사태가 기다리고 있었다. 괴려가 앞장서 그들을 대적할 태세로 나서자, 야데천과 하림은 무사들에게 그들을 제압하라고 고성을 지른 뒤 곧바로 왕궁 정문으로 내달렸다.

반역 모반이 순조롭던 조금 전과 달리 야데천과 하림은 거꾸로 궁지에 몰리기 시작했다. 공주가 목숨을 걸고 반역자들을 규탄한 뒤 충성 맹세를 거부한 하객들도 싸울 각오를 하고 나오자, 이제 자신들은 더 물러설 자리가 없다고 판단했다. 야데천은 이런 상황에 대비했던 최후 방법을 동원할 결심을 했다. 그는 하림 무사들에게 왕궁 옆 대추야자 숲에서, 두꺼운 천을 덮어둔 커다란 나무 우리를 끌고 오도록 명했다. 그 안에는 둔마가 엄청난 몸집을 허우적거리며 앉아 있었다.

야데천은 둔마를 식장 계단에 풀어놓고 아무도 대전 상단으로 오를 수 없도록 막아서게 했다. 그러면서 둔마 앞에 나타나는 장애물이 무엇이든 철퇴로 끝장내도록 했다. 둔마는 전설에나 나올 법한 거인으로, 자기에게 먹거리를 넣어준 야데천과 하림의 부족장들 얼굴만 기억할 뿐이었다. 그런 거구의 사내가 엄청난 철퇴를 휘두르면 앞에 놓인 장애물이 무엇이든 깨부수고 살해할 수 있었다. 야데천은 이 둔마를 보게 될 하객들이 혼비백산할 것이며 공주도 질겁하여 충성 맹세를 하지 않을 수 없을 것으로 믿었다.

그런데 바로 이 시점에서 야데천은 한 가지 더 계책을 생각해냈다. 이번 모반의 최대 걸림돌인 두루를 이참에 함께 처단할 수 있겠다는 생각이었다. 지금 두루를 둔마 앞에 갖다 놓고, 새 국왕에게 충성 맹세를 할지 아니면 공주 목숨까지 거둘지 강요하려는 것이었다. 만약 맹세를 거부하면 둔마 철퇴에 맞아 죽을 것이고, 그것으로 공주와 하객들에게 본때를 보여주겠다는 계책이었다. 야데천 곁에 선 하림이 장수 요돈에게 서둘러 손짓하자, 그의 무사들이 왕궁 입구 근처에 대기시켜둔 또 하나의 나무 우리를 끌고 와서 하단에 내려놓았다. 우리를 덮고 있던 천을 제거하자, 주변에 있던 모든 사람들의 입에서 탄식이 터져 나왔다. 두루 대장이 우리 속에 묶인 채 갇혀 있었던 것이다.

지난 새벽 하림의 무사들에게 검을 내준 뒤 나무 우리에 묶인 채 압송되어 오면서도 두루는 오직 공주의 안위만 생각하며 모든 치욕을 참아냈다. 지금 나무 창살 너머로 드러난 즉위식장은 상상조차 해본 적 없던 무법천지 같았다. 그리고 그 앞에서 철퇴를 휘두르는 거인을 보자, 그는 급기야 고개를 돌려 뒤를 바라보았다. 바로 뒤에는 하단 위 보좌에서 입을 막은 채 기겁을 하고 있는 공주가 보였다.

"공주마마!"

그의 입에서 처절한 외마디 소리가 터져 나왔다. 공주가 몸을 일으켜 손을 뻗으려 하자, 주변의 무사들이 그녀를 제지하며 주저앉혔다. 그녀는 뒤로 끌려가며 외쳤다. 끝내 울음 섞인 외침이었다.

"두루 대장님, 부디 힘내세요!"

바로 그때를 기다렸다는 듯, 야데천이 식장 앞으로 걸어 나오며 자신을 처음 드러냈다. 그는 우리 속에 갇힌 두루에게 큰 소리로 물었다.

"곧 하림 대부족장께서 대전 상단에서 왕관을 쓰실 것이다. 새 국왕에게 충성 맹세를 하라. 그리하면 그대는 물론이고 공주와 왕실의 목숨을 보장해주겠다."

바로 전 공주의 음성을 들었던 두루는 차마 그녀 얼굴을 다시 볼 수 없었다. 그는 망설임 없이 곁에 선 야데천과 주변 무사들에게 크게 외쳤다.

"네놈들은 들어라! 지금 너희가 무슨 짓을 하는지 모르느냐? 공주마마의 즉위식을 즉시 거행하지 않으면 내가 용서하지 않겠다!"

그 말이 끝나기가 무섭게 야데천이 외쳤다.

"나는 모두가 살 수 있는 기회를 주었다. 이제부터 일어날 일들은 두루의 책임임을 분명히 해둔다!"

야데천이 둔마 앞으로 걸어가 손짓을 하자, 그가 엄청난 팔을 들어 올리며 철퇴를 휘두르기 시작했다.

둔마의 철퇴가 공중을 휘젓자 나무 우리 속에 묶인 두루의 머리부터 핏기가 돌기 시작했다. 야데천 일당은 긴 강철 세 가닥을 손잡이에 묶어 거인만 들 수 있는 철퇴를 만들었고 그에 맞으면 살점이 터질 위력을 보였다. 필시 목숨도 앗아갈 무서운 무기였다. 둔마는 말없이 무표정한 얼굴로 앞에 앉은 두루를 향해 마구 철퇴를 휘둘렀다. 그 철퇴에 나무 우리가 먼저 부서지고 곧 두루의 맨몸이 철퇴를 맞을 지경이었다. 팔다리가 묶인 그로서는 살아날 가망이 전혀 없었다.

'부디 살아서 제 곁에 와주세요……'

공주의 울먹이는 목소리가 그의 귀에 아득히 들리는 것 같았다.

공주를 포위한 하림 무사들 때문에 어찌 할 방법이 없던 토요는 이제 더 이상 참을 수 없었다. 그가 두루를 향해 쏜살같이 내달리자, 사수가 뒤이어 공주 주변 무사들에게 화살을 날렸고 그새 빈틈이 생기자 괴려와 진여 그리고 무아가 공주 곁에 뛰어들었다. 이런 상황에서 둔마는 두루 앞을 막아선 토요를 향해 철퇴를 마구 휘둘렀다. 토요는 등에 철퇴를 맞으면서도 형의 팔다리를 묶은 오랏줄을 끊어내기 시작했다. 팔이 먼저 풀리자 두루는 얼른 상체를 일으켜 아우를 뒤에서 감싸 안았다. 둔마의 철퇴가 이제 두루의 어깨를 후려치기 시작했다. 그때 왜소한 괴려가 둔마 앞에 뛰어 나왔고, 그 광경은 그야말로 거인과 난쟁이를 함께 보는 듯했다. 괴려가 아주 가벼운 몸놀림으로 둔마의 철퇴를 이리저리 피하면서 시간을 끌자, 그사이 토요가 드디어 두루의 다리마저 풀어냈다.

이제 온몸이 자유로워진 두루가 몸을 세우며 둔마를 향해 마주 섰다. 잠시 동안 철퇴를 피하느라 마른 등에 땀을 흘리던 괴려가 서둘러 공주를 향해 되돌아섰다. 그녀를 에워싸고 있던 하림의 무사들이 괴려의 검술에 휘둘리며 쓰러지자, 그는 곧바로 진여와 사수 곁으로 뛰어들어 공주의 신변 보호에 힘을 보탰다. 토요가 자신의 검을 두루에게 건네주자, 두루는 검을 높이 쳐들며 외쳤다.

"자, 이제 제대로 상대해주마!"

두루는 양 어깨에서 피를 흘리면서도 둔마를 향해 자세를 취했다. 둔마는 잠시도 쉬지 않고 철퇴를 휘둘렀고. 두루도 검으로 철퇴를 막아내며 그에게 치명타를 입힐 기회를 엿보았다. 그러나 철퇴의 세 가닥 강철이 워낙 강해 그걸 막는 두루의 검이 조금씩 파열되기 시작했다. 그러다 끝내 손잡이 가까이 칼날만 남긴 채 모두 떨어져 나가버렸다. 그쯤에서 그는 공주를 살릴 유일한 방법은 짧아진 그 검으로 둔마와 뒤엉켜 최후를 맞이하는 길뿐이라 판단했다. 그는 잠시 공주와 토요 그리고 진여, 괴려, 사수를 차례로 돌아보며 외쳤다.

"공주마마, 부디 왕위에 오르소서. 아우 그리고 모두들, 공주님을 부탁하오!"

두루의 저 외침이 마지막 음성처럼 들리자 도하가 더 크게 외쳤다.

"안 돼요! 부디 무사히 제 곁에 와주세요!"

석갑에서 터진 기적

둔마와 대결을 시작하던 순간부터 두루 입에서 울려나온 외침은 공주의 울음 섞인 외침과 함께 왕궁 사방으로 울려 퍼졌다. 두 사람의 외침은 서로에게 간절한 메아리가 되어 왕궁 옥상의 창고 안으로도 전해졌다. 놀랍게도 그 파동은 무엇엔가 닿아보려는 듯 창고 어둠 속을 헤집고 다녔다. 그러다 어디엔가 부딪히자 그 물체가 파르르 떨며 잠에서 깨어났다. 공주의 검이었다. 그녀의 검이 일으킨 미세 진동은 맞은 편에 있던 태양 두루의 검을 흔들어 깨우기 시작했다. 석갑에 꽂혀 있던 두 자루 검이 파동을 주고받으며 점점 더 크게 진동하자, 주변에 있던 갖가지 쇠붙이들도 껑충껑충 뛰며 함께 진동을 일으켰다. 이윽고 두루의 마지막 외침과 공주의 간절한 외침이 창고 안으로 뜨겁게 전해지자, 두 자루 검은 걷잡을 수 없는 진동을 일으켰고 끝내 석갑들을 깨뜨리고 튕겨 나갔다. 두 검은 창고 창문 밖으로 날아간 뒤 두 바퀴 공중제비를 돌다 거의 동시에 두루 앞 땅바닥에 쾅 꽂혔다.

마침 그 순간은 두루가 둔마와의 대결에서 다 부러진 검을 오른손에 쥐고 최후를 맞으려던 찰나였다. 그의 발 앞에 느닷없이 두 검이 내려 꽂히자 그는 놀라면서도 본능적으로 검들이 날아온 방향과 그것들의 모양새를 살폈다. 그는 두 검의 손잡이에 태양 문양이 새겨진 것을 바라보다, 지난해 대장군으로부터 들은, 자신의 검이 왕궁에 보관되어 있다는 말을 기억해냈다. 그는 지체 없이 양손으로 두 검을 뽑아 들었다. 그의 머릿속에 유카 마을의 선대 어르신들 모습이 그려지기 시작했다. 그러자 그의 눈에 두 검에서 피어나는 하얀 연무가 보이기 시작했다. 아, 이것이 그 비사의 형상인가! 그 순간 두루는 공주를 향해 그 검들을 높이 들어 보였다.

이제 두 검을 손에 쥔 두루는 조금도 지체 없이 둔마를 향해 한 걸음씩 나아갔다. 둔마는 자신에게 다가오는 두루를 보자 더 요란하게 철퇴를 휘둘렀다. 하지만 이제는 철퇴의 강철들이 두루의 검 두 자루에 부딪히며 튕겨 나가는 형국이었다. 둔마의 거구에서 땀이 비 내리듯 흘러내렸다. 좀 짜증스러웠던지 그는 체중을 실어 최대한 힘껏 철퇴를 휘둘렀고, 두루는 그걸 검으로 막는 대신 몸을 굽히며 옆으로 피해버렸다. 그러고는 재빨리 철퇴 위에 올라서서 그 반동과 함께 둔마를 향해 빠르게 내달렸다. 마침내 두루의 검들이 둔마의 가슴을 관통하자 두 사람의 동작이 그대로 멈추었다. 전신이 땀에 젖은 둔마는 제자리에 선 채 부들부들 떨다가 육중한 체중을 버티지 못하고 계단으로 굴렀다. 두루는 잠시 서서 그의 호흡 상태를 지켜보다가 이윽고 그에게 다가가 무표정한 두 눈을 감겨주었다. 그런 뒤 상기된 표정으로 공주를 바라보며 검들을 높이 들었다.

"공주마마!"

공주가 두 팔을 벌려 그를 안을 듯이 일어서자 그 분위기를 읽은 진여가 공주 등에 밀착하여 호위 자세를 취했다. 몸을 움츠린 채 둔마와의 대결을 지켜보던 하객들도 일제히 허리를 펴며 두루 대장에게 환호성을 보냈다.

믿었던 둔마가 쓰러지자 하림은 장수 치타와 요돈을 시켜 무사들에게 공주를 생포하라는 명을 내렸다. 그러나 공주 곁에는 괴려 일행이 검과 활로 지키고 있었고 뒤에서는 두루가 소리치며 다가오자 그들은 하나둘 도주하기 시작했다. 이제는 더 이상 버티기 힘들다고 판단한 하림과 야데천은 병사들이 뒤엉킨 틈을 타 장수들과 함께 왕궁 정문을 빠져나갔다. 그들은 그곳에 말들을 대기시켜둔 무사들과 합류한 뒤 서둘러 왕궁을 떠나버렸다.

사막의 별

도하의 시대

즉위식 종결 시간이 다가오자 북부 지휘관 누리수 장군은 부관들에게 봉화대 연기를 피워 올리도록 명했다. 왕실이 쿼사마 군부와 사전 협의한 대로 즉위식 후 전군 총경계령을 해제하기로 한 군령에 따른 것이었다. 군수뇌부는 오전 즉위식에 참여하지 않는 대신 그날 오후 여왕을 따로 예방할 예정이었다. 그리고 그때쯤 왕국 전 주민들도 통행 제한 없이 천인지 호변에서 그리고 마을마다 장터마다 자유롭게 새 국왕 선위를 축하하러 모여들 것이었다.

그러나 웬일인지 장군의 표정은 편치 않았다. 사실 이미 도착했어야 할 대장군의 전령이 아직 오지 않았기 때문이었다. 최근까지 방화와 도적 떼를 막아왔던 장군의 심중에 행여 즉위식에서 어떤 변고가 생겼을지 의구심이 들기 시작했다. 그는 부관 둘과 병사들을 이끌고 대장군 관사로 달려갔고, 그곳에서 낯선 무사 10여 명이 관사 밖을 지키고 있는 것을 보았다. 그들은 누리수 장군 일행이 말을 달려오자 검을 빼들고 막아서려 했으나 부관들과 병사들의 검에 하나씩 쓰러졌다. 누리수 장군은 서둘러 관사 내로 뛰어들어, 대장군을 묶은 채 겁박하고 있던 무사들을 향해 큰 소리로 외쳤다.

"바깥에 있던 네 동료들은 모두 사살되었다. 무기를 버리면 살려주마."

이로써 대장군을 구한 누리수 장군은 부관 하나를 돌려보내 군사들을 이끌고 서둘러 왕궁으로 집결하도록 명했다. 장군은 대장군이 몸을 털고 일어나자 그의 말을 준비시켜 곧바로 왕궁으로 달려갔다.

궁중으로 들어선 대장군은 호위무사들과 여집사들 그리고 여어의들이 국왕 내외와 공주를 보호하고, 어깨와 등을 많이 다친 토요를 치료하는 모습도 보았다. 그리고 아수라장이 된 즉위식장을 둘러보며 통탄을 금치 못했다. 대장군과 누리수 장군의 입궁을 확인한 두루 대장이 빠르게 다가와 경례하자 대장군이 할 말을 잊은 듯 거듭 미안하다는 말을 했다.

"두루, 어깨에 핏자국을 보니 많이 상했겠구먼. 식장이 이 지경까지 갔으니 군 통솔자로서 하늘이 무너지는 비통함을 느끼네. 전하 내외와 공주의 신변을 잘 지켜주어 고맙네. 잠시 후 그분들께 인사드리며 사죄하겠네."

두루는 그 자신도 대장군에게 전할 말이 많았지만, 우선 그와 누리수 장군을 대전 계단으로 안내했다. 그곳에는 진여와 무아, 괴려 그리고 사수 부대장이 검과 활을 들고 무릎 꿇은 고관들을 지키고 있었다.

"이자들은 대역죄인 편에 서서 여왕 등극을 반대한 배신자들입니다."

대장군이 배신자들의 면면을 유심히 살폈다. 그사이 누리수 장군은 곁에 선 부관에게 그들의 명단을 기록하도록 일렀다. 얼마 후 그의 다른 부관이 군사들을 이끌고 왕궁에 도착하자 장군은 배신자들을 압송할 채비를 준비시키는 한편, 왕궁 안에 숨어 다닐 하림의 무사들을 모두 체포하도록 명했다. 대장군은 무거운 어조로 두루에게 물었다.

"반역자들이 동부 하림 외에 또 누구인가?"

"궁중 어의 야데천입니다. 그가 계획을 꾸몄고, 하림이 무사들을 동원했습니다."

"그자들이 몇 달 전 공주 비하문과 최근에 전국 방화 난동을 일으킨 주범들이겠구먼."

대장군의 노여움은 점점 격해질 조짐이었다.

"각 구역별로 치안부를 총동원해 그자들과 부역자들을 모조리 뿌리 뽑을 것이야. 극형으로 다스릴 것이네."

왕실과 자신까지 능욕했던 하림 일당을 대청소하겠다는 서슬 퍼런 그의 말에 두루가 서둘러 고했다.

"죄송하옵게도 대장군님께서 도착하시기 전에 하림과 야데천은 이미 왕궁을 탈출했습니다. 서둘러 체포령을 내려주십시오."

"아까 배신자들을 살피는 동안 왠지 느낌이 좋지 않았었네. 그놈들을 체포할 좋은 방안이 있는가?"

"그들은 서쿤족 출신으로 확인되었습니다. 동문이나 북문을 통해 서쿤으로 탈출할 가능성이 큽니다. 그곳 국경수비대들에 체포령을 내려두심이 옳을 것입니다."

한편, 즉위식 중에 반역 모반이 발생했었다는 소식은 왕국 전 주민들에게 급속히 전해졌다. 역사적인 소식을 기다리던 주민들은 즉위 당일 오후에 예정돼 있던 새 국왕의 꽃가마 행렬이 일절 무산되었다는 소식을 듣게 되었다. 그전에 발생했던 방화와 도적 떼 난동으로 즉위식 거행에 우려를 해오던 주민들 대부분은 기어이 그 반역질이 당일 식장에서 발생했다는 사실에 분노를 금치 못했다. 반역자들이 동부의 하림과 어의 야데천이라는 사실도 알려지게 되었다. 하루 종일 일이 손에 잡히지 않던 주민들에게 하림과 야데천의 정체가 하나씩 알려지면서 이들이 내세운 반역의 동기도 듣게 되었다. 특히 하림은 원로회의나 대부족장 모임에서 기회 있을 때마다 '민심'을 강조했던 인물로 확인되었다. 그들은 전역에서 발생했던 방화와 도적 떼 난동이 여왕 등장을 거부하는 민심이라 포장하여 이번 대역 모반을 저질렀다는 사실도 알려지게 되었다.

이런 소식들이 전해지자 각 가정과 거리에서 그리고 장터마다 주민들은 분통을 터뜨렸다. 부글부글 끓던 그 분노는 남문의 토요 의원 주변과 장터에서 먼저 분출되더니, 서부와 동부 그리고 북부까지 삽시간에 번져갔다. 전국의 거리들을 메우며 쏟아져 나온 주민들은 '우리들이 민심이다'라는 함성과 함께 거리를 행진했다. '여왕님을 원한다'는 그들의 함성은 국가 원로들과 대신들을 놀라게 하기에 충분했다. 밤새 재상에게 날아드는 상소문들에 그 같은 민심이 쌓여갔고, 바론 의장 관사 앞에는 주민들의 거대한 함성이 울려 퍼졌다.

자신의 관사 앞까지 가득 찬 거리 함성에 바론 의장은 곧바로 원로회의를 소집해 도하 공주의 왕위 승계 지지를 재천명했다. 이에 마완 재상은 왕실 측과의 숙의 끝에 즉위식은 생략하고 대관식만 거행하기로 결정했다. 대신회의를 거듭한 재상은 노환으로 나서기 힘든 국왕을 대신해 쿼사마 대장군을 왕실 대표로 추대하는 결론을 이끌었다. 그리고 사흘의 준비 기간 후 드디어 왕실 가족과 원로들 그리고 대신들을 대전으로 초대해 간소하나마 기품 있는 대관식을 가졌다. 대장군은 질녀 도하의 머리에 왕관을 씌워주며 축하의 덕담을 전했다.

"젊은 국왕을 모시게 되어 왕국의 밝은 미래를 보는 것 같습니다."

그는 참석자들을 향해 양팔을 펼치며 '우리 왕국이여, 영원하라!'는 축원을 소리 높여 외쳤다. 이로써 오아시스 왕국은 건국 이래 제7대 국왕을 옹립하게 되었다. 역사적인 첫 여왕 등극에 사관들은 그 시대 통치 연력을 '도하 여왕의 시대'로 표기하기 시작했다. 도하 여왕은 대관식을 마무리하는 인사말에서 선대 국왕님들의 치적을 칭송하며 자신이 왕위에 있는 동안 사막 한가운데 문명을 꽃피운 이 왕국을 더욱 강성하고 평화를 사랑하는 나라로 재도약시키겠다는 의지를 천명했다.

진여 대 토요

대관일 이후 여왕 도하는 새 시대를 열어갈 국정 수습에 혼신의 노력을 기울였다. 심신에 여유가 없던 중에도 그녀 마음속엔 자신을 구해준 두루에 대한 그리움으로 가득 찼다. 그녀의 즉위를 위해 끝까지 정도를 지켜준 재상과 바론 의장 그리고 두루 대장 동지들에게도 깊은 보은의 마음을 가졌다. 그들에게 보답하기 위해서라도 그녀는 나랏일에 자신의 모든 역량을 쏟아붓고자 했다.

이제 재상은 본인의 퇴임을 생각하며 여왕을 위해 해야 할 일들을 챙기고 있었다. 그녀의 국사가 바르게 안착되도록 경세제민 정신을 일깨워주고, 국정을 맡아줄 대신들의 선임 그리고 국가 원로들과 군부 지휘관들과의 행정업무에 이르기까지 세심한 조언을 아끼지 않았다. 젊은 여왕이 마주해야 할 상대가 대부분 노년의 남성들이다 보니 기본 예법도 재정비해야 했다. 여기서 재상은 여왕 시대에 적합한 인사 조정이 절실하다는 생각을 하게 되었다. 대신들의 선임에 대해 도하의 원칙은 분명해 보였다. 그녀는 각 지역에서 젊은 인재들을 고루 등용하되 여성들을 많이 참여시키려는 의지를 가지고 있었다. 그녀의 그 같은 의지를 확인한 재상은 지금까지 준비해온 문서 꾸러미를 펼쳐 보이며 아뢰었다.

"전하의 뜻에 비추어 국정에 참여할 대신들의 목록을 준비해 왔사온데, 고령으로 낙향하겠다는 대신들과 특히 즉위식에서 반역에 동조했

던 자들을 제외하고 보니 절반이 젊은 인재들로 교체될 수 있을 듯하옵
니다."

재상은 국정의 순조로운 이양을 위해 본인의 거취에 대해서도 짧게 덧
붙였다.

"국정이 안정되는 대로 저도 낙향하고자 하옵니다. 훌륭한 후보들을
가려 조만간 알현하겠나이다."

재상은 새 시대에 걸맞는 젊은 후임을 발탁할 길을 미리 열어두고 있
었다.

도하의 시대가 건국의 상징인 무지갯빛으로 가득 차려면 묵은 과거를
깨끗이 청산해야 했다. 괴로운 일이었지만, 국가적 대청소가 필요했던
것이다. 군수뇌부의 예방을 받은 자리에서 도하 여왕의 이 같은 소신을
듣게 된 쿼사마 대장군은 이번 즉위식 전에 자신이 받은 치욕을 상기했
던지 평소 그답지 않은 격앙된 목소리로 말했다.

"군부와 치안부는 반역자들과 부역자들을 지옥 끝까지 따라가 색출할
것입니다. 최근까지 발호했던 방화범들과 도적 떼도 모조리 소탕할 것입
니다. 법무관 파사드 장군에게 반역에 따른 처벌 규정을 확인하도록 특
별히 지시해두었습니다. 지금 전국 국경수비대에는 물 샐 틈 없는 비상
경계령을 내려두어 범죄자들의 탈출을 막아두었습니다."

여왕의 윤허를 받은 대장군은 군부와 치안부에 명을 내려 반역자들을
색출하는 일에 돌입하도록 했다.

군지휘관들과 함께 여왕 알현을 마친 대장군은 도하의 요청으로 내전
에서 별도의 회동을 가졌다. 그는 먼저 칼라드 상왕과 누님인 대비의 근
황부터 확인했다.

"두 분의 건강이 많이 회복되셔서 그나마 다행이네. 이 몸이 반역자들

의 허세에 속아 하마터면 우리 왕실이 몰살될 뻔했으니, 나로서는 천지 간 씻을 수 없는 죄를 지었네."

대장군이 왕궁의 안정을 재확인하며 편하게 말을 낮추자 도하도 예전처럼 편한 마음으로 외삼촌에게 물었다.

"외삼촌, 국가가 바로 서려면 앞으로도 정비해야 할 일들이 많겠지요. 군부를 어떻게 하면 좋을까요?"

"이번에 치안부와 군부 모두 신속히 경계령에 임해주어 문제가 없었어. 나의 복이라 여기지만, 군부에도 새 인사가 필요할 터이니 상왕을 뒤따라 나도 현직을 물러나는 것이 옳을 것 같네."

"그래서 드리는 말씀이지만, 저는 외삼촌이 현직을 더 맡아주시면 마음 놓이겠어요. 반년이든 한 해 뒤 출중하신 분을 모시도록 준비해주시지요."

"혹시 두루 대장을 염두에 둔 요청이냐? 사실 이번에 그의 살신성인 정신을 모두 보았으니 대장군으로서 그만한 적격이 없겠지?"

그 말을 하면서 대장군은 은근히 그녀의 표정을 살폈다.

"두루 신상에 대해서는 앞으로 더 진지하게 의논하세. 여왕에게 안심된다면 한동안은 내가 현직을 맡겠네. 그럼 이제 상왕 내외분께 가보세. 직접 뵙고 싶네."

이번 모반 사건으로 칼라드 상왕과 대비는 대단히 수척해져 있었다. 즉위식 전날 밤의 공포와 수치심으로 식욕을 잃고 악몽에 시달리고 있었다. 도하는 조정 수습에 맞춰 궁중 내부에도 일부 인적 조정이 필요하다고 여기고 있었다. 이번 반역 무리들의 난입으로 집사가 충격 속에 낙향을 결심했고, 여왕의 등장으로 여집사 수련의 역할이 커지게 되었다. 반역의 온상이 되었던 진의대에는 여어의 셋만 남은 상태였다. 그러나 여어의들만으로는 난감한 일들이 하나씩 드러나고 있었다. 도하는 즉위식 장에서 어깨에 심한 부상을 입은 두루 대장을 궁중에서 치료하고 싶었다. 두루의 회복 과정을 곁에서 지켜보고 싶었던 것이다. 그러나 진의대에서 감당하지 못할 걸 눈치챈 두루는 도하의 내심을 아는지 모르는지 자신의 관저에서 수비대 의무관들에게 치료받기로 결정해버렸다.

궁중 내 어의 공백이 현실적인 문제가 되자, 진의대에 어의들을 더 배속하는 일이 시급해졌다. 도하는 자천 대신의 도움으로 민생부의 토요를 직접 면회했다. 그녀는 그곳 의료팀에서 치료받고 있던 그를 위로하는 한편 어의로 나서줄 의생들을 천거해주기를 요청했다. 토요가 의료 지원을 나가 만났던 품위 있는 의생들을 하나씩 소개하자 도하가 머리를 끄덕인 인물들이 있었다. 그녀는 진의대에서 야데천과 같은 독단이 없기를 바란다면서 토요에게 그들의 신원 확인을 부탁하기도 했다.

그날 도하가 확인한 토요의 부상은 생각보다 훨씬 심각해 보였다. 등 피부는 심하게 파열되어 출혈이 심했고 통증도 심각해 보였다. 등이 아니었다면 일찌감치 본인이 사용하던 국소마취제를 써가며 직접 수습했겠지만, 도하는 별전에 위치한 진여의 곁방에서 토요를 치료해주고 싶었다. 도하가 진여에게 자신의 뜻을 말하자 그녀가 기다렸다는 듯 진언했다.

"토요 의생님은 이 년 전부터 공주님의 건강을 돌봐주셨고, 이번 즉위식에서는 여왕님을 비롯해 제 목숨까지 지켜주신 분이십니다. 최선을 다하겠나이다."

진여는 그길로 여무사들을 동반해 민생부로 가서 왕궁 가마에 토요를 태운 뒤 별전으로 옮겨왔다. 민생부에는 그의 이번 출타를 중요한 임무 수행이라며 잘 얘기해두었다. 등에 부상을 입은 토요는 엎드린 채 치료를 받아야 했다. 도하 여왕은 하루에 한두 차례씩 그의 곁으로 다가와 치료 과정을 확인하곤 했다. 토요가 몸을 일으키려 하면 도하는 친히 고마운 마음과 친근함을 담아 편하게 해주었다.

"토요 의생님은 지난 세월 동안 저에게 어의나 다름 없었습니다. 이제는 생명의 은인이시지요. 진여는 제 호위무사로 의술도 익혀왔으며 어의가 곁에 없을 때는 언제든 저를 치료해왔습니다. 잘 맡아줄 것입니다."

그녀는 지난날 자신의 몸을 검진해준 토요를 그렇게 편히 대해주었다.

그즈음 도하는 진여가 토요와 좋은 관계로 발전하기를 바라고 있었다. 그녀는 진여가 토요보다 한두 살 위일 것으로 짐작해왔었다. 두루를 생각하며 씩 웃던 그녀는 토요가 두루의 의제이니 그와 진여의 인연이 이 세상 그 무엇과도 비교될 수 없다는 생각을 해왔다. 도하는 토요에게 넌지시 이 같은 암시를 주고 싶었다.

"아시겠지만, 진여는 저의 분신입니다. 그녀의 손길이 토요 의생의 빠른 회복을 도울 것입니다. 이번 왕궁 출타에 대해 민생부에는 진여가 조치를 취해두었다니, 부디 이곳에서 편히 쉬면서 충분히 치료받으시기 바랍니다."

아니나 다를까. 토요가 곁눈질로 보아도 진여가 상처를 소독하고 고약을 바르는 처치 방법은 나무랄 데 없었다. 그뿐 아니었다. 여왕 도하가 매일 찾아와 진여의 손길을 언급하다 보니 며칠 새 그녀의 손길이 닿을 때면 찌릿한 기분이 드는 것이었다. 그 찌릿함이 야릇한 기분으로 고조되던 즈음 토요의 환부는 대부분 회복되었고, 이제는 민생부로 복귀하지 않을 수 없었다.

"여왕님께서 주신 치료 기회와 위로의 말씀에 정말 감복했습니다. 감사드립니다. 그동안 애써주신 진여님께도 진심으로 감사한 마음입니다."

토요는 진여에게 자신의 마음을 전하는 순간 심장 박동이 빨라지는 것을 느꼈다. 한동안 토요에겐 그녀의 손길과 향기가 그리울 것이리라.

도하 대 두루

즉위식 후 열흘이 지나도록 국경수비대에 내려진 최고 경계령은 그대로 유지되고 있었다. 두루는 어깨 부상이 거의 회복되자 다시 수비대의 훈련 교시에 직접 나서기 시작했다. 하지만 치료를 받던 그 열흘 동안 홀로 지낸 시간이 길었던 탓에 그는 자신의 머리를 떠나지 않는 근본 질문에 다시 천착하고 있었다. 그 질문의 답은 그의 거취에 직결된 문제였고 그래서 마음은 늘 괴로웠다.

바로 그 시절 그를 위로해주며 놀라게 했던 사건도 있었다. 두루가 치료받기 시작하던 열흘 전, 쿼사마 대장군이 친히 그의 관저를 찾아와 빠른 회복을 기원해주었던 것이다. 대장군은 상왕과 도하 여왕의 윤허를 받고 왔다며 비단포에 싸온 검을 그의 손에 올려주었다.

"도하를 통해 들었네. 그날 그 괴물과 대결하던 절박한 시간, 그대 발앞에 두 자루 쌍둥이 검들이 왕궁 옥상에서 날아와 꽂혔다는 얘기 말이네. 그 사건에서 우리 유카 선대의 비사를 추측했을 것으로 믿네. 120여 년 전 그대의 증조부와 도하의 증조부께서 의형제를 맺으셨고, 의형이셨던 그대 증조부께서 유카를 떠나가는 의제에게 그 쌍둥이 검을 안겨준 사연 말이네. 결국 그대 증조부께서 이 왕국을 구해내신 것이나 다름없네……."

두루의 조기 회복을 기원하며 대장군이 전해준 양 가문의 경의로운 비사였다. 도하와의 인연이 그렇게 아득하고 애틋했다니!

그는 자신의 품으로 돌아온 검을 하루에도 몇 번씩 닦으며 스스로 위안을 삼았다. 그러고도 마음이 편치 않으면 루루를 몰고 빈 연병장을 몇 바퀴씩 돌곤 했다. 별들이 총총한 밤하늘을 올려다보노라면 늘 그랬듯 그 별들 사이로 그리운 얼굴이 떠올랐다. 환하게 웃음 짓는 도하의 얼굴. 바로 거기서 멈추면 좋으련만 그의 머릿속엔 고향 마을의 기억도 숙명처럼 뒤따랐다. 유카의 마지막 기억은 언제나 검붉은 화염에 싸인 악몽이었다.

심중을 지배하는 갈등과 끊임없이 씨름하던 그즈음, 그에게 궁중의 전령이 날아왔다. 유카 문자로 쓴 여왕 도하의 짧은 서찰이었다.

'두루 대장님, 상왕마마께서 찾으십니다. 오늘이라도 입궁해주시면 감사하겠습니다.'

두루는 잠시도 머뭇거림 없이 루루를 달려 입궁했고, 대전에 나와 있던 여집사 수련이 그를 상왕 침소로 안내했다. 상왕 곁에는 대비와 도하도 함께 자리하고 있었다.

"아바마마, 두루 대장이 입궁하였나이다."

딸의 음성에 칼라드 상왕이 눈을 뜨며 천천히 몸을 일으켰다. 상왕은 초췌해진 얼굴에 앙상한 오른손을 내밀며 두루의 손을 잡았다. 수련이 건네는 물을 한 모금 마신 그는 쉰 목소리를 가다듬며 말을 꺼냈다.

"지난 즉위식 후 왕궁 창고에 보관해두었던 자네의 보검 잘 전했다는 얘기 들었네. 지금도 검에서 뽀얀 연무가 발생하는 건 의형제를 맺은 두 가문의 인연을 증거하는 것이네."

기분이 좀 들뜨자 상왕은 더 힘을 내어 말했다.

"두루, 그 인연을 소중하게 여겨 유카에 대해 말해주게. 그대가 지난날 유카를 떠났다면 우리 고향에 어떤 문제가 생긴 것이 틀림없다는 생각이야. 쿼사마 처남도 그런 말을 종종 했었지. 솔직히 말해주게."

상왕이 기침을 하는 사이, 수련의 안내를 받은 대장군도 침소로 들어섰다. 이제 유카 후손들이 모두 모인 자리가 되었다. 두루는 더 머뭇거릴 수 없었다.

"기억하시겠지만, 약 2년 반 전에 저는 토요라는 제 의제와 여기 왕국을 찾아왔사옵니다. 이곳으로 오기 전 고향 유카가 늑대족의 침공을 받아 거의 전멸되다시피 했습니다. 제 부친께서는 저에게 태양 문양이 새겨진 검을 주시면서 사막 가운데 오아시스를 찾아가라는 말씀을 하셨습니다. 그리고 눈을 감으실 때 제 손을 잡으시며 유카를 재건하라는 유언도 남기셨습니다. 제 부친과 유카를 지키지 못하고 도망쳐 나온 저를 용서하지 마시옵소서."

지난날의 기억이 괴로웠던지 두루의 눈에서 굵은 눈물이 뚝뚝 떨어졌다. 자리에 모인 모든 사람들이 고향 유카의 비극에 슬픔을 감추지 못했다. 도하는 품속에서 손수건을 꺼내 두루 손에 쥐여주었다. 잠시 분위기를 살피던 칼라드 상왕이 두루의 말을 이었다.

"우리가 이 천국과 같은 오아시스에서 복되게 사는 동안 선대 의형 가문은 그곳에서 늑대족의 침공으로 도탄 속에 계셨구나. 두루 그대가 부친께 약조한 대로 나도 친히 유카로 달려가 고향을 복원하고 싶은 심정일세. 할 수만 있다면 늑대족에 복수도 하고 싶구먼. 늦었으나 선친의 유골을 잘 거두어 모시기 바라네."

상왕은 자신의 건강이 빠르게 악화되어간다면서, 언제 현세와 이별할지 모르는 처지이니 살아 있는 동안 유카 재건 소식을 듣고 싶다는 말을 남기며 자리에 누웠다.

그날 상왕과 만난 일은 그동안 두루가 추스르지 못한 심중 갈등을 해소하는 데 크게 작용했다. 반면 도하로서는 유카의 현실이 슬프면서도 왕국의 미래가 불투명한 상황에서 자신을 떠나갈 두루를 상상하고 싶지 않았다. 이 시점에서 과연 두루를 떠나 보낼 수 있겠는가?

상왕 침소를 나오면서 대장군은 도하와 두루에게 해줄 얘기가 있다며 내전으로 발걸음을 옮겼다. 대장군은 도하 얼굴을 바라보다 두루에게 말을 건넸다.

"우리 모두 유카 후손이니 편하게 말하겠네. 내가 자네라면 유카로 돌아가는 것이 옳다고 보네. 대부족장의 아들이 이렇게 당당히 생존해 있는데, 고향의 몰락을 그대로 둘 수는 없지 않은가? 내가 도와줄 테니 무사들과 보급물자를 충분히 준비해 유카로 출발하게. 마음 같아서는 나도 함께 가고 싶네만, 나는 여기 남아 여왕을 보필하겠네."

이로써 애타는 도하의 마음과는 달리, 그녀에겐 부친과 외삼촌의 진언을 들은 두루를 붙잡을 수단이 없어 보였다.

그 시간 대장군은 두루의 눈을 둥그렇게 할 급보도 전해주었다.

"두루 대장, 내가 여기에 좀 늦었던 이유는 동부 국경수비대에서 날아온 전령 때문이었네. 어젯밤 그믐을 틈타 하림과 야데천 일당이 동문을 빠져나가 탈출했다는 급보를 받았네. 오늘 아침에야 조사된 모양인데, 동문 수비병들 중 서쿤족 병사 셋이 모두 사라지면서 확인되었다는군."

대장군은 조만간 동부 국경수비대의 경계 태세를 검증하겠지만 반역자들을 처단하기 위해서는 추격을 늦출 수 없게 되었다는 말을 이었다. 그는 넓적한 두 손으로 도하의 양 어깨를 감싸며 말했다.

"도하, 두루 대장을 놓아주시게. 빨리 추격하면 수월하게 끝낼 수도 있을 것이네. 여러 일들이 겹쳤지만, 잘 수습한 뒤 왕국으로 개선하면 되지 않겠나?"

외삼촌은 고개를 들지 못하는 도하의 어깨에 더 힘을 주며 위로했다.

왕궁에서 돌아온 두루는 자신의 관저에 전해진 전령을 통해 하림과 야데천 일당의 탈출 급보를 재확인했다. 동부 국경수비대 보고에 따르면, 전날 그믐밤을 기해 서쿤 출신 수비병 셋이 하림 일당에게 동문 근처 비상문을 열어주어 여러 장졸들이 빠져나갔다는 내용이었다. 비상시를 대비한 군수품 창고에서 상당량의 물품이 없어진 것으로 미루어 그 수비병들이 물자를 빼돌려 합세했던 모양이었다. 두루는 곧바로 토요에게 전갈하여 그날 퇴근 후 자신의 관저로 와줄 것을 요청했고, 사수와 괴려도 그 시간에 맞춰 합석하도록 조치했다.

세 사람이 모두 모이자 두루는 고향 유카 복원에 대한 상왕님과 대장군의 독려 그리고 하림 일당의 왕국 탈출에 대해 자세히 설명해주었다. 그동안 몸이 근질근질했던 괴려가 안광을 번득이며 두 손을 높이 내밀자 토요와 사수도 손을 뻗으며 굳세게 마주 잡았다. 두루는 사수와 괴려에게 특별히 대형 활과 화살을 제작하도록 요청했다. 웬만한 성벽 너머 화살을 날릴 수 있는 규모로 제작하라는 지시였다. 활들이 만들어지자 그들을 수레에 고정시킨 뒤 빈 연병장에서 화살을 쏘아보는 시험도 몇 차례 수행했다.

이런 준비를 거치면서 두루와 그의 일행은 왕국을 떠날 일정을 최종 확정했다. 쿼사마 대장군은 민생부 자천 대신에게 토요가 한동안 군부 활동에 합류하게 되었다는 전문을 보냈다. 이틀의 말미를 얻은 토요는 자신의 업무들을 정리하여 동료들에게 넘겼고, 저녁에는 숙소에서 그동안 안고 다닌 물품들을 정리하느라 바쁘게 보냈다. 그는 매일 두루 관저를 찾아가 비애 섞인 말을 건네기도 했다.

"형, 이제 이곳을 떠난다니 슬퍼지네요. 그동안 의생 생활을 하며 만났던 주민들과 민생부 관원들이 계속 생각날 거 같아요. 생사를 함께했던 궁중 여러분들과 헤어져야 한다는 건 더 슬픈 일이에요."

"언젠가 이곳으로 돌아온다는 생각은 하지 않나? 행여 궁중에 연모하는 어여쁜 여인이 생긴 건 아냐?"

형이 토요의 어깨를 툭 치며 넌지시 미소 짓자, 토요가 슬픔을 털어내려는 듯 씩 웃으며 말했다.

"솔직히 제 편에서 보면 드릴 말씀이 더 많죠. 특히 왕궁에 대해서는 제가 입술 깨물며 꾹 참고 있다고요!"

출발 하루 전, 두루 대장은 누리수 장군을 예방한 자리에서 그동안 감사했다는 인사와 함께 언젠가 다시 뵙게 될 때까지 건강하시기를 기원하는 절을 올렸다. 이미 몇 차례 논의를 거쳤던 터라 장군은 두루 후임으로 국경수비대를 조련시켜 온 아지드 부관을 부대장으로, 사수 후임으로는 명궁 반열에 오른 아딜 부관을 승진시킬 예정이라고 말했다. 자신은 언젠가 퇴역하겠지만, 그동안 대장군을 잘 보필하여 국방에 전념하겠다는 말도 전했다.

"이렇게 헤어지니 참으로 아쉽네. 언젠가 다시 만날 날을 기약하세. 건강하시고!"

드디어 출발 당일 아침이 밝았다. 두루는 토요와 괴려, 사수, 그리고 궁수부대원들과 출정을 위한 마지막 점검을 마쳤다. 그는 토요와 함께 여왕 도하를 찾아 유카 출정에 앞서 예를 갖추고 큰절을 올렸다. 그러나 도하는 아직도 마음 준비를 못했던지 눈이 퉁퉁 부어 있었다. 그녀는 곁에 선 수련에게 진여와 무아 그리고 그녀를 이해해줄 토요만 남기고 모두 물러나 있도록 일렀다. 그리고는 대전 상단 옥좌로 걸어가 앉으며 그 아래에 허리 굽힌 두루를 향해 물었다.

"안 가시면 안 되나요?"

거의 울먹이는 얼굴이었다. 두루의 가슴이 찢어질 것 같았다. 그가 말 없이 머리를 가로저으며 잡은 검을 바로 세우자, 그녀가 더 큰 음성으로 물었다.

"우리 사이가 군신 관계 맞나요?"

그녀의 음성이 더 크게 울렸다.

"그러하나이다, 전하."

그 답을 기다린 도하는 자리에서 벌떡 일어나 외쳤다.

"그럼, 유카 재건을 완수한 뒤 반드시 내 곁에 돌아오세요. 토요 의생 이 증인이시니 약조를 지키세요. 이건 어명이오."

두루는 고개를 들지 못한 채 다시 큰절을 올리고는 대전을 걸어 나갔 다. 토요와 진여 그리고 수련도 무거운 발걸음으로 그를 뒤따랐다.

두루가 긴 대전을 지나 현관문으로 걸어 나가자 도하는 더 참을 수 없 었던지 그를 향해 뛰기 시작했다. 갑작스런 상황에서 진여와 수련이 힘 껏 달려오는 도하를 붙잡아 말렸다. 두 사람이 눈물을 머금으며 양팔을 놓지 않자, 도하는 내원에서 옥상으로 통하는 계단을 따라 빠르게 올라 갔다. 함께 뒤를 따르던 두 사람은 도하의 뒷모습을 보며 옥상 문에서 멈 춰 섰다. 도하는 옥상 난간에 서서 저 멀리 말을 달리는 두루와 그 일행 을 바라보았다. 그녀는 끝내 말하지 못한 자신의 사랑을 바람에 실어 보 내고 있었다.

하단성의 붉은 화염

왕국을 떠나면서 토요는 언제 다시 이곳으로 돌아올지 가늠할 수 없었다. 고향 마을 데모를 떠나 세상 밖으로 나선 지 어느덧 2년 반. 그는 더없이 넓은 천지를 돌아다니며 이 세상을 움직이는 이치를 배우고 싶었었다. 고향을 나선 지 사흘 만에 태양 두루를 만나 의형제를 맺었고, 전혀 예상치 못한 오아시스 왕국에 들어와 엄청난 인생 경험을 했으며, 이제 이 여정의 출발점으로 되돌아갈 참이었다. 그는 고향이 그리웠고, 큰아버지 내외의 근황이 궁금했다. 짧지 않은 이번 여행과 왕국 경험을 거치며 그는 큰아버지가 주신 양피지의 글에서 평생 가슴에 품을 숭고한 진리를 보았다. 목숨보다 귀한 삶의 가치를!

두루 일행은 토요, 괴려, 사수, 그리고 궁수부대를 포함해 총 열여섯 명으로 구성되었다. 왕국을 나설 때 쿼사마 대장군은 엄청난 군수품과 낙타를 준비해 힘을 보태주었다. 소식을 듣고 달려온 서부의 파사드 장군과 치안부 아남 대장도 그들의 원정길에 건승을 기원해주었다. 두루 일행은 서북방의 서쿤 마을을 첫 목표지로 정하고 토요가 알려주는 지름길을 택해 빠르게 나아갔다. 최단거리 이동에는 토요의 천문 지리 지식이 엄청난 위력을 발휘했다. 그의 지식에 관심을 보인 괴려를 곁에 두고 새벽별들과 여명의 위치 그리고 그림자 방향을 이용하는 기술을 설명해주었다. 오아시스 왕국의 기후와 달리 사막의 열기는 대단했지만 두루 일행은 과업에 대한 의무감과 풍족한 보급 물자로 매일 이어지는 강행군을 잘 견뎌냈다.

다행히 일행 모두 보름간의 원정길에 무사했고, 토요는 다음 날 새벽에 서쿤 주변에 닿도록 접근 속도를 조절했다. 두루는 각자의 병기와 물품들을 재검검시킨 뒤 초저녁 이른 잠에 들도록 했다. 다음 날 동이 틀 무렵, 그는 일행 모두 충분히 식사하도록 한 뒤 서쿤 근처로 근접해 마을 주변을 살폈다. 놀랍게도 마을 전경은 평온해 보였다. 두루는 괴려와 토요를 곁에 대동하고 사수 부대로 뒤를 받치게 한 뒤 마을 입구로 들어섰다. 그러자 이들의 동태를 살피던 서쿤 무사 여럿이 창과 검을 앞세우고 달려나와 길을 막았다. 두루는 자신이 유카 후손임을 밝히면서 부족장을 대면하고 싶다는 뜻을 전했다. 잠시 후 부족장이 긴 수염을 휘날리며 두루 일행을 맞이했다.

"유카는 일찍이 멸망한 부족인데, 그 후손이 내게 무슨 용건이 있소이까? 과거 두 부족은 척진 일이 없었거늘 어찌 군사까지 이끌고 왔단 말이오?"

두루는 자신들의 이동 경로를 설명하며 오아시스 왕국에서 출발한 내력을 소개했다. 그러자 부족장의 눈이 일시에 커졌다.

"아니, 전설로 알려진 그곳에서 여기까지 생존해 왔단 말이오? 병사들도 저렇게 멀쩡하게?"

부족장은 언뜻 믿지 못하다가 토요의 사막길 이동법을 들은 뒤 다시 물었다.

"그렇다면 혹시 하림과 야데천이란 이름의 서쿤 출신을 들어본 적 있소? 그들은 사십여 년 전 이곳에서 오아시스로 떠난 인물들이오."

이번에는 두루 편에서 놀라는 표정을 드러냈다. 두루는 오아시스 왕국의 현황을 간단히 소개한 뒤, 하림과 야데천이 대역죄를 저지르다 왕국을 탈출했고, 이미 서쿤에 도착해 있을 것으로 여겼다는 설명을 했다. 이에 부족장의 얼굴이 점점 노여움으로 바뀌다가 드디어 큰 소리로 말했다.

"내 이름은 태서림이오. 하림은 이곳을 떠나기 전 내 아들을 죽인 나의 원수요. 야데천은 하림의 사촌 형으로, 둘이 그곳에서 반역질을 했다면 딱 그들이 했을 짓이오. 이놈들을 처단할 때를 기다리며 지금까지 살아왔는데, 이곳에 다시 나타나주면 내 손으로 반드시 처형할 것이오."

태서림은 두루 일행에게 쉼터를 제공하고, 부하들을 시켜 마실 물도 나눠주었다. 그런 뒤 이틀을 말미로 하림 일당을 기다려보자는 제의를 해왔다.

이곳까지 무탈하게 진입한 두루 일행에게 또 다른 천운이 따랐다. 이튿날 오후, 하림 패당이 서쿤 근처로 접근해왔던 것이다. 하림은 가만히 동구 주변을 살피다 마을 전경이 평온한 것에 거만한 웃음을 지었다. 그는 조금도 망설임 없이 부하들과 마을로 짓쳐 들어가 부족장을 급습하려 했다. 마을 입구에서 때를 기다린 서쿤 무사들이 그들 앞을 막아서자, 하림은 목청 높여 자신이 40여 년 전 대부족장의 장자였으며 자신들은 오아시스 전설에서 막 귀향했다고 외쳤다. 그러면서 현 부족장은 속히 자신 앞으로 나와 무릎 꿇고 인사 올리라고 소리쳤다. 그의 곁에는 야데천과 장수 치타가 쓰러지기 직전의 초췌한 모습으로 버티고 있었다. 그들 뒤에는 생존해 온 무사 다섯이 허기와 갈증으로 눈도 제대로 뜨지 못한 채 서 있었다.

그 시간을 기다렸던 부족장은 곧바로 부하들에게 하림 패당을 모조리 체포하라 명했다. 하지만 검술에서 한 수 위인 하림 무사들의 발악에 태서림 무사 하나가 쓰러지자 남은 무사들이 뒷걸음질치기 시작했다. 그때 그들 옆으로 두루와 괴려 그리고 토요가 걸어 나왔고, 그 뒤로 사수 궁수 부대원들이 진을 쳤다. 두루가 외쳤다.

"하림과 야데천은 내가 누구인지 잘 알 터! 대역죄인 너희들을 처단하러 여기까지 왔느니라. 사수 부대장!"

하림과 야데천이 놀랄 새도 없이 궁수부대원들이 활을 쏘아 하림 무사들을 일거에 쓰러뜨렸다. 이제 하림과 야데천 둘만 남자, 태서림이 걸어 나오며 둘에게 고함쳤다.

"서쿤은 너희가 기댈 언덕이었다. 그런 고향을 배신했으니 죽음을 자초했느니라!"

이리하여 태서림은 자신의 아들을 도륙했던 하림의 가슴에 검을 찔러 넣었다. 왕국에서 모반을 주동했던 야데천은 두루의 검에 목이 떨어졌다. 즉위식에서 도하가 외쳤던 천벌은 그들의 절명으로 그렇게 결판났다.

부하들과 간단히 뒷수습을 마친 태서림은 유카를 향해 떠나려는 두루 일행에게 물과 양식을 채워주었다. 토요는 유카까지 나흘이 걸릴 것으로 예상하며 중도에 만날 수 있는 작은 부락들은 피해 갈 예정이라 했다. 그는 말들과 낙타들의 눈빛과 배변을 검사하며 건강 상태를 살폈다. 서북방으로 갈수록 낮 열기는 점점 내려가 이동하기에 훨씬 수월했다. 가끔 만나는 움막들은 근래 방문객들이 없었던지 모두 폐가가 되어 있었다. 사흘 반나절을 지체 없이 이동해간 그들은 마침내 유카 근처까지 접근할 수 있었다. 얼른 둘러보아도 마을은 불탄 상태로 방치되어 있었고, 부족민들은 모두 떠난 듯 조용했다.

두루는 마을 어귀에 걸려 있는 늑대족 깃발을 끌어내려 찢어버리는 일로 유카 입성을 시작했다. 유카 중앙로를 지나는 동안 인적은 찾아볼 수 없었다. 두루는 화난 표정으로 연거푸 신음 소리를 내다가 곁에서 따라오는 토요에게 말했다.

"아우, 지난 세월 밤마다 이런 악몽을 꾸어왔었네. 막상 고향에 와서 보니 더 처참하구먼. 이제 과거 내가 지내던 동네로 이동하겠네만, 늑대족 누구를 만나든 내 행동에 간섭하지 말게."

두루는 일행을 이끌고 자신의 동네로 이동했다. 멀리서 늑대족 깃발들이 여럿 나부끼는 집이 보였다. 그는 그곳이 자신의 집이며 점령자들의 본부로 사용되고 있다는 걸 알아챘다. 두루는 괴려와 사수에게도 자신이 앞서 가겠노라고 외친 뒤 루루를 몰아치며 달렸다.

대문 앞에서 휴식 자세로 앉아 있던 호위병들이 갑자기 나타난 두루를 보고 얼떨결에 일어섰다. 호위병 하나가 검을 빼들고 막아서자 두루는 말에서 뛰어내리며 일말의 망설임도 없이 주먹을 날렸다. 그 뒤에서 검을 휘두르며 다가오던 호위병에게도 가차 없이 주먹을 날렸다. 대문 앞이 시끄럽자 집 안에서 쉬고 있던 장수 둘이 각자 검을 빼들고 내려왔다. 두루는 첫 번째 장수의 검을 자신의 검으로 쳐낸 뒤 그의 발목 인대를 쳐버렸다. 다른 장수가 고함치며 검을 휘둘러 오자 두루는 그 검을 피하면서 그의 코를 베어버렸다. 분노에 찬 두루는 주먹과 검을 그렇게 사정없이 휘둘렀다.

정문 쪽에서 소란스러운 소리가 들려오자, 집 뒤뜰에서 휴식을 취하던 장졸들이 우르르 몰려왔다. 그들은 노기에 찬 두루의 얼굴을 쳐다보다 일제히 검을 빼들고 덤비려 했다. 두루가 그들을 향해 고함쳤다.

"늑대족 장졸들은 들어라! 나는 이 집의 주인이며 유카 대부족장의 장자 태양 두루이다. 내 고향 유카를 되찾으러 왔으니, 이런 날 너희들을 해치지는 않겠다. 너희 대장을 만나고 나오는 동안 그 자리에서 꼼짝 말고 서 있으라. 그렇지 않으면!"

두루는 사수에게 궁수부대를 대기시키며 토요에게 루루 고삐를 맡긴 뒤 계단을 올랐다. 그러자 늑대족 장수 하나가 검을 앞세워 달려들다 사수가 쏜 화살에 허벅지를 맞고 쓰러졌다.

쓰러진 장수를 돌아볼 새 없이 두루는 문을 열고 집 안으로 들어섰다. 책상 앞에는 점령군 수장으로 허세를 떨어왔던 와퍼 대장이 일어나 있었다. 두루는 검으로 책상을 탁탁 치며 외쳤다.

"너희 장졸들 시체를 모조리 업고 가지 않으려면 오늘 중으로 유카를 떠나라."

밖에서도 들릴 정도로 명령에 가까운 고함이었다. 와퍼는 2년 반 전 거투루 장군 지휘하에 유카를 침공했다가 그의 검에 죽을 뻔했던 장수였다. 약 한 해 전에는 거투루 장군이 오아시스 왕국 원정에서 사망한 뒤 그 후임으로 이곳 야전 대장직을 맡아왔었다. 두루의 생사를 모르고 있던 와퍼는 갑자기 그가 나타나자 그 위세에 눌려 겨우 어눌한 목소리를 냈다.

"하단성의 승락을 받아야 한다……."

그러나 두루는 다음 말을 듣기도 전에 검을 빼들고 소리쳤다.

"악령 같은 네놈들의 침탈로 내 마을이 잿더미가 되었다. 화염 속에 죽어간 내 부족민들의 고통을 아느냐? 너희들은 내 부하들과 궁수부대를 당해내지 못한다. 부하들을 시체로 만들고 싶지 않으면 오늘 정오까지 이곳을 떠나라!"

두루는 와퍼가 더 이상 허튼 수작을 부리지 못하도록 그의 오른 발목을 칼로 찍어버렸다. 그러곤 벽에 걸려 있던 늑대족 휘장을 검으로 찢어버린 뒤 방을 나섰다.

두루는 사수와 궁수부대원을 남기고 토요와 괴려를 대동한 채 마을을 둘러보기로 했다. 낯익은 거리를 잠시 살피던 그는 동네 끝자락의 마을 회관으로 발길을 돌렸다. 그곳에는 목숨 붙은 채 숨죽여 살던 원로들이 모여 있었다. 눈이 좋은 한 노인이 문 앞으로 지나가는 두루를 알아보고 어서 들어오라는 손짓을 했다. 두루는 아픈 마음으로 어르신들에게 다가가 큰절부터 올렸다. 뒤이어 자신의 근황을 알린 뒤 고향 재건을 위해 돌아왔다는 말을 했다.

"자네 부친은 나와 친한 사이였지. 자넨 내 친아들 같았고. 늑대족 침공으로 우리 유카는 모든 게 끝났어. 젊은 애들은 대부분 참수되었고, 여자애들은 하단으로 끌려갔네. 지옥이 따로 없었어. 여긴 노인네들 외엔 아무도 없어."

그 어르신은 걸을 수 있는 주민들은 모두 떠났고, 현재 점령군들도 소수만 남기고 철수했다고 말했다. 다른 원로는 하단의 태자가 여전히 강성한데 주민들이 다시 돌아올 리 없다며, 그냥 전설로 돌아가 편히 살라는 비관적인 말까지 했다.

두루는 비통한 심정으로 원로들에게 절을 올리며 조만간 다시 뵙겠다는 인사와 함께 물러나왔다. 그는 밖에서 기다리던 토요와 괴려에게 비장한 어조로 말했다.

"하단성을 공격하겠네. 아우는 하단성으로 향하는 지름길을 알아봐주고, 괴려 선생은 하단성 내부를 살필 방법을 준비해주시오."

토요가 두루의 집안을 비롯해 친인척 분들의 유골을 수습해야 하지 않겠느냐고 말하자 두루가 잠시 생각에 잠겼다가 답했다.

"그 일은 하단성을 먼저 처단한 뒤 착수하겠네. 우리 유카 부족민들의 유골들을 모두 찾아내 함께 장사 지내면 어떻겠나?"

토요는 사막 지도를 꺼내 하단까지 최단 출정길을 살폈다. 괴려는 자신의 말안장에 걸고 다니던 주머니 속에서 밧줄과 창 머리를 찾아내 하단성벽을 올라갈 갈고리를 만들 생각을 했다.

두루 일행이 돌아오자 사수는 바로 전 와퍼가 발을 절뚝거리며 마차에 실린 채 부하들과 마을을 떠났다는 설명을 했다.

"이제 우리의 하단 출정도 다가왔군! 모두 출발 준비를 점검하도록!"

하단성 출병에는 새로운 각오가 필요했다. 다음 날 여명이 밝아오자, 두루 일행은 하단을 향해 의기롭게 출발했다. 토요는 나흘 후엔 성에 닿을 것이며 왕복 중 보급 물량도 충분할 것으로 예상했다. 그들 행렬 중간에는 낙타들이 대형 활과 화살을 실은 마차를 끌고 있었다. 토요는 앞서 간 늑대족 와퍼 일행과는 다른 경로로 이동하길 바라면서 서남향으로 조금 휘는 길을 택했다.

먼 사막길을 무탈하게 행군해 온 두루 일행은 하단성에 접근하면서 완전히 망가진 움막 뒤에 멈춰 섰다. 멀리서도 하단성은 웅장하게 보였다. 높다란 성벽은 완만하게 경사진 모래 동산을 배경으로 서 있었다. 성내에는 비교적 큰 오아시스를 끼고 숲이 우거져 있었으며, 그 속에 태자궁과 군 시설이 갖추어져 있었다. 성을 바라보며 빠르게 머리를 회전시키던 괴려는 어깨에 밧줄 꾸러미를 메며 성내 염탐 준비를 시작했다. 괴려 곁에는 그만큼이나 몸놀림이 빠른 궁수대원 하나도 따라나설 참이었다. 얼마 전 그믐을 지난 시기여서 어둠은 더 짙게 다가왔다. 그 어둠을 헤치며 괴려와 궁수대원이 성곽 뒷동산을 향해 발 빠르게 사라졌다. 두루 일행은 그동안 끌고 다닌 수레를 앞세워 괴려와 부대원이 사라진 방향을 뒤따랐다. 일행보다 좀 앞서며 성벽까지 거리를 가늠하던 사수는 부대원들에게 대형 활들을 성 방향으로 포진시킬 위치를 잡아갔다.

공성 준비를 기다리는 동안 두루는 토요에게 태자궁으로 날려보낼 격문을 몇 장 쓰도록 부탁했다. 토요는 형이 말해주는 대로 얇은 양피지에 다음과 같이 적어 나갔다.

"태자는 읽어보라. 나 태양 두루는 두 해 반 전 그대의 친위대 침공을 받은 유카족 대부족장의 장자이다. 네놈은 내 부족을 화염 속에 모두 불태웠다. 어찌 내 부족뿐이랴. 평화롭게 살던 이웃 부족민들 모두 네놈의 잔악성에 목숨을 잃었고, 그 영혼들이 구천을 떠돌고 있다. 이제 곧 하단성으로 천벌이 떨어질 것이니 네놈은 죽음으로 용서를 빌라!"

두루는 다음 단계로 사수에게 유카에서 얻어온 기름통을 열어 대형 화살의 머리를 감싼 헝겊 뭉치에 기름을 적시도록 했다. 태자궁에 쏘아 보낼 글 준비와 대형 활들을 포진시키는 동안, 어둠을 헤치고 괴려와 궁수대원이 돌아왔다. 괴려가 토요로부터 얻은 넓적한 양피지 위에 하단성 내부를 열심히 그리자, 드디어 대형 활들의 공성 방향도 결정되었다. 두루는 토요가 적은 격문들을 사수에게 건네며 성 후미에 자리 잡은 태자궁으로 날리도록 명했다. 화살들이 날아가고 얼마 지나지 않아 태자궁 쪽에서 갑자기 등불이 빠르게 켜지며 소동이 벌어지기 시작했다. 토요가 적은 격문을 태자가 읽은 모양이었다. 그리고 그 순간이 태자 운명의 끝으로 다가왔다.

때가 된 걸 확인한 두루가 사수에게 명을 내렸다. 궁수대원들은 훈련해온 대로 몇 명이 화살 머리에 불을 붙였고 힘센 대원들이 활시위를 끌어당겨 태자궁과 군 시설 쪽으로 화살을 날렸다. 하단성은 거의 전체가 화염에 휩싸인 듯 난리가 났다. 불길을 잡아보려던 군사들이 화염을 피해 성문을 열고 뛰쳐나오기도 했다. 하단성에서 피어오르는 붉은 화염을 보며 두루는 눈을 감은 채 조용히 묵념에 들었다. 그의 곁에서 토요도 머리 숙여 기도에 동참했다. 지금의 불화살들이 천벌의 마지막이 되기를 기원하면서.

귀로에 서서

하단성의 붉은 화염을 뒤로하고 두루 일행은 유카로 돌아가는 사막길에 올랐다. 토요의 천문 지식을 익혀온 괴려는 이제 토요의 도움을 받아가며 길 안내자 노릇을 자청했다. 그들은 밤낮을 쉬지 않고 이동해 거의 이틀 만에 유카에 도착했다. 괴려는 그동안 사막에서 길을 찾는 실력이 일취월장했는데, 이제 그것이 확인된 셈이었다. 두루 일행은 오랜만에 마을 원로들과 따뜻한 저녁 만찬을 준비했다. 두루는 자리에 앉은 어르신들의 술잔을 일일이 채워드린 뒤 뜨거운 가슴으로 인사말을 했다.

"고향 유카를 재건할 기회를 주신 모든 분들께 감사합니다."

그는 묵묵히 뜻을 따라준 괴려 선생, 사수 그리고 궁수부대원들에게도 고마운 마음을 전하면서, 특별히 의제 토요에게는 외로웠던 사막길을 함께 해주어 고마웠다는 말을 건넸다.

만찬을 마친 뒤 토요는 두루와 따로 만난 자리에서 다음 날 고향으로 떠나겠다고 말했다. 술기운도 있었겠지만, 무거워진 형의 표정을 보며 토요는 울적한 기분에 빠져들었다. 그런 의제를 잡을 수 없는 것이 두루의 현실이었다.

다음 날 두루는 피고의 목을 토닥여주고 식량도 충분히 실어주었다. 토요는 괴려 선생과 사수 그리고 궁수부대원들에게 일일이 인사하며 그동안의 인연에 감사함을 전했다. 괴려는 손가락에서 낡은 반지를 하나 빼내더니 말했다.

"토요, 그동안 즐거웠네. 이 반지는 복을 부르는 영물이니 잘 간직하게."

몸에 걸친 것이라곤 낡은 옷 한 벌뿐인 그가 손가락에 낀 반지 두 개 중

하나를 토요 손가락에 끼워주며 싱긋 웃었다.

두루는 루루 안장에 물통 하나 걸고서 반나절이나 걸릴 이데네까지 동행해주었다. 그들이 맨 처음 만났던 위치를 찾아가자, 덩치 큰 형이 으레 해왔듯이 아우 어깨를 껴안았다.

"산다는 건 고행의 연속이지? 외롭기도 하고? 그러나 이겨내보세. 우리가 의형제로 만났듯, 언젠가 재회할 날이 오겠지!"

두루와 토요 눈에서 동시에 눈물이 글썽였다. 두루가 웃저고리에 품어 온 손수건을 꺼내 아우 눈물을 닦아주려 했다.

"에, 에이! 그걸 지금 제게 쓰시면 안 되죠!"

아우가 짐짓 정색하며 형의 손을 가만히 밀어냈다. 그러면서 다시 물었다.

"형님 품속에 그 귀한 수건을 꼭 품어 오셨는데, 그 안에 적힌 글이 무슨 뜻인지 알고 계세요?"

솔직히 도하로부터 손수건을 받아든 뒤 그 안에 자수로 새겨진 글 뜻을 알고 싶어 몸살이 났었다. 그러나 왕국 글을 익힐 새 없었던 그로서는 아무에게나 그 손수건을 보여줄 수도 없었다. 토요가 손을 뻗어 받아보려 하자 이번엔 형이 손사래를 쳤다.

"어, 어! 언젠가 공부해서 읽어낼 거야!"

"아참, 형님. 이제는 표준어 책자도 없으시잖아요? 궁금하실 텐데 언제까지 참으시겠어요? 눈 꼭 감고 그냥 줘봐요, 제가 읽어드릴게요."

붉은 손수건 아랫단에는 하얀 자수로 새겨놓은 글자가 선명했다.

'언제나 당신을 가슴에 품어온 도하'

그렇게 끝맺은 문장을 읽은 토요는 태연스럽게 자신의 말을 슬쩍 붙여 넣었다.

"마지막에 '사랑해요'라고 끝을 맺었네요. 하하하. 이 손수건 주실 때는 암시가 있으셨겠죠. 언젠가 주인에게 돌려달라는 암시 말씀이죠. 이 아우가 그 증인입죠, 흠흠!"

그 상황에서 의형제는 개구쟁이처럼 눈물을 글썽이다 웃고 말았다.

"아우도 잘 알지? 자넨 이 사막의 별이야! 캄캄한 사막에서 우리 갈 길을 밝혀주던 그 별 말이야. 언젠가 좋은 때 우린 다시 만날 걸세."

두루는 그쯤에서 아우의 어깨를 뿌듯하게 감싼 뒤 풀어주었다.

이데네를 떠나가며 토요는 자신을 지켜보는 형에게 손을 흔들었다. 뒤에 선 두루도 손을 흔들어주었다. 이제 토요는 피고를 몰아치며 고향을 향해 속도를 내기 시작했다. 형님도 유카로 돌아서 가시겠지? 뒤를 돌아본 토요는 아득히 먼 거리에 그대로 서 있는 형을 보았다. 그는 말안장에 올라서서 형에게 크게 손을 흔들었다.

두루 형은 과연 오아시스 왕국으로 돌아갈 것인가? 도하 여왕님은 그걸 어명이라 했었고, 형은 딱히 답하지 못했었다. 그럼에도 토요는 괴려 선생에게 천문 운행을 가르쳐둔 일을 다행이라 생각했다. 그는 마음속으로 은연 중에 두루 형이 왕국으로 돌아가길 바라고 있었다. 사수와 그의 부대원들이 유카 재건을 열심히 도와준다면! 그런 기대 끝에 그는 자신의 등을 치료해주었던 진여의 손길도 기억했다. 부드러운 손길을 따라 전해졌던 그녀의 향기까지!

토요는 다시 외로운 방랑자로 돌아왔다. 이번엔 귀향의 길이었다. 그는 피고에게 이런저런 말을 걸다가 어둠이 내리는 우물터 근처에서 그날 밤을 쉬기로 했다. 피고의 안장에 앉은 채 그는 서북녘 하늘을 바라보았다. 그곳엔 아직도 붉은 화염이 남아 있는 듯 보였다. 이데네 너머 유카로도 눈길을 돌렸다. 별똥별 하나가 그곳 밤하늘을 가로질러 번쩍 동쪽으로 사라졌다. 헤어짐에 멍들던 형의 가슴이 빨갛게 타버렸나 보다! 그 섬광의 끝자락 동편 ― 그곳 왕국에선 모래 폭풍 속에 피어났던 애틋한 정이 있었다. 언제쯤이면 그리운 그들과 재회할 수 있을까.

긴 시간 내셔서 이 소설을 읽어주신 독자 여러분께 진심으로 감사 드립니다. 작가 후기를 쓰는 지금 이 작품을 처음 구상하던 몇 해 전을 되돌아봅니다. 당시는 교직 은퇴를 준비하던 시기였고, 마침 코로나 (COVID-19) 전염이 악화 일로로 치닫던 시절이었습니다. 아득합니다만, 사회적 거리 두기, 마스크 착용 그리고 비대면 강의라는 과거엔 상상조차 한 적 없던 시대를 살아야 했습니다. 텅 빈 강의실들을 지켜볼 때면 과연 교직 생활을 후회 없이 해왔는지 회한의 시간을 가지기도 했습니다.

그러나 교정을 떠난 뒤에도 그 회한은 저자 주변의 많은 인연 속에 그대로 투영되고 있었습니다. 그런 무거운 시간이 계속되자 저자 심중에는 어느덧 지난 일들을 회한으로만 묻어두지 말고 새로운 미래를 여는 동력으로 활용해보라는 내부 음성이 울렸습니다. 그쯤 이르자 드디어 결심이 섰습니다. 그래, 다시 글을 쓰자! 우리의 일상에서 보편적 삶의 가치를 그려보자. 코로나 팬데믹에 상처받은 시민들, 끊임없는 전쟁과 어지러운 국제 정세에 지친 현대인들에게 그것은 '선하고 의로운 삶'일 것이라고 저자는 생각했습니다.

이렇게 방향이 정리되자, 이 주제를 드러낼 시대적 공간적 배경을 찾는 일로 한 걸음 더 나아갔습니다. 여기서 저자는 아득한 과거 인간의 원초적 생활을 되돌아보고 싶었습니다. 생명수를 찾아다니는 광활한 사막을 배경으로 그 속에서 행복을 함께 누리느냐 또는 타인의 행복을 침탈하느냐 하는 질문을 던지며 우리에게 내재된 선하고 의로운 삶의 가치를 그려보고자 했습니다. 이 작품이 본래의 주제를 잘 담아냈기를 바라는 마음입니다.

생명과학을 전공한 저자가 전업작가가 되고자 한 데는 저만의 사연도 있습니다. 어린 나이에 한글을 겨우 터득하던 때부터 일기를 쓰도록 가정교육을 받았던 것입니다. 일기에는 그날 생활을 주로 적었겠지만 그림을 그려 넣거나 시를 쓸 때도 있었습니다. 일기 쓰기는 나이 30세가 될 때까지 이어졌고, 대학신문과 과학저널 기고문에도, 수많은 서신을 쓸 때도 조금씩 필력을 드러냈습니다. 그러다 마침내 저자의 두 장편소설 『별』(2006)과 『소행성 내려오던 밤』(2013) 출판으로 이어지게 되었습니다.

첫 장편소설을 쓰기 시작할 무렵 저자는 미래 작품 세계를 단계적으로 써보겠다는 어렴풋한 설계를 한 적이 있었습니다. 좀 거창하지만, '수신-제가-치국-평천하'라는 단계를 생각해보았던 것입니다. 수신(『별』)에서 제가(『소행성 내려오던 밤 : 우주인 가족 이야기』) 그리고 이번 작품에 이르는 3단계까지 초기의 설계에 충실했다고 생각합니다. 몇 년 사이 시력이 무척 감퇴했는데, 우주생명과학자가 정치와 전쟁 이야기를 엮어내느라 고생 좀 했던 것 같습니다.

끝으로, 이 작품의 스토리 구성에서부터 문맥과 제목을 세심히 짚어주고 기억하기 쉬운 주인공 이름들을 지어주며 정성을 다해준 아내와 딸에게 무한한 가족 사랑을 전합니다. 제 전업작가 생활을 응원해준 형제자매와, 지난 오랜 세월 의형제의 따뜻한 연을 이어준 아우에게 이 자리를 빌려 고마운 마음을 전합니다. 특별히 이 소설의 완성도를 높이고자 많은 조언을 주시고 멋진 표지 도안과 편집 출판에 이르기까지 각고의 노력을 기울여주신 푸른사상사 여러분들께도 감사의 마음을 전하면서 귀사의 무궁한 발전을 기원합니다. 감사합니다.

푸른사상 소설선